Narrativa

I edizione: gennaio 2020


Castelvecchi è un marchio di Lit Edizioni s.a.s.
Via Isonzo, 34 – 00198 Roma
Tel. 06.8412007
info@castelvecchieditore.com
www.castelvecchieditore.com

| ristampa | anno |
| --- | --- |
| 8 7 6 5 4 3 2 1 | 2020 2021 2022 2023 |

Paolo Ruggiero

# LA GRANDE STAGIONE

CASTELVECCHI

*Numerose le studentesse sotto i portici.*
*Si vede subito che siamo in un centro di cultura.*
*Guardano a volte coll'ingenuità di Ofelia, tre a tre,*
*parlando a fior di labbra.*
*Formano sotto i portici il corteo pallido e interessante*
*delle grazie moderne, le mie colleghe, che vanno a lezione!*
DINO CAMPANA

*Una città non ti dà nulla se non sai come mungerla*
FILIPPO SCÒZZARI

*Ero tormentato dall'idea che non avrei avuto tempo*
*di portare a termine il mio compito.*
*Quale compito? Lo ignoravo*
ALBERT CAMUS

## *Parc Monceau*

Maggio è appena iniziato eppure sembra agosto. C'è troppa luce.

Un ponte di quattro giorni e la metropoli si è svuotata.

La folla è sparita, evaporata dalle strade, come birra da una lattina rovesciata. Fa caldo. I semafori girano a vuoto. Non un suono molesto dal Boulevard. Nemmeno una sirena di ambulanza, un colpo di clacson.

A Parigi i clacson sono rari. Gli autobus se proprio stanno per arrotarti suonano un campanellino. Sempre discreti, gli autobus parigini. Attraversano la città quasi in silenzio.

Mi guardo attorno. Tra le 14 e le 15 è l'ora più difficile per chi è rimasto. Ora da *chômeur*, senza impiego. Da *sans-papiers*. Ci starebbe bene una siesta, ma niente, impossibile dormire con questa luce.

Controllo sul telefono il meteo di Bologna: cielo parzialmente coperto, venti leggeri da Nord. Forse sarei dovuto restare lì.

Chiudo gli occhi, premo le dita sulle palpebre: coriandoli blu si proiettano verso un punto di fuga, fosfeni rossi si avvicinano in senso opposto, a scatti, come in un vecchio videogioco.

L'oculista ha detto di non premere troppo. Che i bulbi poi si ovalizzano.

Riapro gli occhi su alberi superbi, gonfi di salute. Gamme di verdi lussuose. E pensare che in questo parco non ci vengo mai. Troppo curato, formale.

I giardinieri hanno segato i rami bassi degli alberi, per impedire scemenze. Infatti mi ci sarei arrampicato volentieri.

Invece sto seduto sul prato, schiaccio erba e premo gli occhi.

E mi chiedo *com'è*.

Ritrovarsi con la testa non tanto vuota ma

*svuotata*,

sgomberata, come un appartamento dopo un trasloco.

Cerco di mettere a fuoco la sensazione. Di rivedere i primi giorni a Parigi. Non c'è molto rewind da fare. Pochi mesi. Forse a Paris non sarei dovuto tornarci.

Ma intanto punge le braccia, l'erba del Parc Monceau. La pelle disidratata attira le vespe. Tra poco arriveranno anche i bombi. Cercare una lattina. Prima un caffè. *Serré*. Ristretto. O era meglio quel brodo che bevevo a lavoro?

Premo ancora una volta. Solo con i palmi è meglio. Tengo gli occhi chiusi, il volto tra le mani.

Cerco di vedermi seduto dentro il mio stesso cranio, come al centro di una chiesa sconsacrata, un teatro abbandonato.

C'è qualcosa, in questa sensazione di vuoto, che riconosco. Qualcos'altro di nuovo.

In altre stagioni, in altri luoghi, lo spensieramento c'era stato bene. Affiorava il corpo, e il corpo era sufficiente. Ma non c'era lo scoramento. Adesso dalla scatola bisogna trarne qualcosa.

Un segnale elettrico. Un innesco.

Inventarsi una manovra di "scampo", come dicevano i piloti *d'antan*. Perché altrimenti ti spegni.

Ma non è questo che ci vuole.

Non puoi mollare proprio adesso.

# PARTE PRIMA

*Gennaio*

Un'ora dopo aver lasciato il casello di Bologna Arcoveggio oltrepasso il confine con il Veneto. Lo segnala un pannello autostradale, mezzo nascosto dai cespugli. Se non c'è traffico ancora un'oretta e sarò in Friuli.

Che siamo in Veneto lo si capisce anche dai tir polacchi, di solito è in Veneto che saltano fuori.

Viaggiano in coppia e giocano a sorpassarsi, occupando a turno la corsia veloce.

L'urlo dell'autoarticolato entra dalla fessura del finestrino. Mi tengo a distanza di sicurezza. Il collega lo ostacola, accelerando, l'altro guadagna giri a fatica.

Ho un orecchio da meccanico. Cerco di distinguere le componenti in difficoltà, fascette impazzite dentro ai cilindri, l'albero a camme che frulla nell'olio esausto. Appena libera la corsia veloce sfilo via, pestando l'acceleratore.

Il motore della Opel risponde bene, nonostante i duecentomila chilometri.

Ho ascoltato *Nardis* di Bill Evans in loop per tutto il viaggio. Il riscaldamento mette sonnolenza. Spengo l'autoradio, abbasso entrambi i finestrini.

Mi godo qualche minuto di turbolenza, il rombo dell'aria nelle orecchie a centoquaranta.

Dopo l'area di servizio Fratta, la A4 si srotola contro un cielo di un azzurrino pallido, privo di nuvole.

Esco prima del solito, a Portogruaro. Mi diverto a cambiare casello, variare il percorso nell'ultimo tratto. Infilare strade provinciali dimenticate, da Arizona friulana, a vista, senza navigatore, seguendo indicazioni stradali sghembe, depistanti.

A lato della strada sfilano a velocità differenti campi di frumento, pioppeti, brani superstiti di bosco contro l'orizzonte, risparmiati dalle trebbiatrici. Le Alpi Giulie sullo sfondo scintillano di luce.

Questa porzione di territorio mi ricorda sempre l'ultimo anno di liceo. Quella primavera di grigliate in mezzo ai campi, con gli amici, a grattugiare accordi su chitarre, stappare birre, fotografare alberi con le reflex a pellicola.

Le ragazze portavano nastri colorati tra i capelli, si toglievano i sandaletti, si camminava scalzi sull'erba.

Tutti avevamo corpi tonici, alti dosaggi di euforia nelle vene, preparandoci alla maturità: pensavamo già al seguito.

I risultati dell'esame furono oltre le aspettative. Il primo viaggio in Grecia qualche settimana dopo, come un rito iniziatico. Scegliemmo isole piccole, fuori dalle traiettorie turistiche, raggiunte da battelli di fumaioli neri, minati dalla ruggine.

Al rientro, l'iscrizione a Scienze Politiche. Andare a vivere da solo in città a vent'anni, a Bologna, lasciando la campagna friulana. L'inizio della stagione universitaria.

Ci sono ancora dentro, ma fuori tempo massimo e ancora per poco, come il lembo di un cappotto che resta impigliato nella porta di un ascensore.

Adesso quel periodo sto per chiuderlo, come il bagagliaio della Opel che parcheggio nel vialetto di ghiaia del giardino, da cui scarico due damigiane da dieci litri di Sangiovese, che deposito in taverna.

La Fazioli ha confermato la data della laurea: 21 marzo.

Mi restano ancora tre mesi da studente.

~

Si sta bene, in Friuli, nella villetta che i miei si fecero costruire vent'anni fa su disegno di mio padre, adattato da un amico architetto. Un blocco di polenta bianca che mio fratello ha portato dalla Carnia, leggermente tostata, un po' di rucola a contorno, piatti frugali.

La casa è grande. Mio padre riuscì a godersela soltanto due anni.

C'è sempre qualche lavoretto da fare, interventi di manutenzione che mia madre annota su una bacheca. Li farò più tardi, volentieri.

Il giardino patisce il rigore dell'inverno, ma ancora per poco. Confina sul retro soltanto con campi di granoturco.

Da bambino mi ci infilavo spesso, inghiottito da corridoi di fusti di mais alti due metri, tutti uguali. Si entrava subito in un mondo a parte, senza più riferimenti, pochi passi e già eri perso. Ma era proprio perdersi la cosa divertente.

Sono diciotto anni che non c'è più mio padre. Di tanti momenti vissuti assieme conservo ricordi nitidi, gioiosi, l'immagine di un'infanzia serena.

A novembre ne ho compiuti ventotto. Quando è mancato ne aveva trentacinque. Mi chiedo come sarà il giorno che ne avrò trentasei.

Forse mi sembrerà di dover essere ancora più padre di me stesso.

L'attrazione per il volo l'aveva avuta sin da bambino, al liceo gli si era confermata come una vocazione.

Dopo la maturità era riuscito a entrare in Aeronautica Militare, superando le maglie strettissime della selezione, concretizzando quel sogno che l'aveva accompagnato per anni. Completato l'iter di addestramento aveva volato come pilota di caccia ricognitore, poi come istruttore.

Dopo dieci anni da militare e oltre duemila ore di volo si era congedato, indossando l'uniforme di comandante civile, assunto da un industriale del Nord-Est come pilota di un bimotore privato.

Non aveva però rinunciato alle sensazioni più fisiche, esaltanti del volo più spinto, coltivando nel tempo libero una passione per l'acrobazia.

È caduto con un piccolo biplano da solo, non lontano da Gorizia, quasi al confine con la Slovenia, una mattina di maggio.

L'aereo, un Pitts di fabbricazione americana, con il quale era decollato dall'aeroporto di Trieste-Ronchi dei Legionari, fu visto da alcuni testimoni compiere una serie di evoluzioni in aperta campagna, armoniose, raccordate, assumendo a un certo punto un repentino assetto a picchiare, impattando pochi istanti dopo al suolo, in mezzo a un vigneto.

Non si è mai capito cosa sia successo, quale sia stata la causa di quell'*incivolo*, come lo chiamano gli addetti ai lavori.

Chi redige le relazioni d'inchiesta formula quasi sempre ipotesi, quasi mai certezze.

Nell'ambiente aeronautico si parla di "concatenazione di eventi": la causa non è mai soltanto una. Non mi è difficile accettarla, questa immagine della catena degli eventi. La trovo persino convincente.

In fondo non è questo che siamo? Il risultato di una catena, più o meno casuale, più o meno fortunata di eventi?

~

Stamattina dopo il caffè non ho lavato i denti. Volevo trattenere in bocca quel sapore cioccolatoso. Mi è riuscito particolarmente bene. Merito dell'acqua friulana, molto dolce. Quando ho messo in moto la Opel, l'autoradio si è accesa su un vecchio recital di Dino Ciani, su Radio 3.

Ho guidato lentamente fino al cimitero, apprezzandone il pianismo effervescente, entusiasta.

Zompicchia è una frazione di seicento anime e aveva ragione Compte, l'umanità è fatta più di morti che di vivi: sembra che di anime ce ne siano molte più in questo piccolo camposanto, affiancato da un fosso agricolo, separato dal paese da un pezzo di campagna non coltivato, abitato da erbacce e da rovi di more d'estate.

La prospettiva dei cipressi che conduce all'ingresso si staglia contro i monti, simmetrica, statica, sembra uscita dalle pagine di un vecchio sussidiario. I vialetti di ghiaia sono disegnati dal perimetro di aiuole e piattaforme di cemento, occupate dalle tombe più antiche, esposte al cielo, calcinate dal sole.

Di ghiaia in alcuni punti ce n'è anche troppa, la punta delle scarpe ci affonda.

Era un paio d'anni che non venivo qui. Non amo i cimiteri. Solo in quelli parigini mi ero sentito a mio agio, quando li vidi la prima volta: il Père-Lachaise, con le tombe di Chopin, Édith Piaf, Jim Morrison. Il Cimetière de Montparnasse, dove sono le lapidi di Sartre, di Cioran.

Cammino e guardo gli urnari bassi, sotto il cielo limpido e freddo del gennaio friulano. La luce del sole riverbera dalle lapidi, manda lampi di quarzo. Sotto le suole la ghiaia fa un rumore da giardinetto pubblico.

Non c'è presenza umana. Solo moscerini in sospensione attorno alla vaschetta dell'acqua, un persiano acciambellato sopra un tombino.

La tomba è in cima a un urnario, protetto da una tettoia. Ingentilita da fiori freschi che mia madre, professoressa di lettere, ancora lontana dalla pensione, rinnova ogni settimana, raggiungendola con una scala.

Da parecchio tempo non mi chiedo cosa ci sia dopo la morte. Però mi piace pensare che ogni tanto anche lui apra una finestra, dia un'occhiata ai suoi cari. Si accerti che non stiano facendo troppe cazzate.

Ultimamente mi piacerebbe avere il suo numero. Poterlo chiamare, ogni tanto. Mandare un sms, chiedere un consiglio. Ricordargli la data della laurea.

Guardo la fotografia sulla lapide. Mi avvicino, poi mi allontano di qualche passo, più volte. Cerco una distanza ideale.

Quando mi sembra di averla trovata resto fermo, qualche minuto. Poi arriva la sensazione. È come un contatto planare, una mano che sfiora la schiena. È solo un istante.

Mi è venuta fame, sono tornato alla Opel. Il persiano si era accovacciato sul cofano, attratto dal calore. Non aveva intenzione di scendere, è saltato solo quando ho innestato la retromarcia.

Ho guidato lentamente fino a casa. Mia madre si è stupita che non commentassi le linguine al prosciutto. Naturalmente erano squisite. Me ne sono accorto solo alla fine, assorto com'ero nei pensieri, ma era già uscita in giardino.

Papà si divertiva a stuzzicarmi con quesiti di fisica in garage, mentre riparava qualcosa con la testa dentro al cofano della Citroën, o lavava le vele della barca con la pompa.

O sotto la lampada della scrivania, mentre smontava e rimontava la Mamiya per oliare l'otturatore, quella macchina fotografica precisa come un cronografo, che conserviamo nell'armadio dei suoi oggetti.

Tante volte mi sono chiesto se la passione per la fotografia me l'abbia trasmessa lui, o se non sia piuttosto nata dal primo viaggio in Grecia. Forse entrambe le cose, ma che importanza ha.

Però ricordo che c'era stato un inverno in cui la domenica si chiudeva per ore nella lavanderia, in taverna. Quello stanzino che mia madre non usa più, per qualche mese era diventato una camera oscura. Ma il periodo del bianco e nero durò poco.

Quando passò ai negativi più grandi l'abbandonò definitivamente per il colore. Gli piaceva la finezza delle pellicole di medio formato, la resa morbida degli obiettivi che si era procurato negli Stati Uniti.

Ricordo la sua voce calma. Ci parlava come fossimo già adulti, anche a mio fratello più piccolo.

Mai pedante, casomai interrogativo.

Ci rimbalzava le domande che facevamo, le richieste di aiuto. Le risposte dirette per lui erano scorciatoie, troppo facili.

Le domande ce le restituiva arricchite di qualche indizio: spettava a noi trovare soluzioni. Ho pensato molto al suo incidente, ultimamente.

È vero, sono stato poco loquace a pranzo. E così mia madre. Avremo modo di parlarci nei prossimi giorni. Vorrei anche che mi desse un parere sulla tesi. È rientrata un attimo. «Stai bene?» ha chiesto, è uscita di nuovo in giardino.

Ho piegato con cura il tovagliolo, guardando il bordo del tavolo dove si sedeva papà.

Ho appoggiato le tempie ai pugni, fissando la tovaglia, a lungo, ipnotizzato dal motivo a frutti.

È stato in quel momento che ho avvertito di nuovo una presenza, solo un istante, ma più insistente. Come una pressione sulle spalle. Ho bevuto un po' d'acqua, trasalendo. Non l'ho più sentita.

Mi è sembrata come una richiesta di attenzione, di aiuto.

In fondo, anche solo per essere venuto al mondo, anche io gli dovevo qualcosa. Aiutarlo a capire.

Cosa accadde quel giorno, quella mattina di maggio.

Talmente limpida che sarebbe stato un peccato non alzarsi in volo.

~

Rientro a Bologna con il buio, sotto una pioggia fitta che ha cominciato a rigare il parabrezza all'altezza di Ferrara.

La città è lucidata dall'acqua, i bordi della strada confusi, resi insidiosi dai riflessi.

Percorro in terza i viali che circondano il centro storico. Il giro completo è di otto chilometri, lo faccio due volte, sovrappensiero, inspirando l'aria umida che entra dai finestrini aperti del tutto, come fosse estate.

Guido a velocità costante centrando l'onda dei semafori che passano al verde uno dopo l'altro, guido sopra quel bel colore che mi precede e si riflette sull'asfalto in prospettiva, un verde quasi turchese.

Trovo parcheggio sotto casa. La pioggia entra di taglio anche sotto i portici.

Più tardi, appoggiato con la schiena all'armadio, osservo l'angolo del monolocale in cui ho ricavato la zona notte, separandola con uno scaffale autocostruito.

Il futon con il materasso basso, a pochi centimetri da terra.

Dalla finestra socchiusa entra il rumore rilassante della grondaia, odore di stracci bagnati.

Abito al quinto piano, all'angolo tra via Fondazza e via San Petronio Vecchio.

Potevo capitare al quarto e la finestra avrebbe inquadrato solo l'intonaco delle case di fronte. Invece dalla mia stanza vedo la distesa di tegole e tetti, iniziano dal lato opposto della via, si infittiscono verso il centro storico, diradandosi in direzione dei colli, dei quali con il teleobiettivo riesco a mettere a fuoco anche gli alberi, i tralicci dei ripetitori.

La sera affiora il profilo illuminato della torre Asinelli, sottile, quadrata come un fiammifero, con una luce rossa in cima.

Della Garisenda vedo solo la punta inclinata, forse troppo.

È una torre fragile, sorvegliata dai sensori dell'Istituto di vulcanologia, per evitare che faccia scherzi.

Vedo i colli e la basilica di San Luca posata in altura, che dall'autostrada è come un faro notturno per chi rientra in città. Stasera sembra una lanterna distante, persa tra la pioggia.

Sento il battito regolare dei tacchi di una ragazza in strada, mi affaccio. Si è fermata in mezzo alla via. Il volto non si vede, nascosto dall'ombrello.

Controlla nella borsetta se ha dimenticato qualcosa, poi la vedo sparire sotto il portico.

~

Chissà quante volte al giorno ti torna in mente il suo nome, dopo una separazione.

Decine di volte i primi tempi. Dopo un mese tre, quattro volte. In certi giorni, vuoi perché eri stanco, vuoi perché altre cose ti hanno distratto, solo una volta, il ricordo di un momento assieme.

E ti stupisci di startene dimenticando. Più niente per settimane.

Poi anni dopo ti capita una notte in cui, chissà perché, per qualche ora ti ritrovi a non pensare ad altro: quella notte magari il suo nome ti lampeggia nel cranio decine di volte, di nuovo, come un neon. Vorresti anche dormire ma non riesci a togliertelo, come una canzone che ti insiste in testa.

Ti ridono addosso gli errori che ora ti appaiono sciocchi. Che avresti rifatto comunque. Ti angustiano il cervello inutili *e se invece*, e ti alzi, per gettarti acqua fredda in faccia, perché sai che è idiota mangiarti il tempo così.

Più di due anni ormai che è finita con Alessia. Si laureò in Scienze Politiche prima di tutti, dopo aver infilato un trenta e lode dopo l'altro.

Non mi stupì vederla ottenere un contratto di consulenza alla Commissione Europea. Più volte mi aveva detto che avrebbe cercato di entrare in un'istituzione internazionale, la sua ambizione era quella.

Avrebbe voluto che la seguissi a Bruxelles. Io ero tornato da pochi mesi da un lungo Erasmus a Parigi. Mi ero integrato di nuovo nella vita bolognese, tra la facoltà, le feste negli appartamenti, le gite al mare, il comfort del monolocale che ero riuscito a ottenere con un affitto decente. Non mi andava di lasciare Bologna.

Ci siamo separati senza drammi, in fondo ci frequentammo per pochi mesi soltanto. Ogni tanto ci scriviamo, inviandoci foto abbronzate, sorridenti, rassicurandoci l'un l'altra su quanto non siamo cambiati.

Ma intanto i mesi a Parigi mi avevano insegnato alcune cose.

Dopo quella separazione ne approfittai per introdurre qualche cambiamento. Smisi di fumare. Cercai di curare con costanza la forma fisica. Affinai uno stile personale fatto di giacche *décontracté*, scarpe non plasticose, jeans attuali.

T-shirt blu, o nere, con grafiche semplici: foto di palme, cieli in burrasca. Al tempo stesso diventai più sornione, ma con un fondo di tenebrosità che già faceva parte del mio impasto, un'ombra di inquietudine che probabilmente mi si era posata addosso da quando era mancato mio padre. Parigi forse ci aveva aggiunto qualcosa, un velo di disincanto.

Non so se ne creai i presupposti o meno: mi trovai addosso un magnetismo che poi lasciai agire quasi in autonomia, distrattamente, senza mai forzarlo.

In qualche modo quella formula ha funzionato.

Da un paio d'anni mi sembra che le ragazze complottino per tenermi lontano dalla monogamia, a volte mi dico, ma sono sciocchezze.

È soprattutto l'età, il fisico asciutto, l'attitudine: e poi è vero che ogni gratificazione rinforza e spiana la strada alle successive.

Se stai in piedi sull'onda buona, le ragazze se ne accorgono, le situazioni ti premiano, plani sui tuoi propri sorrisi, diventi ancora più audace, al tempo stesso più leggero.

~

Cammino in via Zamboni, la via universitaria, accanto alle facoltà e poi oltre, dove gli studenti si diradano. Chiedo un caffè al bancone di un bar pasticceria. Una biondina seduta a un tavolino ride al telefono, infagottata dentro a un piumone. Riconosco quel tipo di risata forzata, ansiosa. Deve essere alla vigilia di un esame.

Ho in tasca l'estratto conto che ho appena staccato da un bancomat: nessuno ha fatto una donazione, tra ieri e oggi.

Non resta ancora molta benzina.

L'idea di mettermi a cercare un lavoro, di cliccare come un criceto su siti *job-boards* mi dà sonnolenza, una sottile nausea.

A Bologna, più che altrove, giungere alla fine dell'esperienza universitaria può fare male. Ho già visto amici sprofondare in lunghi periodi di sconforto.

In questa città può essere un trauma, constatare un giorno, come tutti, che non è possibile restare giovani a oltranza. Devo cercare di non cascarci.

A sera rientro nel monolocale canticchiando un vecchio brano di Claudio Lolli.

Dalla finestra della cucina inquadro un ritaglio bianco-neon del Fiera District, le torri lontane di Kenzō Tange, l'architettura più bella di Bologna. Ho messo a scaldare degli spinaci surgelati. Dalla padella si sprigiona l'odore pungente di qualche conservante.

Torno in camera da letto. Spalanco la finestra. Compare da dietro i colli un volo intercontinentale, si capisce dal suono delle turbine al minimo. Sarà carico di passeggeri storditi dal jetlag. Punta verso l'aeroporto di Borgo Panigale. Nella traiettoria della virata finale per un attimo ho le luci di atterraggio negli occhi, abbaglianti.

~

Vado all'Esselunga di via Emilia Ponente all'apertura. Parcheggio tra due macchine lasciate a casaccio sulla griglia, in diagonale. Passeri come impazziti si impennano, fischiano in cabrate verticali, si contendono con qualche piccione resti poco commestibili accanto alla fila dei carrelli a riposo, troppo lunga, assurda.

Una ragazza magrissima è la prima a entrare, passa sotto la saracinesca mentre ancora si solleva. La ritrovo tra i bancali della carta igienica, l'aria urgente. Fa cadere più confezioni da dodici rulli dentro al carrello.

Sullo schermo di una cassa ancora chiusa un messaggio: «Non smettere mai di sorridere, anche quando sei triste. Non sai mai chi potrebbe innamorarsi del tuo sorriso». L'idea di qualche area manager per stimolare le cassiere.

Spingo verso il parcheggio un carrello di spesa ricostituente: rucola, filetti di tonno, arachidi bio, sedano. Uova da allevamento all'aperto. Pinoli. Feta di Salonicco. Era in offerta.

Mi piace, avere sempre un blocchetto di feta nel frigo.

A casa la taglio a cubetti, con cura. Li pesco dal piatto con lo stuzzicadenti, mentre apro una cartella di vecchie foto della Grecia, le faccio scorrere sullo schermo del Mac.

Era da un po' che non le vedevo. Guarda che cieli, che teste avevamo...

Ero partito con quattro amici nel viaggio di maturità, a metà luglio. Partenza meritata: l'esame era andato alla grande, oltre ogni previsione, la commissione era stata generosa con le valutazioni finali.

La prima tratta da Ancona al Pireo la tagliammo rapidi, con un traghetto Superfast, varato da poco. Al Pireo ci toccò un battello molto più lento, mangiato dalla salsedine.

Ci eravamo portati due chitarre folk piene di cicatrici, due tende canadesi, le macchine fotografiche, cui tenevamo moltissimo.

Le Isole ci erano sembrate la migliore opzione possibile per quell'estate. Una scelta necessaria, anche un omaggio alla mitologia greca che tanto ci aveva appassionato al liceo.

Ci sembrava benaugurante toccare quelle acque, prima di cominciare l'università.

Procedevamo fiduciosi lungo la rotta che il nostro ferro stava tracciando in mezzo all'Egeo, anche se di notte a tratti sembrava di stare fermi, senza riferimenti all'orizzonte.

L'iscrizione a Bologna, prima della partenza, era stata quasi un gesto naturale. La fama da "città dei balocchi" era ben nota anche in un liceo di provincia come quello al quale solo poche settimane prima avevo detto *adieu*.

Mi chiedevo come gli altri avessero potuto iscriversi a Padova o Ca' Foscari, ma non dubitavo che ne avrebbero tratto il meglio.

In quanto a Bologna, i sopralluoghi fatti già in quarta, poi più volte in quinta mi avevano confermato che non si trattava di leggenda: ci avevo respirato realmente un'atmosfera esaltante, anche culturalmente.

Una girandola di eventi, serate, caricata dalla *joie de vivre*, ritmata dall'allegria delle studentesse.

Appariva come la città ideale.

Non restava molto da fare, se non godersi il viaggio. Stappare bottiglie di Amstel. Tenersi stretti agli zaini da trekking. Rollare tabacco dentro cartine. Lavarsi i denti. Pulire l'obiettivo della macchina fotografica con il panno in microfibra, come avevo visto fare tante volte anche a mio padre.

Una volta a terra masticare calamari, olive e feta. Nuotare, assorbire quanto più sole possibile.

Una luce così bella non l'avevo ancora vista.

Il viaggio l'avevamo pianificato con cura, studiando guide Routard e Lonely Planet, forum di altri viaggiatori. Raccogliendo pareri di amici più anziani che c'erano stati prima di noi. Ci avevano parlato di spiagge ancora intatte, senza neanche un filtro di sigaretta, di piovre schiantate contro i muri, porticcioli governati da gattocrazie di felini selvatici. Puntavamo verso le isole più al riparo dai tragitti turistici.

La scelta era caduta su alcune delle Cicladi: Paros, Antiparos, Sifnos.

Poi eravamo venuti a conoscenza di "K", quasi per caso, scavando dentro articoli persi in fondo a siti greci, tradotti con Google. Su internet circolavano poche immagini.

Bisognerebbe andare a vivere dove ti piacerebbe morire, mi dico, e non ho dubbi, ancora oggi sceglierei quell'isola.

La chiamo così, soltanto K, ingenuo tentativo di proteggerla dai turisti. Ci fidammo di chi, quasi con un linguaggio allusivo, cifrato, la presentava come un paradiso incontaminato.

La pianificammo come destinazione finale.

Le reflex digitali all'epoca mi sembravano sfornare foto troppo piatte, come viste attraverso un televisore: durante uno dei sopralluoghi a Bologna mi ero comprato una Yashica FX3 di seconda mano, ancora a pellicola. Mi esaltava, l'idea di portare per la prima volta in viaggio una reflex completamente meccanica, oggetto per scolpirsi le foto con le dita, ruotando ghiere di messa a fuoco, diaframma, tempi di esposizione.

Appassionati di fotografia lo eravamo un po' tutti, tra amici. Avevamo adottato con entusiasmo quel mezzo che reinventava ogni volta il piacere di gettare uno sguardo libero, sperimentale sulle cose, che stimolava a esplorare i luoghi.

Ci si era rapidamente convinti del *genius loci*, dell'importanza di trovarsi al posto giusto al momento giusto, e questo aveva implicazioni più ampie: erano idee che nascevano dalla pratica fotografica ma che ben si prestavano a divenire una poetica più generale, o almeno così ci sembrava, una condotta di vita.

È vero, la scelta dell'università fu un po' anche la conseguenza di questo.

Non riuscivamo a vederci vivere in una città che in qualche modo non appagasse anche il nostro senso estetico, che non trasmettesse un senso di *necessità*.

Sentivamo che sarebbe stato un crimine vivere o restare in un luogo che ci dicesse *la vita è altrove*, non qui.

Per me fu esaltante imparare a fotografare il territorio abitato nel momento dell'assenza, fotografarlo quando ridiventa soltanto contenitore, nelle ore in cui l'essere umano lo abbandona o dorme, quando la sua presenza è solo testimoniata, relata, da strutture, oggetti, che diventano scenografie, la cui complessità poi si lasciava decifrare, rileggere nelle foto, perché spesso i luoghi li si attraversa distrattamente ma la loro riproduzione fotografica, invece, puoi sempre riguardartela con calma.

La fotografia come pretesto per esplorare una città, un paesaggio, ma anche solo per aver voglia di uscire e percorrere sentieri urbani poco battuti, per farsi orientare nell'intraprendere un nuovo viaggio, è una passione che mi è rimasta.

È stato naturale sceglierla come tema per la laurea.

E la fotografia d'altronde, lo si intuiva già allora, si è poi confermata uno dei mezzi più incisivi per interpretare le mutazioni in corso nel paesaggio, urbano e naturale, un discorso cui ho voluto dedicare alcuni passaggi della tesi, e lo riprenderò senz'altro, il giorno della discussione.

Ricordo Andrea, oggi assistente all'università, allora fresco di iscrizione a Filosofia. Lo rivedo su una spiaggia di Paros quell'estate, estrarre una Olympus OM10 semiautomatica, intonsa, da una custodia cagona in similcuoio. Conservata da dio. Gliel'aveva prestata il papà ordinario di estetica.

La sua erre, mentre stringendone la cinghietta sentenziava: «Questa Olympus savà... Savà... Il mio quavto occhio!». La sua maschera indimenticabile, quando qualche ora dopo quella reflex troppo fighetta gli si inceppò, senza che riuscissimo a farla ripartire, fregata da un granello di sabbia. Troppo urbana, troppo delicata per l'ambiente marino.

Continuò la vacanza con una usa e getta presa allo spaccio del porto, 26 pose più 3 in omaggio. Se ne fece una ragione.

La mia Yashica si rivelò un mulo, scattando in scioltezza fino all'ultimo rullino. Riportai a casa quindici pellicole piene di cieli e colori, impressionate da quella luce esaltante.

Rivedo le iridi dei gatti di K, guardinghi, magrissimi, quei loro sguardi ipnotici, cartomanti. Il bianco stordente dei muri a calce. Le lattine vuote delle Amstel che ci eravamo scolati. Il campeggio di K, dove installammo le nostre canadesi, all'ombra di un muretto di pietre, socializzando, offrendo birre a chiunque ci passasse davanti. Le tipe che aiutammo a montare la tenda.

Rivedo quelle due ragazzone di Dublino, un po' grezze ma autentiche, dirette. Non ci si fece niente ma per ringraziarci improvvisarono una grigliata di spiedini sulla spiaggia.

L'acqua talmente cristallina che da riva si riuscivano a vedere i ricci sul fondale. Le spine di riccio che mi beccai sotto a un piede. Un pomeriggio intero per toglierle.

Ho appena finito di scorrere sullo schermo quei vecchi rullini, e ne avrei voluti ancora. Avresti potuto scattarne anche di più, mi dico. Ma *primum vivere, deinde photographari*, non è così? A questo credo oggi come allora.

L'inizio dell'avventura universitaria ci attendeva al rientro, Bologna, Padova, Venezia.

È vero, scelsi Bologna e non avrei potuto fare scelta migliore. Provvidenziale fu andare a viverci da solo. Per uscire dalla placenta friulana. Per chiudere con gli anni bislacchi e indolenti del liceo.

Mi avevano detto che il periodo dopo l'ultimo esame e la laurea, quello in cui mi trovo adesso, è uno dei più belli.

Ma anche quell'estate tra la maturità e l'università resta indimenticabile, tatuata nella memoria.

Lancio su internet quei nomi di isole. Le ritrovo in immagini recenti, scattate da altri viaggiatori. Altri colori, più incisivi e freddi, ad altissima definizione.

Riconosco alcuni scorci. *Ouzeri*, taverne. I gatti che incontrammo allora forse saranno ancora vivi.

So che è un'illusione, so per esempio che Paros è già in parte corrotta, eppure mi auguro che certe calette più impervie restino defilate, che non diventino mai di moda.

Che i turisti continuino a farsi calamitare da Santorini, Ios, Mykonos, risparmiando il più possibile la magia di quelle rocce, quei vicoli di muri arrotondati e bianchi, accecanti, in cui ci si sentiva a casa.

~

Ero arrivato a Bologna a metà settembre, due settimane dopo il rientro dalle isole, due settimane prima dell'inizio dei corsi. I primi giorni giravo con una sahariana che ci sarà ancora, sepolta in qualche armadio a casa di mia madre. Avevo trovato un laboratorio in via Indipendenza, Pasquetti, stampava le foto in un'ora.

Le sfornava direttamente dietro la vetrina, sotto i portici, accanto al passaggio della gente.

Stavo per entrare, e proprio in quel momento la macchina sputò l'istantanea di un culo femminile, una sola, in mezzo ad altre senza interesse.

Un colpo di flash aveva sbiancato due chiappe tondissime, che una donna di cui non si vedeva altro aveva offerto qualche notte prima all'obiettivo, spalancandole con le mani. Seguii quel culo come stordito, fino a quando cadde nel raccoglitore, coperto dalle foto seguenti.

Ancora oggi mi piace pensare a quella istantanea come a una cartolina inaugurale, una specie di benvenuto che mi diede la città.

Dici Berlino, Amsterdam, Kiev, Lubiana, Auckland. Dici Liverpool, la città dove la *one-night stand* a quanto pare è più diffusa, qualche sito aveva stilato una classifica. Dici Roma e Trastevere, Milano e i Navigli, Parigi e il Quartier Latin. Dici Göteborg.

Ma confrontandoci sull'argomento tra amici, da anni, gente che di viaggi ne ha fatti, ci siamo convinti che la città dove puoi goderti di più la vita, se hai tra i venti e i trentacinque anni, ce l'abbiamo sotto i piedi, è proprio Bologna.

La città d'Europa più adatta a vivere una giovinezza epicurea, libertina, sensuale.

Sabato alle 20, centro storico. Scegliti un buon punto di osservazione, piazza del Nettuno, per esempio. Una moltitudine di studentesse e studenti tra poco uscirà dopo cena, distribuendosi tra pub, club, discoteche, riempiendo i locali di un'energia febbricitante. Bologna è una città sorniona ma anche ormonale, epidermica.

Certe sere la popolazione studentesca sembra percorsa da scariche elettriche, un'euforia contagiosa.

L'università ospita centomila studenti, ne accoglie ogni anno di nuovi, attrae ragazze da tutta Italia.

I punti di ritrovo, i locali più frequentati sono concentrati nel centro storico.

E il centro storico lo puoi percorrere facilmente a piedi. A Bologna è facile spostarsi da un locale all'altro, da un aperitivo a una festa, da un vernissage a un concerto.

Le ragazze sembrano più numerose dei maschi. Certi pomeriggi le studentesse paiono come illanguidite da qualcosa, certi pomeriggi avverti una sensualità più presente, insistente, come vaporizzata nell'aria. La sera il passo delle ragazze sotto i portici diventa più conturbante.

Certe sere, camminando mi sembra di intercettare gemiti di piacere, sospiri veloci, ripetuti, provengono da finestre aperte. Mi fermo ad ascoltare, rimbalzano da materassi che da sotto non si vedono, in via San Vitale, in via Clavature.

Poi spesso mi accorgo che sono lamenti di cani lasciati da soli in qualche stanza, versi quasi umani di piccioni, impuniti sui davanzali.

Godersi la giovinezza, che vuol dire? Vivere a fondo almeno quindici anni, dai venti ai trentacinque. Oppure dai venti ai trentasei, tanto per non farsi formattare dalle segmentazioni del marketing. Ma anche, in certi casi, fino oltre i quaranta.

Viverli in modo che non ti lascino rimpianti. Sarebbe un delitto sciuparli, quei dieci, quindici anni. Meritano di essere stravissuti.

Viverli assieme a belle persone, certo. Ma viverli anche nella città giusta.

Bologna è dove tu esci al mattino, puoi incontrare una ragazza in un parco, accanto alla bancarella dei libri d'occasione di un mercatino, o alla macchinetta del caffè in facoltà.

Le sorridi sornione, porgi un pretesto, una battuta scanzonata. Le chiedi soavemente il numero, perché non dovrebbe dartelo? Oppure te lo offre lei stessa.

La richiami un po' più tardi, come se avessi dimenticato di dirle qualcosa. La inviti a sorpresa per la sera. Un invito a cena improvvisato.

Se nell'approccio sei stato gradevole, deciso, se non sei proprio un cesso, una volta su due lei accetta.

Vi ritrovate più tardi, tu tonificato da una doccia, lei sublimata dal trucco e una gonna più corta, un altro paio di stivali. Davanti all'osteria che le hai proposto per l'aperitivo, o direttamente alla trattoria che vuoi farle provare, dove fanno anche un buon mojito. Luoghi ben noti, alcuni, altri che hai scovato negli anni. Che fai ruotare, per non suscitare gelosie, rappresaglie dei camerieri.

Ore dopo, è bello guardarla mentre dorme ancora, un piede che spunta dalle sue lenzuola, o dalle tue, mentre fuori è ancora buio.

La prima notte con una nuova ragazza è sempre unica. Ma già l'idea della prima serata assieme è esaltante.

Bologna accarezza questi appuntamenti con un'atmosfera notturna inimitabile, le sue prospettive di portici ocra e arancio, i lampioni fiochi, quei chiaroscuri così soffusi, confidenziali.

Non sarebbe possibile replicarli altrove.
Di giorno i toni caldi della città possono affaticare, dopo tanti anni vorresti più trasparenze, acciaio, vetro. Ma la notte Bologna riesce ancora a stupirti, sulla sua complicità ci puoi contare.

Eppure anche questa splendida città a volte si incarognisce. Ma ormai sai che fa parte del gioco.
Te la stavi vivendo alla grande, ed ecco che cala di nuovo la bassa stagione.
Settimane in cui diventi trasparente. Perdi carisma. Ti senti pesce fuor d'acqua, anche nelle serate più promettenti. A volte basta un taglio di capelli sbagliato, vai a sapere.
In quel periodo prenditi cura del fisico. Nutriti di film, letture balsamiche. Di ciò che ti ispira. Cerca di non incupirti. Evita le situazioni tossiche.

Mi peso sulla bilancia in bagno. Ottantatré chili. Per un metro e ottantaquattro e la massa muscolare è quasi il peso forma. Muscoli del torso tonici, pettorali definiti e addominali piatti, appena sfumati da un cuscinetto di adipe, post-natalizio, eliminabile in due settimane di corsetta. Gambe da sciogliere con più stretching.
Continuare a godere di una vita libertina in questa città così generosa, avvicinandosi ai trent'anni, richiede una messa a punto dello stile di vita.
Non fumare, o smettere quanto prima. Moderare l'alcool, evitare vini dozzinali, pieni di solfiti. Costanza nello sport: definizione con i manubri, corsetta all'alba. Dopo la corsetta, dieci minuti di stretching contro lo schienale di una panchina.
È importante sciogliere le gambe. Restare elastici, come i gatti.
I legumi sceglili tu, al mercato. La frutta solo di stagione. Frutta secca tracciabile e a peso: mandorle, nocciole siciliane, noci. Un po' di arachidi. I pinoli sono squisiti, ricchi in fosforo: occhio alle calorie.
Al risveglio un cucchiaio di olio extravergine da olive taggiasche o olive coratina, ricche in polifenoli. Subito dopo, un bicchiere d'acqua, in cui hai strizzato una fettina di limone verde, o un mezzo cedro. Un cucchiaio di olio di semi di zucca a giorni alterni.

Tè verde in capsule da cinquecento milligrammi e ginkgo biloba in capsule da ottanta, preparazioni officinali prese in farmacia.

A fine giornata dovresti aver bevuto tra due e tre litri d'acqua, ma questo già lo sai. Succo di carota senza additivi, in bottiglia di vetro. Non privarsi delle uova anzi mangiarne anche tre a settimana ma da allevamento all'aperto, tracciate. Meglio se sode. Spolverale con un po' di pepe indonesiano. Evita se possibile le frittate. Impara prima o poi a fare le uova in camicia. Entro i trent'anni.

Sotto la doccia non dimenticare un getto d'acqua fredda sui genitali. Stimola la circolazione. Non dimenticare di respirare a fondo: le occhiaie si riassorbono, il colorito diventa più sano.

Quando ritrovi la forma, il cuore batte più lento, profondamente. Quando l'hai ritrovata, l'ottima forma, allora lasciati andare, giusto un filo. *Lâcher prise*, dicono i francesi. Riprendi un paio di chili: smussa i tratti del volto. Così a un certo punto riaffiora il carisma, l'ascendente, ed è sorprendente con quale naturalezza ricominci a socializzare, ricomincino a fioccare occasioni.

C'è una parte di mistero, in questo, sul quale non bisogna interrogarsi. È giusto che siano le ragazze a governarlo, a detenere quella zona d'ombra.

Ma quando sei dentro la bassa stagione, fatti trovare pronto. Quando il momento ascendente ritorna, saranno le ragazze a fartelo capire. Uscendo allo scoperto, offrendoti opportunità che non puoi mancare, che saprai afferrare al volo. Senza mai perdere la poesia, senza mai forzare.

Ma tutto questo avrebbe poco senso, se non ti trovassi nel posto giusto, nella città giusta.

~

Durante le ore diurne inganno l'attesa della laurea con progetti e idee minimali, pieghevoli, concretizzabili rapidamente.

Do un'occhiata al mio sito. L'avevo creato secoli fa con Dreamweaver per mettere in rete alcune foto della riviera d'inverno. Era da parecchio tempo che non ci mettevo mano.

Stanotte l'ho aggiornato con una nuova pagina, laterale, dedicata a papà.

Sobria, essenziale, senza alcun intento celebrativo. Soltanto una dozzina di belle foto che lo ritraggono in contesto aeronautico.

Un autoscatto che si era fatto in volo sulle Dolomiti, ai comandi di un caccia G.91 del 2° Stormo. Un altro mentre è vincolato al seggiolino posteriore di un TF-104G da addestramento, preparandosi al decollo. In un'altra si riconosce il profilo della costa adriatica dalle parti di Grado, oltre la trasparenza del tettuccio, in un volo a bassa quota, la visiera del casco sollevata.

Guarda l'obiettivo, divertito, nonostante le rughe sulla fronte lascino intuire la concentrazione.

Si portava spesso dietro la reflex. La fotografia lo appassionava senza mezzi termini, come il volo, come il mare, quando si infilava nelle raffiche con il suo nove metri, come lo aveva esaltato anche la montagna, a vent'anni, arrampicate sulle Dolomiti da cui tornava esausto ma felice.

Scattò centinaia di rullini. Quelle foto riposano tutte in uno scatolone in mansarda, ordinate in ordine cronologico. Le ho sfogliate tante volte, ormai mi oriento bene in quell'archivio.

L'ultima volta che sono stato in Friuli ho scelto queste. Adesso le ho liberate su internet, dopo averle scansionate, ripulite un po' con Photoshop.

Ingrandite sullo schermo sono talmente nitide che si direbbe che non sia *mancato*, ma solo *scomparso*.

Che sia giusto uscito a prendere il giornale, o stia ancora trafficando in garage, la testa dentro al cofano della sua Citroën.

Ho pubblicato questa pagina perché so che aveva molti amici.

Ho aggiunto poche parole:

Se sei atterrato qui forse hai conosciuto Elio, scomparso una mattina di maggio durante un allenamento in solitaria con il suo biplano acrobatico, quasi vent'anni fa.

Ho voluto creare questa pagina e pubblicare alcune sue foto.

Se lo hai conosciuto e ne conservi un ricordo, puoi scrivermi qui:

unbiplano@yahoo.com

Sarà un piacere per me leggere il tuo messaggio e risponderti.

~

Stavo per fare una siesta, ma niente. Urla che trapassano anche i doppi vetri. Apro la finestra: due cani di grossa taglia si stanno azzuffando sotto il portico. Un groviglio di zampe e casse toraciche, i padroni gridano, faticano a strattonarli via.

Finisco una lattina di Red Bull e scelgo un jeans scuro, una camicia casual, a quadretti. Sciarpa in lana, cappotto lungo. Raggiungo il Jaco in via Marsala.

Da lì poi ci si incammina verso il Celtic Druid, dove di solito iniziamo la serata. Pub informale, ottimo per rilassarsi dopo cena. Centrale ma incastonato in una viuzza al riparo dal traffico, fedele al *décor* di legno scuro e al suo odore di birra, sempre lo stesso da anni.

Verso le 21 comincia a popolarsi. Più tardi, alle 23, la pressione sonora cresce, difficile trovare uno sgabello libero. Si riempie di studentesse, a coppie, gruppi di amiche: collant, lampi di orecchini, stivaletti, ragazze già al secondo giro di Guinness.

Un'atmosfera da gita scolastica rende le interazioni più spontanee, goliardiche. Grappoli di risate scoppiettano attorno al bancone. Le cameriere accelerano i movimenti, spillano pinte con gesti essenziali, rapidi.

Verso mezzanotte le interazioni sono ormai fluide, le ragazze più disponibili, i corpi si orientano in attesa di un intervento, una battuta, un invito-riduzione a una serata. Lampeggiano sguardi allusivi da una parte all'altra del bancone.

Il Jaco vive la maggior parte del tempo dalla nonna materna, in un grande appartamento appena fuori porta. Così si alimenta meglio, sostiene, lei ama ancora cucinare, lui evita di sbattersi con spesa e padelle. Però tiene sempre in tasca le chiavi di una mansardina in via delle Fragole. È lì che dirotta quando rimedia una tipa. Il suo "trappolo", lo chiama così: giusto un letto e un frigobar. Sapone, un set di asciugamani, rasoi usa e getta, se l'indomani deve andare direttamente a lavoro.

Ma l'indomani di solito è sabato, o domenica. Le studentesse escono ogni sera ma finiscono per adattarsi al ritmo della settimana lavorativa: è sempre nel weekend che sono più rilassate, allusive.

Lascio il boccale mezzo pieno sul bancone, era troppo fredda. Ci spostiamo qualche centinaio di metri più in là, al Jam, discoteca sotterranea ma tutt'altro che "underground", anzi anche troppo modaiola.

Una biondina all'ingresso chiede se ho da accendere. Anche se ho smesso tengo sempre un accendino nel cappotto. Si infila una Dunhill tra le labbra, lucide, sottili. Aspira a fondo, stringendo ciglia nerissime di mascara, mentre accosto la fiamma alla punta della sigaretta.

Deve raggiungere un'amica che lavora al guardaroba, dice, con un accento veneto che potrebbe essere di Mira, o Conegliano. «Cristina» mi fa, allungandomi una mano piena di anellini, soffiandomi il fumo in faccia. Si allontana lentamente, ancheggiando, con un passo un po' instabile sui tacchi.

Abbiamo scelto il Jam ma poteva essere un altro dei tanti locali del centro storico, in fin dei conti sempre uguali negli anni. Abbiamo visto cambiare tante volte staff e *décor*, ma si riempiono sempre: è sufficiente la posizione centrale, l'euforia del perimetro universitario. Siamo noi che stiamo diventando troppo "datati", merce quasi scaduta, per posti come questo. Frequentati soprattutto da matricole, gente febbricitante del primo o secondo anno.

Sotto i faretti lividi del cesso lo specchio non fa sconti: rughe sottili attorno agli occhi, qualche capello bianco isolato. Ma intanto i capelli li hai ancora, Livio, mi dico, e pure folti.

Molte ragazze carine, curatissime. Sono loro che danno il ritmo alla notte, l'impulso al getto sonante di milioni di euro che frullano ogni weekend in consumazioni, ingressi, droghe varie, cene offerte.

Il Jaco sta parlando con una rossa truccata pesantemente. Riappare Cristina. Avrà diciotto, diciannove anni al massimo. «Cosa fai, sei avvocato?» mi chiede, ma le rigiro le domande. È di Vicenza, dice, in perlustrazione, ospite da un'amica. A settembre vuole iscriversi a Legge. Mi interessa, questa sua scappata a Bologna.

Mi parla dentro l'orecchio, ma la musica è troppo alta. Sento l'odore leggero di rum e nicotina nel suo fiato.

Usciamo. I polmoni si gonfiano di aria gelida. Ci baciamo sotto il portico, io, come un orso, barba di tre giorni, lei, diafana, magra, quasi senza sopracciglia, capelli talmente chiari da sembrare bianchi.

Vuole vedere com'è la facoltà di Legge di notte, il portale di Palazzo Malvezzi.

Una Polo inchioda sulle strisce pedonali, ma nessuno stava attraversando. Uno scooter la tampona. Dalla macchina esce una tipa con una parrucca celeste, assurda, lunga fino a toccare terra. Controlla i danni al paraurti.

Dentro la macchina altre ragazze, un rap a volume esagerato. Stanno muovendo le braccia a tempo, una coreografia improvvisata. La Polo non si è fatta un graffio.

Il tizio si è tolto il casco, spaventato. Si avvicina alla ragazza per dirle qualcosa. Lei lo aggredisce con un ruggito, lui resta in piedi in mezzo alla strada, inerte, inebetito.

D'istinto urlano anche le altre, amazzoni, gasate. Ripartono, rifacendosi tutta via Zamboni in retromarcia.

Cristina mi tiene a braccetto. Gli stivali le stanno da dio, ma fatica a mantenere l'equilibrio. Evitiamo di camminare sul pavé.

Ha acceso un'altra sigaretta con quella appena finita, la spegne contro il muro, mentre apro il portone. Dopo cinque rampe di scale le dico ne mancano ancora tre. Una vecchia gag. Poi apro la porta.

Ci togliamo i cappotti, li appoggio in corridoio, sopra un sedile da teatro in velluto che era già lì quando presi il monolocale.

Si toglie gli stivali, si afflosciano sul parquet come due tubi.

«Scusa, perché siamo qui?» mi chiede, il sorriso un po' tirato. Spalanco gli scuri e le indico i tetti che si perdono nel buio, bellissimi, allargando le braccia: «Ecco perché» le sorrido. Si accende un'altra sigaretta alla finestra. Vado in bagno con la tuta sotto al braccio. Sfilo i boxer e infilo i pantaloni da running, senza niente sotto.

Quando torno in camera la trovo già addormentata. Si è tirata addosso il piumone, senza togliere i collant. La scrollo un po'. Non si sveglia. Se fa finta le riesce bene.

Un paio d'ore dopo è lei a svegliarmi, schiacciandomi un polpaccio mentre scende dal materasso. La vedo ravviarsi i capelli quando rientra dal bagno, con un gesto rapido delle mani.

Mi si stende accanto, sotto al lenzuolo. L'aiuto a slacciare il reggiseno. Mi si gonfia un'erezione quasi dolorosa. Infila la mano sotto l'elastico della tuta, mi levo i pantaloni. «Ora ti punisco» mi fa. Mi schiaccia un piede con il suo. Punirmi di cosa? La sua risata, mi sembra che anche quella abbia un accento veneto…

Comincia ad accarezzarmi, lentamente, mi stringe un po' con la mano. «È grande» dice, mordicchiandomi il mento. Ha ancora i collant, faccio per srotolarglieli. Chiude le gambe. Poi le solleva, se li lascia sfilare. Le scopro due piedi leggermente sudati ma freddi, smaltati di rosso, bellissimi.

*Febbraio*

Il Jaco, trentadue anni, capelli già sale e pepe, barba che sta facendo crescere da qualche settimana. Il Jaco la mascella smagrita, da dj, alla Coccoluto, oggi ne dimostra quaranta. Mettici anche il reticolo di rughe attorno agli occhi quando ride, e ride spesso, e lo preferisco, avere amiche o amici che ridono facile. Che non si prendono troppo sul serio. Che lancino in aria risate aperte, generose. Quante risate acide, in giro, risentite, incattivite dalla "Krisi" che perdura. Quelle rughe vai a sapere, forse in passato ha fumato troppo, o ha preso troppo sole. Forse tra quattro anni le avrò pure io.

Siamo seduti a un tavolino all'esterno, al Piccolo Bar di piazza Verdi, nel cuore del quartiere universitario. Nei dintorni poche anime, atmosfera dimessa, malinconica.

La domenica pomeriggio la zona universitaria si spegne, si sgonfia come un sacchetto della spesa abbandonato.

Il Jaco si è preso un paio di Wayfarer nuovi su Amazon, lenti a specchio verdi. Ci vedo la mia testa deformata, minuscola, mentre fa il punto sulle tipe con le quali è uscito a gennaio. Lo fa senza gigioneggiare. È soprattutto la quantità che gli interessa, ultimamente.

Non si fa spaventare da smagliature, mariti appostati, lunghe trasferte. «Anche quarantenni, perché no. Ce n'è di molto belle. Tormentate, magrissime. Certe ballerine di tango, per esempio» dice, imitando la voce di Tognazzi.

Mentre dal canto mio mi attengo alle universitarie, o al massimo trentenni, senza collezionismo, lui con l'anno nuovo punta alla varietà, quasi un esperimento. Ha l'impressione di essersi lasciato sfuggire troppe occasioni, l'anno scorso, per pigrizia, poca convinzione. Per ritentare quegli esami rognosi che fatica ad abbattere.

Imita Tognazzi ma fisicamente somiglia più a Mastroianni: sorriso amicale, volto squadrato. Pesca le sue avventure fuori Bologna, si aiuta con le applicazioni di dating. «A Bologna non servono» dice. «Ottime invece verso Cesena, a Parma, in Appennino». Dall'inizio dell'anno ha già fatto parecchie trasferte, sempre in solitaria, con la sua Alfa color prugna, comoda.

La più recente è un'oculista conosciuta a una sagra dalle parti di Comacchio. Un'altra invece, giunonica, dice, sempre in provincia di Ferrara, con anche trascorsi di droga pesante, ma generosa, l'ultima volta ha fatto due torte, una per il marito e una per lui.

Quella che l'ha segnato è Irene, la praticante che ci ha presentato Silvia prima di Natale. Una bella tipa, un po' eccentrica, di cui anche Silvia dice di aver perso le tracce, anche se non le credo. L'ha invitato a cena. Si è fatta scopare tutta la notte. Poi è sparita dai radar. Irraggiungibile al telefono.

Ci è rimasto male. Si è chiuso nel trappolo per un weekend, mangiando solo kebab e pizze da asporto.

Dietro i modi guasconi so che il Jaco è un'anima sensibile. Evito di ricordargli Irene. Come se avesse intuito cambia discorso. «Ora basta, vorrei laurearmi anch'io, Livio» mi dice, appoggiando i Ray-Ban sul tavolino, stropicciandosi gli occhi. Continua a sbattere il cranio su Diritto privato, secondo lui l'esame più ostico a Economia. L'ha già tentato tre volte. All'ultima sessione l'ha saltato. «A Carugati l'immagine dello scoglio insormontabile non convince, la trova banale. Al ricevimento ha detto che se mi piace il mare posso vederla così: è come se lui fosse su un molo, con il mio libretto in mano, e io al largo, su una barchetta, alla deriva. Se lo salto, l'esame si allontana. Privato non va lasciato raffreddare, mi ha detto. Bisogna riprovarlo a oltranza, a testa bassa».

Nel frattempo lavora in un ufficio di recupero crediti a Funo di Argelato, lo raggiunge con uno scooterone a tre ruote. Gli scooter sono un punto di divergenza tra noi. Non li ho mai amati. Forse solo a Paros, facendo il periplo dell'isola, l'aria calda che gonfiava la maglietta come un palloncino.

«Ho la *fotta* in zona rossa» mi fa, rimettendosi gli occhiali. Una sera si scherzava sulla differenza tra scopare e *fottere*, c'era anche Silvia, lei diceva che *fottere* è scopare con più risolutezza, percussività. Da allora nel repertorio del Jaco si è accesa la parola, *fotta*, l'ha fatta sua.

*Fotta*, ovvero pulsione incoercibile di fottere. È la *fotta* che gli fa macinare così tanti chilometri dall'inizio dell'anno, andare a cercare avventure fino in Toscana. Rende l'idea. Piena, emiliana. Non mi dispiace. *Fotta*. «Grezza, soda, come uno sculaccione» scherza.

Mi chiede di Cristina. L'aveva notata anche lui. Resto vago. Non amo rievocare i doni della notte, quando mi capitano.

Preferisco godermi la persistenza del piacere, il momento da solo, accompagnare con gli ultimi sorsi di spritz il formicolio che ancora mi sale dai genitali. Il Jaco si aggiusta gli occhiali sul naso, ma il sole non c'è, riattacca con buoni propositi per febbraio, ma sono stanco. Mi sa che torno a casa a fare una siesta.

Belli comunque i suoi occhiali, lenti cangianti, tra blu e verde. Aggiungono un tocco da narcotrafficante al suo volto. Fa bene a non toglierli. Meglio tenere le distanze da questo cielo vedovile e grigio, piatto come una targa di marmo in ombra sotto i portici.

Sotto i portici i cani continuano ad annusare l'urina di altri cani. Come sempre. Come se fossero sulle tracce di un tesoro.

E il sole è un dischetto che ho visto affiorare solo per qualche istante dal grigio, come una compressa effervescente, malato, prima di sciogliersi del tutto.

~

Ho scritto all'Agenzia Nazionale per la Sicurezza del Volo, inviato data, luogo, marche civili, ovvero la targa del velivolo: le coordinate dell'incidente di papà. Allegato una foto del relitto, evitando di aprirla, di guardarla: fa sempre male. Chiedo se sappiano qualcosa della relazione d'inchiesta. Se esista. Se sia possibile recuperarne una copia.

Mi ha risposto uno dei loro periti. È spiacente, ma non hanno avuto modo di occuparsi di quell'evento. L'Agenzia all'epoca non esisteva.

All'epoca le inchieste per gli incidenti che coinvolgevano piccoli velivoli civili erano rare. Istruite a discrezione delle autorità locali.

Anche l'esistenza di un'inchiesta penale, eventualmente aperta da un magistrato, è da escludere, in quanto l'aeromobile volava in aperta campagna: non causò danni a persone né cose, abbattendo soltanto qualche filare di vigneto.

Fosse accaduto oggi lo scenario sarebbe diverso: poiché l'aereo stava facendo acrobazia, disporremmo con tutta probabilità di un video ripreso da qualche testimone. Comunque osservando la foto del relitto, conclude il perito, l'impatto non deve essere avvenuto a velocità sostenuta.

Si capisce dal motore: si è staccato dal telaio ma è rimasto nei pressi della carlinga. Anche gli altri frammenti non si sono sparsi lontano.

~

La tesi è chiusa, depositata in segreteria. La Fazioli non ha mai fatto storie, anzi sempre presente, prodiga di consigli. Una delle prof più amabili di Scienze Politiche.

Mi aveva lasciato carta bianca, ho scelto una tesi in sociologia visuale, con un'ampia sezione dedicata alla fotografia. L'ho scritta in sei mesi, intensi, lavorando le ultime settimane anche quindici ore al giorno.

Ho letto troppo, però. Adesso ho voglia di mare. Di un orizzonte lontano, sgombro da ostacoli. Anche se farà più freddo che a Bologna.

Mi sono alzato all'alba. L'Adriatico è un richiamo forte soprattutto d'inverno. Mi sento nel mio elemento, dentro quei colori slavati: bello camminare sul litorale sgombro da ombrelloni, dagli oggetti posticci della bella stagione. Pulisco l'obiettivo della macchina fotografica con il panno in microfibra.

Alle 7 accelero infilando l'autostrada, la cinghia della Opel fischia in trazione per il freddo.

Ho messo *Third* dei Soft Machine nell'autoradio. Benzina ce n'è fino a Rimini e ritorno.

I giorni di pioggia hanno liberato una luce quasi aurorale, scintillante. Per un lungo tratto dopo Imola non ho automobili alle spalle, il retrovisore inquadra le corsie sgombre.

Mi diverto per qualche secondo a glissare tra l'una e l'altra, tracciando grandi S, come se la macchina corresse sulla sabbia.

Il litorale di Milano Marittima è sferzato da raffiche di scirocco. Parcheggio e cammino accanto a condomini abbandonati, minimarket sigillati, pizzerie impacchettate. Mi piace, il tempo dilatato, da fermo immagine, che cala in questi luoghi d'inverno.

Mi diverto a immaginare la folla balneare che era qui solo qualche mese fa, quella foto mentale si sovrappone per un po' al paesaggio disabitato.

Ho portato la Canon e un treppiede Manfrotto in carbonio. La spiaggia è presidiata dai gabbiani, la occupano con una tracotanza da hooligans. Becchi duri, taglienti come corallo, pupille fulminate. Meglio non fissarli troppo.

Scatto foto con il grandangolo, chiudendo il diaframma a undici iperfocale, tutto a fuoco dai primi metri all'orizzonte.

Salgo sulla scala di sicurezza esterna di un albergo chiuso, in fondo a un vicolo cieco, spolverato di sabbia. Scatto tenendomi a una ringhiera arrugginita.

Se cadessi, se crepassi qui ci metterebbero settimane a trovarmi.

Fotografare in questi luoghi mi fa star bene. La concentrazione sgombra la mente da inutili ruminazioni. Non ci si accorge del tempo che passa, se non fosse per la temperatura della luce, che diventa sempre più fredda, come l'aria.

Alle 17 il cielo scurisce. Concludo la gita scattando con il treppiede le ultime foto al buio, sulla spiaggia di Lido Adriano, deserta, siderale, solo il ronzio di un gruppo elettrogeno, lontano.

L'aria è pungente e odora di uova marce, sono le piattaforme rosse del petrolchimico all'orizzonte. Oscillano come barchette, remote, avvolte nei vapori degli idrocarburi.

Recupero la Opel, sola nel parcheggio. Le strisce al suolo devono averle rinfrescate da poco, sono impeccabili. Immagino le mansioni degli operai comunali d'inverno, lo zelo raddoppiato dei gesti, per far passare il tempo.

Metto in moto aspettando che l'abitacolo si riscaldi.

Punto la prua verso l'autostrada, attraversando paeselli romagnoli curati, autosufficienti, con le loro scuole, il supermarket, il veterinario. Gli scooter truccati dei ragazzini che appena potranno si trasferiranno a Bologna, o al limite a Rimini.

Mi diverto ad accendere i segnali stradali con colpi di abbaglianti. Dopo Cervia attraverso un banco di foschia. I fari opposti sorgono in lontananza come sfere bagnate, sospese nel vuoto.

In autostrada guido senza scarpe, per un tratto metto i Persol anche se è buio, tagliano via tutte le luci, lasciano solo i fanali delle altre auto.

Fino a qualche anno fa ci venivo con qualche amico, qualche ragazza. Poi ho capito che è meglio in solitaria. Anche oggi mi sono reso conto che non è facile, fotografare questo Adriatico invernale che chiede tempi lunghi, la ricerca di una sintonia fine, aggiustamenti calibrati della profondità di campo.

Non è facile ma è un piacere, cercare quasi in trance la distanza, la prospettiva nella quale il luogo entra come in risonanza, rivelando nel mirino una griglia di intenzioni, o di sviste architettoniche, oppure interroga a sua volta, regalando un'agnizione, un'evidenza, che certe volte oltrepassa lo sguardo, sembra toccare regioni inconsce.

Punto il cofano verso Bologna, tenendo i centoventi sulla corsia lenta, ipnotizzato dal riscaldamento, dagli ammortizzatori che addolciscono anche troppo le asperità della carreggiata. Dopo aver dormito un po' all'area di sosta Sillaro, rientro in città dal casello preferito, Bologna Arcoveggio.

Il traffico che mi precede sui viali è uno sciame di luci rosse. Accelerano e frenano di impazienza, eccitazione.

È l'esaltazione della notte che monta, quasi feroce nel weekend. Gente che sta rientrando dal ristorante. Amiche che passano a prendere amiche per il dopocena. Abitacoli saturi di profumo.

Sotto casa non c'era parcheggio. Lascio la macchina in una via dove non passo mai.

Deve esserci una prova di tango. Sento filtrare il bandoneón dalle finestre illuminate di una palestra, le esortazioni della maestra. Deve aver detto qualcosa di divertente: una risata degli allievi esplode dietro i vetri. Mi allontano a piedi.

La musica mi stava piacendo. Tango. Bisognerà provare, una volta.

Non so per quanti chilometri ho camminato sul litorale. A casa ho scrollato le scarpe alla finestra, erano piene di sabbia. Dalla via saliva un odore di spazzatura fresco, quasi gradevole. Gli scarti di una cena di pesce.

Ho scolato una bottiglia d'acqua minerale. È come se ci avessi sciolto un sonnifero. Sono crollato di sonno, senza neanche svestirmi.

~

Eiettarsi fuori dal monolocale. Correre trenta minuti all'alba, dopo un bicchiere di succo di carota, yogurt greco con miele.

Cercare un lavoro, questa la missione da oggi. Non più procrastinabile.

Così ho passato tutto il giorno al 25 di via Zamboni, Palazzo Paleotti. Edificio storico, di impianto medievale, più volte rimaneggiato, ora moderna, tranquilla sala studio.

Mi sono installato davanti a uno schermo dai colori nitidissimi, privo di riflessi. Saltato da un sito all'altro navigando compulsivo, con una connessione in fibra ottica, ultrarapida.

Piuttosto che restare nel monolocale, con il portatile sulla scrivania tra la tazza di caffè e una copia di «Repubblica», ho deciso di venire qui.

Spegnere lo smartphone. Osservare orari d'ufficio, con tanto di straordinari. La sala chiude alle 22.

Quando papà morì avevo dieci anni ancora da compiere. I soldi dell'assicurazione sulla vita furono amministrati da mia madre.

Quasi dieci anni è anche il tempo trascorso da quando mi installai in questa città.

La spesa settimanale supera i cento euro. La Opel succhia benza come un'idrovora. C'è l'affitto del monolocale, per quanto basso rispetto alla media. E i viaggi fatti, i libri che non mi stanno più nella stanza, tutte le serate, tutte le pizze e le trattorie negli anni.

Del gruzzoletto che mi lasciò papà non resta più molto. Nel conto corrente ho ancora poche migliaia di euro.

Prendo una Red Bull alla macchinetta. Rifaccio il profilo LinkedIn, indicando la laurea imminente.

Rimetto a nuovo il curriculum, se di curriculum si può parlare: aggiungo i lavori temporanei fatti durante l'università, servizi fotografici per i centri commerciali, lo stage alla Granarolo, l'Erasmus a Parigi. Un cenno in una riga alla passione per la fotografia, per l'esplorazione urbana.

L'ho pubblicato un po' ovunque. Lanciato l'amo su Monster, Indeed. Siti che diventano sempre più intuitivi, colorati. Come se cercare un lavoro fosse un gioco, una ricreazione. Qualcosa abboccherà.

Comunque è un fulmine, la rete in questa sala. Le tastiere non so come le abbiano silenziate. Anche se ci pesti con rabbia non fanno rumore. Il guardiano si fa la sua vita. Il cranio sprofondato dentro lo schermo del notebook. A fine giornata si è sollevato e ha appoggiato il naso a un microfono: «Tra venti minuti la sala chiuude, eh, si chiuuude». L'ultimo "chiuuude" più metallico, quasi interrogativo.

A fine sessione ho decine di finestre aperte: YouTube, Monster, l'«Internazionale». Flickr, Vice, «Huffington Post».

Ho letto anche la pagina Wikipedia dedicata al Pitts, l'aereo di papà:

> Biplano leggero acrobatico progettato da Curtis Pitts negli anni Quaranta ed ancora oggi prodotto dall'azienda statunitense Aviat Aircraft.
> Vincitore di numerose competizioni aeronautiche fin dal suo battesimo dell'aria. Uno degli aerei preferiti dai piloti acrobatici in tutto il mondo.

Alle 22 spengo il computer e osservo le altre postazioni, mentre mi faccio un nodo scorsoio alla sciarpa.

Mi arriva un messaggio di Silvia: «Domani?». Sono rimaste solo alcune ragazze. Le vedo concentrate, assorbite da schermate criptiche, fitte di formule matematiche o chimiche, diagrammi di flusso. Discipline complesse. Laureate, dottorande precoci. Me le ritroverò un giorno come capoufficio. Direttrici del personale.

Tornando verso casa passo accanto al Conservatorio, poi Strada Maggiore ha un odore che riconosco.

È il profumo serale di Bologna a febbraio, e mi piace: foglie marce, corteccia bruciata e muffa. Odore di nebbia e scantinato.

~

Silvia al telefono mi dice di salire. Ho trovato parcheggio sotto casa sua, all'angolo tra via Irnerio e via Mascarella. Non è ancora pronta. Ha lasciato la porta aperta. «Arrivooo» urla dal bagno.

La aspetto sul canapé sfondato della sala da pranzo, nel grande appartamento che divide con tre coinquiline. Le altre non si vedono. Saranno in camera a studiare, o a guardare qualche serie sul portatile, o forse sono uscite.

Nell'attesa, sfoglio un «Cosmopolitan» lasciato sul divano. La definizione delle foto di moda è impressionante. Titoli, aggettivi, didascalie, gambe ultralisce, tema del mese, guance arrossate, illuminazioni softbox… Tutto il magazine sembra ruotare attorno al movente erotico, almeno una pagina su tre allude alla seduzione come casella giocosa e gratificante, ma rapida e casual verso l'amplesso.

Silvia esce dal bagno ed è deliziosa con l'abitino corto in velluto nero, piedi nudi. Viene a darmi un bacio. Sorride, trovandomi così assorbito dalla rivista. Mi si siede sulle gambe, arrotolandosi i collant con un gesto rapido, incantevole. Mi piacerebbe rivederlo, ma vuole uscire. «Dove mi porti?». Propongo mojito e salsicce alle Frasche, in via Saragozza. Locale accogliente come una baita di montagna, pareti di legno, musica bassa.

Anche stasera poca gente, possiamo scegliere la panca che più ci ispira. Lei si siede accanto. Si diverte a fare pernacchie con la cannuccia del mojito. Mi gratta un po' la nuca, come un gatto. Sta studiando a capofitto per la tesi di dottorato in Psicologia cognitiva. Mi fa piacere che abbia voluto uscire a prendere un po' d'aria.

«Sei un edonista» mi fa più tardi, «un *bon vivant*, le donne ti avranno anche fatto soffrire, ma sei riuscito a toccarne la bellezza e le ami, comprese le zone d'ombra, l'inesplicabile. Diciamo che sei più simile a un Casanova. Il Jaco invece è più il tipo del Don Juan, le ultime volte che l'ho visto mi è sembrato troppo astratto, concentrato su se stesso. È per questo che Irene l'aveva lasciato perdere» dice, facendomi l'occhiolino. «Ma il Jaco non l'ho ancora inquadrato. Forse sul Jaco mi sbaglio». Le salsicce al rosmarino erano ottime. Finiamo il secondo giro di mojito. Pago e rientriamo con la Opel sui viali, direzione *chez moi*.

In camera si sfila gli stivaletti. Li scalcia contro il bordo del futon. Amo la sua risata cristallina, un po' insolente. Penso alle ragazze, amorose delle scarpe che indossano al mattino, insofferenti di quei tacchi la sera. Se ne liberano con un calcio nelle loro stanze, nell'anarchia della loro intimità. Continuo a scoparmi vecchie amiche e amiche nuove, e la linea del tempo incrocia ben presto la laurea, il vero grande salto nell'ignoto.

Per il momento mi pare di continuare a procedere lungo la traiettoria con vento a favore, sono fiducioso. Tieni la rotta senza muoverti troppo, mi dico, e attento a non metterti di traverso.

~

Silvia è uscita alle 8. Mi sono alzato mezz'ora dopo. Mi tremavano le gambe per il calo di zuccheri. La spina della lavatrice in bagno si è sciolta. Devo averla caricata troppo. Il motore sotto sforzo l'ha surriscaldata. Adesso ha una forma strana, sembra un naso alla Dalí.

Ho messo su un caffè. Del reggae piacevole dall'appartamento di sotto, attutito dal solaio.

Bologna "paese dei balocchi", "peschiera pescosa". Bologna come se fosse una festa continua, un Erasmus che può durare anche dieci anni. Sono anni che vivo nel monolocale. A soli quattro numeri di distanza dalla casa-atelier dove visse una vita il maestro Giorgio Morandi.

Se abiti nel centro storico e hai finito di cenare in trattoria con una tipa, un invito a fare due passi, a farsi un ultimo limoncello su da te, difficile che ti venga rifiutato. Per questo è importante abitare "entro mura", a costo di sacrificare qualche metro quadro. Se già vivi fuori porta, o in prima periferia, a San Lazzaro, a San Donato, le cose si complicano, l'invito non fa presa.

Un limoncello di Amalfi, dici, l'aria assorta. Mica quello industriale, da pizzeria! Te l'hanno procurato degli amici di Napoli. Infusione di limoni che crescono solo lì, grossi come pugni.

La bottiglia è splendida, vetro sabbiato con un blasone in rilievo sul collo. L'avevo presa su eBay per una decina di euro. I limoni li vende il pachistano sotto casa. Le scorze di limone dentro ce le aggiungo io, e ci stanno bene.

Limoncello di Amalfi, dici alle tipe. Il liquore con cui la ricarico è sempre lo stesso, roba fatta nel Nord Italia, su concessione, forse a Trezzano sul Naviglio. Dodici euro e cinquanta al litro, in offerta all'Esselunga.

Urla selvagge dal bar sotto casa, da cinghiali. Deve essere una partita. Non ho la televisione da anni. Se ne fregano del vicinato. Apro il frigo. Il braccio sporge dalla finestra, solo un attimo. Sento l'impatto contro il tendone del bar. Silenzio. Qualcuno urla «Chi ha tirato l'uovo?!». Silenzio. «Chi cazzo ha tirato l'uovo?!». Le urla si accavallano, giungono fino al quinto piano, aizzate, selvagge. Socchiudo gli scuri. Mi stendo sul futon.

Un messaggio del Jaco: «Più *fotta* di ieri, Meno *fotta* di domani». Lo chiamo. È in macchina. Sta andando a cena da una moglie a Bagnacavallo. Il marito è via per un corso di aggiornamento. Sotto continuano a urlare, fuori di testa. «Cos'è sto casino?» mi chiede.

~

«Ci sono sere in cui è meglio stare a casa con un lenzuolo sulla testa» ha messaggiato Deigo. Non sarà dei nostri questa volta. Alla Baita ci andremo una volta ogni sei mesi, ma per stasera il Jaco ha rimediato due ingressi omaggio.

Quando si sale qui veniamo con due macchine. È un luogo che può essere generoso, ogni tanto. Può sempre capitare «da far del bene» come dice Silvia. Sono di buon umore. È una notte straordinariamente mite per febbraio. Sarà questo assaggio imprevisto di bella stagione, l'illuminazione del locale, un gioco di angoli lasciati sapientemente al buio e punti luce soffusi: la discoteca è attraversata da ondate di allegria quasi isterica. Mi chiedo se nebulizzino coca attraverso le grate del climatizzatore. Risate di cui vedo solo la mimica, mentre il dj sgrana una scaletta fine anni Settanta, bassi che fanno vibrare i bicchieri.

Le ragazze sono bellissime, stanotte. Quasi tutte in minigonna o abitino corto scuro, collant neri, stivali o stivaletti al polpaccio. Occhi arrossati, lucidi. Dopo dieci minuti vedo l'opportunità. È appoggiata al corrimano delle scale, a bordo pista. Osserva con aria annoiata le altre che ballano. Mi fissa un attimo, accennando un sorriso. Distoglie lo sguardo. Mi faccio strada tra braccia e bicchieri e mi piace, la smorfia di rossetto che fa quando le arrivo accanto, il suo sguardo eloquente, in attesa di un'iniziativa, una mossa. Belle gambe. Minigonna in pelle. Avrà un paio d'anni più di me. Non si viene in un locale come questo per parlare di Spinoza. Le appoggio una mano sui fianchi, ci preme la sua.

Su da me non accendo la luce. Scosto solo la tenda. È sufficiente l'illuminazione fioca, da vecchia abat-jour, soffusa dalla città notturna contro il cielo. In bagno lavo denti e cazzo, metto la tuta.

Quando rientro in camera si è tolta gli stivaletti. Si sta massaggiando un tallone, seduta sul futon. Sento l'odore dei suoi piedi. Una fragranza leggera di sudore e cuoio. Mi siedo accanto. Le sollevo la gonna. Autoreggenti. Dischiude le cosce. È senza mutandine. Fusa, come si fosse spalmata d'olio. Tolgo i pantaloni. L'aiuto a sbottonare la camicetta, si sfila la mini.

Mi vedo entrarle dentro. Fa un gemito. Comincio a escursioni lente. Mi accarezza la nuca. Ci baciamo, le mordo il collo. Le arrivo in fondo e mi fermo. «Continua» mi dice nell'orecchio. Le sollevo le gambe, ricomincio lento. Poi di colpo accelero, uno stantuffamento forsennato, a fondo corsa, senza scampo, da visione nera. Urla, continuo a darci dentro, urliamo assieme, mi tira per le braccia, rallento. Mi fermo appena prima di cedere. Mi spinge via, con i piedi sul petto. Me la ritrovo seduta sulla faccia. Si gira di nuovo e mi monta sopra. Inizia a saltare. Salta e spinge in avanti. Come volesse strapparmelo. Si ferma. Rincalzo con spinte da sotto, stringendole i fianchi. Vedo la sua pancia sussultare, gonfiarsi di respiro. Tossisce. Salta di nuovo, si strofina più forte. Mi schiaffeggia il petto.

Viene con un urlo strappato, ripetuto. Mi stringe da dentro. Sento i coglioni contrarsi e rilasciarsi più volte, come un cuore, uno spasmo. Mi svuoto dentro al profilattico.

Mi si accascia addosso, il suo fiato caldo, piacevole, sul mio collo. Poi si allunga sul lato destro del letto, dove dormo di solito. Si addormenta subito. Dormirò male.

Ho guardato più volte la sua silhouette, sublime, quasi in bianco e nero nella penombra, i suoi capelli biondo cenere, sparsi sul cuscino.

Si sveglia prima lei, la sento andare in bagno. Sono le cinque.

In cucina mi verso un bicchiere di succo di carota. Quando rientro in camera si è già rivestita. Controlla la borsetta, le chiavi di casa. Mi chiede dove può trovare un taxi. Non dico niente.

«Scusami» fa, tacchettando verso la porta. «Sono stata bene. Davvero. Devo scappare». Si aggiusta la mini sui fianchi. Mi appoggia un bacio leggero sulle labbra. Do due mandate alla serratura, cercando di non far rumore.

Questa porta che chiudo alle spalle di ragazze, che riprendono a camminare dentro la città, sotto i portici. Ciascuna con i propri sogni, progetti, incombenze. I propri amanti. Di quante sono solo l'oggetto per il piacere di una notte, uno tra i tanti di cui possono disporre? Non ho preso il suo numero. Probabile che abbia un ragazzo, o un marito che sta russando beatamente a letto. «Esco con le amiche» gli avrà detto stasera. Possibile che se ne sia ricordata di colpo, riprendendo coscienza da qualche droga tagliata male. In camera controllo il portafogli, la scatola degli orologi. È scappata come se la stessero inseguendo. Ma non ha preso niente.

Più tardi mi sveglia un messaggio di Deigo: «Bella figa! L'hai timbrata?». Deve averlo imboccato il Jaco. Si divertono a sfottermi. «Voleva soltanto un passaggio» rispondo.

Resto fedele al profilo basso, sui regali della notte. Sempre. E poi Deigo l'abbiamo perso ormai. Da quando abita a Casalecchio lo si vede molto meno.

Spalanco la finestra della cucina, entrambi gli scuri. Si alzano in volo decine di piccioni. Un rumore stupido di cartilagini, di ombrelli aperti e chiusi. Come se li avessi colti in flagrante. Si sono dispersi alla rinfusa.

~

Il conto corrente comincia a preoccuparmi. Ho sognato che scartavo una merendina e la mangiavo tra le corsie di un supermercato, come un clochard, un vecchietto. Trovare un lavoro quanto prima. Finirci davvero in un ufficio. Che è un po' come morire. È così che vuoi finire?

Per il momento non vedo alternative. Rifiutando di ingrossare il popolo delle partite Iva, cerco un contratto a tempo determinato.

Sala studio di via Zamboni 25. Proprio da queste parti, a Lettere, iniziarono le occupazioni studentesche, nel febbraio 1977. Happening e cortei notturni, Radio Alice, le lezioni di Gianni Celati, i pennarelli magici di Andrea Pazienza. Manca, il grande Paz. Chissà come disegnerebbe Bologna oggi. Eppure Bologna negli ultimi tempi non gli sorrideva più, la lasciò, scelse il respiro delle colline toscane. Erano gli "anni di pongo", come li chiamava Freak Antoni.

Lettere, Dams, via Zamboni. Luoghi che ora sono abitati da altre energie. Gli eskimo rimati da Guccini si sono estinti da secoli. Libri nelle tasche dei cappotti se ne vedono ancora, a volte.

Vedo gli studenti in pausa con lo smartphone: applicazioni colorate, spensieranti. Scoppiettano tra le dita come pop-corn. Come se il pensiero oggi volesse seguire percorsi opposti. Non più carotare, andare a fondo, cercare le crepe, ma evaporare, con l'allegra spensieratezza dell'azoto dissolversi tra le nuvole, assieme a pastiglie colorate.

È tempo di esami all'università. Avverto a volte ondate planari di paura attraversare la sala studio, perturbare la calma del pomeriggio. Altre volte tossiamo tutti assieme: sarà qualche stormo di batteri che filtra dalle grate dell'aerazione.

Le offerte di lavoro che sfoglio su siti lampeggianti di banner, sempre le stesse: ingegnere meccanico. Aiuto cuoco. Ingegnere elettronico. Esperto contabile. Addetto recupero crediti.

Non riesco a concentrarmi. *Slumo* senza farmi notare le gambe di una tipina seduta alla postazione accanto. Scendo a prendere un caffè. La bellezza sfrontata e cerbiattesca delle ragazze di vent'anni. Si scambiano informazioni sul prossimo esame, sorseggiando cappuccini che sanno di detersivo.

Quando mi avvicino alla macchinetta si scostano, rispettose. Orrore. Penseranno che sia un assistente universitario. E non sono neanche laureato.

~

Rimettere in fase veglia e sonno. Troppo vivere di notte, troppo correre all'alba: stamattina mi sono addormentato mezz'ora seduto sulla tazza del cesso. Il corpo è in forma. Il volto però è verdastro, sbattuto, ultimamente. Mangiare più frutta. Oggi non mi hanno cagato nemmeno le promoter della Fastweb.

Una città in cui nemmeno le hostess ti allungano un volantino è una città ostile, oggi. Sotto il portico di via Rizzoli, una davanti allungava il flyer. La seconda era pronta qualche metro dopo, con un cestello per raccoglierli, prima che si potesse farli cadere per terra o fiondarli nel primo cestino, come sempre.

Non male, l'idea. Si capisce che così il volantino uno se lo tiene: non lo lascia nel cestello per decenza, per non fare la figura di volersene sbarazzare come un pezzo di carta igienica usato, due metri dopo.

Doccia fredda nel pomeriggio, corroborante. Lavo i capelli. Si caricano di elettricità. «Capelli da pazzo, asciugati alla cazzo» mi dico, soffiandoci il phon, guardandomi allo specchio. Li sollevo sulla fronte: è ancora esente da rughe. L'espressione nell'insieme socievole, estroversa.

Quand'è che nella vita di una persona il volto comincia a diventare più diffidente, guardingo? Vorrei evitarlo, quel momento.

Metto a fuoco gli occhi. Osservo le iridi rimpicciolirsi. Mi pare abbiano una loro autonomia, oggi. Sono *mie*? La domanda che ogni tanto ritorna, sin dai tempi dell'asilo. Mi pare che siano loro a osservarmi e non il contrario. Sensazione strana. Fisso l'occhio nello specchio. Resto un attimo catatonico, concentrato sulla pupilla. Lo sfondo sfuocato.

Allargo la visione. Le labbra carnose, mediterranee. Le schiudo, le richiudo, lentamente. Le schiudo scoprendo le gengive, come un cavallo. Dentatura regolare, smalto bianco. Solo una lieve accavallatura tra due incisivi nell'arcata inferiore. Taglio un paio di capelli bianchi con le forbici da barbiere.

Conservo lineamenti gradevoli. Ma ho l'aria stanca e stanco lo sono. Ritmi circadiani sballati. Orari irregolari. Ciuffo un po' alla De André, quello ce l'ho sempre. Occhiaie al carboncino, a certe tipe piacciono. Possono funzionare.

Affronto il mio volto allo specchio solo con la luce dei faretti. Evito di specchiarmi al sole. Sole o faretti, cerco comunque di specchiarmi il meno possibile. Con uno scottex raccolgo i capelli. Tiro lo sciacquone. Sbottono la camicia e mi stendo sul futon, ma non riesco a prendere sonno.

~

Passando davanti ai cinema, cerco sempre di capire dalle facce della gente che esce se il film è piaciuto.

Stasera al Lumière però sono entrato diretto, davano *Nostra Signora dei Turchi*. Me lo sono goduto in solitaria, in fondo alla sala.

Uscendo, luna abbagliante all'incrocio tra Riva di Reno e via Lame. Ci stava talmente bene, incastrata tra i tetti, che sembrava l'avesse messa lì un pittore, e che fosse solo quello il suo posto, e non ovunque al *mismo tiempo* nel mondo.

Ho schermato la luce di un lampione con la mano. Mi sono fermato un attimo a guardare questa porzione di cielo serale, rastremata dalle tegole.

Il fatto è che c'è sempre la sera a Bologna quest'atmosfera medievale, che aiuta a relativizzare il presente.

Di giorno la città è perturbata dai commerci, dal disordine delle cose sotto la luce diurna, troppo cruda. Dalle lampade atrocemente accese dentro ai bar, anche in pieno giorno.

Ma quando cala il buio e riprendono la scena i toni ocra e arancioross della notte la città ti carica, perché ti squaderna la semplice evidenza di quel cielo: è lui, già, proprio lo stesso di secoli fa! È l'impianto medievale di Bologna a favorire questa agnizione, e certe sere può essere esaltante.

Di fronte a questa permanenza del cielo nei secoli, che importanza hanno le apprensioni quotidiane?

L'aria notturna comincia a essere attraversata da correnti tiepide. Che stia per tornare la primavera lo capisci anche dalle prime urla delle moto in accelerazione. Su una saracinesca di via Lame qualcuno ha scritto: «*Hasta la muerte siempre*». Cosa voleva dire?

Tornato a casa, il ventilatore accanto al letto non si accende. Tolgo la griglia, tento di rianimarlo con colpi sulla pala, come l'elica di uno Spitfire. Ruoto le pale in senso inverso, tirando dal pignone capelli lunghi come un braccio: erano quelli a bloccarlo. Ce l'ho sempre acceso, anche d'inverno, il rumore mi rilassa.

All'una di notte non riesco ancora a prendere sonno. In certi periodi è così.

Volevo partire domattina ma anticipo la partenza. Infilo un'autostrada di velluto, come gli accordi di Bill Evans nell'autoradio, appoggiati uno accanto all'altro con quella poesia che non stanca mai.

Poco traffico anche dopo Mestre. Il nuovo asfalto drenante scorre bene. Il motore della Opel gira regolare. In un lungo tratto deserto pianto gli abbaglianti, la faccio macinare per un minuto a centonovanta, finestrini aperti. La turbolenza quasi soffoca, spazza via i colpi di sonno. Alle tre del mattino parcheggio nel garage. Quando arrivo, mia madre sta dormendo. La saluterò domattina.

Apro il frigo. Prosciutto San Daniele, formaggio Montasio. Yogurt ciliegia o albicocca. Fette al latte Kinder. Mi riempio un bicchiere di spremuta d'arancia.

Esco sul giardino posteriore. Una splendida stellata invernale. Un cielo da osservazione astronomica. Pochi silenzi sono così intensi come quello della notte friulana. Le piante in giardino stanno cominciando a dilatarsi. Mi pare di sentirle respirare.

Forse è troppo grande per mia madre, questa casa. Me ne rendo conto salendo le scale in ciliegio che portano in mansarda.

Lo studio di mio padre l'abbiamo lasciato com'era, come quando alle elementari salivo a mostrargli il disegno di un aeroplano, o a chiedergli aiuto per una divisione con i decimali. I suoi effetti personali sono dentro un armadio dal design razionale. Se l'era costruito da solo. Il *click* dell'anta trattenuta da un magnete lo riconoscerei tra mille.

Tolgo il panno che mia madre ha messo sopra la borsa in pelle da comandante, per proteggerla dalle tarme. La poso sul tavolo. Estraggo gli oggetti uno alla volta. È quanto si portava dietro negli ultimi viaggi da pilota d'affari, il suo mestiere, dopo che aveva lasciato l'Aeronautica Militare.

Non so cosa sto cercando. Solo sensazioni, probabilmente.

Il suo libretto di volo riporta 2.830 ore complessive, le sigle degli aeroporti di partenza e destinazione.

Era stato a VLC (Valencia) con il biturboelica executive un paio di settimane prima. Un goniometro verde Koh-I-Noor. Un compasso in acciaio. Mappe da navigazione aerea Jeppesen. Un evidenziatore Stabilo Boss, giallo fluorescente. Lo provo sul bordo di un foglio. Come immaginavo è secco.

Una matita Staedtler HB. Un bloc-notes con disegni di barche a vela, sulle prime pagine, a matita.

La foto di un suo amico fraterno, morto in volo qualche anno prima: un collega lo colpì con l'estremità dell'ala durante un allenamento in formazione, riuscendo a salvarsi con il Martin-Baker. L'altro, più sfortunato, si lanciò da rovescio, il paracadute non si aprì in tempo.

Cartoline di Valencia e Barcellona, non spedite. Adesivi della marca di articoli sportivi che avrebbe dovuto sponsorizzare le sue acrobazie e che non esiste più: era previsto che il logo venisse stampato su ali e fusoliera del biplano. La copia dell'abilitazione a pilotare il Pitts.

Rimetto tutto nella borsa. C'è anche la cartellina con i ritagli di giornale che uscirono il giorno dopo l'incidente. Non ho voglia di aprirla. La porterò a Bologna.

Richiudo l'armadio e il suo odore di cuoio e antitarme. Spengo le luci ed esco sul terrazzo. Sì, proprio una splendida notte invernale. Le costellazioni oscillano al passaggio di banchi d'aria ghiacciata in quota, trasparenti. Peccato aver smesso. Una sigaretta me la sarei fumata volentieri.

*Marzo*

Aggiorno la mail più volte, compulsivamente. Su una tabella tengo traccia dei curricula inviati, sono quasi duecento. Qualcosa dovrà uscire.

All'improvviso, il pianto scannato di un bambino. Una nota continua, acuta, giù in strada. La nota è intrecciata a un'altra, più metallica, dissonante. C'è anche un fischio, un'armonica, quasi ultrasonica, sorge alla fine dell'urlo, deve essere quando riprende fiato. Ma riesce a respirare senza interrompere la dominante: usa la respirazione circolare dei trombettisti.

Il guardiano si alza per chiudere la finestra. L'urlo ora è in sordina ma si sente ancora.

Scendo a prendere una lattina di chinotto. L'urlo arriva un'ultima volta anche nella saletta caffè. Come un punto esclamativo, una rivendicazione finale.

Rumino pensieri. Non saprei dire perché ma oggi sono di umore fosco come il cielo, lordo di cumulonembi, eppure non si decide a piovere.

Mettere al mondo un figlio. Come "incidente" di un amplesso, non voluto. Una *one-night stand* non protetta. Un profilattico sbregato, o che lei ha forato di nascosto con uno spillo attraverso la busta, mentre eri in bagno. Lei che si è "scordata" di prendere la pillola.

Un figlio come "segno" dell'essere vissuti. Come garanzia di continuità del futuro. Come unica soluzione possibile per aggirare la morte. Come semplice fine di permanenza della natura, per la quale siamo soltanto un mezzo, schiavi della schiavitù biologica. Bisognerà che rilegga Schopenhauer, un giorno.

Il chinotto lo ricordavo più dolce, ho la sensazione che abbiano cambiato qualcosa nella composizione. Staranno testando un aggiornamento dell'aroma. O forse sono io che mastico amaro.

Un figlio come "stampella per la vecchiaia". Come ringiovanimento in età adulta, per proiezione sul figlio. Come volontà di lasciare una "traccia" su terra. Motivazione debole, ormai. Su internet mi rendo conto di quanto sia facile lasciarne, di tracce. Incorporee, eternate. Parole più o meno a vanvera scritte in passato, depositate un giorno in qualche server remoto, possono affiorare anche dopo decenni. Idiozie a memoria di generazioni future.

Un figlio, per creare altri due occhi che vedano il mondo dopo di te. Questo sì, questo mi piace di più.

Un desiderio di paternità che diventa impellente, può esistere, certo. E ci sono anche donne che procrastinano, quando è il loro partner, il maschio, che non vedrebbe l'ora di diventare padre, impaziente. Ma sono eccezioni: il fatto è che i tempi dei maschi finiscono quasi sempre per adattarsi a quelli delle compagne.

Per concretizzare il naturale, umanissimo, desiderio di maternità delle loro compagne, la maggior parte dei maschi eterosessuali diventa per la prima volta padre tra i trenta e i quaranta.

E se padre tu non lo sei ancora, e se ancora rivendichi la tua autonomia, il tuo diritto a condurre una vita sensuale, libertina, ti ritrovi a poco a poco estraneo proprio ai circuiti dove la seduzione è più facilmente accessibile. "Merce scaduta" o quasi: nei disco bar, in spiaggia, alle feste private, a poco a poco.

Eppure, mi dico, pensa se le donne potessero procreare a cinquant'anni in tutta sicurezza, con la stessa tranquillità, così che diventasse assolutamente normale, fisiologico, restare incinta per la prima volta a quell'età.

Prendi una coppia di coetanei. Metti che si siano conosciuti a venticinque anni, stanno assieme da otto anni. Oggi ne hanno trentatré.

Metti che si concedano ancora qualche anno di libertà prima di procreare, fino a quando ne avranno entrambi trentacinque.

A quel punto avranno giù vissuto dieci anni in coppia, prima di diventare genitori. Si sono presi il loro tempo. Ne hanno fatti di viaggi, di progetti in dieci anni.

Poi prendi una coppia di trentacinquenni che si conosce da un anno: perché entro uno o due anni si troveranno già nell'impellenza di mettere al mondo un figlio? Perché sono entrambi condizionati dall'età fertile di lei.

Un paio d'anni soltanto, per fissare il proprio destino. Ma perché fermarlo proprio in quel punto e non in un altro? Perché proprio con *lei* procreare, mettere al mondo un figlio con il quale sarai legato a doppio filo, perlomeno moralmente, per tutta la vita?

E se invece fosse *non importa, a un certo punto lasciati andare e fermati*, è questo che conta, non conta con chi?

La riduzione del possibile a una sola combinazione, funzionale alla procreazione, con l'esclusione delle altre. E se fosse soltanto questa la definizione più asciutta, più attendibile di *amore*? Anche se sappiamo che si tratta con ogni probabilità di un'*esclusione* a tempo determinato: in città ormai una coppia su due si separa in capo a cinque anni.

Negli ultimi mesi ho visto almeno tre coppie di conoscenti procreare, la trentina ancora da compiere. Mi sono chiesto perché quest'urgenza: forse c'è anche un effetto di emulazione, come per i tatuaggi, l'impellenza di mostrare le foto del bebè su internet.

Colleghi di corso, gente conosciuta all'inizio dell'università.

A un certo punto sono scomparsi dalla facoltà, dalla pausa caffè alla macchinetta. Li ho rivisti dopo mesi, ci si è incrociati per caso in centro. Con il passeggino sportivo Marco, con quello di seconda mano Piero.

Erano spariti. Li ho ritrovati cambiati, appesantiti. Tra quei colleghi un tempo baldanzosi, pirati, solo Marco forse aveva il volto appagato, gli altri piuttosto un'aria di stolida accettazione, di rassegnazione. Incalzati da compagne anche loro trasformate: il taglio degli occhi più severo, nelle pupille un'ombra nuova di apprensione, di vigilanza. I movimenti delle braccia meno armoniosi, più rigidi.

Se ne incrociano ogni giorno, per le vie del centro, ai giardini pubblici, di giovani mamme con il passeggino, e mi mette anche allegria, l'idea che il bebè si assorba brani di città, tutto quel cinema oltre la capottina, il canto dei canarini.

Però a parte alcune eccezioni, a parte alcune mamme in tiro da amazzoni, la dismissione della seduzione è la prassi: scarpe confortevoli, pullover largo, jeans pratici. Come è possibile che la nascita di un figlio vi abbia trasformate in questo modo, voi, splendide compagne di facoltà, che ci facevate girare la testa?

Che fine hanno fatto quelle chiome, quelle criniere insolenti, che ci facevano impazzire in facoltà? Al loro posto carré pratici, se non addirittura tagli corti, mascolini. Dove sono finiti quei meravigliosi stivali, quei sandali aperti, quelle fragranze con le quali ci stordivate sotto i portici, fino a pochi mesi prima?

L'ultimo a diventare padre è stato Mattia, un ex compagno del liceo. Mi chiedo come i nove mesi di gravidanza della compagna abbiano potuto trasformare un single impenitente come è sempre stato in un *bon père de famille*.

Dovrei chiederglielo direttamente, se non fosse che da quando è padre si è trasferito in Trentino, è da allora che non ci si vede.

Ma lo conosco, ricordo i suoi argomenti. Il fatto che si inizi un percorso con una persona, anche se la scelta della persona con cui "fermare le bocce" è aleatoria, anche se questa persona non è esattamente quella che negli ideali di un tempo avresti desiderato avere accanto. «Ma vedi...» potrebbe dire, «è nel tracciare un percorso assieme che si crea la bellezza. Nell'intreccio di complicità, intimità. Nella tessitura reciproca delle esperienze, dei viaggi, delle disavventure affrontate assieme. Delle soluzioni trovate, le risate. In fondo non importa tanto la *persona*, quanto il fatto di compiere *assieme* un tragitto di vita. Non cercare più lontano» so che mi direbbe, «perché in fondo è questo, il vivere una vita in pieno».

Eppure Mattia fino a un paio di anni prima anche tu eri sempre in giro, tra vernissage, serate, concerti. Aggiornavi la tua rete di amici con quei colpi di flash, quei bicchieri sollevati, ragazze ridevano attorno, mostravano i lobi.

Una vita urbana intensa, di cui godevi, muovendoti con disinvoltura e anche un po' di cinismo. Sembravi felice.

Poi questo rimescolarsi di opportunità, di elettroni liberi l'hai rallentato quando hai incontrato la tua compagna. Sei andato a vivere nella sua città, in provincia di Bolzano, mandando in pensione le tue notti.

E quando tua figlia è arrivata, tutta l'energia che prima ti faceva uscire, proiettarti nel battito urbano, è stata la piccola ad assorbirla, a deviarla, dirottandola su se stessa. Questo me l'avevi detto. E la cosa che mi fa riflettere ora è che ne sei stato subito consapevole. Ti sembrò la cosa più naturale del mondo. Nell'organizzare il tuo tempo libero, i tuoi momenti di *loisir*, scoprivi che ora dovevi *sempre* tenere in conto lei.

Di fatto tutto ciò che avevi amato fino ad allora ora passava in secondo o in terzo piano: ciò che ora amavi più di ogni altra cosa era tua figlia. E va bene così.

Penso a sale da spettacolo, concerti, mostre. Sono frequentate soprattutto da fasce di pubblico tra i diciotto e i trentacinque, e poi direttamente oltre i cinquanta. Come se nella fascia intermedia, quella genitoriale, l'unico spettacolo che contasse, l'unica rappresentazione interessante fosse la vita dei figli.

Come se il figlio al posto di essere una creatura che si "aggiunge" ai genitori e li completa è piuttosto, se non altro i primi anni, qualcosa che drenando e assorbendo tutte le loro migliori energie, semplicemente, ineffabile, li "sottrae", li "sostituisce".

Lancio da tre metri la lattina vuota, centrando il secchio della spazzatura.

Forse un figlio è anche un antidoto alla nostalgia. Nel senso che con un figlio smetti di guardare indietro e guardi avanti.

E magari, inconsciamente, si fanno figli anche perché invecchiando ci si sente a disagio a mostrare la propria faccia. Almeno se hai un figlio distrai verso quello, dici al conoscente che incroci sul marciapiede: «Ecco, mio figlio».

Essere come i gatti, mi dico a volte. I gatti non hanno vita gregaria. I gatti procreano poi lasciano i piccoli in libertà, imperturbabili alle opinioni degli altri, imperturbabili in generale.

Ma in fondo, se mi scavo un po' di più, non sono contro l'idea di avere un figlio un giorno. Magari una figlia. Forse anche due. Quale potrebbe essere l'età ideale? Troppo presto per dirlo. Forse a quarantacinque anni, con una ragazza di trentacinque.

«Procrastini, perché hai perso il papà quando eri ancora un bambino» mi disse una volta Silvia, lucida come sempre.

Da lei accetto questo tipo di osservazioni, serenamente.

Ci conosciamo da anni, è dottoranda in Psicologia, studiosissima, ma non si prende mai troppo sul serio. Il suo parere non lo sento mai banale. E poi so che non giudica. «Noi donne abbiamo meno tempo dalla nostra adolescenza al "traguardo" del figlio. Meno cartucce da giocare» aveva continuato. «Forse è per questo che spesso siamo più decise nella seduzione. Più dure, fredde, nel rifiuto di un partner che reputiamo inadatto, più risolute quando lasciamo».

Quell'ultimo urlo, poco fa. Come un punto esclamativo. Mi è sembrato di sentirlo di nuovo, ma forse mi è rimasto solo in testa. Aveva una sua dissonanza interessante, da musica atonale.

Mi sarebbe piaciuto sentirlo un'altra volta. Chissà quanti ne avrò scagliati anch'io, contro il cielo inquadrato dalla capottina.

Hai fatto bene, bambino! Bisogna lasciarli fare e amarli, i bambini che urlano al cielo.

Ma non sono ancora pronto a spingerlo, quel passeggino.

~

Cinque chilometri di corsa all'alba, ogni mattina, da piazza Carducci fino ai Giardini Margherita. Due giri attorno via Trento Trieste e ritorno. Stamattina mi hanno superato tre ragazze in bicicletta, che ci facevano in giro a quell'ora? In testa al piccolo corteo la più bella, riccioli rossi. Pedalavano soavi, lasciandosi dietro una scia di risatine, mi hanno fatto tornare di buon umore.

Ho quasi smaltito la lieve pancetta invernale. Appoggi la mano sulla pancia e trovi quel cuscinetto: vorresti togliertelo, sfilartelo di dosso come si sfila un maglione. Il miglioramento, lo scatto di volontà per correre viene da lì: quando il non essere ancora completamente in forma, l'avere addosso ancora un filo di pancetta lo vivi non come un peso ma un piacere, perché contiene un obiettivo a portata di mano: bruciarlo, quel filo di grasso, sfilarselo di dosso.

Un messaggio del Jaco dalla pausa pranzo: «In questa società siamo *Fotta* lavoro, vecchio, *Fotta* lavoro». Si annoia più che mai in questo periodo, circondato da colleghe chiacchierine e colleghi maleodoranti a fine giornata, in quell'open space senza finestre a Funo di Argelato, tutti abbruttiti dai tubi al neon.

Dopo la sala studio decido di fare una passeggiata in centro, anche se sono stanco, ho lo stomaco che ringhia. In via Farini, la *grande rue bourgeoise* di Bologna che di solito evito. Schivo per un pelo uno stronzo sotto i portici. Guardo meglio: è un sigaro, enorme. Non posso crederci. Fumato solo qualche boccata e gettato, vai a sapere perché. Ripenso a quando fumavo. Al mattino la prima sigaretta svegliava e faceva venire voglia della seconda, che riaddormentava.

Quando rientro a casa verso mezzanotte non ho più fame, c'è ancora animazione nelle vie. Gente che telefona a voce alta, scooter con freni e frizioni da sostituire: rumori molesti di attriti, di ferraglia.

I "caschi" guidano gli scooter in modo sclerotico, irrazionale, alimentando ulteriori nervosismi: accelerate motosega, seguite da frenate repentine, altre accelerate. Sarebbero arrivati prima tenendo un'andatura regolare. I due tempi 50, con il loro rumore da frullatore sono i più virulenti. Ti distolgono dal filo del pensiero mentre cammini, ti segano via le fantasie ad occhi aperti.

~

Il sabato mattina si apre sotto un cielo blu pallido, decido di salire con la Opel sui colli a cercare un po' di ossigeno. Al prato dei Cavaioni il parcheggio è vuoto. Mi piace questo pezzo di collina pieno d'erba, poco frequentato. E in effetti sono l'unico a essere salito qui, stamani.

Faccio due volte il giro del prato correndo, poi srotolo la stuoia. Brezza leggera e fragranze precoci di menta, basilico. Ho sonnecchiato in pendenza, mentre con la stuoia, senza accorgermi, scivolavo una decina di metri più a valle.

Si è rifatta viva Marzia. Una matricola con cui avevo scambiato qualche battuta in coda alla segreteria, quando sono andato a depositare la tesi. Le avevo chiesto il numero, inviato un messaggio qualche ora dopo, tastando il terreno. Non aveva risposto. Neanche dopo il secondo messaggio.

Dopo il secondo messaggio di solito lascio perdere, interpreto il silenzio come una mancanza di interesse, fosse anche solo temporanea, detesto insistere.

Si è rifatta viva con un sms oggi, due mesi dopo: «Ti va una pizza stasera?». Cerco di ricordare com'era. Mora, sul metro e sessanta, occhi castani. Vestita in modo un po' etnico. UGG o qualcosa di simile ai piedi, odorosa di hashish. «Volentieri» le scrivo. Per stasera non avevo programmi. «Mangiamola da me» risponde. Mi invia l'indirizzo e il campanello da suonare.

Il pomeriggio lo passo in dormiveglia, sotto l'ombra di un ippocastano. Riarrotolo la stuoia, rimetto nello zaino la bottiglia d'acqua e il saggio di Franco Vaccari che sto leggendo in questi giorni. A casa mangio una manciata di pinoli, una di arachidi. Una frittata con due uova e fettine di banana, per l'esplosione penica. Una spremuta d'arancia con un po' di limone.

Abita in via Barbieri, dietro la stazione. Chi era Barbieri? Cercherò un'altra volta. La Opel trova facilmente parcheggio. Bel quartiere, ombreggiato dai platani. Case popolari in mattoni costruite all'origine per operai di fabbriche estinte, ora molto ricercate sul mercato immobiliare.

Marzia mi accoglie sulla porta con un mollettone bianco in testa. I capelli unti. Odore di chiuso, di asciugamani bagnati. Il pavimento è lurido. Si scusa per il casino. I suoi sono partiti, dice. È già una settimana che è rimasta da sola.

Ciuffi di polvere sulle piastrelle del corridoio si sollevano al nostro passaggio, mentre mi conduce in una cucina di stoviglie arretrate. Si è già fumata una mezza canna, spegnendola sul lavello. Fumerà l'altra metà dopo il caffè, dice.

La margherita (ne abbiamo ordinata solo una, «fidati è gigante» ha detto) è arrivata in un quarto d'ora, recapitata da un ventenne affannato, tratti messicani. Non ci sono più piatti puliti. «Mangiamo direttamente nel cartone» mi fa, così non dovrà lavare niente. Racconta della sua famiglia. Di suo padre medico depresso, che minaccia di picchiarla. Ne parla con un tono di voce piatto, un sorriso un po' finto, asimmetrico. Abbassa la voce: «Quello che si è visto qua dentro non si è mai visto in giro» dice, avvicinandosi alle mie labbra, «ho dovuto crescere in fretta». Sento l'odore di hashish del suo fiato.

Mi vuole mostrare i mobili della sua camera, che si è montata da sola.

I suoi non ci sono mai, dice. Ha dovuto arrangiarsi da sola sin da piccola. Belle gambe. Forse un po' troppo magre. Mi siedo accanto a lei, gliele liscio un po'. La sua maglietta ha un odore strano, come di infusione alle erbe. La settimana prossima va ad Amsterdam, racconta. Vuole vedere anche il Bosforo. La intriga il nome, *Bosforo*. Cambia argomento. Adora quando va a fare la spesa all'ipermercato, riempie il carrello di tutte le cose che le piacerebbe comprare, poi lo abbandona in un angolo. Ci baciamo. «A proposito. Ascooolta. Ho le chiavi di un deposito». Un magazzino in cui ha lavorato qualche giorno. Vorrebbe andare a trafugare un computer portatile. Mi chiede cosa ne penso. Se mi va di accompagnarcela. Glielo sconsiglio. Fa uno scatto repentino, come spaventata, svegliata da un battito di mani. «Oooh! Devo stendere!». Esce dalla camera. La seguo nel corridoio. Gomitoli di polvere ci scappano davanti. Sparisce dentro uno sgabuzzino.

Ricompare tenendo tra le braccia un groviglio di tessuti. Mandano odore di tè. Sono abiti che ha tinto per sua sorella Carlotta. «Ha sedici anni. La adoro» mi fa. Mi mostra la foto di una biondina seduta in Piazza Maggiore. «Ma è una troia. È a Londra, in famiglia per l'inglese, secondo i miei. Seee... Sta sicuramente scopando con qualcuno. Pensa che è stata allo Sziget, se n'è fatta uno diverso ogni sera. È la sua amica che me l'ha detto. Capiito?». Mi chiedo se per caso non è di lei, che sta parlando.

«Andiamo su, stendiamoci un po'» le propongo, indicandole il letto. «No, no» borbotta. «Non stasera». Accende una radio, le vedo le guance contrarsi in un'espressione tirata. Gira la sintonia in uno sfrigolio di stazioni. Si ferma su un vecchio brano di Dalla: «Cosa ho davanti, non riesco più a parlare/ Dimmi cosa ti piace, non riesco a capire». Abbasso un po' il volume, la spegne. «È tardi. Rivediamoci a settembre. Quando torno dal viaggio». Mi riallaccio le scarpe. Bacetto all'hashish. Due mandate alla porta.

Noto le rigature delle chiavi attorno alla serratura, le bolle del legno. A che serve chiudersi dentro? Verrebbe giù con una spallata. Di che viaggio parlava? Qualcosa mi dice che non la rivedrò più.

~

Il biplano precipitò dentro un vigneto in una frazione di Gorizia. Quasi al confine tra Italia e Slovenia. *Incivolo*. È così che gli addetti ai lavori chiamano l'incidente aeronautico.

Il Pitts era stato acquistato in società con due colleghi piloti. Un secondo biplano era già stato ordinato, con il sostegno finanziario di un industriale friulano di articoli sportivi.

Negli intenti, i due velivoli avrebbero dovuto esibirsi quella stessa estate in un primo programma acrobatico da presentare alle manifestazioni aeree. Il velivolo su cui volava Elio era stato consegnato solo poche settimane prima, nuovo di fabbrica. Importato dagli Stati Uniti e collaudato dal concessionario italiano.

Apro la carpetta con i ritagli di giornale. L'aereo aveva alcune componenti in legno e tela. Nell'impatto con il suolo si incendiò, bruciando parzialmente. Del biplano restò un groviglio di metallo e longheroni. Il casco fu trovato intatto a pochi metri di distanza.

Il corpo rimase intero, ma in parte bruciato. Nelle foto non si vede: quando arrivarono i giornalisti era già stato rimosso.

Sua sorella mi disse che all'ultimo istante dovette riuscire a piegarsi in una posizione di protezione: aveva i gomiti davanti al volto.

L'incidente ha avuto alcuni testimoni, da quanto riportarono i giornali.

Un giornalista raccolse la dichiarazione di una signora, la proprietaria di un bar poco lontano.

«Era da circa venti minuti che seguivo le evoluzioni. Si vedeva che se ne intendeva di acrobazia. A un certo punto, ho avuto l'impressione che il pilota si trovasse in difficoltà, che cercasse di raddrizzare l'aereo, poi ha picchiato. Sentito lo schianto, sono corsa istintivamente verso il luogo. Ma le fiamme avevano già avvolto la fusoliera».

~

Stanotte ho riletto tutta la tesi. Sta in piedi. Il montaggio dei capitoli è efficace. Le immagini a corredo ci stanno bene. Le ho dato una cadenza a tratti febbrile, uno stile asciutto che è piaciuto anche alla Fazioli. Non male la copertina grigia con il lettering che ho scelto in copisteria.

Mancano dieci giorni. Non c'è molto da fare. Bologna alle 5 dorme ancora. Sono in funzione solo i forni notturni, l'edicola sui viali, le macchine del lavaggio strade. Vado a correre, *comme d'habitude*. Corro quasi dormendo in piedi. Sono le gambe a tirarmi in avanti. Fino ai Giardini Margherita e ritorno.

Quando rientro il cielo è viola blu. La luce proietta le ombre degli alberi sul pavé di piazza Carducci, allungate, esili.

In camera spalanco la finestra. L'aria viziata scappa fuori, sostituita da ossigeno fresco e odore di sigaretta. Ci deve essere qualcuno che sta fumando da un'altra finestra.

Il silenzio è rotto per un'istante dall'urlo di una moto lontana, in piena accelerazione. Si interrompe all'improvviso, come un assolo di chitarra elettrica cui hanno staccato la corrente. Un minuto dopo, la sirena di un'ambulanza, lanciata sui viali. Mi sale un brivido alla schiena.

~

Chiara è passata a prendermi alle 9 con la sua Mini. Andiamo a vedere una collettiva di fotografi a Modena. Un modo come un altro per evitare il sabato in centro.

La conosco dal primo inverno di università. Ogni tanto si lascia con il ragazzo, sempre lo stesso da tre anni, cagliaritano come lei. Pause che durano qualche settimana, o qualche mese. Finiscono sempre per rimettersi assieme.

Chiara posso anche non sentirla per mesi. Ma è sempre in quelle pause che si fa viva. «Ho bisogno di parlare, di sfogarmi un po'» dice ogni volta. Accetto volentieri.

Adoro i suoi capelli color miele, ondulati, lunghi a metà schiena. Il suo accento sardo. Parla in modo dolce, a bassa voce, con lunghe pause. Ha bellissime gambe, ha fatto anni di danza moderna. Il profumo appena accennato, fragoloso. La trovo in splendida forma.

Nel viaggio di ritorno ascoltiamo Paolo Conte. Le alzo i bassi dell'autoradio. Abita a San Lazzaro di Savena. Propone un bicchiere da lei.

Ci fermiamo a prendere una bottiglia di Montepulciano al Despar. Mentre la stappo in cucina, tira fuori dalla credenza un pacchetto di pane carasau. Aveva imparato a farlo alle elementari, mi racconta, la maestra l'aveva insegnato alla classe.

La sua stanza è ordinata, ancora un po' adolescente. Ha disposto i libri secondo il colore dei dorsi.

Uno scaffale è una colonia di animaletti Trudi uno addosso all'altro, un po' impolverati. Sono lì dall'inizio dell'università. Me li ricordo. Ci sono affezionato anch'io. Non se la sente di chiuderli in una scatola.

Osservo le foto che ha incollato alla parete con il mastice: le sue amiche, il siamese nel giardino della casa a Chia. Una serie dell'estate scorsa, al mare con il ragazzo, il ragazzo con il pizzetto. Il cielo di un blu stampato carico.

Dopo cena va a farsi una doccia. Aspettandola, pregusto gli attimi che seguiranno, steso sopra il letto. Il suo corpo, che forse avrò il privilegio di sfiorare tra poco, nuda come è venuta al mondo, e questo è sempre magico.

Mi ritrovo a pensare ancora una volta che il corpo di ciascuna, così unico, potervi accedere, è quella la fiamma che ti tiene acceso.

Ogni volta riscoprire che la sfumatura di ciascuna è diversa da quella di ogni altra, ma anche rinvenire quel tratto comune della femminilità, riscoprire che l'odore di un'australiana ha comunque qualcosa che puoi ritrovare anche in una ragazza europea, o canadese.

Rientra in accappatoio. Attendo in maglietta e boxer sul suo letto singolo. Il futon dovrei sostituirlo con un materasso alto come il suo, comincia a farmi male alla schiena. Ho messo nel suo portatile *Dummy* dei Portishead. Mi ricorda i primi tempi all'università.

La prendo in braccio, come una *demoiselle*, posandola dolcemente sulle lenzuola. La sniffo dietro al collo. Fiuto il suo profumo come un segugio.

Con una mano si tiene alla testiera del letto. I talloni contro la mia schiena. Le sollevo le gambe. Viene la prima volta, dopo pochi colpi, in silenzio, morsicando il cuscino. Un gemito lungo, soffocato. Senza uscire, comincio a scavarla con colpi verso l'alto. La incalzo tenendole i piedi uniti. All'improvviso, mentre alterno affondi lenti ad accelerazioni improvvise, qualcosa che non avevo mai visto. Gli occhi le si rovesciano, e per un attimo sono solo i bulbi: solo bianco, come nelle sculture. È impressionante.

È incredibile come una ragazza possa trasformarsi mentre fa l'amore.

Comincio a pistonare fuori controllo. Mi urla nell'orecchio. La percuoto a pieno regime. Non sento più niente. Potrebbero cadere le pareti, restare solo il sifone del cesso appeso a un tubo, un'antenna aggrappata al comignolo. Chiara mi tira verso di sé, più forte. Le fiorisce la pelle d'oca sulle gambe. Viene per la seconda volta, mordendomi la mano. Mi fa male. Esco. Sento i coglioni contrarsi. Si fionda sul cazzo. Le svuoto tutto in bocca. Resta ferma così. Poi si stacca, con un urlo, come dopo un'apnea prolungata. Mi viene un riso sincopato, da iena, primitivo. Mi ci vuole un minuto buono per riuscire a smettere.

Più tardi le scatto una foto con lo smartphone nella penombra della stanza, rischiarata solo dal suo portatile. La sua silhouette, disegnata dal lenzuolo che si è aggiustata sul fianco, languidamente. Aggrappata al guanciale sembra una gatta, adesso. Mi infilo i boxer per andare in bagno.

L'occhio mi cade sul pizzetto del suo ragazzo, alla parete. Quel sorriso a labbra strette. Il cielo troppo scuro, stampato male. Scaccio via l'immagine, scrollando la testa. Mi getto acqua fredda con le mani sulla faccia. «In bocca al lupo per domani» mi ha detto, mezzo addormentata, accompagnandomi alla porta.

~

La discussione è durata trentacinque minuti. Una formalità. Anche più piacevole di quanto avessi immaginato. Mi sentivo particolarmente ispirato, e per un attimo, parlando a braccio di fronte alla commissione, mi è sembrato di levitare sulle parole, come un principino del foro o un Carmelo Bene. È stato il mio momento.

La perorazione si è rivelata efficace: ha fruttato un paio di punti più del previsto. Alle 14 era tutto finito.

La prima a complimentarsi è stata la Fazioli. Stringendomi la mano l'ha trattenuta a lungo, ci ha appoggiato anche l'altra, quasi materna, augurandomi tutto il meglio, quest'ultimo augurio pronunciato con un sorriso un po' sospeso, allargando le narici come per riflettere, fiutare meglio l'aria di Krisi che continua a soffiare in città.

Mi ha suggerito senza parafrasare di pensare a un'alternativa a Bologna, città complessa ma statica, ingiallita come un affresco, ha detto. «Ha l'età giusta per cambiare» ha concluso. «Non trascuri l'idea di Milano, o della Francia».

Con il piccolo rinfresco di laurea che ho voluto imbandire nel giardinetto Dubček di Scienze Politiche, una tavolata di dolcetti e spumante per mia madre, mio fratello, un paio di zie e pochi amici, Deigo, il Jaco, Silvia, sotto a un cielo basso di cumulonembi oggi si è chiusa, almeno formalmente, la stagione universitaria.

Mi hanno fatto piacere i messaggi di parenti lontani, di persone che non pensavo se ne ricordassero. Alessia da Bruxelles ha mandato una foto, soffiando un bacio. Mi ha fatto sorridere vedere mio fratello, di solito fedelissimo a snikers e jeans sbregati, in giacca di Ungaro e cravatta, impeccabile.

Più tardi saluto tutti. Emicrania da stress. «Ho bisogno di dormire» dico. Ma è anche voglia di raccogliermi, di starmene un po' da solo.

Ho bisogno di una siesta prolungata. Un weekend intero. Ho dormito troppo poco ultimamente. Ci vorrebbe anche una bella cena a base di verdure, magari bollite.

Attraverso piazza Santo Stefano. Uno dei luoghi più belli del pianeta. Poi via Dante, martoriata da eterni cantieri per una rete in fibra ottica che non completano mai. L'asfalto sventrato manda odore di petrolio. Operai gialli come evidenziatori si attardano su tubi Innocenti: grovigli di cavi difficili da interpretare, da sciogliere, algebrici, senza capo né coda.

Decido di fare un giro in autobus. Alla fermata in via Mazzini una signora sputa sulle lenti degli occhiali. Le pulisce con un fazzoletto di carta. Mi chiedo se ci si sia soffiata il naso, prima.

Passa un furgone e lascia quell'odore acre, corroborante, da diesel anni Settanta. Le scie dei nuovi motori con il loro odore di uova marce le sento più insidiose.

Rifletto sulle ultime parole della Fazioli. Anche Milano. Anche la Francia. Salgo su un autobus a caso. Mi siedo nell'ultima fila di sedili, il calore del motore contro la schiena. Ignoro dove porti. Ha un'andatura fin troppo regolare. Non saprò mai che percorso ha fatto: mi sono addormentato subito. È il conducente a svegliarmi a fine corsa, di nuovo in via Mazzini, a mezzanotte, con uno strattone al braccio, bofonchiando qualcosa in bolognese stretto, forse una bestemmia.

*Aprile*

Sono partito per Milano con il Frecciarossa delle 8:20.

Ho preso alla lettera il consiglio della Fazioli: farci comunque un sopralluogo, andare a vedere. Dai curricola inviati a Bologna ancora nessun ritorno. Dovrei cercarlo a Milano, il lavoro?

Esci dalla Stazione Centrale e ti vernicia subito una diversa qualità dell'aria. In un giorno senza vento come questo, l'inquinamento ha un impatto quasi plastico con il sistema respiratorio. È come un film di cellophane che viene steso sui bronchi da un'imballatrice, per proteggerli dall'inquinamento stesso. Una sensazione particolare, mai provata in altre città.

Milano, 9:50. Umidità al settanta percento. Via Vitruvio. Da finestre semiaperte intravedo esseri umani sigillati in uffici, a navigare su Facebook, lampeggiare su YouTube. A telefonare: «Ooh, ciaooo, carissssimo!».

Milano ragazzine con Adidas immacolate. Adolescenti truccate a tinte forti, con grandi cuffie sopra i capelli ridono al telefono, avvicinando l'auricolare alle labbra.

In un bar prendo una focaccina da un euro: carboidrati, benzina. Prevedo di camminare a lungo. Procedo sul marciapiede di Corso Venezia.

Milano 11:30. Dalle facce dei mariti, asciutte, o *spumate* dai lipidi, puoi immaginare che tipo di dieta gli somministrino le mogli. Che tipo di *mangime*.

Milano, non ancora via Montenapoleone ma quasi. Lei bionda, messa in piega, capelli sfilati appena sotto le spalle. Stivaletti in pelle nera con cinturino, minigonna di velluto. Lui pullover indaco, capelli corti, colpi di gel. Aria da broker immobiliare. Un folder Gucci sotto al braccio.

Lei si trattiene come intontita, il naso incollato alla vetrina di Bulgari. Profilo perfetto, pure troppo. Nasino retrattile. Si volta verso di lui: «Sono stata brava, eh?». Sorride. «Me lo merito, un regalino!...». Bologna, ieri, stessa ora, Esselunga di via Lenin. «Ce l'ha, la carta Fidaty?» ha detto la cassiera con accento barese, senza guardarmi negli occhi. È la formula che chiude la routine della spesa. I capelli tinti male, biondo color Alpenliebe in offerta alla cassa.

Milano 12:30. L'inquinamento scioglie i succhi gastrici, stimola fame selvatica nell'ora della pausa pranzo. Bar e tramezzinisti lo sanno. Impilano sandwich a cascate, a monticelli dietro le vetrinette. Gli interni dei bar odorano di ferro, plastica cotta e microonde.

Milano in "pausa pranzo", fibrillazione di folla. Lo scooter 50 di un take-away mi incalza sul marciapiede. Rallento il passo, dà un colpetto di clacson invitando a scansarmi. Mi giro di scatto, pronto a colpirlo. Salta giù dal marciapiede, rischia di farsi investire da un taxi e accelera, gas di scarico celeste sulle mie urla.

Cerco aree pedonali, un po' di sollievo dai rumori. Mi siedo sui gradoni del Duomo, non ho voglia di entrarci dentro. Gli interni delle chiese, la loro frescura, mi ispirano solo d'estate. Chiedo a una ragazza indiana come si arriva a Corso Sempione. Sposta di scatto la borsetta, la ripara sotto al gomito. Mi colpisce con un «No!» intossicato di diffidenza. Una reazione di difesa istintiva, talmente dura da diventare a sua volta aggressione, violenza.

Milano 13:30 sotto portici quadrati, mi faccio strada a fatica tra la folla adolescente odorosa di genitali, di ascelle sudate, che staziona davanti al McDonald's. Ragazzine mi tocchicchiano. Sento che una Rebecca chiama una Liuba, Liuba ridacchia a Rebecca. Mi stanno simpatiche.

Milano sirene di ambulanze a due metri dal passeggio, incastrate nel traffico, sono trapanate ai timpani.

Milano tra nuvole color alluminio spunta a tratti un po' di sole. Una luce afflitta, senza mordente. Scopro anche dov'è il Piccolo Teatro. Immagino Strehler uscire con due allieve sotto braccio, con un'Ornella Vanoni giovanissima, sommersa dai capelli. In via Dante affiches esotiche della Emirates, gigantesche. Solleticano l'urgenza di *evasione* dei milanesi.

Milano 13:45. Guardo nei piatti degli impiegati, attovagliati su *dehors* che occupano tutto il marciapiede, sotto ombrelloni sciupati da piogge corrosive. Masticano foglie di cespuglio spacciate per insalata, carpaccio color Pantone 485.

Addento a mia volta un sandwich con foglie di platano e schegge di uova sode, con vista sulle vetrine patinate di Moroso Design. Milano che in realtà sa come mostrarsi bellissima indoor, in certi interni di appartamento, Milano che compensi così la tua durezza outdoor.

Milano 14:45. Comincia a piovere. Pioggia leggera, gocce sospese a mezz'aria, come moscerini, dà un po' di sollievo ai polmoni. Salgo su un autobus. Arriva fino in stazione, torna indietro. Sto seduto, come un pensionato. Ragazzine in piedi parlano accelerate, accavallando parole, cinguettii, eruzioni di sillabe nonsense.

Milano 15:15. Dai finestrini sfilano negozi da terza classe, di batterie alcaline, cellulari ancora con la tastiera, svenduti a pochi euro. Le fermate sono annunciate da una voce da istruttrice di danza, un leggero accento brianzolo, un po' troppo puntiglioso, pedante.

Milano 15:20 una Golf lo ha urtato, uno scooter è scivolato sull'asfalto bagnato. Non si è fatto male. Milano provo anche un tram. Appoggio le chiappe su predellini in legno, essenziali, da penitenziario. Fanno pensare alla Milano anni Sessanta fosca di Luciano Bianciardi.

Milano 16:30, dentro una libreria. Ho preso quattro tascabili. La tipa alla cassa, montatura da vista rossa, ha scansionato i codici a barre. Uno è passato a nove euro anziché sette. Sette è il prezzo stampato sulla quarta di copertina. Avevo calcolato il totale. Deprime l'idea che alcuni libri, che chissà quanti altri prodotti possano essere memorizzati in archivio con una "cresta", che spetterebbe solo al cliente di accorgersene. Milano la Krisi che perdura, maquillata in fine della crisi da *oh-ciao-carisssimo* e sorrisi.

Milano ho protestato, mi sono fatto restituire i due euro. Milano anche mentre mi muovevo tra gli scaffali mi sentivo osservato, pesce fuor d'acqua. Colpevole di essere in libera uscita al pomeriggio.

Milano il pomeriggio o conduci un tram, o stai in ufficio, o in uno showroom, al limite dietro a un bancone o un registratore di cassa. In giro non puoi starci. Non sei legittimo, sei sospetto, *dropout*. Come uno degli ultimi eroinomani, quelli storici, zombie del Parco Lambro.

Milano cinque anni fa c'ero stato una settimana, ospite da cugini di secondo grado. La vita notturna, la movida, mi erano piaciute, anche se con riserva, anche se il paragone con Bologna non reggeva. Soprattutto per le distanze da percorrere. Ricordo che passammo metà della notte in macchina. Clacson premuti istericamente anche a notte fonda, *cocainés*. Macchine sempre piene di quattro, cinque persone, autoradio a palla che gonfiavano i finestrini con i bassi.

Rientrando, scie di anabbaglianti e semafori persistevano a lungo nella retina, un effetto strano, dopo vari negroni sui Navigli. Mi ero chiesto se ci avessero aggiunto piccole dosi di farmaci scaduti, di oppiacei.

Milano oggi mi sembra una metropoli ripiegata, sulla difensiva. Milano forse ho solo scelto il giorno sbagliato per venire a trovarti. Milano resistono parecchi dettagli anni Sessanta, Settanta, *Vallanzeschi*. Nei fittoni spartitraffico, nelle insegne appena fuori dal centro, nelle prospettive di monoblocchi condominiali. Milano mi sarebbe piaciuto incrociare Patrizia Valduga, o Maurizio Pollini.

Milano ci si aspetterebbe di vedere *l'uomo Cynar* seduto a un tavolino, da solo in mezzo al traffico, arrotato dai parafanghi di una Fiat 128.

Milano ero ben disposto, stamattina. Però Milano perdonami, ma ti trovo dura da digerire, priva come sei di piazze o di vicoletti caratteristici, intimistici, già, non solo Intimissimi. Priva di tracce medievali. Il tuo cielo anche lui eterno come quello di Bologna, come ciascun cielo, che però qui ho ritrovato color freno e frizione, un cielo da autofficina. Milano il cemento dei tuoi marciapiedi fa male ai tendini, dopo chilometri a piedi.

Milano il tuo grigio antracite ha un suo carattere ma continua a non esaltarmi, lo preferisco reinterpretato nelle foto di Gabriele Basilico, quel bianco e nero rigoroso e a piombo, che lui sapeva impaginarti magistralmente.

Milano verso la Stazione Centrale, nei tratti in cui il marciapiede è più bituminoso diventa un groviera di segni circolari dei cavalletti degli scooter, sono fori estivi, quando il marciapiede rovente diventa gommoso come caucciù.

Milano 19:30 mi sembri ostica, aggressiva nell'interazione sociale del dopolavoro, per quanto verniciata di *carissimi*, ma è anche vero che questa volta ho saltato i Navigli. Milano le tue ragazze a volte con le gambe troppo ossute, chine sullo smartphone, assidue di tapis roulant e corsi di Body Attack.

Ma le città sono "belle" o "brutte", gradevoli o meno, digestive o indigeste, anche a seconda delle esperienze che ci peschi dentro, mi dico lasciandomi andare sui sedili bordeaux e arancio, sudici, del Frecciaargento, che in un paio d'ore mi riporterà a casa.

Se a Milano cominci a guadagnare quattromila euro al mese, se a Milano cominci ad uscire con le belle, se ti cercano loro, se ti invitano a casa, voglio vedere se non rivedi la tua opinione su Milano.

Mentre il treno si allontana dalle magnifiche campate della Stazione Centrale, sfila il paesaggio ancora più desolante dell'hinterland meneghino e capisco che la "bellezza" come la "bruttezza" di una città si generano in modo autopoietico, in questo aveva ragione Luhmann: a Parigi tutto è tenuto bene essendo tutto già tenuto bene, invita a salvaguardare un decoro urbano, un ordine, a fare bene anche il resto. Anche perché altrimenti il contrasto sarebbe avvilente, vergognoso. A Milano tutto continua a essere grigio, salvo alcuni episodi come Porta Nuova, perché il resto è già grigio. Così dal vecchio grigio nasce *nuovo grigio*. Per mimesi. Per prudenza, mortifera. Milano ci tornerò di nuovo, certo. Ma ho deciso che il lavoro non lo cercherò qui. Piuttosto me ne vado all'estero.

E questo treno, un prima classe scritto su un cartoncino con il pennarello, che è tenuto peggio della seconda, con indiani che parlano al telefono *taketetaketetì*, *taketetaketetà*, ma sì, il loro accento mi diverte, gente che si toglie le scarpe e poggia i piedi sui sedili… Attacco gli auricolari allo smartphone e mi infilo nelle orecchie il rumore campionato di un ventilatore. Vorrei andarmene un weekend a Barcellona. Magari ci esce pure una nuotata.

~

Cerco su Google fotografie del bimotore Mitsubishi MU-2. L'aereo d'affari che papà pilotava per lavoro. L'executive di proprietà di un industriale triestino che possedeva all'epoca alcune fabbriche di articoli sportivi in Europa e che ormai si è ritirato dagli affari.

Il velivolo occorreva all'imprenditore per spostarsi rapidamente da uno stabilimento all'altro, e anche per qualche scappata di piacere. Aveva assunto mio padre come comandante, *chief pilot*.

Cerco su internet la matricola, le "marche civili", che ho trovato sul suo libretto di volo. Atterro su un database di foto aeronautiche. Trovo un'immagine proprio di quel velivolo, la livrea bianca e verde che ricordavo. È stata scattata da uno *spotter* all'aeroporto di Berna, negli anni Novanta.

Chiudo gli occhi e mi rivedo dentro l'abitacolo di quell'aeroplano, durante un'indimenticabile trasferta che facemmo dall'aeroporto di Ronchi dei Legionari al Cristoforo Colombo di Genova.

«Niente scuola, domani» mi aveva annunciato alla vigilia. Per l'occasione mia madre mi aveva fatto vestire come un piccolo comandante, giacca, cravattina a righe. Mi ero svegliato prestissimo, eccitato.

Mentre un addetto dell'aeroporto con un trattorino estraeva il bimotore dall'hangar, mio padre si era allacciato al posto del comandante, io mi ero installato sul sedile alla sua destra, da copilota, assicurato a mia volta dalla doppia cintura. Mi aveva messo sotto il sedere un cuscinetto per fare spessore, altrimenti non sarei riuscito a vedere oltre il parabrezza.

Dopo la messa in moto e il riscaldamento dei motori, azioni che mi illustrò sfiorando strumenti e manette, mi propose in cuffia di occuparmi del rullaggio. Se mi andava, naturalmente. Si gustò la mia pausa di riflessione, o di paura, con un sorriso sornione.

Lo rivedo come fosse oggi.

Gli risposi nell'interfono che sì, me la sentivo. «Stai attento» disse, di nuovo serio. «Dovrai tenere il volantino ben saldo, mantenendo l'aereo allineato alla pista. *Todo bien*? Tutto chiaro? Quando ti dico "lascia!" tu mollalo. Ci penso io a farlo decollare».

La torre di controllo diede l'autorizzazione al rullaggio. Concentratissimo, strinsi il volantino fino quasi a farmi male ai polsi, mentre l'aereo sfilava sul raccordo con il rombo dei due turboelica che riempiva il cockpit, un rumore impressionante. Le eliche, così vicine alla fusoliera, sembravano entrare nell'abitacolo, fitto di strumenti e magico per me, copilota di 8 anni.

«*Todo bien*?» mi chiese di nuovo. La sua voce la sentivo in cuffia. Avrò risposto che sì, sempre aggrappato al volantino, il collo tirato per avere quanta più visuale possibile, mentre il bimotore accelerava sulla pista. «Ora lascialo» mi ordinò.

Tirò il volantino a sé, staccandoci da terra. In aria il rumore divenne subito più acuto, tagliente.

Rivedo le ombre dei comandi che si spostavano sul *cockpit*, seguendo la nostra posizione rispetto al sole, durante la virata, ricordo come il sole sembrasse all'improvviso più vicino.

Mi rilassai, godendomi il galleggiamento in aria, la vista dall'alto, spossato dalla concentrazione che avevo messo nel decollo. Ma avevo pilotato!

Solo anni dopo, quando lui non c'era più e non avrei potuto fargliela pagare, appresi che il volantino non ha alcuna autorità sulla direzione dell'aereo al suolo. E che quel rullaggio, naturalmente, lo fece lui, con i pedali, e un'ineffabile faccia da poker.

~

Dopo la corsetta, succo di carota, integratore di magnesio Supradyn Boost. Un avocado e una mezza dozzina di mele.

Buttato via vecchi giornali che stazionavano a terra, scatolame inutile che tenevo nello sgabuzzino.

Metto un po' di bicarbonato sullo spazzolino elettrico. Ho inserito una nuova testina che massaggia le gengive, rilassante. Alle 20 andrò a prendere Angela.

Sabato scorso avevo fatto un salto da Mediaworld. Ogni pretesto è buono per tenersi alla larga dal triangolo Indipendenza-D'Azeglio-Farini, le vie più commerciali di Bologna, prese d'assalto nel weekend. Gente che corre in settimana, per infilarsi in uffici alienanti, sotto luci che friggono al neon. Gente che corre nel weekend, per entrare o uscire da negozi, con oggetti, vestiti, che odorano di petrolio, che durano un niente.

Evito se possibile i portici di via Indipendenza anche perché non sono *antichi* ma vecchi, quelle colonne annerite dallo smog contrastano male con le vetrine rutilanti dello shopping, con le sincopi hip-hop diffuse dalle boutique anche all'esterno, sempre più incalzanti: una sensazione fastidiosa che non riesco a sostenere per più di qualche minuto.

Da Mediaworld cercavo un rasoio elettrico per le basette. Angela stava lavorando come promoter per un guscio, un pezzo di gomma del valore di qualche centesimo, in offerta a 29,90 euro. Mi ha attratto quel movimento assurdo del suo braccio, che vedevo oltre la corsia. Scagliava il guscio per terra, poi estraeva lo smartphone, intatto. Faticava a venderli. «Prova anche tu» aveva detto. L'ho scagliato al suolo ma niente. È rimbalzato, intatto, senza un graffio. Ho capito che era uno smartphone farlocco, con il vetro antiproiettile, o qualcosa del genere.

Riempie in modo sublime un abito lungo bluemarine, mentre la vedo uscire dal portone, stivaletti neri. Lo spacco laterale da cui si intravede la fascia dei collant è un attimo di stordimento, quando entra nella Opel.

Andiamo da Vito in via Musolesi. Negli anni Settanta ci veniva Guccini, che abitava qui vicino, in via Paolo Fabbri, ci si accampavano Lucio Dalla, Claudio Lolli. Alla parete c'è una foto con Guccini che imbraccia una assurda chitarra folk, accompagna Dalla al clarinetto. Ogni volta che ci vado mi diverto a chiedere se è passato di recente, Guccini. «Era qui giusto ieri» rispondono sempre.

Sono a mio agio con questa ragazza di Reggio Calabria, allegra, estroversa, dai capelli castano scuri, non tinti.

Ha parecchi bracciali e se li aggiusta spesso, mentre gesticola. Studia al Dams. Le piace cantare. Le chiedo del guscio. Dice che ne avrà venduti tre, alla fine. «Se non c'eri tu che mi facevi un po' ridere» mi fa. Ma non è un problema. L'agenzia la chiamerà per altre promozioni. Pagano bene.

Le piace il lambrusco che il cameriere ha sbattuto sul tavolo, dentro una caraffa scheggiata, bofonchiando qualcosa in bolognese, che non abbiamo capito. Al secondo bicchiere mi trova carino, dice. Taglio la carne lentamente, lungo le fibre. Altrettanto lentamente la mastico. Restare leggeri, masticare piano. Quando il cameriere porta il digestivo Angela mi sta tenendo la mano. «Che grande» dice, «Pensa se tiri una sberla a qualcuno». Sento le sue dita sudare.

C'è una festa sui colli, me ne aveva già accennato al telefono. Il casolare di un professore di lettere, suo conoscente. Si raggiunge infilando una deviazione della strada collinare.

Hanno incollato a un palo una freccia con l'indicazione. Si deve salire per una strada stretta, di asfalto vecchio, quasi bianco. Nel parcheggio sentiamo le risate di gente in terrazza. Viene ad aprirci il professore. Sorriso conviviale, barba di tre giorni, canna tra le dita.

Abbiamo portato una bottiglia di lambrusco presa da Vito. Saliamo la scala a chiocciola che sbuca in terrazza.

La vista è stupenda, la città sembra un presepe di punti gialli e arancio, lontano, galleggiante in mezzo al buio della pianura. L'aria è trasparente, mossa da una brezza leggera ma fredda, non ancora primaverile.

Angela torna dal bagno. «Indovina cosa ho cambiato?» mi chiede. Si è messa dei collant più spessi, quasi dei leggings. Aveva freddo. Belle ragazze, si servono da sole aprendo il frigo, estraendo con gesti un po' scoordinati tappi di sughero da bottiglie di prosecco.

«Una festa è riuscita quando ci sono più fighe che maschi» quante volte l'ho sentito dire a Silvia, le sue mitiche feste di via Irnerio, quando ancora abitava con le coinquiline siciliane.

Peccato per quelle che ha adesso, meno socievoli, morigerate. O forse solo troppo giovani. Peccato per i suoi vicini, che diventano sempre più rompicoglioni.

Belle ragazze. E Angela non è da meno. La situazione sarebbe piaciuta anche al Jaco. Gli ho scritto di passare, mi ha risposto da qualche ristorante di provincia. «Radical-chic o *gauche caviar*?» ha scritto, e me lo vedo, mentre imita Nanni Moretti.

Gli mando una foto della biblioteca: foderata di volumi, con la scala a rotelle per gli scaffali alti. Collezioni intere di Meridiani Mondadori, Coralli Einaudi. Angela mi stuzzica con bacetti sul collo. «Ho ancora freddo» dice. «Avrei dovuto prendere un maglioncino».

Le propongo di rilassarci un po' da me. Ho un futon giapponese, le spiego. Del limoncello di Amalfi, *millesimé*. «Dici a tutte così?» mi chiede, un sorriso di sfida.

In camera spengo la luce. La aiuto con la cerniera, si fa cadere il vestito ai piedi. Sul futon le sfilo collant e mutandine. Ha i capezzoli durissimi. Si mette di fianco. Entro lentamente, tenendole le caviglie unite con la mano. La sento stretta. Un gemito prolungato, soffocato, stringe il cuscino.

Poi ci ribaltiamo, sale sopra lei, si muove a strappi, mi fa quasi male. La incalzo da sotto. La giro di nuovo. Solleva le gambe, affondo del tutto, poi esco. Se lo infila con due mani, affondo di nuovo. Mi appoggia i polpacci sulle spalle. Allora la fotto con una scarica di colpi a fondo corsa, prolungata, inesorabili, senza prendere fiato. Mi tiene una mano sui coglioni, urla nell'orecchio, urliamo assieme. Esco e strappo via il *profio*. Si fionda sul cazzo, se lo ficca tutto in gola. Tutto si ferma per un attimo. Sento la mia vena pulsare. Mi sollevo sui gomiti. Scrolla la testa, qualche istante, velocissima, un gesto selvatico, senza staccarsi. Le esplodo in gola con sussulti ripetuti, accavallati, liberatori.

Quando torna dal bagno sto fissando il soffitto, in catalessi. Le gambe mi saltano a scatti.

Si siede sul letto. «Domani devo lavorare» mi fa, appoggiandomi un bacio sulla fronte. Mi avvolge dello scottex sull'uccello, come una benda. «Fallo riposare». La aiuto a tirare su la zip.

Mi rimbocca le lenzuola, manco avessi la febbre. La sento uscire con il fruscio dei collant, canticchiando qualcosa. Una specie di ninna nanna, in calabrese. Sembra quasi arabo. Si tira la porta dietro.

Mi tocco i testicoli. Mi ha svuotato anche il midollo. Calcio via il lenzuolo e vado al cesso. Bevo acqua dal lavandino, come un gatto. Mi sale dallo stomaco una fame feroce.

~

Una notte così, e l'indomani ti ritrovi addosso un magnetismo involontario. Conosci la sensazione. È come se in qualche modo destassi i sensi, l'olfatto delle ragazze. Mettici che hai anche uno slancio, un approccio più sicuro, baldanzoso. È come se fiutassero l'animale che rientra sudato dal combattimento. Si avvicinano, si mettono a favore.

Mi sembrano tutte incantevoli, oggi, in sala studio. Anche le studiosissime struccate, che vengono in tuta da ginnastica, imbambolate davanti allo schermo.

Sarà che le ragazze premiano l'audacia: nell'animale reduce da una notte *caliente* avvertono che non ha timore di un eventuale rifiuto, quel timore che paralizza per anni certi studenti, financo certi bellocci, che sprecano così un'intera stagione di sensualità, l'opportunità più entusiasmante che gli era stata data, gli anni di università.

Dopo una notte così anche i tuoi sensi si acuiscono, ed è come se tra te e la sconosciuta che ti passa accanto ci fosse una maggior porosità, come se fosse caduto un velo, un pudore. Quando ti è vicina, ti sembra quasi di sentire il suo profumo più intimo, ne avverti l'indole più selvatica, la corporalità. Anche se è infagottata in un cappotto.

Hai la sensazione che anche lei stia fiutando la stessa cosa. Allora si innesca un istante di complicità non dichiarata, un momento puramente sensuale, che puoi giocare a tuo favore, se riesci ad afferrarlo, se lei ti offre un pretesto. Se vuoi rompere il ghiaccio l'occasione è lì, non indugiare.

Non è sempre facile. Splendide, molte di queste ragazze, già a vent'anni. Sublimi, tra i venticinque e i trenta. Detentrici di una sensualità di gesti, di mani che muovono come una danza di cui è inutile cercare di fissare i contorni: disegni ipnotici tracciati nell'aria, ti rincitrulliscono, anche quando nella saletta caffè semplicemente si chinano per prelevare dalla macchinetta il loro cappuccino aromatizzato alla vaniglia, dal retrogusto tossico.

Mi piace la città in questo periodo. Calma, spopolata dagli studenti fuori sede tornati agli ovili per Pasqua, lasciata a brezze leggere profumate di lievito, ai suoi contrasti tra ocra e arancione, le ombre bisettrici sui muri. Ai suoi spigoli raschiati dai furgoncini che in giornate feriali hanno svoltato troppo di fretta, a telefonate placide di ragazze in relax, che camminano in mezzo alle vie pedonali.

Continuo con i curricula. Invio candidature spontanee, per l'area marketing o comunicazione di grandi aziende come Hera, Unipol, la Fiera, ma lancio anche a imprese più piccole di cui non è chiaro lo stato di salute, siti dall'immagine scarica, cui qualche nuova idea non potrebbe che far bene.

Silvia mi ha messaggiato il titolo di un libro di Cesare Musatti, dice leggilo, fammi sapere cosa ne pensi.

Chiara mi invia su WhatsApp una foto delle sue gambe, fasciate da collant dal motivo floreale, bellissime.

Riprendo con i siti di lavoro. La loro retorica della "qualità", dell'efficacia, è scotta, demotivante. Soprattutto ipocrita. Formulari ridondanti, finto intelligenti, concepiti da ragionieri che hanno agguantato posti di responsabilità, ma senti che sono il risultato di un compromesso tra creativi e tecnici, dove l'hanno avuta vinta i tecnici: inutili liste di dati da riempire, per nulla funzionali, ebeti.

Preferisco certi siti inglesi, o LinkedIn, copincolli il curriculum e via. Di *civvù* ne invio una decina al giorno, a indirizzi mail che forse nessuno apre, gente che magari non lavora più, avranno cambiato posto, forse morti.

Chiudo la giornata surfando su siti di astronomia, per rinfrancarmi un po'. Guardare in alto. Cercare oltre il piccolo cabotaggio. Per fortuna che la rete è magica. Basta frugare. Non fermarsi alle prime tre pagine.

Foto ad altissima risoluzione, sorprendenti, inviate sulla terra da Hubble, gentilmente offerte dalla Nasa. Alcune talmente pesanti che anche la fibra ottica ci impiega secondi per scaricarle. Zoomandole, i dettagli fioriscono in altri dettagli. Colori incredibili, sublimati dai monitor retina, stagliati sullo sfondo nero. Foto fantastiche, una gioia per gli occhi. Mi infondono fiducia.

*Maggio*

Era una mattina di primavera inoltrata come questa, deve essere stato un paio di settimane prima dell'incidente. In giardino il profumo degli asciugamani che mia madre aveva steso al sole, su quelle corde di nylon tese tra il casotto degli attrezzi e la siepe, che ogni tanto ancora oggi mi chiede di sostituire.

Partimmo verso l'aeroclub di Nova Goriza. Papà guidava sulla statale canticchiando brani di Julio Iglesias, in spagnolo. Li aveva imparati in una delle sue trasferte. Durante una sosta a un distributore era andato alla toilette, mi aveva detto di attenderlo al bar. Avrò chiesto una gassosa come facevo all'epoca, credendo di bere birra.

Riprendemmo la strada verso la Slovenia, la Citroën DS beccheggiava placidamente. Parcheggiò vicino a un hangar che ricordo immenso. Ci raggiunsero alcuni amici. Qualcuno portò della carne, si mise a trafficare al barbecue, diffondendo odore di grigliata. Si mangiò di gusto.

Lo rivedo che corre sul prato del campo volo, seguito da un pastore tedesco.

Però di quel giorno non ricordo il suo volto.

Il suo viso degli ultimi tempi nella memoria è come sfumato, come visto attraverso una bacinella d'acqua. Mi accontento del suo ultimo album: foto scattate un mesetto prima che mancasse.

Sì, gli ultimi giorni mi sembrava cambiato. Forse era più stanco. O forse ero solo io che stavo crescendo, che lo vedevo con un altro sguardo, più distaccato. Certe notti mi pare di riuscire ad afferrarlo in sogno. Ma è come se giocasse a nascondersi. Quando mi sveglio l'ho perso. Ne resta solo un'ombra serena, la luce di taglio della mansarda al pomeriggio. Una risata leggera, come dietro una porta.

~

«Il mare è sempre diverso ma è sempre lo stesso; sono le cose che gli sono state sparse attorno – capivo – che hanno il potere di fissarne una porzione nella mappa personale dei ricordi» avevo scritto qualche anno fa dietro l'ingrandimento di un vicolo di Lignano Sabbiadoro, regalandolo ad Alessia, e ci credo ancora.

Ho inserito una batteria carica nella reflex. Ho dato un'occhiata alla costa adriatica con Google Maps, spalancato la finestra, riempiendo la stanza di aria fresca.

Amo i distributori di benzina all'alba. Faccio il pieno all'Agip in via Mazzini e riparto in direzione dell'autostrada con entrambi i finestrini aperti, come sempre, lasciando turbinare i capelli nell'aria delle 7, esaltante.

Jesolo, Caorle, Eraclea. È da un po' che non metto piede su quelle spiagge, così vaste che sembra di essere a Venice Beach.

Dopo l'uscita dal casello, per raggiungere Jesolo bisogna imboccare un lungo rettilineo che scorre accanto al Piave da un lato, dall'altro una campagna piallata di coltivazioni basse, casoni abbandonati, campanili lontani, conficcati nel terreno come matite.

Intonaci di villette sfogliati dalla salsedine, forme geometrili, blande imperfezioni di costruzione. Mi sembra di vederli, i disegni di quelle villette, appoggiati su vecchi tecnigrafi.

Lungo la provinciale più stretta che porta a Coltellazzo piloni, lampioni ancorati da decenni al suolo, tatuati di scritte, adesivi ancora anni Ottanta. L'epoca di Asteroids, Ms. Pac-Man, delle sale giochi. Delle "spade" di eroina. Non c'è una nuvola.

Piscio sulla rampa di un garage sotterraneo. Osservo la riga di urina scendere verso il tombino. Sento un'elettricità scorrermi lungo il pene. Come una leggera infiammazione, un solletico. Ricordarsi di rifare le analisi.

Un tizio tarchiato ha caricato un fascio di canne da pesca dentro il bagagliaio di una Volvo.

Quando ha messo in moto dal motore è uscito un urlo straziato, agghiacciante. Forse ha maciullato un gatto con la ventola del radiatore. Il tizio non sembra averlo notato. Esce dal parcheggio senza mettere la freccia. Una dimenticanza, una sciatteria che non sopporto. Chissà di quante cose non si accorge, gli passano accanto senza scalfirlo, senza mettere la freccia.

Mi godo una focaccina seduto su un muretto. Un gabbiano in quota si fa spostare dal vento, va alla deriva. C'è una parola per dirlo, quel movimento. La ricordo da antichi corsi di vela: scarrocciare.

Parcheggio appena fuori dal centro storico di Caorle. Dall'ultima volta che ci sono venuto, un paio di anni fa, hanno rinfrescato gli intonaci con colori squillanti, saturi. Campiture viola, arancio, blu cobalto.

Dentro la vetrina di una gioielleria, la foto di una bionda sui vent'anni, chioma leonina. Una fotografia confezionata bene, recente. Il lavoro di uno studio pubblicitario locale, si capisce, ma curato, non provinciale. Anche la marca di gioielli deve essere della zona, mai sentita, ma è ambiziosa: l'immagine l'hanno voluta patinata, l'imitazione dei modelli più alti è quasi convincente. Se non fosse per quella frase, sotto al logo… «Ti sembro una tipa che vuole un pigiama, per regalo?». Ha qualcosa che disturba.

Mi incammino verso la spiaggia. L'orizzonte è a due colori, spalmati uniformi, il bordo verde scuro e piallato del mare tocca in linea retta l'azzurro del cielo, lattiginoso.

I cani adorano il litorale. Si allontanano per centinaia di metri dai padroni. Libertà mai viste in città. Lontanissimo, un labrador si volta al fischio del suo *maître*, esita un attimo, lo raggiunge al galoppo.

Il pomeriggio si annuncia con brontolii allo stomaco, spostamenti della temperatura di luce verso il giallo, sui 4000° Kelvin. Adatto la correzione dei bianchi sulla reflex. Non sono ancora pienamente soddisfatto del digitale, nonostante l'ottimo sensore *full frame* della Canon.

Mi piaceva l'idea di avere sul tavolo un rullino non ancora sviluppato, prima. La differita tra gli scatti e il momento in cui le ritiravo al laboratorio. In ogni caso la reflex a pellicola me la porto sempre dietro. Ma gli ultimi rullini ormai li stampavano male. Le Fuji Reala 100 che usavo all'inizio hanno smesso di produrle da anni. Si trovano solo su eBay, scadute. Tocca caricare quel che resta sul mercato, Kodak Ektar 100, contrasto più duro, Fuji Superia 200, grana più grossa.

In una gelateria mi prendo un cono da quattro euro, pesante come un boccale di birra. Cammino sulla battigia, poco importa se le scarpe si riempiono di sabbia. Da una briccola si alza in volo un airone, maestoso. Con due colpi d'ala ha guadagnato quota. Scompare dietro il profilo di un hotel.

Deve esserci stato parecchio vento i giorni scorsi. I marciapiedi e i parabrezza delle poche auto parcheggiate sono spolverati di sabbia. Sulla porta chiusa di un hotel disabitato la direzione fantasma ha attaccato un foglio A4, una scritta a pennarello: «Cercasi segretaria con esperienza: computer e mail». Poche pretese.

Il sole schiaffeggia gli alti condomini spenti in riva al mare. Ne mette in luce i difetti di "piombo", la trama dei mattoni sottostanti l'intonaco, in modo quasi osceno. Eppure hanno venti piani, saranno almeno quarant'anni che stanno in piedi. Camminare sulla spiaggia è macinare chilometri senza sentirli, ci sono quelli che fanno le vie dei pellegrini, io farei tutta la costa adriatica fino in Puglia, sempre a contatto con il mare.

È quasi buio quando entro nell'area del litorale più assurda. Odore di granchi putrefatti, sabbia più compatta, impastata a catrame e petrolio. Blocchi di sabbia vetrificata che si frantumano sotto le suole. Balneazione vietata. Strani residui affiorano sulla battigia. Non mi stupirei fossero conci di cromo, scorie radioattive.

Qui non ci sono più lampioni. Lo smartphone è scarico, non posso farmi luce. Mi oriento con l'udito. Un ronzio profondo, accompagnato da un battimento basso, circolare, come un braccio meccanico che impasta, occultato sotto terra. Non riesco a capire da dove provenga. Deve essere un depuratore.

Tornando indietro, attraverso una parte di spiaggia nel buio totale. Una sottile, sgradevole sensazione di strizza alla schiena. Come se la minaccia potesse venire dal basso: un tombino scoperchiato, una lama arrugginita che affiora. Devo ricordarmi di rinnovare l'antitetanica. Cammino a ritroso fino a quando ritrovo i primi lampioni.

Esco senza ferite da quell'area zombizzata. Taglio verso le luci a led di Caorle.

«Ti sembro una tipa che vuole un pigiama, per regalo?». Ma Cristo, sì, un pigiama, perché, non era una bella idea? Il borgo ha cambiato aspetto con la notte. Un'illuminotecnica sapiente ora scolpisce tridimensionalità artificiali, accende ancor più le campiture di colore degli intonaci. E pensare che un tempo queste erano case di pescatori, di mattoni a vista.

Anche i portici si ritrovano coinvolti in questa tridimensionalità dopata. I faretti a led adesso ne esasperano le concavità, i chiaroscuri. Immagino che tutto questo voglia invogliare ad avvicinarsi, a toccare le vetrine. La Krisi aggredita a fasci di luce, la rutilanza dei led colorati. Ma così fa male agli occhi, così è troppo.

Dopo Padova, guido più veloce del solito, lanciato verso l'Emilia. All'altezza di Ferrara un tizio prega rivolto alla Mecca, accovacciato sulla corsia d'emergenza, inquadrato dai fari dei tir. Forse è appena scampato a un incidente. Bisognerebbe segnalargli il pericolo. Ora sta rischiando di farsi piallare come un porcospino.

Su Radio Rai 3 una diretta dal Teatro Comunale di Bologna, il *Concerto in sol* di Ravel, il nome del solista non lo conosco. Ogni tanto quel concerto me lo gusto su YouTube nell'interpretazione di Michelangeli con Celibidache. Vette di assoluto, inarrivabile. Trenta minuti da cui non si esce indenni.

Rientro nei viali di Bologna come una palla in un flipper lampeggiante di semafori e anabbaglianti. Prostitute giovanissime, una ogni cinquanta metri. Dove sono queste ragazze di giorno? Si nasconderanno dietro borsoni griffati e occhiali da sole extralarge, sull'autobus, sotto i portici di via Marconi? Dormono, oppure affrontano il giorno a viso aperto, ma sempre un po' estranee, un po' fuori fase anche nei gesti, marziane?

~

«Sono in Strada Maggiore. Posso usare il tuo bagno?». Lavo l'uccello nel lavandino. Rassetto un po' il futon. Mi piace paragonarlo a un ring di combattimenti amorosi, più o meno selvatici, più o meno feroci. L'incontro non è mai scontato. Lei può sempre declinare, rinunciare all'ultimo momento. Tirare un colpo basso.

Lascio la porta aperta. Sento i tacchi salire nel vano scale. Possibili piogge, prevede il meteo. Angela ha sete. Mi chiede un bicchiere d'acqua. Le piacciono le torrette di libri per terra, l'atmosfera del monolocale, dice. Come ho ricavato gli spazi, «ordinato, maschile».

Ha un bel vestitino primaverile, coloratissimo. Si libera degli stivaletti. Si sdraia sul futon. Come fosse *chez elle*. La raggiungo e ci allunghiamo, due cuscini tra la schiena e il muro. Ci si parla spalla contro spalla, come una coppia di sconosciuti sull'aereo. Mi racconta che con le coinquiline non si trova bene. Cerca di stare fuori casa il più possibile. Mi stendo. Mi massaggia la schiena. Ha "le sue cose", anche se, aggiunge, lo farebbe volentieri. Mi passa la mano tra le gambe, da sopra la tuta. «Te l'hanno già detto che ce l'hai enorme?». Forse esagera, vuole blandirmi. Forse lo dice a tutti.

La aiuto a sfilarsi il vestitino. L'ha preso "in prestito" in un negozio. «Molte fanno così, non lo sapevi? Lo provano, lo usano nel weekend, nascondendo l'etichetta. Poi lo restituiscono, dicendo alla commessa che non andava, che devono mettersi a dieta».

Le sfilo via le mutandine. Si lascia fare. Vedo il cordino del tampax che spunta. Faccio per toglierglielo, mi sposta la mano. «Dietro» mi fa. Prendo nel cassetto l'olio da massaggio. Comincio a massaggiarle la schiena, poi le chiappe. Si rimette supina, solleva le gambe. Non si ritrae, quando le entro con il medio, poi con il pollice. Con l'altra mano mi lubrifico il cazzo. Entro per qualche centimetro. Non dice niente. Si morde le labbra. Restiamo fermi. Respiriamo a fondo, assieme. Spinge le gambe più in alto, sollevando le natiche. Scivolo dentro in un colpo solo, come un'anguilla. Fa un lamento, continuo, prolungato, come un mantra. Non smette, anche se resto fermo.

Si tiene ai miei bicipiti. Comincio a muovermi lentamente, regolare, un carotaggio. Respira profondamente, l'espressione costipata. Si puntella con i gomiti. Solleva la testa per vedere. Mi passa il flacone dell'olio. Ne verso ancora un po', restandole dentro. Mi guarda con gli occhi spalancati, la bocca piegata in una smorfia, «vieni!» quasi un ordine... Affondo le mani nei suoi capelli. Mi tira a sé, le sono tutto dentro, siamo incollati. È strettissima. Mi svuoto dentro di lei, a fondo perso.

Esco lentamente. Appeno lo sfilo del tutto fa un urlo.

Corre in cesso tenendosi una mano dietro, come un tappo. Mi stendo con addosso solo la canottiera. Sento riemergere il rumore del ventilatore.

Angela torna e mi riempie di baci, sul viso, sul collo. «Dormi» dice. Poi esce dalla stanza. La sento fermarsi un attimo in corridoio, sento scattare la serratura.

Dormo un'ora, a occhi aperti. A mezzanotte inoltrata raggiungo Deigo al Celtic. Mi indica il Jaco: è di schiena, sta baciando una brunetta mai vista, vicino alla porta del cesso.

Deigo lo sento scoglionato. Ho l'impressione che non apprezzi più queste serate come un tempo. Nota le mie occhiaie. Dice che ho buone probabilità di continuare la vita che faccio per altri cinque, forse dieci anni.

Mi viene in mente un articolo che ho letto su Monster. Pare che ai colloqui si divertano ancora a chiedere: «Tra cinque anni dove si vede?». Risponderò: «Non ne ho la più pallida idea». La franchezza di solito paga. E se non paga, allora non era il posto giusto.

~

La comunità aeronautica è una grande famiglia, a quanto pare. Tra colleghi ed ex colleghi si conoscono tutti. Soprattutto i piloti di provenienza militare. C'è gente che cerca il nome di mio padre su internet anche dopo anni, non avrei pensato: ora trovano le foto, quel semplice ritratto per immagini che ho pubblicato: Google ha indicizzato la pagina. Ho ricevuto il primo messaggio stamattina. Mi sono fatto un caffè, rileggendo un'altra volta.

> Cercavo vecchi articoli di volo, nomi di colleghi, e tra una ricerca e l'altra cosa trovo? Conoscevo bene tuo papà. Ero istruttore di elicottero a Ronchi dei Legionari. Ero presente quando arrivò il biplano di Elio, consegnato dal pilota dell'importatore italiano. Mi ricordo anche di te da piccolo, hai la stessa età di mio figlio.

Tuo papà l'avevo conosciuto alla scuola di volo basico a Lecce. Anche io provengo dall'Aeronautica Militare. Ricominciammo a frequentarci qualche settimana prima dell'incidente. Il Pitts come saprai era del tipo biposto, con i seggiolini in tandem e i doppi comandi. Elio faceva il primo volo di allenamento al mattino presto. Ci si incrociava alla caffetteria dell'aeroclub. Un giorno mi propose di accompagnarlo. Accettai, sapendo la sua grande esperienza, il "manico" che tutti nell'ambiente gli riconoscevamo. Tra l'altro quel velivolo, così maneggevole, mi incuriosiva: era da secoli che non facevo acrobazia. Qualche capriola mi avrebbe fatto bene. Tanto più che il volo in elicottero è completamente differente.
Dopo una colazione leggera, mi fece accomodare sul seggiolino anteriore. In attesa dell'autorizzazione al rullaggio ricordo che si espresse in termini favorevoli sul velivolo, lo impressionavano in particolare la sensibilità ai comandi e la velocità di rotazione sull'asse. Dopo il decollo tirò una virata accentuata per poi puntare verso Nova Goriza, in volo livellato.
Una passeggiata, nonostante il rumore del motore, ma sull'AW109 ero abituato a molto peggio. Toccammo la pista erbosa dell'aeroclub locale, un *touch-and-go* giusto per salutare, ridecollando immediatamente.
Tornando verso Ronchi, tuo padre in cuffia disse che c'era carburante per qualche capriola. Se mi andava, naturalmente... Gli feci l'ok con la mano. Mi chiese di verificare le cinture. Da livellato sui centocinquanta nodi impennò il biplano in una cabrata che ci portò come schegge a tremila piedi sopra la campagna, in quota di sicurezza per l'acrobazia. E lì iniziò il "ballo". Virate sfogate, *tonneaux*, volo rovescio. *Looping*, Immelmann. Una serie di frolini, senza sbavature. Tenevo d'occhio gli strumenti: toccammo più volte i quattro g positivi. Non sto a dilungarmi. Ti dico solo che quando sentii la torre che ci autorizzava all'atterraggio ero inzuppato di sudore. Aveva voluto accertarsi che avessi ancora lo stomaco degli anni di caccia, mi disse dopo, da burlone qual era!
Quel volo lo ricordo come fosse oggi. Sarà stato una decina di giorni prima della disgrazia. Eccoti il mio ricordo di Elio. Spero ti abbia fatto piacere.

Ricordavo vagamente nome e volto di questo pilota, la sua presenza gradita ogni tanto a cena, dai miei. La moglie offriva a noi bambini caramelle gelatinose, gioviale, trattandoci con simpatia.

Ringraziandolo, non riesco a trattenermi dal chiedergli che impressione si fosse fatto dell'incidente.

«Mi sono documentato su quel velivolo» gli scrivo, cercando di metterlo a suo agio, «Ha scarsa visibilità, può avere reazioni brusche». Cerco di prevenire la sua risposta aggiungendo che se anche mi si dicesse che papà ha commesso un errore, lo capirei. Non lo prenderei male.

«È sempre meglio evitare "opinioni" sull'incidente aeronautico» risponde.

> In mancanza di testimoni qualificati, di fronte a un relitto distrutto… Solo un altro pilota potrebbe azzardare una spiegazione, se fosse stato testimone. La scarsa visibilità del Pitts effettivamente è nota. Una qualche zona d'ombra nella visuale può aver indotto a commettere un errore. Ma, ripeto, non ha molto senso parlare così. Purtroppo in trent'anni di carriera ho visto andarsene troppi colleghi. Però conoscendo l'abilità di pilotaggio di tuo padre, la sua perizia, ogni volta che penso al suo incidente mi è difficile credere che si sia sbagliato.
> Abbraccia anche tua mamma e tuo fratello.

~

In Posta a pagare una bolletta del gas. I gesti dell'impiegata, lentissimi, quasi Tai-chi. Stava male? Mi è sembrato che a momenti la testa le cedesse. Forse erano solo colpi di sonno. Ritirato analisi di sangue e urine. Tutto in ordine.

Poca gente in giro. Poco traffico. Le biciclette prendono coraggio, tagliano a zig-zag le strade del centro.

Mi siedo sui gradoni di San Petronio. Una signora seduta accanto, ha appena terminato una telefonata. Scuote la testa. Pulisce con il pollice lo schermo dell'iPhone, come per scacciare via la conversazione.

Le ragazze camminano lentamente. Alcune solcano la piazza feline, fiutando l'aria.

Riprendo a camminare a mia volta. Su una colonna in piazza della Mercanzia qualcuno ha scritto: «Come la chiameresti una donna sposata che l'ha sempre data a tutti tranne che al marito?». Mi viene in mente il Jaco. Sorrido.

Arrivo fino a piazza delle Sette Chiese. Mi faccio confezionare un panino in un Despar. Lo addento camminando mentre attraverso la piazza come un cursore, in linea retta, dribblando merde di cane, forse anche merde umane sul selciato.

Do un'occhiata alla lavagnetta appoggiata su un tavolino, «Il piatto della casa». Guardo i piatti lasciati a metà da una coppia di pensionati. I soliti surgelati industriali riscaldati al microonde. La cameriera di un bar ha finito il turno. Luci accese anche dentro, luci artificiali diurne, atroci, come spesso accade ai bar di Bologna.

Come se i bar lo rifiutassero, il giorno, impazienti di ritrovare la notte, la penombra in cui si esprimono al meglio. La ragazza si sta incamminando sotto i portici con il borsone da sport. Il cameriere si sporge sull'uscio, le apostrofa qualcosa alle spalle, il tono sfottente. «Sìsì, è vero, è veero!» gli fa lei di rimando, senza voltarsi.

*Giugno*

E pensare che era finita nella cartella antispam, tra colorite proposte di matrimonio di Ekaterine e Dragane, fantomatiche bellezze siberiane, sparate da qualche internet point senza acqua corrente, da qualche periferia subtropicale. Leggo una prima volta rapidamente. Scendo a farmi un caffè. Torno alla postazione.

Si sono risvegliati adesso. Hanno visto le foto del mio sito. Gli sono piaciute quelle dell'Adriatico, pensa te. Hanno apprezzato che mastichi il francese, l'esperienza Erasmus. Il mio profilo gli interessa.

Sono una piccola società d'oltralpe, con filiale a Bologna.

La mail è firmata dal responsabile bolognese, tal Cédric Cordier. In un italiano sporcato da qualche svista ortografica chiede se sono disponibile per un colloquio.

Ringrazio per avermi contattato. Nella mail non ha fatto nessun accenno alla retribuzione, alle condizioni di lavoro. Probabile che sia uno stage. Gli confermo la mia disponibilità per lunedì.

Mi disconnetto dalla sessione. Siamo rimasti in pochi. Il guardiano ha spento il portatile. Intravedo il suo schermo seminascosto dal bancone. Si alza.

Comincia il rituale, «si chiuude» bofonchiato nel microfono, spegnimento del primo set di luci, check delle finestre, «si chiuuude», più forte, quasi interrogativo.

Scendo la rampa di scale a chiocciola tenendomi al corrimano. In strada trovo aria fresca, spazzolata dal vento, sotto un cielo serale bellissimo, tutto sui toni del viola. Sono di buon umore. Attraverso piazza Verdi con passo elastico, taglio in mezzo a un ritmo serrato di bonghi. Una pulsazione ossessiva, tribale, la sento benaugurante. Cammino con un appetito meritato e mi concedo uno strappo alla dieta atletica, ordinando una capricciosa da asporto sotto il portico di Strada Maggiore. Telefonata breve a mia madre. Era da una settimana che non mi facevo vivo. Le dico che forse ho trovato qualcosa.

«Bene» mi fa. Apprezzo sempre la sua economia di parole.

~

Blazer blu Massimo Dutti. Camicia celeste a righe fini, collo italiano. Pantaloni grigi, derby in cuoio nero lucido. Stessa divisa indossata per la laurea. Cartellina in cuoio Longchamp che avevo comprato in Francia e avrò usato cinque volte in tutto. La camicia soprattutto è importante. Il tessuto di quella che indosso, triplo ritorto, ha una consistenza piacevole al tatto, il colore tiene perfettamente con i lavaggi.

Mi presento con dieci minuti di anticipo in via Rismondo, una traversa di via Ugo Bassi dove non passo mai. Un palazzo signorile, adibito in parte a uffici.

Prima di suonare mi soffermo qualche istante sulle targhe in ottone inchiavardate sopra al citofono. Un odontoiatra. Uno studio associato di avvocati. Studio di commercialisti e revisori dei conti. Più informale e colorata, la targa di «Editions LaVille»: il logo è una bicicletta stilizzata, un tratto di verde smaltato. Al citofono risponde una voce femminile, «quarto piano» dice, con un forte accento bolognese.

L'ascensore è un Otis di quelli minuscoli, con porte in metallo che si aprono a soffietto. Lo chiamo, cala dentro la gabbia un po' incerto, come una macchina da teatro. Il classico ascensore adattato al centimetro a un vano scale antico, costruito quando in via Ugo Bassi si girava ancora in calesse.

Mi presento a una receptionist sulla cinquantina, la voce è quella del citofono, un po' chioccia ma gioviale, mi invita ad accomodarmi in una saletta attigua. Il titolare arriverà tra breve.

Gli uffici sono accoglienti, sembrano ricavati da un appartamento. Mi siedo su un divanetto in similpelle. Bevo acqua da una bottiglia da mezzo che tengo nella borsa. Respiro a fondo. Mi aggiusto il colletto della camicia.

Alla parete una foto di Guy Bourdin, colori saturi, come non si usano più. Un'altra foto, una veduta di mare e montagna, le Cinque Terre.

Mai drammatizzarli troppo, questi momenti. A Scienze Politiche il mantra di Erving Goffman lo ripetevano sempre: il luogo di lavoro è un palcoscenico. Gli impiegati personaggi, come a teatro. Ciascuno con la propria maschera. Talvolta tragica, a volte comica. Spesso patetica.

Entra in scena il titolare. Brizzolato, capelli corti. Avrà quarantotto anni. Polo Ralph Lauren blu, jeans strappati ma non troppo. Mocassini forse un po' rialzanti: sarà alto non più di un metro e settanta.

Il suo look mi pare voler trasmettere un messaggio: sono intellettuale, ma anche sportivo. Voglio dimostrare quarant'anni. La prima cosa che mi viene in mente è: forse non ha agguantato in pieno la giovinezza, forse cerca di recuperare adesso.

La stretta di mano comunque è salda, apprezzabile. «Piacere, Cédric» esordisce. Ci accomodiamo in una saletta riunioni. Tavolo ovale, sedute da ufficio Ikea.

Vive in Italia da anni, spiega, anche se è di Bordeaux, e in effetti non ha perso l'accento francese. Prima di trasferirsi a Bologna ha lavorato a Milano, nel turismo, racconta.

LaVille è stata fondata a Parigi nel 2005 da Coralie Contin, una ex *cadre* delle edizioni Routard. È nata come casa editrice di guide turistiche alternative, poi Mme Contin ha fiutato il mercato e ha chiuso l'attività cartacea convertendosi al web, passando dall'edizione alla pubblicità.

Le cose hanno ingranato bene, un passo dopo l'altro. Hanno inaugurato la filiale bolognese in un momento critico, proprio mentre la Francia era sotto le raffiche degli attentati. Il turismo aveva segnato una flessione preoccupante, ma avevano già ottenuto i finanziamenti e in fondo hanno fatto bene a crederci: superato lo shock la gente ha ricominciato a viaggiare anche più di prima. Hanno solo cambiato destinazioni.

Il posizionamento de LaVille promette buoni profitti, anche se la concorrenza su internet è feroce, spiega Cédric. Anche lui è laureato in Scienze Politiche.

Dà un colpetto al touchpad del Mac, proiettando sul muro una pagina web, clicca sopra un link entrando nella home page di un sito di viaggi.

Mi spiega che gestiscono una serie di siti legati al turismo, creano contenuti per publiredazionali che compaiono su una rete di magazine, blog, portali di vacanze. Il principio antico della pubblicità-informazione quasi indistinguibile dagli articoli, però più attraente, adattato sapientemente al web. Con una grafica accattivante, l'appeal di foto spettacolari, continuamente aggiornate, visualizzate ogni giorno da migliaia di utenti. Con costi di produzione ridotti, e un ricambio continuo di contenuti.

Sono pagine con taglio giornalistico. Propongono al lettore una selezione di articoli, di prodotti, tendenze, link che inviano in modo scanzonato e indolore verso i siti dei clienti: per la maggior parte tour operator, comparatori di prezzo e compagnie aeree. Di clienti così ne hanno a decine. Ci sono buoni margini di guadagno, spiega.

Ogni interazione degli utenti è misurabile, ma non dovrò occuparmi di click o statistiche di traffico. Per questo ci sono i ragazzi del marketing. In quanto ai testi, sono iniettati sulla piattaforma da un network di freelance esterni, poi riletti e distribuiti all'interno. Di questo se ne occupa una collega, Camille, mentre a lui adesso occorre qualcuno che gestisca i flussi di immagini con le *image bank* come Corbis o Getty, per ottenere le migliori foto al prezzo più basso, meglio ancora se *royalty free*, in tempo utile. Qualcuno che verifichi che siano coerenti e non perturbanti, che le ripassi con Photoshop, che le corredi di titoli e didascalie se necessario, per poi inviare il tutto in produzione.

Si inizia in piena estate: c'è molto lavoro da preparare per settembre. Sempre più utenti pianificano già i viaggi per autunno e inverno appena rientrati dalle vacanze. Sempre più gente viaggia fuori stagione. Mesi che prima erano morti, come ottobre o febbraio, sono sempre più prenotati, mi spiega. Offrire contenuti aggiornati, immagini fresche prima di altri siti è un po' il marchio di fabbrica di LaVille, sottolinea. «Un vantaggio competitivo al quale non vogliamo rinunciare».

Lavorerò in un piccolo open space che mi accompagna a visitare, salutando con un cenno i colleghi, una mezza dozzina tra grafici e informatici, seminascosti da coppie di schermi Apple e Eizo che mi paiono enormi. È soltanto lunedì. Mi chiedo se avvicinandosi al weekend si sollevino un po' più da quei monitor.

In una stanza a parte, al piano inferiore, chiuse dietro una porta a vetri smerigliata, tre addette alla *prospection commerciale*.

Cédric apre un attimo la porta, liberando un vociare femminile, come avesse aperto una voliera. Le ragazze si raddrizzano sulle sedie ergonomiche, qualcuna si aggiusta il microfono delle cuffie sulle labbra. Nel colpo d'occhio mi sono parse piuttosto dimesse, scariche. Cédric richiude la porta, abbozza un sorriso. «Trattano compravendita e diffusione degli spazi tra gli editori che ospitano i contenuti, e i clienti che ci pagano per diffonderli» mi fa. «Se non ti è chiaro, non importa, capirai. *Viens*, torniamo su. Ti faccio vedere la cosa più importante» ammicca, però con una mancanza di spontaneità, un lieve impaccio che riconosco molto francese. «La saletta del caffè!» risatina, e apre una porta a slitta su una stanzetta in fondo agli uffici, con tanto di cucinotto, una finestra che inquadra una bella porzione di colli. Il cucinotto mi conferma l'impressione che ho avuto entrando: questi locali un tempo erano un appartamento.

Ci spostiamo nell'ufficio di Cédric, una stanza con la scrivania ingombra di cataloghi di viaggio, mensili Meridiani, guide Routard. Accomodandoci, mi dice che qualche scappata alla sede di Parigi è possibile. «*Mais je vois que vous parlez déjà français*» aggiunge. Gli rispondo che «*Oui, je l'avais appris…*» e il mio accento italiano sembra divertirlo. «*Ah, Paris c'est Paris!*».

Siccome lavorano con una rete di tour operator, i dipendenti hanno il benefit di sconti su biglietti aerei e pernottamenti. «*Un petit plus*» spiega. Mi allunga sulla scrivania il contratto: a tempo determinato per sei mesi, rinnovabile, con una prospettiva di tempo indeterminato e "*un montant*", dice, di milleduecentocinquanta euro netti al mese. Meglio di come mi aspettassi. Anche se avrebbe potuto fare cifra tonda, metterci cinquanta euro in più.

Mi indica con la biro il punto da firmare. Mi invita ad accettare oggi stesso. Altri candidati sono pronti a prendere il posto, spingono alla porta, meglio non perdere tempo.

Se cambio idea glielo posso dire nei prossimi giorni. E così firmo. Aggiunge che potrò venire vestito più informale. Mi dà appuntamento al primo lunedì di luglio. Ci congediamo con un'altra stretta di mano.

Ridiscendo in strada. Come mi sento? Più leggero. Cominciavo a non poterne più, delle giornate in sala studio, soprattutto degli annunci di lavoro farlocchi, deprimenti. Più leggero, e carico, anche, sebbene con un filo di perplessità. Soprattutto pensando alle giornate di otto ore che dovrò passare seduto dietro due schermi, alla pausa pranzo. Ma ci sono situazioni peggiori.

Sorrido interiormente al pensiero che mi resta ancora un mese di libertà. Avanzo di buon umore verso le Due Torri, attraversando un tratto di via Rizzoli che odora di sugo al basilico, viene dal condotto di aerazione di qualche ristorante.

Incrocio una ragazza, cammina e sorride anche lei. Mi fa pure l'occhiolino. Ci siamo già visti? Il suo volto non mi dice niente. Jeans a vita bassa, una t-shirt che è tutto un programma, «Stasera faccio la brava». A tracolla una *tote bag* bianca con un altro messaggio «*I love shoes, bags and boys*».

Brindo da solo, offrendomi un mojito con vista su San Petronio.

Dopo tante bottiglie in mare senza risposta, un lavoro decente per cominciare. Anche "fighetto", in fin dei conti. Non mi lamento.

Proseguo a passo lento, molleggiato, verso via Zamboni. Sarà l'automatismo dei gesti, o l'umidità che mi fa cercare aria condizionata: rientro con l'abitudine di un criceto nella sala studio. La connessione è un fulmine. Navigo un paio d'ore. Cerco un volo per cambiare aria. Trovo un Vueling in offerta stracciata per Barcellona, per il prossimo weekend. Scrivo un messaggio a Aude. Risponde che è felice di ospitarmi: si sta da dio in questi giorni, non troppo caldo, la città è piena di vita, bellissima, scrive.

Pulisco la mail. Mi disabbono dagli alert degli annunci di lavoro. Mi perdo con ricerche oziose su Google Trends, pestando sulla tastiera brand a casaccio, come un primate: Philips, Sony, Skoda, Velux, Volvo, Onkyo, Colgate, Bösendorfer. Nomi che affiorano a caso nella scatola cranica: *nightlife*, letteratura, estetica, ermeneutica, saturno, autoreggenti.

Molte cose hanno i loro picchi stagionali, poi tornano in letargo. Autoreggenti: le ricerche si concentrano sotto Natale. Mojito: in crescita costante dal 2007. *One-night stand.* Stabile. Ricercato soprattutto in Australia. Molte cose in calo, in emorragia costante dal 2008, entrate in coma dopo il ceffone primordiale della Krisi. Letteratura, per esempio. Anche se sta dando segnali di ripresa. Ma patisce le troppe distrazioni: troppo dinamiche le nuove forme di entertainment, troppo coinvolgenti le serie in streaming, troppo gratificanti i video su YouTube…

Su YouTube cerco Daevid Allen dei Gong. La sua ultima apparizione, pochi giorni prima di morire, la lettura stralunata di una poesia che fece in un *poetry slam* a Melbourne. Il volto asciugato dal tumore, lo sguardo perso dietro un paio di occhiali da vista che non centravano più niente con il suo volto da folletto, il sorriso però fino all'ultimo marziano, beffardo, fiducioso in un nuovo viaggio.

Prima di spegnere mi godo un'intervista a Jimi Hendrix. Sprofondato su un divano di studio televisivo. Quasi timido, a disagio. «Lei è probabilmente il miglior chitarrista del mondo», lo stimola il conduttore, in un proto talk show dai colori slavati, «o almeno il migliore in questo studio» aggiunge, scoprendo una dentatura equina. E Jimi abbassa lo sguardo: «Forse il migliore su questa poltrona» risponde, il sorriso ancora bambino dei suoi venticinque anni.

Chiudo la sessione, e con essa anche la breve parentesi dei giorni in sala studio. Il guardiano sta preparando il suo rituale, lo vedo abbassare lo schermo del portatile, ecco che parla nel microfono. Una bionda sul metro e ottanta, culo e cosce strizzati in pantaloni di pelle, attillati, treccia lunghissima. Esce affrettata dal cesso, tenendo un dito sotto al naso.

~

Prima di cena mi trovo con il Jaco per uno spritz al bar del Teatro. Luci troppo forti ma gli spritz li fanno bene, e poi da qui si procede di solito alle Scuderie, bel locale, scenografico, una specie di cattedrale sconsacrata, dove a volte suonano. Ma stasera è un jazz edulcorato, senza rischi, il tastierista, già visto altre volte, sovrasta chitarra e batteria, ammiccamenti cagoni al pubblico, un narcisismo irritante. Si lancia in pentatoniche prevedibili con l'Hammond ma non è coinvolto, la sezione ritmica intanto sembra viaggiare su un altro binario. Non c'è *interplay*.

Si direbbe che suoni pensando ad altro, alla visita della suocera nel weekend.

Poca gente, poche ragazze in giro stasera. Mi sento leggero. Mi godo il tempo che resta prima di diventare un *salarié*. Ci sono momenti in cui mi sento quasi in uno stato di grazia. Il Jaco si congratula per il lavoro, ma è poco loquace stasera. Sta continuando a farsi crescere la barba, ha l'aria stanca. Guida troppo.

Uscendo, due biondine in piazza Verdi ci puntano, un sorriso prolungato. Una possibilità da tentare. È il Jaco a rompere il ghiaccio. «Fa caldo» dice, «nei parchi ci sono due gradi in meno». Le ragazze si guardano, scambiandosi un'occhiata in codice. Incalzo io: «Che ne dite di fare due passi fino ai Giardini Margherita?»

Accettano. Ci disponiamo secondo preferenze non dette ma che convengono a ciascuno, spontaneamente. Un attimo fa eravamo soli, ora ho accanto una tipa che si chiama Fabiola, parla dell'esame di Diritto ecclesiastico che ha dato pochi giorni fa, ultima sessione utile, non ne poteva più di quei tomi. Le amiche le mandavano messaggi dal mare, foto in bikini. L'esame comunque è andato bene.

Senza rendercene conto facciamo il periplo dei Giardini. Mi fa sorridere pensare che ero qui anche all'alba, la corsetta eroica. Odore di resina e pollini, e ho un benessere diffuso nel corpo, stasera. Mi sento le spalle sciolte. Aver risolto con il lavoro è un buon passo avanti.

Belle gambe, Fabiola. Slanciata, caviglie fini. Belle parole, perspicaci, allegre. Tornerà per qualche settimana in Molise. Deve preparare un altro esame. Preferisce studiare dai suoi, in giardino.

Ci scambiamo il numero. Rientrano perché sono andate in piscina, oggi, sono stanche. Con il Jaco riprendiamo la strada verso via Zamboni. Un tizio seduto sotto il portico percuote un vibrafono artigianale tra le gambe, cavandone suoni notturni, in sordina.

Il Jaco vorrebbe stare ancora in giro, ma domattina ho il volo per Barcellona. E poi è chiaro che non c'è molto da fare, a questo punto della serata, a parte guardare le vetrine dei negozi chiusi, ascoltare il vibrafono. Di bere un'altra birra non ne ho voglia. Lo conosco. Dopo un numero si carica, ne vorrebbe un altro. A che serve? Registra numeri di cellulare. Macina chilometri insaccato nella sua Alfa. Ma quante volte si è pure dimenticato di chiamarle.

~

A Barcellona sono ospite da Aude, nel suo *piso* alla Barceloneta. Occhi celesti, viso dolce, acqua e sapone, un tocco di ombretto pastello. Capelli castano chiaro fini, sfilati sulle spalle. Aude è di Lione ma sembra quasi svizzera. Amo la sua flemma non ostentata, la serenità che mostra in ogni situazione, senza pose. Ci eravamo conosciuti durante l'Erasmus. Ha lasciato Parigi da tre anni. Adesso lavora in uno studio di architettura a pochi metri dalla spiaggia. Il suo francese ha preso un accento catalano, una cadenza strana, divertente.

Un weekend qui mi farà bene. Sono improntato alla leggerezza, nelle parole, nei gesti. È l'effetto che da sempre mi fa Barcellona. Sono in buona compagnia.

Lascio il trolley da lei, mi do una sciacquata al viso con l'acqua fredda. Parliamo in francese. Me la cavo ancora bene. L'istinto è dirigersi subito verso la spiaggia.

Sul lungomare sfilano ragazzini in skateboard, seguono altri in fila indiana sui monopattini elettrici, come automi.

Passa un carro rosso a pedali, musica reggae. Devono pedalare tutti assieme, al *mismo tiempo* aspirare birra da boccali enormi con cannucce telescopiche, lunghissime, assurde, mentre Bob Marley canta: «*Emancipate yourself from mental slavery*». L'effetto è comico. La pedalata li fa sudare, deve essere un *team building*, qualche "divertimento" imposto dall'azienda, comprato dalle risorse umane a catalogo. Hanno l'aria perplessa.

Entriamo in un negozio per surfisti ricavato in una specie di capanno in legno, accanto al lungomare. All'interno diffondono bella musica, Herbie Hancock, tastiere morbide.

In spiaggia venditori ambulanti di mojito, girano con un vassoio carico di bicchieri di plastica, pieni di foglie: «*Mojiitooo-fresquito! Mojiitoooo-bónito!*», affondano le foglie nei bicchieri a mani nude, si grattano i capelli.

Ho il costume sotto ai jeans. Mi spoglio e mi tuffo con rincorsa, senza esitazioni, faccio una capriola sott'acqua, esco immediatamente, come espulso: è ghiacciata.

Rambla, mercato della Boqueria. Succhi di frutta coloratissimi, spremuti sul momento in bicchierini trasparenti, incastonati nel ghiaccio. Ne prendiamo due a testa, poi un terzo, sono squisiti. Formidabile quello al cocco, anche il suo al litchi è niente male.

Città giovane, casual. Fioriscono ragazze dai vicoli, molte in shorts, capelli scuri, folti. Negozio di braccialetti, compro un laccetto blu per le chiavi di casa, una collanina per Aude.

A piedi alla Sagrada Familia. In un giardinetto dall'altra parte della strada topi rigurgitati da chissà quale pertugio, si fiondano a grappoli su briciole e avanzi di sandwich dei turisti, spaventano i bambini. Le macchine corrono troppo. Appena scatta il verde si proiettano, come caimani. C'è da stare attenti sulle strisce.

Con un bus arriviamo al Port Olimpic. Poi in funivia caliamo di nuovo verso le spiagge. Un burattinaio ha allestito un teatrino, con tanto di sipario in velluto. Fa ballare un cantante in miniatura con microfono e asta, musica funky.

A sera Aude mi porta a scoprire un ristorantino con tavoli all'aperto, a lume di candela, in una piazzetta al riparo dai turisti, quieta, nascosta dietro la Barceloneta.

Il ristorante si chiama l'Ostia. Calamari alla romana deliziosi. Ne ordiniamo un secondo piatto, lo dividiamo. Passeggiata a piedi nudi sulla spiaggia. Scatto foto contro l'orizzonte con la Canon, a mano libera. Una bella sera estiva di brezza calda, aromatizzata alla menta. Sigle di televisori scoppiettano in strada, calano da finestre aperte alla Barceloneta. Terrazzini che sono anche ripostigli di vasi, biciclette appese, armadietti. Ex alloggi di pescatori, casette deliziose adesso abitate da studenti, da single come Aude.

A sera siamo a pezzi. Prima di rientrare prendiamo due Bacardi Breezer in un minimarket sotto casa, ce li beviamo sul terrazzino. Stesi sul letto le massaggio un piede. Quando finisco mi fa: «L'altro?». «Il primo è gratuito» le dico, «il secondo a pagamento». Ride delle mie scemenze.

Al mattino facciamo l'amore ancora mezzo addormentati, a cucchiaio. Poi in metro in direzione Parc Güell, dopo una colazione tonica di succo *de naranja*, toast, caffè doppio per dare l'innesco alla giornata. Aria frizzante. Prima di arrampicarci al Parc scattiamo foto alle abitazioni del quartiere. Bandierine colorate tese tra i tetti delle case, coriandoli a terra, deve esserci stata una festa. Su un muro qualcuno ha scritto «*¿Fin o principio?*». Bella domanda. Si sale con le scale mobili.

Mi sospendo con le braccia sui corrimano in gomma, sollevandomi da terra. La scala mi tira su così, ragazze in senso opposto ridono, Aude mi scatta una foto. Ci sediamo sulle panchine di mosaico. Poi una birra al tavolino. Volano pappagalli verdi da una sedia all'altra. Tornano a nascondersi in mezzo ai rami con arachidi nel becco, patatine assurde, mozziconi di sigarette.

Mi spiega che ce n'è tantissimi, sempre più. Hanno colonizzato la città. Ne fotografo uno. Si mette in posa. Gli lancio un'oliva. Se la fa fregare da un altro al volo. Pensionate americane osservano la scena. Fanno versi di stupore, da tacchini. Riguardo la foto. Nell'inquadratura è entrato anche il culo di un cane che passava. La mostro a Aude. «Sembra il culo di un cavallo» dice.

Sotto il sole potente la birra dà alla testa. Si parla anche di Parigi. «Ti piacerebbe viverci?» mi chiede. Lei non ci tornerebbe. Detestava Parigi. Mi fa sorridere, così biondina, quasi svizzera, innamorata perdutamente di Barcellona. Le sue guance ora sono fiorite di lentiggini.

Scendiamo a piedi. Zone del parco che non avevo mai visto. Un "palo" si insospettisce vedendomi con i Persol scuri, pensa te: lancia due fischi con le dita in bocca. Tutti i venditori di paccottiglia ripiegano la merce in un fagotto di lenzuola, dileguandosi.

Un ultimo salto in spiaggia, Aude con le flic-flac rosa, io mi rimbocco i jeans, cammino con i piedi in acqua.

Si sta bene dopo, con mojito e guacamole che prendiamo attardandoci sotto il chiringuito di un bar, la sabbia sotto ai piedi.

Nel tardo pomeriggio passiamo un'ultima volta al Mercado de la Boqueria. Altri succhi di frutta, faccio il pieno. Una signora litiga con la fruttivendola per il resto, stanno per venire alle mani.

Torniamo al *piso* per recuperare il mio bagaglio.

All'aeroporto in taxi, di ottimo umore. Con Aude ci abbracciamo stringendoci forte. Parto con l'ultimo volo della sera. Una ragazza si fa incellophanare il bagaglio come un pollo da rosticceria da un addetto con finta divisa. Il bar è già chiuso. Attendo un paio di minuti. Non arriva nessuno. Prelevo dal frigo aperto una lattina di Red Bull, non saprei a chi pagarla.

Raggiungo la fila dell'imbarco. Magica anche dal cielo, Barcellona. Bello il mare che dall'alto sembra immobile, le onde come fissate da un colpo di flash, un'illusione ottica che vorrei capire meglio, ma l'A320 non me ne dà il tempo, arrampica dopo una virata larga, infilando con decisione la radiale per Bologna.

~

«E domeniche feroci/ passate ad ascoltar le voci/ di amici reclutati/ in pizzeria». Claudio Lolli non l'ho mai incontrato in giro. Eppure mi sarebbe piaciuto, magari alla trattoria da Vito una sera, davanti un boccia di "vino della casa", chiedergli di raccontare un po' la città, lui che aveva sempre preso il polso di Bologna cesellando diagnosi di versi secchi, taglienti come lamette, anche senza citarla direttamente.

Alzarsi alle sette. Saltare la corsa mattutina: giorno di riposo. Spalancare gli scuri contro un cielo finalmente nero di temporale. Domenica zen, in solitaria.

Domenica di vigilia. Da far passare, in qualche modo. Muovendo le mani ma non troppo. Facendo gesti ben raccordati, senza scatti. Dormendo a tratti.

Nel pomeriggio sonnecchio con la finestra aperta, il rumore delle gocce sulle tegole è una carezza. Sono sceso in via Fondazza solo per lanciare nel cassonetto due sacchi di spazzatura.

La domenica è il momento più rischioso per i pedoni, la gente ha poca voglia di farsi da mangiare, le strade sono tranciate all'impazzata dagli scooter dei take-away.

Sbucano a sorpresa preceduti da un rumore di motosega. Seguono traiettorie imprevedibili, saltano contromano sui marciapiedi, frenano sul bagnato rovesciandosi a terra, rimettendosi in piedi, come ciclisti.

Ne vedo uno arrestare la sua corsa sotto il portico, parcheggiando l'ordigno fumante, di sbieco. Suona al portone con il casco integrale in testa, un insetto, un marziano. Recapita due pizze. Le immagino centrifugate dalle curve, il sugo derapato su un lato assieme alla mozzarella caucciosa, aggrappata ai filamenti.

Verso mezzanotte, prima di addormentarmi annoto sul Mac i gesti della vigilia:

– Doccia prolungata. Il flacone dello shampoo l'avevo messo a testa in giù ma non era chiuso bene, ha colato sul piatto della doccia. Scivolato in piedi. Rischiato sfondamento cranio
– Modificato con un coltello da cucina arroventato (ora inutilizzabile) l'innesto di un piccolo treppiede per la Yashica
– Accordato con il diapason la chitarra acustica. Suonato qualche giro d'accordi, qualche linea melodica. Suonato *The Sage* di Greg Lake (imparata al liceo), tanto per vedere se ho ancora la mano. Il mignolo si solleva troppo. Recuperare agilità
– Ascoltato metà di un vecchio album di Sergio Cammariere
– Ritagliato un paio di pagine pubblicitarie, ispiranti, da vecchi numeri dell'Espresso
– Pranzato con ottanta grammi di spaghetti Numero 5 più filetti di tonno al naturale Consorcio, sminuzzato fine. Un filo d'olio extravergine da olive taggiasche. Come secondo un mazzo di broc-

coli che ho fatto bollire per mezz'ora. Una mozzarella di bufala Pettinicchio senza olio né sale. Sciolto in bocca un cucchiaio di pinoli
– Sciolto bustina di lievito di birra LievitoSohn dentro un bicchiere d'acqua. Aggiunto qualche goccia di limone. Mescolato e bevuto il tutto
– Masticato una manciata di mandorle siciliane trovate dietro a un barattolo in cucina, comprate a peso al mercato non ricordo più quando. Sapevano un po' di legno
– Lavatrice di lenzuola e federe. Steso il tutto sul poggiolo della cucina, al riparo dalla pioggia
– Bevuto in totale sei caffè. Gli ultimi due leggeri: riempendo il filtro a metà. Bevuto una lattina di chinotto, ghiacciata, guardando le tegole che cominciavano a bagnarsi
– Risposto a un messaggio di Fabiola. Mi ha chiesto se ho passato una buona domenica
– Cenato con lenticchie e una decina di gallette di riso, pomodori e origano presi dal pakistano sotto casa. Un uovo sodo. Due kiwi per finire. Aperti a metà, degustati con il cucchiaino
– Risposto a Silvia e Chiara che hanno scritto in bocca al lupo per domani. Silvia aggiunge «Vediamoci presto».

*Luglio*

E così ho superato indenne il primo giorno. La giornata è "volata", come si dice. Volata dove non lo so, ma è vero che non ho sentito passare le ore. Parecchie le informazioni, i dettagli da memorizzare. Ho preso appunti su un bloc-notes. Ho ritrovato Cédric, i capelli più corti, quasi a spazzola. Quando sono arrivato stava parlando in francese al cellulare. Mi ha offerto un caffè alla macchinetta, presentandomi Camille e affidandomi a lei. Si è infilato una giacca di jeans ed è uscito, chiudendosi alle spalle la porta blindata.

Camille è di Lione. È la grafica che si occupa degli impaginati, dei controlli finali prima di ogni pubblicazione in rete. Viso tondo, capelli castano scuri, corti sulle spalle, sulla trentina. Mi sembra che si forzi all'estroversione, ma si vede che è timida, insicura. Sovrappeso da rinuncia, da merendine. Cerco di immaginarla con una decina di chili di meno. In sei mesi di tapis roulant ce la potrebbe fare.

Già dalle prime frasi ci tiene a informarmi che vive con il ragazzo, come se vedesse in me un pericolo. Dal canto mio sono rimasto neutro, cordiale.

Me la immagino su un divano Roche Bobois, la sera, calzettoni di spugna anche d'estate, pescare davanti a Netflix chips ai gamberetti assieme al suo tipo, area manager o ingegnere meccanico, con una gatta che protesta perché in astinenza da crocchette. È così che me la vedo, e forse mi sbaglio. Lavora qui dall'inizio. Sono già quattro anni, ha detto. Bologna le piace. In Francia non ci tornerebbe.

Mi ha fatto accomodare alla mia postazione. È ben orientata: sono accanto alla finestra, alle spalle ho il muro. Dietro una tenda oscurante intravedo il palazzo di fronte. Due schermi affiancati sono una comodità, ci si lavora bene. Dovrebbero metterli anche in sala studio. La definizione anche qui è ottima, neri profondi, dettagli nitidissimi. Camille mi ha mostrato i programmi che usiamo, mi ha presentato la sua stagista, Sonia, gli informatici, ragazzi sui vent'anni. Hanno alzato appena la testa dallo schermo, assorbiti dai codici.

Controlla Outlook: mi hanno già attivato la posta. Apre una cartella che contiene documenti che mi raccomanda di leggere, istruzioni su come trattare le foto, check-list da verificare, indicazioni su dove si trovano altri documenti. Mi lascia "giocare" con i vari programmi.

La pausa pranzo dura un'ora e mezza. Se voglio faccio in tempo a tornare a casa. Via Fondazza dista quindici minuti a passo veloce. Camille spiega che di solito si fanno recapitare in ufficio sushi, oppure tranci di pizza, tramezzini.

Alle undici ha inviato una mail a tutti: «Sushi o pizza?». La maggioranza ha scelto sushi. Mi sono unito a loro. Si mangia in sala riunioni, la finestra aperta, per evacuare l'odore di alghe e antibiotici che altrimenti impesta la stanza.

Dopo il caffè Camille mi chiede se ho letto i PowerPoint con i *workflow* dell'agenzia, le procedure relative alle immagini. Tra le altre cose, verificare sempre che nelle foto non ci siano messaggi discriminatori, incitazioni alla violenza, nudi. Le targhe di auto e scooter vanno sempre cancellate. Il fatto che siano foto di agenzia non deve esentarci dal fare un ulteriore controllo.

Finita la pedagogia, mi salva sul server le prime foto da ritoccare e riquadrare, da reinviarle entro sera. Sui miei schermi ci sono ancora le ditate di chi mi precedeva, lasciate probabilmente in corrispondenza di dettagli, di righe mostrate a Camille, o a Cédric. Aspetterò qualche giorno, per non fare l'ossessivo. Ma li pulirò con uno spray e un panno.

La giornata è evaporata senza drammi. Non ho pianto: pur sempre meglio di un primo giorno all'asilo.

E così da oggi faccio parte anche io della Bologna che lavora. Già, esiste pure quella. Ma continuerò a tenermi alla larga dalla scansione brutale feriali/festivi, dai sabati pomeriggio in centro.

Nel weekend continuerò a evadere verso l'Adriatico, o sui colli: già solo il rumore della folla sotto i portici in via Indipendenza al sabato, quel rombo basso, colloso, lo trovo disumano, affliggente.

Decisamente preferisco la notte. Quando i negozi ridiventano vetrine, le luci sotto i portici si abbassano e affiorano anche lunghe, miracolose parentesi di silenzio, come a teatro.

~

Cielo coperto. Girano al massimo le ventole dei radiatori dei motori in strada, dei climatizzatori che aggettano sciattamente dai muri.

L'umidità è spossante. Via Rizzoli, via Ugo Bassi attraversate da scariche di nervosismo, come se i pochi impiegati rimasti in città si dicessero: «Adesso basta. Perché in ufficio anche oggi? È quasi agosto porca troia!». Invece io comincio a lavorare mentre la maggioranza sta per partire in ferie, se non sono già al mare.

Ci si muove dentro una Bologna un po' fuori dal tempo, come fossimo immagini di repertorio, come in un set cinematografico abbandonato a fine produzione.

Vedo gli studenti smarriti, i pochi che sono rimasti. Camminano a passo lento sotto i portici, all'ombra, fiaccati dalla calura. Troppo "delicati" nell'esprimersi, prudenti nei gesti.

È vero, lo studio ti fa capire che la vita è un prisma dalle infinite interpretazioni possibili, ti consegna la libertà del relativismo a oltranza, è questo il magistero dell'università, quale che sia la facoltà. Ed è una rivelazione quando cominci a leggere le cose in quel modo. Anche io ringrazio Scienze Politiche per questo.

Ma non essere indeciso con la sublime che ti trovi accanto in questo momento, amico, vorrei dire a quello che avanza goffamente, insaccato dallo zaino sulla schiena, precedendomi di qualche metro in via Santo Stefano, con una collega di corso dalle gambe abbronzate, bellissime. Lei lo sta incoraggiando, concedendogli una possibilità. Ma lui sembra non accorgersene.

In via Guerrazzi mi sento chiamare alle spalle. È Sabina. Sono già passati due anni!

Non la trovo cambiata, a parte i capelli più corti, castani come allora. Era stesa anche lei su un prato un po' emarginato dei Giardini Margherita, un ritaglio di verde che mi è sempre piaciuto, al riparo dalle pallonate, dalla folla, ombreggiato da un larice. Era da sola. Avevo considerato già un buon punto in comune il fatto che avesse scelto quel posto. Le avevo chiesto se poteva dare un'occhiata alla mia stuoia. Andai al bar del chiosco. Ritornai con un cono anche per lei. Aveva apprezzato. Avevo avvicinato la mia stuoia alla sua.

Lavora come commessa in un lavaggio a secco, dice, senza enfasi, come se ci fossimo separati soltanto ieri. Ha appena staccato. Mi stavo avviando verso casa. Adesso ho questa ragazza accanto: una creatura annoiata da una giornata di lavoro come un'altra, o forse solo un po' peggiore della precedente.

Capisco che non c'è molto da dirci. Il suo profumo misto al leggero odore di sudore che le viene dalle ascelle mi sta già gonfiando i coglioni. Rallento il passo, voltandomi più volte a guardarla negli occhi. Ha quel naso un po' a patata che ricordo, ma la trovo anche più sexy. Shorts di jeans strappati, le zeppe. Ci sono ragazze che le odiano, le zeppe. Silvia, per esempio. A me non dispiacciono.

Non ricordo come fosse finita. In realtà non era mai cominciata. Facemmo l'amore la prima sera, dopo un pomeriggio passato a chiacchierare sul prato, e una pizza che ci gustammo attovagliati a un tavolino all'aperto.

Ci vedemmo un altro paio di volte, lotte di lenzuola sbregate, morsi che mi dava e graffi sulle spalle. Poi ci si misero di mezzo le vacanze, anche allora era estate.

Ma Bologna è così, capitano talvolta ritorni inaspettati. Anche dopo anni. «Anche tu non sei cambiato. Sempre normale tendente al belloccio» dice, ridacchiando. «O belloccio sempre più normale?» le chiedo. Una scemenza, ma la fa ridere. *Femme qui rit, à moitié dans ton lit*, ci insegnavano le tipe a Parigi.

Le propongo di assaggiare certi pinoli liguri che ho a casa, raccolti a mano, come i limoni del limoncello con cui possiamo accompagnarli. E d'altronde siamo quasi davanti al mio portone. Si accende una sigaretta. Fa una pausa di riflessione, alla quale non sembra credere neppure lei.

Su da me fuma ancora un paio di Pall Mall, appestandomi la cucina, scenerando in un bicchiere che ha trovato nel lavello. I pinoli no grazie, invece apre e richiude il frigo, come fosse a casa sua, ma non mi dà noia.

È ancora iscritta a Lettere. Bloccata da un anno sulla tesi. La sua relatrice sempre in giro, irreperibile al ricevimento. Ha trovato il part-time alla lavanderia con l'Adecco. Le lascia tempo per fare altro. Da un paio d'anni vive da sola, un monolocale in affitto in via Clavature, di fronte a Lingue.

Ci sediamo sul futon, sbaciucchiandoci un po'. Le sfilo le zeppe. Si sbottona gli shorts. Glieli sfilo assieme alle mutandine. Le premo un dito tra le gambe. È soffice, vischiosa come un frutto sbucciato al sole. Si toglie la maglietta. Le slaccio il reggiseno. Ha le cosce sudate. Mi tolgo i pantaloni. Le sollevo le gambe, tenendola per le caviglie. La prendo così. Si ritrae un po'. Ci baciamo. Ha l'alito da nicotina ma non importa. Mi puntello con il piede contro il muro. Entro più a fondo, tenendola per i polpacci. Comincio a rincalzarla verso l'alto. Mi spinge fuori. Si rovescia alla pecorina. La penetro così, tenendola per i fianchi. Sto fermo. È lei a muoversi. Inizia a sbattermi sulle cosce, schiaffi di chiappe, veloce. Gli ultimi colpi rabbiosi, violenti. Come volesse sfondare una porta con il culo. Poi si gira, supina. Mi stringe il braccio. Viene frullandosi da sola, mentre le tengo due dita dentro.

Mi stendo al suo fianco. Mi accarezza un po' i capelli. Preme le guance alle mie. Mi mordicchia le labbra e afferra l'uccello. Mi bacia e lo massaggia, allo stesso ritmo. Le proietto tutto quello che ho sulla gamba, come un cane, con un urlo da cavernicolo.

Si pulisce con i miei boxer, seduta sul bordo del futon. Vorrebbe fumarne un'altra, ma non ha più sigarette.

Ci salutiamo con un bacio sulla porta, dopo esserci fatti un autoscatto con la Canon. Apro a fondo la finestra. Da quando ho smesso, l'odore di fumo mi taglia il respiro. Estraggo dalla libreria la Moleskine di due estati fa.

Cerco note di quei giorni. Lunghi pomeriggi di studio. Qualche impressione che avevo scritto dopo la nostra prima notte, come faccio sempre, come ho fatto anche ora. «Caldo boia. Ha voluto fare tutto lei. È venuta rantolando. È rimasta a lungo accasciata sul mio petto. Poi ha riso dei miei capelli sparati. Ha detto che le sembravo un gatto finito per sbaglio dentro una lavatrice».

~

Otto ore a esplorare programmi di impaginazione e archiviazione immagini. A leggere i *brief* di progetti in corso.

«Non ti preoccupare per le quantità, si diventa rapidamente veloci» ha detto Camille. *Rapidamente veloci*. In ogni caso la suite Adobe è all'ultimo grido, così come i Mac. Se penso al Jaco, che racconta di schermi tenuti assieme con elastici, di versioni di Windows obsolete, la dotazione che mi è toccata è di lusso.

A fine giornata compare la moglie di Cédric, minuta come il marito, forse anche un po' più *agée*. Si presenta, mi chiede come va. Camille poi mi dirà che non passa quasi mai. Accessori vistosi, un Datejust luccicante al polso, anello in platino, borsa Fendi che costerà quanto un mio mese di stipendio. Ha l'accento della borghesia dei colli, zona Siepelunga.

Vedendola allontanarsi verso la saletta caffè ho la netta sensazione che questa azienda frullerà al massimo ancora tre, quattro anni, poi fine, e *todos* a casa. Ma intanto chi ci doveva guadagnare l'avrà succhiata come si deve. Spremuti come pompelmi gli impiegati, a cominciare da Camille. Che alle 19 spegne i suoi schermi, viene alla mia scrivania. «Scendi?» mi chiede, più per cortesia che altro. Spengo tutto a mia volta. Scendiamo assieme in ascensore. Ha lo scooter sotto l'ufficio. «Come sta andando?» mi domanda, senza convinzione, mentre si allaccia il casco. Noto il suo sguardo spento, sotto la visiera. O forse è solo stanca. Ha i tacchi retroflessi. Non mi sono mai piaciuti, i tacchi retroflessi. Poi mette in moto e parte, infilandosi a slalom tra una macchina parcheggiata in doppia fila e un autobus, vuoto, derapante, che per un attimo non la prendeva in pieno.

~

Dopo una settimana di lavoro ho già bisogno di staccare. Sono tornato in Friuli per il weekend. La Opel è scivolata sulla A4 come se avesse il pilota automatico. Ho visto l'ultimo margine della notte sciogliersi nell'alba attraverso il parabrezza, la campagna ai lati della strada è affiorata con tutte le sue sfumature scure di verdi, bellissima.

In giardino trovo un trionfo di pomodori, odore inebriante, di basilico e lavanda. Sono salito sul terrazzo in mansarda. Mi sono goduto ancora una volta la vista dei campi a perdita d'occhio, dei campanili che si disegnano contro le Alpi con profili smagriti, in fondo all'orizzonte disciplinato delle coltivazioni, tra le quali sorgono lontane, antiche ville nobiliari, ruderi di granai.

Ho trovato un post-it di mia madre sopra la teglia del polpettone: «In gita a Padova con amiche, ci si vede stasera». Il polpettone me lo sono portato in macchina, in un cartoccio. Poi sono partito.

Adesso sciacquo il piatto della cena. Mio fratello è andato a farsi un giro in moto sul fiume. Dalla cucina esco di nuovo in giardino, è quasi buio. Dal prato sale il canto dei grilli, in surround: quanti sono? Non riesco a capire dove siano. Accarezzo l'erba, è fresca, umida. Asciugo le mani sulla tela dei jeans.

Ripenso all'incontro con la signora stamattina. Mi accorgo che con la mano sto mimando sovrappensiero i suoi gesti, quando mi ha mostrato la traiettoria dell'aereo che puntava verso il suolo.

Avevo riletto la testimonianza riportata in un ritaglio di giornale dell'epoca, conservato a casa, avevo verificato su internet: il bar esisteva ancora.

Che dietro al bancone ci fosse ancora lei non ci avrei sperato. Ma si tratta di una piccola frazione del Friuli orientale. I bar di questi paesini, ricavati tra muri in pietra, sono eternati nel loro tempo sospeso di linoleum, come in certe fotografie di Luigi Ghirri.

Quanti ne abbiamo girati di questi bar, tra amici, gli ultimi due anni di liceo, giocandocela a fare i contadini, con la paglietta in testa, a chi sperimentava i digestivi più improbabili, vinceva chi reggeva il centerbe più ulcerante.

Avevo chiamato da Bologna, aveva risposto una voce rauca, da fumatrice, accento triestino. Ho chiesto se per caso conosceva la signora citata sul giornale. Era lei.

Non è stato difficile trovare il bar stamattina, uscendo dall'autostrada a Palmanova, anche se il Gps non voleva saperne di funzionare. Ho dovuto fermarmi un paio di volte, chiedere indicazioni.

Ho capito subito che si trattava di una donna amabile, generosa, a suo agio dietro a un bancone talmente massiccio che sono certo non sia mai stato cambiato, orientato verso lo stesso scorcio di strada da decenni, esposto sempre alla stesse pennellate di luce, come una meridiana.

La mia telefonata le aveva fatto piacere, mi ha detto. In fondo un po' se lo aspettava, che una volta o l'altra qualcuno venisse a chiedere.

Ho accettato volentieri la consumazione che mi ha offerto, ho scelto un boccale di Moretti alla spina. Mentre mi ha invitato a seguirla fuori dal bar per fumarsi una Diana, la birra me la sono gustata ascoltando la sua voce calma, immaginando di essere al suo posto, quella mattina, sulla soglia. «Uscimmo proprio qui, sul marciapiede. Eravamo soltanto io e una amica, che purtroppo non c'è più. Le spiace se fumo?». Le ho detto che no, che avevo fumato anch'io.

«Per noi erano una festa, le evoluzioni che faceva. Avrà volato così per quindici, venti minuti». Ha disegnato un ampio cerchio con la mano. Ho notato che aveva due fedi all'anulare. Ha spento la sigaretta grattandola sul marciapiede, siamo rientrati. Dietro di noi è entrato anche un signore, sulla sessantina, claudicante. Si è messo a riempire una scheda del lotto su uno scaffale, accanto all'ingresso.

«Quella manovra l'aveva già fatta un'altra volta» ha continuato, accendendosi un'altra sigaretta, e la mano ha puntato il soffitto ingrigito dal fumo, disegnando un semicerchio, che ho immaginato fosse un *looping* dell'aereo, poi scendendo in verticale verso il pavimento. «Ma all'improvviso l'abbiamo visto in difficoltà. Ci siamo rese conto che non ce l'avrebbe fatta» ha fatto una pausa. Siamo usciti di nuovo sul marciapiede. «Il luogo dell'impatto è stato nei vigneti laggiù, sono un paio di chilometri. Il punto preciso oggi non lo si potrebbe vedere: quella concessionaria non c'era. Nonostante fosse distante, vedemmo l'aereo fino a un attimo prima. Quella linea di cipressi che si intravede c'era già. È dietro quegli alberi che l'abbiamo visto sparire. Ma guardi, meglio così. Preferisco non aver visto la fine».

Ho osservato la concessionaria, dall'altro lato della strada, così simile a tante altre: un edificio essenziale, rivestito di pannelli di alluminio, mandavano un riflesso accecante. Una struttura funzionale, ma incongrua, di troppo, in quella parte di regione che sa ancora di letame, una porzione di territorio ancora così agricola.

E pensare che mio padre oltre al volo amava tantissimo il mare. Già, non credo che avrebbe immaginato la sua morte in mezzo a un vigneto.

Avrebbero potuto risparmiarsela, quella concessionaria a due piani, con la vetrata dello showroom, il parcheggio antistante, pieno di utilitarie a chilometro zero allineate, coperte da un velo di polvere.

Tra le automobili appariva a momenti un dobermann. Ho provato insofferenza per le vetrate trasparenti, l'immobilità della concessionaria. Mi sono chiesto se non stesse per esplodere, come nella sequenza finale di *Zabriskie Point*. «Andammo subito sul luogo, tagliando a piedi il vigneto» ha ripreso la barista, soffiando una boccata di fumo verso l'alto. «Le ambulanze, i pompieri… Erano arrivati un attimo prima. Ricordo la gente attorno. Allibiti. Le mani nei capelli…».

L'ho ringraziata per il racconto. Ci siamo stretti la mano, con forza. «Mi dispiace» ha detto. «Non dimenticherò mai» ha aggiunto, salutandomi sul marciapiede.

Mentre aprivo la portiera della Opel si è avvicinato il tizio di poco prima. Da vicino, ho notato che aveva il viso tempestato di macchie solari, un'aria un po' luttuosa, da becchino. «Mi permetta. Senza volerlo ho ascoltato la vostra conversazione» ha detto, con un tono confidenziale, che ho sentito subito falso. «Lo vidi pure io, l'incidente. Si capiva che era uno esperto. È venuto giù così, dritto. Me lo ricordo, l'aereo. Un biplano. Rosso. Per me è stata un'avaria. Mi scusi, sa, se mi sono permesso».

Non avevo niente da aggiungere. Ho messo in moto.

L'aereo non era rosso, ma bianco e celeste. Sono passati vent'anni. Come accade per le foto troppo vecchie, anche nei ricordi i colori cambiano. E così anche il film mentale di una manovra, posto che quel tizio l'abbia mai vista. Quanto alla sua congettura, un'avaria: solo un esperto, un ingegnere, un altro pilota potrebbe avanzare un'ipotesi. Me l'hanno già spiegato.

Invece la testimonianza della barista è stata preziosa.

È stata una sensazione strana, non sgradevole, ma pungente, come uno spillo dietro la nuca, guardare dentro quelle pupille che hanno visto gli ultimi istanti di vita di mio padre.

Ho percorso in terza, il motore al minimo, un tratto di asfalto a grana grossa, poi in seconda la sterrata che mi ha indicato, cercando di individuare il luogo.

Ho parcheggiato accanto alla fila di cipressi. L'area era tutt'ora coltivata a vigneti. Ho osservato i filari, ancora spogli. Non dovevo essere lontano. Avrei voluto chiedere a qualcuno. C'erano dei contadini su un trattore, molto in lontananza, non se ne sentiva neanche il rumore. Non credo che avrebbero potuto aiutarmi. E poi ero stanco, affamato anche dal boccale di birra a stomaco vuoto.

In autostrada verso casa ho guidato sulla prima corsia, forse troppo lentamente, indifferente alle auto che lampeggiavano da dietro, con un'insistenza che altre volte mi avrebbe imbufalito, fino a quando mi sono fermato sulla corsia di emergenza.

Scendendo dall'auto ho sentito le gambe che mi cedevano, come spaghetti scotti. Ho appoggiato le mani sul cofano. Mi sono seduto sul bordo di un canaletto di scolo.

È stato soltanto un calo di pressione. È passato fissando l'asfalto, cercando di non pensare a niente. Respirando a fondo.

~

Parto per Bologna sabato nel tardo pomeriggio. Arrivo dopo aver guidato sulla A4 ancora una volta fluida, qualche berlina ne ha approfittato sfrecciando a duecento sulla corsia veloce. Fabiola abita in via dei Piombi, la sua voce mi arriva distorta dal citofono, mentre nel frattempo invia impulsi elettrici alla serratura del cancello.

Il suo palazzo ha una corte anni Settanta, con tanto di vasca tonda e pesci rossi. Guardo i pesci. L'acqua è putrida, sono immobili. Si vedono bollicine affiorare dalle branchie: difficile stabilire se siano mezzi vivi, o mezzi morti.

Fabiola mi accoglie in jeans celeste chiaro, senza cintura, camicetta bianca annodata in vita. I capelli biondo naturale, sciolti sulle spalle. Deve averli appena lavati, sono ancora umidi, splendidi.

Abita con altre due ragazze, sono ancora in vacanza. Ha cucinato lasagne, dice: «Ti piacciono?». E figurati se non mi piacciono.

Stappo la bottiglia di Pinot grigio che ho portato da Zompicchia. Dopo cena sfila dal freezer un blocco di gelato alla stracciatella. È cemento. Cerco di spaccarlo con il coltello da parmigiano, ridiamo. Propone di metterlo in frigo e spostarci in camera. Chiacchieriamo seduti sul letto, in relax, delle perdite che ha patito Bologna negli anni: Lucio Dalla, Freak Antoni, Claudio Lolli.

Mi parla del praticantato che dovrà fare dopo la laurea in uno studio legale, da amici del padre. L'idea non l'entusiasma. Non ha soldi per farsi un viaggio, quest'estate, poi ha bisogno di calma per studiare. Così se ne torna dai suoi, in Molise, starà via a lungo, forse fino all'inizio dell'anno, la sessione di esami invernale. «Ma mi andava di rivederti, prima».

Nella sua stanza singola un leggero, gradevole odore di piedi, apro la finestra. Vuole stendersi un po'. Il caldo le mette sonnolenza. Ci stendiamo. Mi annusa i capelli. Le piace il profumo dello shampoo alle mandorle, roba che uso solo in Friuli, che abbiamo nel bagno in taverna.

Ci baciamo. Le mordicchio il collo, fa come un miagolio. Mi tengo alla testiera in metallo mentre le entro dentro. Il letto cigola in modo ridicolo. La sento schiudersi, la incalzo contro la testiera.

Ci baciamo a morsi. La tiro per i fianchi. Solleva le gambe, le mordo un tallone. Le tengo una mano sul seno, mentre affondo, rallento, accelero, a istinto. Si gira, bellissimi i suoi capelli sparsi sulle spalle. Continuiamo così, a lungo, incollati, poi mi sfiora i coglioni con un dito. Esco e strappo il preservativo, irrorandole la schiena. Si pulisce con la maglietta.

La finisco accarezzandola, tengo la testa tra i suoi seni. Le sento il cuore accelerare, rintocchi più veloci, profondi. Fa un gemito, prolungato. Poi mi ferma, mi stringe la mano tra le gambe. Sento l'aria calda che entra dalla finestra. Ci stendiamo. Il verso di un cuculo da qualche albero nella corte, petulante, nascosto. Fabiola prova a imitarlo.

Ridiamo, affiatati, è solo la seconda volta che ci vediamo, ma che vuol dire, se in questo momento si sta così bene? Alzo la tapparella. Il cielo sopra i coppi è caldo e viola scuro, mostra un comitato ridotto di stelle, ne conto una decina.

Fabiola ha fatto cadere a terra il lenzuolo. Il letto è talmente piccolo che siamo uno addosso all'altra, mi sembra di essere in campeggio. La sento addormentarsi, il suo fiato leggero sul mio collo, caldo, regolare.

*Agosto*

Camminare veloce andando a lavoro, dopo colazione, quando invece ci starebbe bene un passo contemplativo e rilassato, da turista. Ma è la marcia comune alla popolazione attiva. Diventa anche marziale, esasperata, in metropoli come Milano, nella corsa verso i mezzi pubblici. Non fa bene ai tendini, non è una postura affascinante. Mostra la dipendenza verso il *posto*.

Bisognerebbe camminare a passo lento, regalmente. Non proprio come gli studenti, che più che altro in questo periodo mi sembrano ciondolare. Nemmeno come i vecchi, gli *umarells* di cui Bologna è piena, che deambulano con le mani dietro la schiena, che studiano i crateri dei cantieri in strada come fossero scavi archeologici. Il ritmo di Bologna è scandito da due generazioni: gli universitari e i pensionati, agli antipodi, si sfiorano senza vedersi.

Lavori da poco, e già rischi di perdere l'andatura regale. Meglio svegliarsi venti minuti prima, prendersi il tempo di un caffè e brioche al bar, arrivare in ufficio a passo lento, sornione.

In ogni caso, finito il picco di produzione di luglio, il lavoro è diventato più routinario. Ridimensionare, rinominare, taggare immagini perché Google le piazzi in cima ai risultati. Archiviarne a migliaia.

Noto la differenza eclatante di colori, di nitidezza delle nuove foto digitali, dei Raw più recenti, confrontate a quelle di dieci anni prima: mi chiedo a quale livello di finezza arriveranno i sensori *full frame* tra dieci anni.

A fine giornata mi incammino verso casa attraversando Piazza Maggiore, il cuore di Bologna. La prima volta ci ero venuto da bambino con i miei. C'era Beppe Maniglia che ancora faceva scoppiare le borse dell'acqua calda gonfiandole come palloncini. Diceva al pubblico improvvisato di non riprovarci da soli a casa, si rischiava di lasciarci i polmoni.

Avevo dato da mangiare ai piccioni con il mais, pensa te. Mi era scappato di mano un palloncino verso il cielo, si era unito a quelli di altri bambini.

In piazza c'è un venticello piacevole, odore di incenso, proviene da qualche chiesa. In via degli Orefici blatte corrono lungo gli spigoli cariati di sporcizia, qualcuno sotto il portico ha cerchiato uno stronzo con un pennarello indelebile, puntando una freccia ci ha scritto «Attenzione!».

In via Rizzoli una navetta blu deposita l'equipaggio di un volo intercontinentale davanti a un hotel. Il comandante si dà da fare, aiuta il resto dell'equipaggio a scaricare i bagagli. Una hostess gli fa una boccaccia. Hanno l'aria felice, esausta.

Una Harley attraversa un semaforo giallo sgasando plateale, un boato da Piedigrotta.

In via Fondazza un cinquantenne abbronzato al telefono, faccia da avvocato. Parla a voce alta, come se ci tenesse a farsi sentire dai passanti: «Ciao caro... Ma noo, nooo che non disturbi!». Cordialità di plastica. Il tono asettico, ma perentorio.

È il messaggio che conta, neanche poi tanto in filigrana: «Non chiamarmi più. Non permetterti mai più di rompermi i coglioni». È già il secondo tizio sulla cinquantina che vedo in completo giacca e cravatta e scarpe da ginnastica, all'americana. L'effetto è vagamente ridicolo, quasi provocatorio. Deve aver dato l'esempio qualche pirla in televisione.

~

Il primo mese in agenzia è passato senza errori, ma neanche grandi soddisfazioni. Mi accorgo di riuscire a sopportare la gabbia dell'ufficio meglio di quanto credessi. Non sono in grado di prevedere per quanto tempo ancora.

Le ore continuano a scorrere veloci per la concentrazione, il carico di lavoro. Sono determinato ad acquisire una padronanza delle azioni routinarie che mi renda il più possibile autonomo e automatico, che permetta di ricavare spazi mentali di libertà per pensare ad altro, fantasticare.

Non si tratta di un lavoro complicato. L'ho capito già il primo giorno sfogliando i *workflow*, ovvero le azioni da svolgere e in quale ordine, chi deve fare cosa e quando.

Prevedo che ci vorrà ancora un paio di mesi prima di poter filare senza incertezze.

Ho l'impressione che sia così per la maggior parte dei lavori d'ufficio.

In sei mesi si capisce quasi tutto.

Mi rendo anche conto di essere fortunato, in quello che faccio c'è spazio per un po' di creatività, ciononostante nella scelta delle foto, dei tagli, nella redazione delle didascalie o dei titoli l'input di Cédric, e ancor prima di Mme Contin dalla sede francese è di restare nel campo del rassicurante, dell'attrazione media. Le fotografie aeree, per esempio, sul web piacciono, così mi piacerebbe infilare ogni tanto qualche scatto di Kacper Kowalski, di Edward Burtynsky, qualche veduta aerea di Olivo Barbieri, che trasforma le città viste dall'elicottero quasi in un *rendering* clinico, straniante, ma non è possibile, non sarebbe capito: si deve optare per le bellissime, rassicuranti vedute aeree di Yann Arthus-Bertrand, o estrarre fotogrammi da video di droni, così risparmiamo pure.

Dopo l'ufficio faccio un salto da Feltrinelli. Le *Suites Francesi* suonate da Glenn Gould in filodiffusione arrivano all'orecchio di pochissimi clienti, entrati forse solo per cercare il refrigerio dell'aria condizionata. Giro nella libreria come fosse mia, splendida, mi ci perdo.

Mi regalo un libro Adelphi, *Squartamento* di Emil Cioran. Accarezzo la copertina, di un cilestrino incantevole. Sfoglio le prime pagine: stampato nel 2012, la carta rilegata a filo refe resiste bene al tempo.

Proseguo in Strada Maggiore, una delle vie che preferisco. Vado a dare un'occhiata a Scienze Politiche. I passi dei pochi studenti risuonano nel patio. Il caffè metallico che prendo alla macchinetta rianima un ricordo corporale, gastrico di certi pomeriggi, smazzati con il cranio dentro le fotocopie dei libri di testo. Era così ancora soltanto un anno fa.

In via Fondazza 36 trovo aperto il portone, conduce alla corte che attraversava ogni giorno il maestro: Giorgio Morandi ha abitato qui dal 1910 al 1964. I muri perimetrali al giardinetto interno sono tinteggiati in giallo ocra. Biciclette appoggiate all'intonaco, scrostato dall'umidità nella parte in ombra.

La luce del tardo pomeriggio filtra attraverso una vecchia porta a vetri colorati, si proietta sull'erba come una diapositiva. Quella porta sarà lì da decenni, negli spigoli è nera di polvere antica: quei colori al suolo li vedeva anche Morandi.

Un segmento di questo giardino lo intravedo anche da casa, dal poggiolo della cucina. Ne condivido lo stesso spazio acustico. Se il maestro ci fosse ancora, se scagliasse un urlo dal suo atelier, una bestemmia, potrei sentirlo.

Ho infilato *Squartamento* in uno scaffale della libreria, tra Nietzsche e Gilles Deleuze. Vorrei che resistesse, la letteratura. La letteratura *deve* resistere, tenere duro contro la cronofagia dei social network, contro ogni caramella colorata sugli schermi degli smartphone, contro ogni serie televisiva d'importazione, attrici che contraggono il volto in espressioni straniere, che fanno le virgolette con le dita, posture, smorfie americane che le nostre ragazze finiscono per integrare risultando innaturali, sciocche.

La letteratura *deve* resistere, mi dico estraendo di nuovo *Squartamento*, leggendo qualche frase a caso, una più affilata dell'altra. Annuso le pagine. È ora di scaldarsi qualcosa da mangiare.

~

Uscire dal monolocale alle 6 del mattino. Continuare a correre all'alba, nonostante il lavoro. Routine balsamica, non ci rinunciare. Aiuta a relativizzare. Stimola le germinazione di nuove idee, soluzioni.

Correre un mattino su due. Con costanza *und* determinazione. Almeno trenta minuti. Correre tra tutti questi parcheggi lasciati vuoti dai bolognesi in vacanza.

Attorno al ventesimo minuto, quando comincia a salire il dolore dai polpacci, insisto. È a quel punto che capisco. Capisco che la *rinuncia* è come un *click* interiore, un interruttore. Una voce che dice «Hai corso abbastanza. Adesso sei stanco. Meglio rientrare».

Ma è dopo quel *déclic*, come dicono i francesi, e non prima, che scatta la stanchezza. È tutta lì la fregatura: la rinuncia è molto spesso l'autosabotaggio di un risultato che poteva ancora essere agguantabile, ci eri quasi.

Così, intestardirsi, continuare a correre, almeno altri dieci minuti.

In pausa pranzo mastico un panino al prosciutto cotto, seduto su una panchina di piazza San Francesco. Mi spegne, l'idea di dover tornare in ufficio. Cercavo un lavoro e ora quasi me ne pento. Però adesso entrano quasi milletrecento "pali" al mese. Il conto corrente ha ricominciato a respirare.

Manuela la contabile è stata la prima a tornare dalle ferie. Mi racconta delle meraviglie di Bali: «Stupenda! Sarei rimasta lì per sempre» ha detto, lo sguardo sognante. Vuole mostrarmi le foto che ha scaricato sul computer. «Vabbé, non sono *micca* brava come teee». Accento bolognesissimo. Mi sta simpatica. Foto ruspanti, inquadrature sghembe, controluce non voluti, corretti in modo drastico dallo smartphone.

Ma non è tanto la *prise de vue*, quanto il soggetto ad attrarmi: attorno al mare palme spelacchiate, grovigli di alghe antiestetici, ammassati accanto al lettino prendisole. Se pubblicassimo delle istantanee così i nostri tour operator registrerebbero subito un calo di prenotazioni, fioccherebbero le richieste di rimborso, chiuderebbero baracca.

Eppure è proprio questo che i turisti troveranno, sul luogo. Tutto è molto più ordinario di quanto mi sto abituando a vedere nelle immagini patinatissime dei nostri fornitori.

Il cielo delle sue vacanze è più vero che mai in queste foto bastarde: grigio-azzurretto, piatto. Si intuisce un'umidità collosa peggio che a Bologna. Camille saprebbe senz'altro rivitalizzarlo con pochi click, dopando le curve cromatiche, o con il furbo *replace* di un cielo caraibico. «Ti piacciono?» chiede Manuela, fiduciosa. «Sono splendide!» le dico, «splendide!» e sono sincero.

Persino il cielo bolognese oggi è più balneare: ordina di uscire alle 18, non un minuto più tardi.

Esco contro l'afa. Bologna ad agosto è come un intervallo tra due tempi di un film, una scenografia statica su cui glissano importune, improvvise sirene della polizia, personaggi bislacchi, rari musicisti di strada, chitarre che non tengono l'accordatura, ragazze da sole. Camminano guardando lo smartphone, quasi con fede mistica. Come se attendessero una rivelazione.

È la prima volta che mi trovo a Bologna a metà agosto. Mi piace, a eccezione dell'umidità tropicale, da orto botanico, e della follia degli scooter superstiti, ancora più survoltati che *d'habitude*, eccitati di poter correre dentro la città come dentro a un videogame.

Osano scorciatoie assurde. Impennano, sgasano a vuoto. In via Oberdan ne ho visto uno aggirare l'ostacolo di un cantiere facendo un lungo tratto contromano sotto il portico, ho visto due vecchiette scansarsi, quasi gettarsi a terra, elastiche come marines.

Il cielo in questi giorni è stato capriccioso, più volte si è addensato di nuvole globulari nere e basse, senza che si decidesse a piovere. Le foglie degli ippocastani sui viali sono agitate da raffiche calde e violente, quasi tropicali.

Le poche auto rimaste nei parcheggi, i vigili superstiti le hanno comunque multate, le contravvenzioni si accumulano sui parabrezza come libretti di assegni, arricciati dall'umidità.

Si allunga in strada anche qualche gatto, di solito non se ne vedono.

In piazza Santo Stefano incrocio una tipa segaligna, tailleur, scarpe maschili. Cammina rigida, appoggia una gamba tesa davanti all'altra, a scatti. Le squilla lo smartphone. Si è scelta proprio la suoneria di un automa.

Incrocio anche una ragazzina in minigonna e stivali, con il caldo boia che fa.

Sì, mi piace, questa Bologna abbandonata a fustelle che saltano in mezzo alla strada, a sacchetti di plastica volanti, a sporadiche ragazze su biciclette con cestello, a cestelli con la frutta, a signore solitarie in abiti leggeri, curate, gli zigomi asiatici, il gomito che sporge da un taxi.

Questa Bologna di graffiti che finalmente scandiscono i loro messaggi alieni, perché invece di solito non li noti.

Di supermercati congelati dal climatizzatore al massimo, sotto il cui soffio dolci commesse dimenticate alla cassa sonnecchiano, anzi: *sognecchiano*.

Di un ferragosto come un giorno qualsiasi, passato sui colli, al giardino dei Cavaioni, con la stuoia e lo zaino, una bottiglia di Coca-Cola ghiacciata, un tubo di Pringles e quel vecchio libretto di Sciascia, *La scomparsa di Majorana*, che ogni tanto amo rileggere, forse accarezzando l'idea di sparire pure io, un giorno.

~

Camille l'aveva anticipato: a fine agosto è un classico. Gli ultimi dieci giorni siamo investiti da un aumento di produzione assurdo, ma non deve spaventare. Lo affronto a colpi di integratore effervescente e *allez-retours* alla macchinetta del caffè. Sempre più gente sceglie di partire in vacanza in periodi improbabili, a settembre, ottobre, molti già prenotano le destinazioni per l'inverno.

Mme Contin ha scritto a tutti da Parigi, chiedendo uno sforzo corale, di chiudere anzitempo alcune impaginazioni: si erano sbagliati sui tempi di consegna, pensavano avessimo più giorni, ora bisogna recuperare, una scocciatura.

Siamo rimasti a lavoro fino a mezzanotte, con Camille, la stagista, i programmatori.

Mi auguro che non diventino un'abitudine, questi orari. Ho messo nel portafogli una striscia di carta, ci ho copiato una frase di Cioran: «Quando si sa che ogni problema è soltanto un falso problema, si è pericolosamente vicini alla salvezza».

Mai lasciarsi triturare dallo stress. Nemmeno masticare. Verso le 21 è passato Cédric. Aveva dimenticato le chiavi di un garage, ha detto, ma era chiaro che volesse sondare il morale dell'équipe.

È rimasta fino a tardi anche Sonia, stagista ricciolona, di Brindisi, sandaletti sempre molto femminili, pedicure curatissima. Mi chiedo come faccia a mantenere un aspetto così fresco dopo tutte queste ore. Camille la detesta, è chiaro.

Sonia ha mangiato riso e gamberetti da una vaschetta presa alla Conad. Ha impestato l'ufficio con un odore di sottaceti e antibiotici che mi ha fatto passare l'appetito.

Ho notato che Cédric si è messo a guardare di scorcio il suo schermo, mentre lei masticava con piccoli movimenti della bocca, come una gatta, il navigatore aperto su una schermata di jeans Yoox, approfittando della pausa. Lo vedevo dalla mia postazione. Le ha appoggiato la mano sulle spalle, tenendola forse un istante di troppo. L'ho vista di scorcio continuare a masticare, più contrita. Gli ha sorriso, un filo spazientita, quando lui ha staccato la mano lentamente, come un accenno di carezza, impacciato.

Alle 22 Camille è scesa in via Ugo Bassi a prendere quadratini di pizza per tutti. Ancora cibo. Colpi di sonno: la testa a momenti mi cade sul petto, come un birillo. Rialzo il cranio. Sonia si sta pulendo la bocca con un fazzoletto di carta. Mi accorgo che mi stava fissando, l'aria perplessa, o forse solo curiosa.

~

Mi sono preso il venerdì di ferie. Un weekend lungo per cambiare aria. Sono arrivato in Friuli all'una di notte.

Al mattino ha cominciato a piovere. Prevedono pioggia tutto il giorno. Dopo pranzo sono salito in mansarda. La giornata ideale da passare a sfogliare libri, vecchie riviste, ascoltare vinili.

Ho fissato a lungo il planisfero che mio padre aveva appeso alla parete. Mi sono segnato i nomi di qualche città, ripromettendomi di cercare le foto su internet: Asunción, Yaoundé, Pretoria, Lusaka, Lagos, São Tomè, Brazzaville, N'Djamena, Fortaleza, Novosibirsk...

Guardo oltre la finestra il tetto spiovente della casa, le tegole lucide. Mia madre va e viene dal giardino con un cappello da pescatore sulla testa. Raccoglie resti di siepe che ha potato in questi giorni.

Chiudo gli occhi. Inspiro l'odore di frassino dei mobili. La grondaia, il solito rumore, lo stesso di pomeriggi piovosi alle medie, al liceo. Esercizi su esercizi di algebra, versioni di latino, pensando alle compagne di classe, sempre quelle dell'altra sezione, le più esotiche.

Accendo il giradischi Grundig di mio padre. Non amava il suono dei cd. Lo rivedo, mentre estrae un 33 giri di De André dalla busta, posandolo sul piatto, come sto facendo a mia volta. Appoggia la puntina sul vinile, regola il volume. Riempio di musica questa mansarda, dove tutto è rimasto come allora.

Lo rivedo mentre a tavola con il coltello intarsia una scheggia di parmigiano, versa un bicchiere di acqua frizzante su una fettina di limone.

Mentre si arrampica sull'albero del nove metri per fissarci un anemometro. Mentre si lancia vestito dal molo del porticciolo di San Giorgio di Nogaro un'estate, per riacciuffare un cugino che avevo spinto in acqua, avremo avuto entrambi sei anni. «Buttami!» aveva detto il cugino per sfida. L'avevo accontentato, aggiudicandomi un paio di ceffoni da mia madre. Lo rivedo bere latte freddo al mattino, direttamente dalla bottiglia. Oppure nel bicchiere, colorarlo con un filo di sciroppo alla menta.

Tirare dolcemente la cloche, staccando dalla pista erbosa un Piper dell'aeroclub di Campoformido, io seduto sul sedile accanto, mezz'ora di volo sopra la campagna accecante di brina. In una giornata blu e gialla d'estate, sparire dentro il campo di granoturco dietro casa, ricomparire con un mazzo di pannocchie. Arrostirle in giardino per cena.

Prendere delle rose per mia madre, dalla fiorista, mentre si tornava a casa, dopo avermi prelevato all'uscita dell'asilo. Pedalarmi accanto, ciascuno sulla propria bici, le dinamo che avevamo acceso al ritorno, il rumore del loro attrito contro i copertoni.

La macchinetta di Formula Uno che mi aveva regalato una sera al mare, in Liguria d'estate, di plastica blu. Sotto i lampioni del lungomare, seduto sulle sue spalle, quel blu diventava viola, ancora più bella. O al mattino, sulla spiaggia ancora deserta, cercare sassi piatti, farli saltare a pelo d'acqua.

Lo rivedo, confezionare razzetti con cerini e carta stagnola, che facemmo decollare dal davanzale della cucina. Concentrato, studiare carte di navigazione e libri fitti di vettori e foto di quadranti, seduto alla stessa scrivania, sottolineare con l'evidenziatore, prima di un esame di abilitazione al volo strumentale.

Urlare dal giardino di lanciargli la chiave dalla finestra, la prima volta che mi ero chiuso in bagno e non riuscivo più a uscire.

Lo rivedo ancora, chiedermi di aiutarlo a posizionare le casse dello stereo, la puntina di questo giradischi che come allora si solleva con un doppio click di precisione, ogni volta che un 33 giri finisce, ed ero rimasto da solo, incantato a guardare l'inerzia del piatto, dopo quel *click* anche il fruscio delle casse si spegneva, e sentivo affiorare la voce dei miei dalla cucina al piano terra, di mio fratello piccolo.

Erano risate, scemenze, spensieratezza che saliva fino in mansarda assieme agli odori della cena, e intanto mia madre, come ha fatto adesso, stessa voce, si affacciava alle scale per chiamarmi.

~

Con il caldo che fa bevo poco alcool. In compenso molto succo di carota o melograno, in bottiglie di vetro.

Sotto ai denti in questo periodo metto controfiletti bio, pinoli. Mandorle siciliane. Uova da allevamento all'aperto, rucola, olive verdi andaluse.

Sonia lascia LaVille la settimana prossima. I sei mesi dello stage sono giunti al capolinea. Al ritorno dalla pausa pranzo ci siamo trovati in ascensore. È stata lei a farsi avanti. «Che fai stasera?» mi ha chiesto. «Sono libero». «Prendi il mio numero. Vado a step, poi ci sono». Non mi ha sorpreso, la sua intraprendenza. Era da un po' che mi lanciava occhiate eloquenti.

Un paio di volte era entrata nella saletta spargendo il suo profumo mentre mi preparavo il caffè, da solo. Cercava una graffatrice, una cartuccia per la stampante.

Eppure quando l'ho vista la prima volta mi era sembrata timida, ma i sandaletti, gli orecchini, suggerivano un altro temperamento.

Timida, ma solo di primo acchito, e non è vero che è sempre la prima impressione che conta.

Gli appuntamenti per la sera stessa sono quelli che riescono meglio, mi dico, lavorando le ultime ore della giornata a un servizio sugli *explorateurs urbains*, distrattamente; roba già decotta che redattori freelance pagati "a promesse" si sforzano di spacciare per trendy.

Gli appuntamenti per la sera stessa. Meno tempo per riflettere, meno rischio di ripensamenti. È chiaro che questa che mi offre oggi è un'occasione da non lasciarsi scappare. Uscendo mi ha fissato di nuovo intensa, mentre frugava nella borsa, cercando il pacchetto di sigarette. «Vediamoci dopo cena» ha detto, quando l'ho chiamata più tardi, da sotto il portico di via Ugo Bassi. La sua voce mi arrivava mezza cancellata da un rap, doveva essere dentro una boutique. Alle 22 sono andato a prenderla in via Saffi.

Arriva con un abitino corto a fiori, delizioso. Sandaletti aperti con un po' di tacco, riccioli sciolti sulle spalle. Sale in macchina. Ci baciamo subito, istintivamente. Punto la prua verso l'Osteria alle Frasche. Ci sono tornato qualche volta anche da solo, ultimamente. Dista poco dal centro ma è a margine dei percorsi più battuti dagli universitari. Si trova facilmente parcheggio. Improbabile incrociare colleghi o conoscenti in questo posto, defilato com'è, dopo Porta Saragozza. Ne accenniamo brevemente e siamo d'accordo entrambi: in ufficio meglio non dire niente.

L'esperienza a LaVille le è piaciuta, però a ottobre comincia il secondo anno di teatro, e poi ci tiene a finire Lingue. Lavorando non le restava tempo per studiare.

«Il mestiere dove è più difficile non apparire dilettanti è l'attore di teatro» racconta, parlandomi di un workshop che ha fatto a luglio, che l'ha entusiasmata. «Il primo giorno il regista ha spiegato che già dal suono, dalla *voce* di uno starnuto si può capire la personalità di un attore, ti rendi conto?».

Ordina lei, due birre rosse da mezzo. Hanno un retrogusto fruttato. Ci sta bene, con le patatine fritte.

È un momento che con le ragazze le cose girano sciolte. Sarà il fatto di lavorare, di avere uno stipendio, uno straccio di ruolo. La bottiglia di ketchup è quasi vuota. Osservo le sue dita mentre la spreme dentro un vasetto. È deliziosa, in versione serale, con la chioma da tigressa, i polsi tintinnanti di braccialetti colorati. Ha ventidue anni. Tra un paio d'anni sarà ancora più bella.

Dopo la birra prendo un chinotto, lei invece sale di gradazione con un cocktail di cui ho dimenticato il nome. Ci accarezziamo le mani sul tavolo.

Andando a recuperare la Opel non serve dire niente.

Che a questo punto della serata si finisca in una stanza, sua o mia non importa, è la cosa più naturale, ma vietato parlare, è come un incantesimo.

Trovo parcheggio sotto casa. Stesi di fianco sul futon le liscio una gamba, lentamente, partendo dalla caviglia. Ci baciamo, piccoli colpetti della sua lingua contro la mia. Le infilo le dita sotto le mutandine. La trovo fusa, collosa, come se si fosse sciolta un panetto di burro tra le cosce.

Vestita così leggera, in un attimo si è già spogliata. Afferra il cazzo sotto la tuta. Strappo la bustina di un profilattico. Quando entro fa un gemito, come sorpresa.

Entro un centimetro alla volta, la sento cedere da dentro, appoggia i talloni sulla mia schiena.

Alterno colpi lenti, fino in fondo, a brevi accelerazioni, poi rallento, fino a fermarmi. Le gonfio il cazzo dentro, inspirando profondamente. La tiro verso di me, arretriamo un po' sul letto. Mi sta mordendo il collo, non si stacca. Inizio a stantuffarla, percussivo, colpi sodi. Urla. Le tengo una mano sulla bocca. Le assesto spinte a fondo corsa, inesorabili, feroci. Mi morde le dita, l'attaccatura tra il pollice e l'indice. Allarga di più le gambe. Mi tiene una mano sui testicoli. Mi viene da prenderla ancora più a fondo, percussioni assurde, bestiali.

Erano dieci giorni che non facevo l'amore. Mi sembra di essere come una macchina pneumatica, un toro imbizzarrito. Mi morsica un bicipite, ma non sento niente. Dopo mezz'ora di pistonamento e sudore mi sembra di ammattire, alla fine esco, mi sento come se avessi perso cinque chili. Allungo le braccia sopra la testa. Mi mostra i denti, le fauci, come un tigre. Fa una specie di ruggito liberatorio, selvaggio, terribile. Ha le guance gonfie.

Allarga le chiappe e si siede sul cazzo. Sento il suo odore, inebriante, giovane, focaccia e latte, ciocche di capelli incollate di sudore le coprono gli occhi, mi sbattono in faccia con i suoi movimenti. Adesso mi sta cancellando, sono solo cazzo e sudore, quando rincalzo da sotto accelera, urla più forte, le tappo la bocca, mi schiaccia i piedi con i suoi.

Le assesto una scarica di ultime pistonate da sotto. Se ne viene di prepotenza, convulsioni, liberandosi in un urlo rauco, strappato. Estraggo la nerchia, sbrego il *profio* lanciandolo contro il muro. Mi si avventa addosso, comincia a pomparmi forsennata, rapidissima, paralizzandomi.

Le afferro una ciocca di capelli, riesco a rallentarla. Cerca di divincolarsi, continuando a tenermi in bocca. Mi scosta il braccio. Riparte a pompare. Pompa fuori controllo, bestiale. Non riesco a muovermi. Guardo i suoi piedi, deliziosi, quasi innocenti, quasi non sembrano appartenere a quel corpo invasato, bollente. Comincia a farmi male. La fermo di nuovo, tenendole i capelli. Cerca di divincolarsi ma *ferma*, le dico. Soffia dal naso, feroce. Ha tre quarti di membro in gola. Mi strappa un urlo. Il carico viene su come una bolla… uu… uuaa… aaaa… quattro, cinque, uu… uaaaah… sette, otto… aaaarrh… Ho ceduto come un sifone crepato.

Le viene un conato di soffocamento ma non si stacca. Resta immobile. Non vorrei che mi tranciasse il cazzo.

Quando finalmente mi lascia si volta a guardarmi, gli occhi lucidi, le guance colate di lacrime, di mascara. Mi adagio sul fianco, tramortito. Si attacca alla bottiglia d'acqua, a canna. La scola quasi tutta. Non diciamo niente.

Intercetto per un attimo il mio volto nello specchio accanto al futon. Sembra che mi abbiano tirato un petardo tra i capelli. Mi fischiano le orecchie, è il calo di pressione. Ho bisogno di ossigeno.

«Usciamo» le dico.

In Strada Maggiore mi viene un sorriso ebete. Un rictus che non riesco a distendere. Mi tiene a braccetto. Ha ripreso a parlare di teatro, allegramente, a frasi accennate, come se niente fosse, l'aria appagata.

Sotto la torre Asinelli le improvviso un'imitazione di Carmelino Bene, il saluto che fece alla folla da lassù la notte del 31 luglio 1981, congedandosi, dopo aver traumatizzato un oceano di persone con la sua *Lectura Dantis*: «Io mi scusoo… Per il ventooo, che ha turbatoo… Questo canto…». Devo avere ancora il cd da qualche parte.

Ci salutiamo con un bacio in via Zamboni, di nuovo quei colpetti di lingua. La osservo mentre si allontana verso via Belle Arti.

Ho le gambe ballerine. Urgenza di addentare qualcosa. Mi faccio farcire un kebab da un take-away in via Rizzoli, con tutto quello che hanno. Lo divoro masticando anche pezzi di cartoccio, di tovagliolo. Non ho neanche visto cosa stavo mangiando, ma è riuscito a tenermi in piedi fino al letto.

*Settembre*

Gli uffici al rientro dalle ferie: finto entusiasmo mescolato a reattività dopata, più sensibile, che scocca al passaggio di un collega alle spalle, alle suonerie di capi che si avvicinano con effetto doppler, minacciosamente, dal corridoio.

Timori inutili. Come quelli dei piccioni che si spostano al passaggio di un elicottero, che non potrà mai falciarli.

Mi chiedo come facciano gli impiegati costretti per anni nello stesso ufficio, nella *misma* mansione. Penso a Manuela e Giorgia, colleghe dell'amministrazione.

Come farà Giorgia a sopportare ogni giorno la voce chioccia di Manuela. Forse è per questo che ha scelto il part-time.

E tu Manuela, non ti ha ancora esasperato quel *clack! clack!*, la graffatrice di Giorgia, già alle nove del mattino?

Sonia ha voluto ringraziarci facendo il giro delle scrivanie con un cestino di vimini, carico di prelibatezze salentine. Stava bene, molto fine, con i capelli raccolti a coda, due perle ai lobi. Quando è stato il mio turno è rimasta neutra, come con gli altri. Nessun segno di intesa. Una brava *comédienne*, non c'è che dire.

C'era anche Cédric. Mi è sembrato osservarmi, a momenti, cercando di leggere il mio stato d'animo. Ero piuttosto carico, anche se cogitabondo.

Scendo alle 20 con l'ascensore capsula, svolto ad angolo retto immettendomi come un Pac-Man in via Ugo Bassi.

In venti minuti sono sotto casa. Ma non ho voglia di salire. Proseguo oltre, fino a incontrare la prospettiva dei portici di via Santo Stefano.

Uno scorcio che conosco a memoria. Eppure mi sembra mi apra come una cicatrice, stasera. Sarà l'assenza di esseri umani nell'ora di cena, il suono di una radiolina che sento venire da una finestra: la visione di quell'infilata di colonne non è più familiare, ha come una stonatura. Come se fosse cambiato qualcosa, una colonna di meno o di troppo, non saprei dire.

Avevo l'età di Sonia. Il cuore pompava esaltazione in vena. Certi giorni faceva male alla testa, ai genitali, quell'esubero di energia, tanto che ci si anestetizzava con pacchetti interi di sigarette, giri di alcool ripetuti.

Erano i primi mesi di università. Bologna stordiva con le sue promesse di festa, ogni notte di bagordi ne chiamava un'altra.

C'era la consapevolezza di disporre di un credito di possibilità quasi senza fondo, come un libretto di assegni da poter staccare a oltranza.

Ora al posto delle cose che era possibile fare ci sono tante cose fatte. Ma le cose fatte o che si fanno, il loro essere in atto non mi pare più così entusiasmante, come lo era all'epoca soltanto fiutarne la potenzialità.

C'è che adesso non hai più l'ebbrezza, la febbre che ti sorge dal dirti *avrò tempo*. All'epoca tutti noi si godeva in presa diretta. Solo pochi si proiettavano già nel «dove si vede tra cinque anni?» e quelli ora sono giustamente diventati farmacisti, commercialisti. Si masticava il pomeriggio tra fotocopie, sale studio, caffè, ammiccamenti, messaggini, sigarette. Si attendeva la sera per incontrare una ragazza nuova, per cercare di farci l'amore. O per farlo con la propria compagna, liberi di languire a letto fino al mezzogiorno seguente. Tempi dilatati, e dello spreco di certe giornate non ho neanche nostalgia, a dire il vero.

No, nessuno ha sfilato una colonna a via Santo Stefano, stasera.

È solo che a camminare nelle vie universitarie, nel territorio degli studenti, avvicinandosi ai trent'anni, cominci a sentirti fuori fase.

Come un orologio che non tiene l'ora. Che ogni giorno perde qualche minuto.

~

Cambiamenti di scenario nella vita: ruotano a volte attorno a snodi apparentemente invisibili, che non fanno rumore. Come carte da gioco che frusciano tra le dita. Ma poiché quasi non li noti, il rischio è di sottovalutarli, di non vederli passare: chissà quante occasioni ti sono già sfuggite per troppa sufficienza, per incapacità di ascolto.

Con il tempo ho imparato a riconoscere questi segnali, a prestare attenzione. Certe volte sono state le donne ad affinarti questa sensibilità: per arrivarci devi esserti preso anche qualche sonora legnata sul cranio. Altre volte sono stati gli errori, le trascuratezze sulle quali sei caduto e ricaduto di nuovo, fino a quando uno schiaffo te lo sei dato da solo, per svegliarti cristiddio.

Così quando alle 14, mentre stavo lottando contro l'abbiocco da pizzette al trancio, Cédric è passato a chiedermi se avevo dieci minuti, le antenne si sono sollevate. Attenzione. «Aspettarsi l'inaspettato», diceva Edgar Morin, uno dei grandi maestri.

Cédric mi ha invitato a seguirlo nella saletta riunioni, chiudendo la porta imbottita, lentamente. «*Comment ça va?*» ha chiesto. I risultati della stagione estiva sono stati buoni, ha annunciato subito. È soddisfatto del mio contributo.

«Già due mesi che sei qui. Il tempo vola, eh? Una collega in sede se ne è andata senza preavviso. Non che fosse scontenta, anzi. Siamo rimasti in buoni rapporti. È talmente appassionata di viaggi che l'abbiamo persa: è partita per il tour du monde. Sappiamo che si è messa con un tizio molto *aisé*, danaroso. Forse non ha più bisogno di lavorare. Fatti suoi. A Parigi hanno bisogno di qualcuno che prenda il suo posto. Che cominci da subito» ha detto, schiarendosi la voce. «Madame Contin mi ha chiesto di te» ha sorriso, aggiustandosi l'orologio al polso. «Hai vissuto a Parigi... Scrivi e parli un francese *courant*».

Lo guardo negli occhi, cercando di misurarne la convinzione, la sincerità. Non scorgo niente di anormale. Forse solo un filo di stanchezza. «Madame è a Bologna oggi e domani. Ora è in Regione. Passerà più tardi. Tieniti libero alle 17. Sentiamo cosa ha da dirci».

~

Coralie Contin ha viaggiato in quasi tutti i continenti, con una predilezione per l'Africa subsahariana e il Costa Rica, dove il marito, deceduto precocemente di leucemia, si occupava di commercio di caffè, mi aveva detto Camille, una volta, durante una pausa pranzo. È la prima volta da quando sono qui che la *patronne* dell'agenzia fa un passaggio nei nostri uffici.

Verso le 16:30 Cédric è andato ad accoglierla alla porta. L'ho vista entrare con un carlino in braccio. Ha dato tre baci sulle guance al suo socio, alla francese, liberando il cane sulla moquette. «*Chou-Chouuu!*» Manuela l'ha chiamato dalla sua scrivania. Il cane non si è fatto pregare, si è subito proiettato, rotolando fino ai suoi piedi.

Mme ha fatto rapidamente il giro delle scrivanie. Si è trattenuta un po' con Camille. Ha scherzato con i programmatori. Ha pescato un dolcetto dal paniere che aveva lasciato Sonia, uno degli ultimi. Mi ha salutato con un sorriso molto parigino, un mezzo sorriso, ma cordiale. Ha seguito Cédric nel suo ufficio. Mi sono accorto che Camille mi osservava, da dietro gli schermi.

Sono passato alla saletta a farmi un caffè. Poi mi hanno chiamato sul telefono da scrivania: potevo attenderli nella sala riunioni. Ci sono andato con la tazza. Mi sono messo a fissare la veduta dall'alto delle Cinque Terre, immaginando di essere su un aliante, chiedendomi da quale oggetto volante l'avranno fatta, forse un drone, o un elicottero della guardia costiera. Questo pensiero mi ha rilassato.

Sono entrati, chiudendosi la porta alle spalle. Mi sono alzato, ho stretto la mano alla *patronne*. Si sono seduti dall'altra parte del tavolo.

Mme Contin è una ex bella ragazza, lo si intuisce dai lineamenti ancora gradevoli, da un certo modo civettuolo di gesticolare, roteando i polsi come a voler inviare segnali invisibili di profumo, giungono alle narici con una lieve differita rispetto al gesto.

Mi piace, in volti anche consumati, trovare tracce della bellezza di un tempo, in un'espressione, un atteggiamento. Purtroppo però, superata la cinquantina, sovrappeso, con qualche macchia solare di troppo sul volto, deve sentirsi non più tanto desiderabile.

Questo mi sembra conferirle una durezza dello sguardo che sono certo le fosse estranea, soltanto una decina di anni prima. Ma queste mutazioni del corpo, della sensualità, si installano poco a poco, senza dare nell'occhio, e mi sono chiesto se un giorno abbia avuto consapevolezza di una nuova, sgomenta inoffensività erotica, magari di fronte a una concorrente più giovane, a un vernissage, proprio una donna così, volitiva, *charmante*, che chissà quante vittime avrà mietuto a Parigi.

Avrà compensato con pragmatismo, un estro imprenditoriale che adesso, questa è l'impressione che mi ha fatto guardandola, fa di lei una donna molto concreta, cartesiana, frontale.

La frontalità però non mi dispiace. Infatti Mme è andata subito al dunque, parlando direttamente in francese, anche se so che maneggia un ottimo italiano. «*Comme vous le savez, une collaboratrice nous a quitté. Elle va peut être s'acheter un château dans la Loire? Tant mieux pour elle. Nous avons besoin de quelqu'un qui puisse reprendre son travail. Dès que possible. On a pensé à vous pour la remplacer*».

Cédric è intervenuto aggiungendo che a Parigi il lavoro sarà una fotocopia di quello che faccio, adattato al mercato francese. Ricerca e selezione di foto, archiviazione per temi, titolazione, impaginazione. Un po' di marketing online.

«*Cédric m'a bien parlé de ce que tu as fait jusqu'à aujourd'hui*. Mi ha parlato bene di te» ha aggiunto Mme, dandomi del tu. Ho spostato lo sguardo su di lui. L'ho visto annuire, con un sorrisetto di compiacimento.

Capisco che non c'è altro da aggiungere. Mme Contin sta già guardando lo smartphone. Tempo per rifletterci non ce n'è molto. *Dès que possible* vuol dire la prima settimana di ottobre. Cioè tra poco più di due settimane. Settembre è un mese che vola, che sguscia via, compresso tra l'estate e l'autunno. Mi lasciano il prossimo weekend per riflettere.

Faccio due rapidi calcoli mentali. A Parigi la difficoltà principale è trovare alloggio. I proprietari chiedono infinite, estenuanti garanzie prima di affittare i loro studiò, o *chambres de bonne*, micro appartamenti spesso fatiscenti, insalubri, sovente all'ultimo piano senza ascensore di palazzi fine Ottocento, con trombe di scale in legno che sembrano uscite da un dagherrotipo, che sembrano cedere a ogni passo, mangiate dalle tarme, dall'umidità dei lunghi inverni parigini.

Anche per lo studiò più scadente ci sono sempre troppi concorrenti, tanto l'offerta è scarsa rispetto alla domanda.

In questo la città non è sicuramente cambiata rispetto a tre anni fa. All'inizio dell'Erasmus, l'Università di Bologna mi aveva fatto assegnare una camera in uno studentato a Nanterre, una specie di cella di due metri per tre, con vista su un tristissimo giardino di trifogli, però almeno una stanza l'avevo.

Così quando Mme Contin mi chiede se ho domande, vado a mia volta diretto: «*Et pour le logement?*». «*Ne vous inquiétez pas*» risponde. Potrò subentrare nello studio che affittava la collega. Lo lascia. Ne hanno già parlato. Pagherò un affitto accettabile per diciotto metri quadri. Una superficie più che dignitosa per Parigi. Nel decimo arrondissement, quartiere vivace. Giusto accanto al Canal Saint-Martin. «*Vous le connaissez?*» mi chiede. Lo conosco. Bel quartiere, giovane. Uno dei più animati. Avevo abitato non molto lontano, negli ultimi mesi dell'Erasmus. Al métro Strasbourg Saint-Denis, bazzicavo la movida di Bonne Nouvelle e dei Grands Boulevards e anche sul Canal Saint-Martin ci passai parecchie serate, con il bel tempo, ricordo la folla, i pic-nic accanto all'acqua, le anatre che si avventavano sui resti di cibo.

«*Très bien!*» Mme Contin accenna un sorriso. «Allora ci pensi e ci faccia sapere» dice, questa volta in italiano. Però che non mi passi per la testa di lasciarli senza preavviso, «*comme la Christelle qui s'est barrée d'un jour à l'autre*» perché il mercato è competitivo, *congestionné*, per crescere hanno bisogno di gente che lavori, non di gente che sparisce, conclude, sempre in italiano, con un accento marcato, appoggiata dal sorrisetto di Cédric.

Stringo una Bic con entrambe le mani, sotto al tavolo.

Sulle ultime battute ho sentito un fiotto di adrenalina diffondersi nelle vene. Però mantengo il sangue freddo, cercando anche di trattare un po' sul *salaire*. I francesi d'altronde amano *négocier*. Ma il *salaire* per il momento non cambia.

Avrò un nuovo contratto, questo sì: di sei mesi a tempo determinato. È la prassi in Francia, ha detto Coralie Contin, ravviandosi i capelli. Cédric si è slacciato un bottone della camicia. Mentre Mme parlava ha ascoltato in silenzio, con una penna scarabocchiava segni su un bloc-notes. Poi ha ricevuto una telefonata, è uscito dalla sala. Madame mi ha salutato con un *au revoir*, cordiale, seguendolo nel corridoio.

Sono rimasto ancora un paio di minuti nella saletta riunioni, da solo, finendo il caffè, era ancora tiepido. Mescolandomi un po' le guance con le mani, come se servisse a schiarirmi le idee.

O forse non volevo che rientrando alla scrivania Camille, i colleghi, mi leggessero in volto cambiamenti di espressione, un rictus di soddisfazione.

Ho fissato la foto delle Cinque Terre, poi quella dei delfini di Guy Bourdin alla parete. Si proiettano fuori dall'acqua assieme alle modelle. Li avranno sospesi con fili di nylon, poveracci.

Ho appoggiato sul tavolo la penna a sfera. Durante la riunione senza accorgermene avevo piegato la plastica, quasi fino al punto di rottura. Nella torsione è diventata bianca, implosa in microcristalli.

Ho guardato il bloc-notes di Cédric: aveva riempito la pagina di freccette, alcune nella direzione di Mme, altre verso di me. Direzioni opposte. Ma non ci ho visto niente da interpretare.

Ho lasciato la stanza, satura di profumo e deodorante ambientale, riguadagnando i miei schermi. Ma erano ormai le 19, le postazioni già vuote. Mi sono disconnesso dal Mac. Nel paniere dei dolcetti di Sonia ne restava uno. Un classico.

È sempre il più strano. Uscendo l'ho preso, addentandolo in ascensore. Non era male. Pasta di mandorle e cannella. Ci avrei aggiunto anche i pinoli.

Faccio passare la domenica mattina all'ombra del larice, ai Giardini Margherita, nel mio giardinetto defilato. Piedi nudi. Un romanzo di Michele Mari scritto in modo sopraffino, ma ci avanzo a fatica. Mattina a riflettere. A immaginare i prossimi mesi in una nuova città. E che città!

Nel pomeriggio al telefono con Deigo. «Bologna ha reso» dice. «È un limone spremuto». Niente di più facile che gettarsi la buccia alle spalle, secondo lui, e sorrido, pensando che la città l'ha lasciata per trasferirsi a Casalecchio, in periferia.

Comunque non male, l'immagine del limone. Me ne viene in mente un'altra: un chewing gum troppo masticato. In troppi anni di usura ha perso gusto. Ma non bisogna essere ingiusti con la città. Sorprese, attimi di ebbrezza è ancora capace di regalarne.

Prima di cena mi trovo con il Jaco al bar del Mambo, la Galleria d'Arte Moderna. Seduti su pouf kitsch, più brutti che comodi, mi sbottono un po' al secondo mojito. «Se ti proponessero di trasferirti a Parigi?» gli dico, dopo che ho sturato la cannuccia da una foglia di menta.

«Ci andrei subito» mi fa, a sorpresa. Mi aspettavo che avrebbe difeso Bologna. «Parigi. Vuoi mettere? Fighe spaziali a Parigi!».

Lo dice con una convinzione quasi sospetta. Ma non faccio i conti con la sua passione per il cinema francese, tutta un'estetica *rive gauche* che lo affascina, anche se a Parigi ci sarà stato solo un paio di volte, sempre con delle tipe, mai più di una settimana.

«È una metropoli risolutamente femminile» continua, più serio, con un piglio quasi da professore, «teatri, spettacoli, concerti, cinema a ogni angolo. Ci sono talmente tante ragazze, e saranno talmente in competizione, sempre vigili, caustiche sulle consorelle, che quelle appena meno attraenti o un po' più stagionate cadranno come pere mature».

Si offre di darmi uno strappo a casa. Vorrebbe parlare ancora un po', sondare le mie intenzioni. Intuisce che la "coppia comica" potrebbe separarsi, un giorno. Non è mai stato chiaro chi sia la spalla dell'altro, nelle serate, forse entrambi.

Declino gentilmente. Preferisco camminare un po' da solo. A piedi il centro storico puoi attraversarlo in quaranta minuti. Lo stesso tempo che ci vuole per attraversare Parigi in metropolitana, questo lo ricordo.

Verso le 19 un messaggio di Silvia: «Che fai? Ti andrebbe un po' di sesso take-away? :D». Bologna limone spremuto. *Citron pressé.* Forse ha ragione Deigo. Ma quanto è bella stasera!

Mi incammino senza fretta verso casa, godendomi l'elasticità delle suola sul marciapiede, contro uno di quei tramonti ad ampio spettro cromatico che la città a volte regala, un ventaglio di nuvole a quote differenti che sembrano rotolarsi addosso, gonfiandosi di luce arancione, viola, pervinca. C'è poca gente in giro. Intravedo televisori accesi dietro le finestre, sintonizzati su una partita di calcio. Le ragazze sembrano essersi messe d'accordo: paiono camminare più lentamente del solito. Sculettamenti rallentati, un movimento ipnotico, senza inizio né fine; ti trascina sotto il portico, in scia, imbambolato.

Camminare lentamente riconcilia con la città, te ne offre dettagli che altrimenti non vedi, ferite di muri che osservate da vicino mostrano un'anima di gesso, friabile. Fessure abitate da licheni, muffe. Mozziconi di sigarette dell'età della pietra.

Settembre assieme a maggio è il mese più bello e veramente non lo so, se sarei capace di lasciare questa città.

Silvia passa alle 21, con una diavola gigantesca, presa d'asporto in Strada Maggiore. La dividiamo a metà. Divoro anche le croste della sua, a lei non piacciono. Avevo troppa fame. Sul futon mi dice stenditi. Si solleva la gonna, si siede sulle mie chiappe.

Mi lascio fare un massaggio alle spalle, prolungato, generoso, con l'olio che ha riscaldato tra le mani. Mi accorgo di quanto ne avessi bisogno. Gli schermi in ufficio sono talmente definiti che mi chiedo se il cervello non finisca per scambiare le foto per paesaggi reali, se la tensione al collo non venga da questo: perché invece sono solo due rettangoli di plastica a mezzo metro dalla retina.

Mi godo il momento, rilasso le braccia lungo i fianchi. Un paio di volte si abbassa e mi bacia i capelli. Le stringo i polpacci. Quando mi giro mi sfila i boxer. Si solleva la gonna. Scosta le mutandine di lato.

Comincia a muoversi a escursioni ampie, poi mi tiene fino in fondo, strofinandosi soltanto sul mio ventre. Viene così, quasi subito. Un godimento strappato, furtivo. Ricomincia mentre sta ancora godendo, più veloce, tenendosi con le mani sul mio petto. Sento le sue unghie e non mi muovo. Sento la pelle d'oca affiorarle sulle gambe. Viene di nuovo. Una scossa più lunga, un gemito.

La guardo, mentre poi stesa accanto mi dà bacetti sul collo, mi tasta i coglioni come fossero due frutti: è splendida stasera.

Dopo l'amore ha le sopracciglia ancora più arrotondate. L'aria di essere stata colta alla sprovvista, sorpresa dalle sferzate di piacere che si è procurata praticamente da sola.

È un cane sciolto, Silvia: nessuna catena potrebbe trattenerla. Lei è una che non ci rinuncia mai. Il piacere se lo strappa così, a morsi, selvatica.

Si sta troppo bene, in questi momenti. Corpi intrecciati, splendida amica. Nudi come animali appena sorti al mondo, tra l'erba.

E per stanotte non chiedo di più.

~

Quella Citroën DS, detta anche "Squalo", l'ho ritrovata poi anche in un saggio di Roland Barthes, preparando la tesi. Era da un po' che papà ce l'aveva in testa. Aspettava che ne saltasse fuori una in buone condizioni, cosa non facile. Riuscì a trovare un esemplare in una concessionaria a Monfalcone, tenuta bene, verde metallizzato.

«Verde domenica», lo ribattezzò mia madre, perché così morbida sulle sospensioni idrauliche, così confortevole nel brontolio del quattro cilindri, spaziosa, era perfetta per le gite domenicali.

Ripenso a papà che mette la freccia ed entra in un distributore di benzina sulla Statale Pontebbana, che collega le frazioni della bassa friulana a Udine. Quel distributore non esiste più da almeno quindici anni. Resta la piazzola di cemento, e ci ero entrato tempo fa: porta ancora le tracce dell'antica stazione di servizio, come in un segmento di Route 66. Tatuaggi di ruggine al suolo, calchi di elementi asportati, putrelle, vecchie taniche.

Ripenso a quel pomeriggio di primavera, una giornata di sole squillante, i compiti li avevo già fatti, eravamo usciti, io seduto sul sedile posteriore, *comme d'habitude*. Al distributore mi fa smontare dall'auto. Dice di aspettarlo sul piazzale. Parcheggia la macchina sui binari dell'autolavaggio, infila il gettone. Rientra in auto.

Segue il ciclo completo: la spazzola si abbassa sul lunotto posteriore, sembra stia per colpirlo, all'ultimo lo scansa. Getti di detergente precedono le altre due che si stringono contro la carrozzeria. Rivedo la Squalo in un montare di schiuma, spazzole rotanti, spaventose. Poi si sgonfiano, rientrano sui binari. La macchina accarezzata dal soffio dei phon riemerge scintillante. Mio padre non c'è più.

È l'ora della siesta. Non vedo nessuno cui chiedere aiuto. Il gestore se c'è sarà addormentato dentro al gabbiotto. Al tempo stesso una voce, un germe di maturità mi dice che non può essere successo nulla di grave. Non era un mostro nemico, l'autolavaggio. Anche se è meglio non fissarlo troppo, perché anche da fermo, con le spazzole sgocciolanti, fa impressione.

Prendo coraggio, avvicinandomi alla macchina. E allora papà riappare di scatto, facendomi una pernacchia. Si era accucciato sotto al volante. Mi sono fatto fregare un'altra volta.

Però risalgo in macchina fiero, senza piangere, silenzioso. Mi accomodo sul sedile posteriore. Imbocca la Pontebbana in senso opposto, ora verso casa, proiettando la Citroën con un'accelerata decisa, per disimpegnarsi dal traffico.

Il botto che segue è un flash indelebile: il cofano del motore si spalancò di colpo, facendo esplodere parabrezza e finestrino dal mio lato in una granata di frammenti.

Mio padre senza più visuale, mettendo la testa fuori dal finestrino, riuscì ad accostare sul ciglio della strada. Si fiondò subito a controllare come stavo. Ero coperto di cubetti di cristallo, ma senza un graffio. Ancora una volta, non piangevo. Ripartimmo verso casa, lentamente.

Probabilmente controllando qualcosa nel motore, macchina ancora da conoscere, non aveva chiuso bene il cofano.

Oggi mi chiedo se quel botto fosse solo la conseguenza di una dimenticanza come tante, o forse in qualche modo un'anticipazione del destino. Come una eco che anziché seguire una tragedia la precede, offrendo un'ultima possibilità di scampo.

Invitando soltanto qualche giorno prima della morte a una perizia supplementare dei gesti, dei controlli meticolosi sui comandi, sulle superfici mobili, sulle giunture del biplano. Che possono cedere, tradire. Come una tigre addomesticata, che finisce prima o poi per rivoltarsi contro il domatore.

~

Ho aspettato le 18. È il momento in cui Cédric ha un po' di tregua dalle telefonate. «Passa ora» mi ha risposto via Skype.

Appena sono entrato nel suo ufficio mi ha fissato, senza dire niente, seguendomi con lo sguardo mentre mi sistemavo sulla sedia. Ho annuito. Ha allungato il braccio sulla scrivania. Ci siamo dati una stretta di mano decisa. Si è sollevato, anche, per accompagnarla con una pacca sulla spalla, per la prima volta. Mi ha fatto firmare il contratto.

Mezz'ora dopo ho ricevuto una mail di Mme Contin. Si è congratulata per la rapidità e *le courage*, anche. Darà indicazione di bloccare lo studio. Avrò le chiavi qualche giorno dopo il mio arrivo. Comincio a inizio ottobre.

Manuela ha prenotato un easyJet BLQ-CDG sola andata. Scrivo il messaggio di assenza sulla mail dell'ufficio, prima di partire per qualche giorno in Friuli. Lo rileggo: ha qualcosa di macabro, pensando che altri possano leggerlo dopo una mia dipartita improvvisa, un incidente.

Uscendo, Camille mi segue nell'ascensore, rapida. È già al corrente. «Hai avuto coraggio» mi fa, con una cordialità trattenuta, come al solito. *Coraggio*. Anche Silvia me l'ha detto. *Incoscienza*, forse.

Ma non c'era molto tempo per riflettere. A volte bisogna acchiapparle al volo le cose, *c'est tout*.

Telefono in Friuli. Mia madre, mio fratello, amano Parigi. Sono contenti per me. «Ti farà bene cambiare aria» dice mio fratello.

E così, non senza un po' di magone, la sera stessa mi metto a svuotare il monolocale. Anche se ho deciso che lo manterrò ancora un paio di mesi. Non si sa mai. Mettiamo che la situazione lassù si riveli un bidone. Il posto a Bologna posso sempre riprenderlo.

Ho staccato il frigo e pulito il freezer, soffiandoci dentro aria calda con il phon.

Ho riempito sacchi neri da cinquanta litri con tutto il buttabile. Stoviglie che non mi sono mai piaciute. Vecchie riviste che mi ripromettevo di leggere, cosa me ne faccio? Conservare oggetti. Tracce, cascami del passato. Ma in fondo che procurano? Dei piccoli *frissons*.

Non vale la pena di tenersi sulla groppa questi oggetti, reperti del passato, per dei piccoli *frissons*. Dei più evocativi, la t-shirt di un'estate, la copertina di una rivista, scatto una foto con la Canon. Poi via, dentro al sacco. Finisco a notte fonda.

La camera da letto, ora quasi completamente svuotata, risuona di una sonorità nuova. Parlo da solo: un riverbero che prima non c'era si sovrappone alla voce. Un'eco quasi da sagrestia, da parroco.

Ho stoccato i libri negli scatoloni. Sono quelli più pesanti. Li appoggio contro la parete. Li porterò in Friuli. A casa di mia madre lo spazio non manca.

Anche la Opel la lascerò lì. A Parigi si gira benissimo in métro. L'auto è inutile.

~

Il Jaco è venuto a darmi una mano. Siamo riusciti a infilare gran parte delle masserizie nella Opel, reclinando il divanetto posteriore e il sedile lato passeggero, con incastri da *magiciens*.

Arrivo in Friuli a metà mattinata. Scarico tutto in una stanza vuota che abbiamo in taverna. Mia madre è uscita a fare la spesa. Mio fratello è andato al lago di Frusine con il KTM. Lo vedrò nel pomeriggio.

Prima di pranzo vado a fare un giro in macchina. Alleggerita, pennella le curve come un go-kart.

È una bella mattina friulana. Odorosa di terra arata e salvia. Guido a finestrini aperti, la corrente d'aria che cala dalle Alpi Giulie mi conduce fino al greto del Tagliamento. Ai tempi del liceo ci venivo spesso, in bicicletta.

Non c'è anima viva. Animali, selvaggina ce n'è sicuramente parecchia, ma stanno ben nascosti.

Certe volte qui ho visto aironi e cormorani, germani reali. Seguono il corso del fiume calando dalle Alpi, o risalendo dalla laguna di Marano, amata anche da Hemingway, che da queste parti aveva soggiornato più volte, ospite da amici, la famiglia Ivancich.

Creature volanti non ne vedo, oggi. In compenso molti funghi, ai piedi di arbusti spontanei, nei punti d'ombra.

La superficie del fiume, celestina, è increspata da una brezza leggera. Scatto qualche foto alla vegetazione, ai riflessi di luce sull'acqua. Disorientano l'esposimetro. Sono di buon umore.

A cena salsicce, carote a rondelle. Purè con prosciutto di San Daniele. Roba buona che ha portato mio fratello dalla Carnia.

Si divertono a sfottermi in francese. Mio fratello taglia uno spicchio di polenta, sembra parmigiano: «*Tu veux un peu de fromage?*». Ridiamo. Secondo lui ho fatto la mossa giusta.

Mia madre, dal canto suo, Parigi l'adora. Si era laureata con una tesi su Gilles Deleuze. «Il Quartier Latin degli anni Ottanta, tra Sorbonne, la rue d'Ulm, il Collège de France…» dice, l'aria sognante, «che bel periodo!».

Dopo cena salgo in mansarda con una tazza doppia di caffè. Fumassi sigari, un toscano ci starebbe da dio.

Strappo e getto in un sacco documenti scaduti, vecchi appunti dell'università di cui non avrò più bisogno.

Infilo nel tritadocumenti carte inutili, vecchie bozze di racconti. Il serbatoio si riempie di strisce di carta identiche, brandelli di frasi.

Verso mezzanotte scendo in garage, esco con la mountain bike. Metto rapporti duri, pedalo veloce fino al centro di Codroipo. Caserme di fanteria dismesse. Atmosfera post-bellica. Solo una coppia di ragazze, pure carine. Gruppetti di giovani ai tavolini esterni di un bar chiuso, dentro un buio da coprifuoco.

Zombie, mi dico. Dolci zombie. Sono stato anche io come voi. Passo davanti al liceo. L'intonaco color salmone è sbiadito, il cancello chiuso. Lego la bici alla grata perimetrale. La scavalco facilmente.

Vado a toccarlo con le mani, quel muro. Guardo attraverso la vetrata dell'ingresso: non si vede quasi niente. Gli oggetti ricevono solo la fioca fluorescenza della luce di sicurezza. Riconosco le proporzioni del corridoio, il bancone della segreteria

Passo davanti all'asilo. Sempre dov'era anche lui, color verde pino. Edifici progettati in modo meticoloso, senza fronzoli, fatti per durare.

Ci sanno fare, in Friuli, con l'edilizia, hanno un senso delle proporzioni, della sobrietà che in altre regioni del Nord non ho mai ritrovato. Mi piacerebbe avere la deperibilità rallentata delle architetture, degli oggetti, di quei bei citofoni in alluminio.

È questa una delle grandi beffe dell'umanità, mi viene da pensare. L'essere umano, biodegradabile, ha popolato la terra di cose che resistono al tempo fin troppo meglio di lui.

Vorrei essere di polivinilcloruro. O al limite di polietilene. Attraversare stagioni come plastica, inalterabile come il cruscotto di un'auto, le manopole della bici.

Falene rimbalzano impazzite contro il vetro di un lampione a led. Riprendo a pedalare verso casa. Mi riprometto di fotografarla, una notte, con il treppiede, questa infilata di lampioni. Li vedrei bene, con il loro riverbero verde, stampati dentro un ingrandimento 130x200, supporto in forex, carta opaca. Sulle pareti bianchissime di una galleria.

A casa, di nuovo in mansarda. In un sacco della nautica ritrovo la brutta copia di una lettera che con papà scrivemmo alla Nasa. Avevo fatto un disegno dello Space Shuttle. Lui l'aveva tradotta in inglese. Chiedevo a Houston se potevano essere così fantastici da mandarmene un modellino. Non l'avranno mai ricevuta.

~

Deve essere stato un sonno molto tranquillo, al risveglio le lenzuola erano in ordine, come se non ci avessi dormito dentro. Esco in giardino alle sette del mattino, sotto un cielo pulito e rosa. Prendo la Opel, guido di gusto sull'asfalto ancora umido, fantasmi di condensazione galleggiano sopra i canali della roggia.

Taglio per Villa Manin, bellissima a quest'ora, proseguo per Varmo, Fraforeano, frazioni di poche anime.

Poi un pannello con la bandiera americana annuncia Lignano Sabbiadoro: città gemellata con Ketchum (Idaho). La città dove si sparò Hemingway. A Lignano ci era venuto più volte tra il 1948 e il 1954, *Addio alle armi* gli era stato ispirato proprio da questi luoghi.

Ma all'epoca era palude e terreno di caccia, non ancora la località turistica a forma di chiocciola come la disegnò con un solo, continuo tratto di rapidograph l'architetto Marcello D'Olivo, e mi piace immaginare quel gesto eseguito assortamente, una sera dopo cena, dopo un cognac e un sigaro.

È l'inizio della bassa stagione. I turisti sono scomparsi. Resta solo qualche teutonico che tenta un bagno (o un infarto) affrontando con un sorriso a trentasei denti l'acqua fredda, la superficie del mare talmente piallata che sembra nascondere qualcosa, come una carta da regalo, inquietante: mucillagini, granchi incazzosi. Ho fissato a lungo l'orizzonte, seduto a gambe incrociate sulla sabbia.

A sera, mentre guido sulla strada del ritorno, un messaggio: «Sei sicuro di volertene andare? Sono proprio ora le sere di collant e braccialetti e dì la verità, ti stai già pentendo. Stanotte tutte noi vorremmo fare l'amore, sai. Ancora un po'. Perché te ne vai? Anita».

Scalo in terza lasciando alle spalle un banco di foschia che planava ad altezza uomo. Era il Jaco. Dal telefono di qualche amichetta. Lo conosco.

Le luci del casello sembrano sospese a mezz'aria, in una foschia finissima che viene dal mare. Come macchie rosse e verdi di Rothko.

La Opel la lascio nel garage di mia madre. Ricordarsi di staccare la batteria. Ci penserà mio fratello a metterla in moto ogni tanto.

~

Ci voleva, il weekend lungo. Ho fatto il pieno di legumi freschi, prosciutto di San Daniele e uva. Guidato molto. Respirato ancora un po' di Adriatico, amico di sempre. Arrivo a Bologna alle dieci. Oggi non lavoro. Mi hanno lasciato libero l'ultima settimana di settembre, per organizzare il *déménagement*.

Dopo pranzo passo in ufficio a ritirare il plico che hanno preparato. Da Parigi organizzano le cose per bene. I francesi in questo ci sanno fare.

Ho evitato il teatrino dell'addio. L'avevo detto ai colleghi: li detesto, gli addii. In ogni caso è previsto che passi, ogni tanto, per fare un punto con Cédric. Mi hanno regalato una busta con un buono acquisto Feltrinelli.

Sì, gli addii li rifuggo da sempre, come anche le ricorrenze, i compleanni. Lo sanno anche amiche e amici. È per questo che il telefono squilla poco, in questi giorni.

Mi resta qualche giorno di libertà bolognese. Voglia di pizza. Entro da Ciro dietro via Riva di Reno. *Décor* spartano, cordialità. Mi piace la cottura dell'impasto, biscottata ma non troppo.

Nel tavolino accanto un altro solitario, ma non del tutto. Ci tiene a farsi sentire mentre al telefono dice: «Ti farò guadagnare tanti di quei soldini che teeee così tanti soldini tutti in una volta teeee non li hai mai visti, così tanti soldini!». Spacconaggini felsinee. Mi mette di buon umore.

Per digerire mi inoltro nell'ex ghetto ebraico, sorvegliato dal profilo amico delle Due Torri. Antiche linguette di lattina brillano come squame, incastonate nell'asfalto, forse dal medioevo. Faccio un po' di stretching ai pettorali allungando le braccia contro un palo.

Ripenso a Deigo, al suo tono convinto, mentre diceva che Bologna è un limone spremuto, «un limone, vecchio!».

Ripenso a quanto mi ha detto Silvia, «fai conto che ogni strada del centro tu l'abbia percorsa almeno una volta al mese. In un anno una decina di volte. In otto anni un centinaio. Ogni escoriazione della strada, i tombini, i rattoppamenti di catrame, le sbrecciature dei portici, ce li hai ormai depositati, impressi da qualche parte nel cervello, anche solo a livello inconscio, sottocorticale!».

È vero, il fatto che la città sia già vista e che si finisca per non guardarla più con l'occhio assorbente del turista, dell'esploratore urbano, porta al germinare di pensieri parassiti, devitalizzanti.

Se ti sembra che tutto sia già visto, il rischio è di proiettarsi sempre meno alla scoperta dell'esterno, di finire introiettati, a ruminare riflessioni inutili, circolari dentro al cranio.

È a quel punto che il limone ha dato, che bisogna cambiare aria.

Salgo su un bus che porta in periferia, in via Larga. Geografie dei primi mesi in città. Scendo e mi inoltro a piedi nella Zona Industriale Roveri. Mi avvicino al bordo di un terreno commerciale. Un cartello dice «In vendita», ma non si capisce cosa vendano.

Mi fermo, mi guardo attorno. Alberi stanchi, disidratati. Il rumore lontano di una pressa. Proviene da qualche fabbrichetta. Chissà cosa stanno pressando.

Presse che annichiliscono metalli preformati, da qualche parte. Presse di cui forse si può fare a meno, ma non si possono fermare. Presseranno anche di notte.

Via del Ceramista. Il sole si sta impacchettando dietro una cappa di umidità. Proietta al suolo ombre grigio chiare, senza contrasto.

Ero qui nel primo autunno/inverno da matricola. Mia madre aveva detto potresti lavorare un po', per cominciare. Un'agenzia interinale mi inviò a imbustare plichi alla TNT. Durai due settimane. La proprietà è cambiata. Ora c'è l'insegna del corriere Bartolini.

A farci attenzione, affiorano altri rumori industriali, lontani. Lamiere sbattute, fischi metallici. Ci venni anche una notte d'estate con Alessia. Facemmo l'amore proprio in questo parcheggio, inscatolati dentro la sua Micra.

Tocco l'asfalto. È caldo. Mi tornano in mente le prime lezioni in facoltà. L'ammirazione verso una minoranza di professori, qualcuno visionario, come Plazzi, la Fazioli. Dei guru, per noi studenti, avidi di chiavi del contemporaneo, di nuovi paradigmi. Ma anche l'insofferenza verso quelli, e non erano pochi, che ci propinavano un sapere anacronistico, senza mordente, rimasticato. Griglie interpretative non più adatte al delirio, alla follia contemporanea.

Mi tornano in mente certe sere alle Giostre, discotecona ricavata in un capannone qui vicino. Ci siamo tornati dopo secoli, con il Jaco, non molto tempo fa. Ci è sembrato quasi assurdo, ma anche bello, che esistesse ancora.

L'asfalto è più secco, più martoriato di allora. Non hanno mai rifatto il manto. C'è anche una pecora, mezzo addormentata dentro un brano di prato arso, recintato.

Che cazzo ci fa una pecora in questa zona industriale?

Avevo i capelli più lunghi, in quel periodo. Occhiaie croniche. Divoravo brioscine industriali a colazione. Sigarette ne fumavo talmente tante che avrei fatto prima a masticare pure quelle. Chissà dov'è finita quella gente che imbustava plichi alla TNT.

La pecora staziona nel suo *terrain vague*. Un lotto industriale invenduto. O è una capra. Qual è la differenza? Non ricordo.

Mi incammino verso via Larga. Via caotica, disturbata da sporgenze beffarde, interferenze, segni incongrui. Simulacri di passaggi a livello dismessi. Pali privi di segnali. Infilate irregolari di tombini, sparsi a casaccio. Incompetenza del capo cantiere? Menefreghismo degli operai?

Un loro pomeriggio di lavoro alla carlona, una pausa pranzo mal digerita, una bestemmia di fronte a un ostacolo di genio civile aggirato alla meno peggio e resta un lascito che dura anni al suolo, un rattoppamento pericoloso per chi cammina, per il vecchio che lo scansa all'ultimo momento in bicicletta.

Sfiati per il metano che emergono dal ciglio stradale, come periscopi. Becchi antropomorfi, angoscianti. Se solo qualcuno si desse la pena di censirli.

Ma non ci cammina quasi nessuno, in questa zona industriale. Hanno ragione. Qui si tira via calcando di rabbia l'acceleratore, si tirano per il collo i turbodiesel per scappare dalla pausa pranzo in nuvole di fumo nero, proiettarsi rapidi dentro la tangenziale, dopo consegne o ritiro merci con il cronometro alla mano.

Per me è stato un po' come tornare sotto casa di una ex fidanzata, per la prima e unica volta dopo parecchio che ci si è lasciati.

Ma comincio ad averne abbastanza di questi rewind. Cambiare città mi farà bene. Riprendo un bus verso il centro come uscendo da uno strano sogno, con un sapore dolciastro in bocca.

E ho solo voglia di farmi spillare una Guinness da mezzo al Celtic Druid.

~

A sera la città è nebulizzata da una pioggia talmente fine che sembra venire da uno spruzzino. Una ragazza sotto il portico di via Fondazza. La vedo di schiena. Un po' sciatta. Polpacci infilati dentro due stivaletti non nuovi: ripescati nella scarpiera per il freddo che sta tornando. Mi sembra di riuscire a indovinare l'odore della sua pelle: un po' sudata, ancora leggermente profumata dopo tutte queste ore trascorse dalla doccia del mattino.

Com'è la nuova generazione che gode in pieno delle notti bolognesi, adesso? Il Jaco è sempre in Romagna. Deigo ormai passa settimane intere con la tipa a Casalecchio. Marco sarà al terzo figlio, ormai, non dà più notizie, non li mostra neanche su Facebook.

Silvia una volta si è reinventata la legge di Pareto, ha detto: «A Bologna c'è un cinque percento di maschi "scoponi" che si fa il quaranta, forse il cinquanta percento delle ragazze». Ci avevo riflettuto un attimo, non sicuro di comprendere la sua logica, ma mi era parso realistico.

La “città dei balocchi”, allora, sarebbe meno democratica di quanto sembri.

Mentre quelli della mia età escono lentamente di scena, chi se la gode ora, chi addenta la grande stagione? Altre baldanze, altri personaggi con l'uccello fornito. Corpi ben piazzati, colli taurini, sicuri di sé. Personaggi che arrivano bombati di *fotta* e ambizione dal Sud. Iscritti quest'anno, l'anno scorso. Fuori a persuadere, colpire, affondare. Ogni venerdì, ogni sabato notte.

Mi piacerebbe solo per una volta fare il dj, schiarirmi la voce dentro un microfono l'ultima notte al Celtic, o al Jam, «Oh! Oh!» dire, «oooh! Vai così ragazzi, ragazzze! Via alla graande!».

Per quanto mi riguarda, lascio la piazza per una parecchio più vasta, moltiplicatrice di eventi e destini. Ottima, per i trent'anni. Certamente più complessa.

Venti arrondissements: venti città diverse. Ciascuna con il suo battito. Come venti variazioni su un tema, a far pulsare la metropoli.

Apro la porta del monolocale. Sembra di entrare nella foto di un annuncio immobiliare, spoglio com'è. Batto le mani. Che razza di riverbero! Rido da solo, una risata beffarda, attoriale.

Mi peso sulla bilancia che è rimasta in bagno. Ho perso un paio di chili solo nell'ultimo mese. Il valigione da emigrante è pronto in corridoio. Monolito nero firmato Roncato. Buon prodotto Made in Italy, spigoli rinforzati.

Contiene tutto il nécessaire per la nuova stagione. Megatrolley da cervello in fuga, da cervello in figa, da cosa sto dicendo…

Sto parlando da solo. Di nuovo quel riverbero da sagrestia. Saranno vent'anni che non vado a messa.

Il Roncato l'ho riempito di maglioni e indumenti invernali. Per chiuderlo mi ci devo sedere sopra. Le zip scorrono. Il biglietto dell'*avione* l'ho stampato.

Decollo domattina. Sorseggio l'ultimo limoncello seduto sulla cornice della finestra.

Mi godo la basilica di San Luca, in lontananza. Serena, poetica: stasera sembra un panettone appoggiato sui colli. E mi metto a canticchiare una vecchia canzone di Brassens. Il francese c'è. Ma preferisco la versione di De André.

# PARTE SECONDA

*Nous conservons la douceur acquise sous un ciel plus changeant porteur d'averses, dans une ambiance de plus en plus ventée*
METEO-PARIS

*Airplanes don't really like to stay in the ground. They want to fly*
SEAN D. TUCKER

*Continuerai a farti scegliere, o finalmente sceglierai*
FABRIZIO DE ANDRÉ

## *Ottobre*

3 Ottobre, domenica. Un *Dimanche*.

Come si traduce: un domenico, un domenica? Bisogna che mi metta sotto, con il francese. Non mi dispiace arrivare a Parigi a inizio autunno. Durante l'Erasmus mi ero reso conto che in questa città le stagioni sono due soltanto: da ottobre a marzo, da aprile a settembre.

La prima per studiare, lavorare, mettere da parte le ghiande, come i castori, la seconda con le giornate che si dilatano, la luce che dura fino a tardi, molto più a lungo che in Italia, fino alle 21, giornate da godere lungo la Senna, dentro i parchi, ai bordi dei canali artificiali.

Arrivo dunque all'inizio della stagione del lavoro e della *grisaille*: aprile andrà meritato, e per aprile mi immagino integrato, pronto a godere dei frutti di questa città che già un po' conosco, non facile ma entusiasmante.

Sono atterrato a Orly alle 11:50, accolto da un cielo tipicamente parigino, nuvole veloci dalla base scura, brani di celeste che si aprono e chiudono, come un otturatore.

Un paio d'ore dopo deposito i bagagli nell'apposita sala del Saint-Christopher's Inn, *hostel* molto contemporaneo, riqualificazione riuscita di un vecchio deposito di grano, nel 19ème arrondissement. Affaccia sul Bassin de la Villette, canale artificiale a sua volta prolungamento del Canal Saint-Martin dove abiterò, attraversato da ponti tra cui un *pont levant*, levatoio, funzionante dal 1885, proprio accanto all'*hostel*.

Abiterò in questo *auberge de jeunesse* per qualche giorno. Me l'ha raccomandato Mme Contin. È frequentato soprattutto da anglofoni, con un Belushi's Bar (!) al piano terra e una teoria di schermi da cui lampeggiano continuamente partite di calcio e rugby.

Ho appuntamento con Coralie Contin domani mattina. Gli uffici sono in questo stesso quartiere. Nel plico che mi ha dato Manuela c'era la carta di credito della Banque Postale, intestata a mio nome. Il conto corrente è primordiale a Parigi: senza un numero IBAN non esisti, hai le mani legate. La prima cosa da fare è la carta Navigò, l'abbonamento mensile al métro.

Il métro è imprescindibile, è il sistema circolatorio di Parigi, collega in modo capillare ogni punto della città, in tre quarti d'ora al massimo la attraversi tutta, in ogni direzione.

Ottengo il Navigò già nel tardo pomeriggio, in un ufficio della Gare du Nord aperto anche la domenica. L'impiegata mi ha scattato una foto con una webcam. Se anche perderò la tessera, per dieci anni me la ristamperanno sempre con quella foto: il volto dell'expat il giorno del suo "battesimo".

Non sono venuto malaccio, a parte le occhiaie nere e un'espressione un po' pensosa, forse un po' *naïf*. Anche un po' *crevé*. Non ancora del tutto *blasé*.

~

La prima notte ho dormito di un sonno profondo, senza interruzioni, mi alzo presto, riposato. La colazione la faccio al Belushi's Bar dell'ostello con caffè e krapfen pesanti come palle da biliardo. Esco sul marciapiede del Bassin de la Villette lucidato dall'umidità, riflette le luci dei lampioni ancora accesi.

Mi esplode qualcosa ai piedi. Qualche simpaticone ha lanciato una mela dai piani alti di un condominio. Mi ha mancato di un metro. Si è disintegrata al suolo. L'autore del gesto si è ritirato dietro qualche finestra.

Ho scagliato un «*FUCK YOU!*» verso l'alto. Dal cielo cala in vortice una dozzina di gabbiani. Si fiondano su quel che resta della mela, un accanimento selvaggio, poi ridecollano. Rimane solo il torsolo.

Arriva a beccarlo un piccione, da solo. Non è commestibile. Lo fa rotolare per qualche metro.

Mme Contin mi accoglie sotto gli uffici con una sigaretta tra le labbra, il carlino in braccio, con gli occhi cisposi, mezzo addormentato. Saliamo su un ascensore moderno, più ampio, gli uffici invece sono più piccoli di quelli di Bologna. Si informa sul viaggio, chiede dei ragazzi in via Rismondo. «Cédric vive per la filiale» dice, «ci pensa notte e giorno».

Mi consegna le chiavi dello studio, posso entrarci giovedì. Mi mostra la mia futura postazione. Per la pausa pranzo raccomanda una *boulangerie* dietro l'angolo.

Ho il benefit di una settimana di acclimatazione, ha detto. Al lavoro comincerò lunedì prossimo. Mi accompagna alla porta. «*Bienvenu à Paris*» tossisce, «*et à lundi prochain!*». Mi è parsa più spontanea rispetto all'ultima volta, ma in fondo questa è casa sua.

~

I giorni all'ostello sono trascorsi intensamente: ogni mattina sveglia presto, caffè, corsetta sul Bassin de la Villette. Alimentato a kebab, sandwich al salmone, patatine fritte, molto male. Conto di riprendere una dieta sana appena entro nello studio.

Métro, ma anche lunghe camminate, fino a sera tardi. Sono andato a fare un sopralluogo nel quartiere dove abiterò

Mi rallegro del fatto che il monolocale abbia toilette e doccia all'interno, cosa non scontata. Molti di questi studio hanno ancora il cesso *sur le palier*, ovvero sul pianerottolo, condiviso con altri appartamenti dello stesso piano. Una condizione indecente, da sfollati.

La città ha un'altissima densità demografica, l'immobiliare ha avuto numerose impennate di prezzi negli ultimi anni, *flambées immobilières*, le chiamano, come fossero crêpes. Il metro quadro ha raggiunto cifre esagerate: quasi il triplo rispetto al centro storico di Bologna.

Ho individuato una bella palestra, senza fronzoli, a pochi passi da casa. Apre alle 7. Potrò andarci anche al mattino, prima del lavoro.

~

Avenue Richerand, 75010 Paris. La mia nuova strada. Lo studio è a cinquanta metri dal Canal Saint-Martin. L'appartamento è anche meglio delle foto che mi aveva inviato Mme. Al quinto piano, come in via Fondazza. I soffitti sono più bassi, però dà l'impressione di stare più in alto.

Spalanco la finestra: affaccia su un giardinetto oltre il quale c'è un bel palazzo di una ventina di piani, distante circa duecento metri. Non ha la vista sul canale, in compenso è più silenzioso.

Lo studio è ammobiliato sobriamente: un letto a una piazza e mezza con materasso sottile, due cuscini piatti. Premo il materasso. Ha una buona consistenza, la rete non cigola. Cucinotto, bagno con doccia. Una Kallax nera, specchio a figura intera e minimale in corridoio, tende grigie.

Sul muro resta qualche chiodo lasciato dall'inquilina precedente.

Cerco di immaginare cosa avesse potuto appenderci, forse spiagge della Polinesia, qualche manifesto di Truffaut. Non ne ho idea, non l'ho mai vista neanche in fotografia. Mme Contin non sembra rimpiangerla.

Il Canal Saint-Martin fa parte di una rete di corsi d'acqua artificiali di inizio Ottocento: è come una specie di piccolo scorcio veneziano, ci si veniva a volte d'estate, con le belle giornate i bordi si riempivano di gente, chitarre, pic-nic. C'era anche chi si portava le sedie a sdraio.

Un quartiere giovane, animato: da qualche anno è stato colonizzato dai ben noti *bobo*, mi aveva detto Mme Contin. Gente del *milieu* creativo, grafici, redattori, fotografi.

Gente con l'appartamento spesso offerto dai genitori, un indubbio vantaggio, che marca in modo evidente la loro spensieratezza rispetto all'affanno di chi ogni mese si fa prelevare un affitto dalle vene.

Per fortuna non pago molto, in fin dei conti, quattrocentonovanta euro al mese, certo più caro che a Bologna. Confido che lo stipendio venga ritoccato verso l'alto, dopo qualche mese.

In ogni caso, per cominciare, la situazione è niente male: mi sono appena installato in uno dei quartieri più animati di una metropoli formicolante di energia, due milioni di abitanti, senza contare i turisti, e le turiste soprattutto, senza contare la *banlieue*. L'ufficio a seconda dell'ispirazione potrò raggiungerlo in métro, oppure in bici, con uno di questi ottimi Vélib' pubblici che si trovano un po' ovunque. Anche a piedi non dista più di un quarto d'ora.

Festeggio l'ingresso nell'appartamento con una bottiglia di Laurent-Perrier, sorseggiandola sul bordo della Senna, non lontano da Notre-Dame, con un calice in plastica preso al supermercato.

Il cielo è limpido, solcato solo dalle scie di condensazione di aeroplani a trentamila piedi. Il sole irradia una luce più chiara rispetto a Bologna. Fa danzare sulla superficie del fiume riflessi blu velluto, verde vetro.

Socchiudo gli occhi fino quasi a chiudere le palpebre. Mi fermo nel punto in cui le ciglia si toccano e i punti di luce diventano cerchi, dischetti bianchi, un rudimentale effetto psichedelico da ozio al sole, da lucertola.

Lo champagne infonde ottimismo.

Mi godo il momento, mentre dalla cassa toracica si diffonde una dolcezza che non sentivo da tempo.

Parigi a quasi trent'anni. Chi era lo scrittore che diceva essere parigini non è essere nati a Parigi, ma esserci *rinati*?

Ho la sensazione di essere atterrato al posto giusto al momento giusto. Sto cominciando a caricarmi.

~

Per il primo weekend mi sono comprato un paio di Air-Max, elastiche sui marciapiedi e sull'asfalto. Non fa ancora troppo freddo, così cerco di fare a meno del métro. Cammino per chilometri, infilando prospettive spettacolari di Boulevard, deviando verso *ruelles* più intime, strette.

Solo a sera prendo la linea 5 per rientrare. Dal vagone osservo i *quai*, la fauna umana che attende, in media un paio di minuti tra un treno e l'altro.

Le femmine sono la maggioranza. Alla stazione Bonne Nouvelle dal mio vagone vedo tre bellezze sui vent'anni, aspettano, ciascuna indifferente alle altre, come sfingi, le gambe accavallate. Ciascuna sta muovendo un piede: la prima dall'alto verso il basso, la seconda con un movimento rotatorio. La terza da destra verso sinistra.

Oscillazioni, ondeggiamenti. Mi chiedo se sia solo noia, bisogno di andare alla toilette, o se sottintendano il desiderio, seguano o anticipino un incontro.

Mi diverto a immaginare da quanto tempo non fanno l'amore, se accese da una passione recente, spossate da un orgasmo di stamattina, oppure appassite da troppa astinenza. Indovinarlo, così come guardando una pianta si può capire da quanto non viene annaffiata.

Da Parigi mi attendo grandi cose. Pensa quanto può essere sublime quella ragazza nel momento del piacere, prima di approcciarla. Pensa che forse potrai assistervi, accedere a quella magia.

Già quello è sufficiente a darti la carica.

Arriva il loro treno. Spariscono nella direzione opposta, verso l'ovest parigino.

A Parigi ci ero tornato altre volte dopo l'Erasmus, ma solo per il weekend, in compagnia di amiche, facendo il giro canonico delle cose imperdibili.

Invece la città fuori dai corridoi turistici che avevo conosciuto durante l'Erasmus non c'era mai il tempo di esplorarla, e mi mancava.

Scendo alla stazione Strasbourg Saint-Denis. Il quartiere dove mi ero trasferito prolungando i mesi di Erasmus, dopo aver lasciato lo studentato a Nanterre. Lo ritrovo vivace e popolare come allora.

Due anziani si stanno pestando accanto all'uscita del métro, uno dà colpi con la mano a paletta sul cranio dell'altro, l'altro gli si scaraventa addosso, lo fa cadere: movimenti lenti, sembra quasi una scena da cinema muto, una comica. La speculazione immobiliare non ce l'ha ancora fatta a cacciare i rigurgiti di follia da questo quartiere, i kebabbari, i piccoli bazar turchi dove si trova di tutto, dal set di punte per trapano ai totani sotto sale.

Ma i *bobo* sono insidiosi, ci provano anche qui, cercano di innestare piccoli concept store, drogherie esotiche, degustazioni di hamburger vegetali. C'era un mercato di frutta a buon prezzo: litchis, papaya, kiwi arancioni, *fruit de la passion*. Cose che non avevo mai mangiato. Mi ero inventato la mezza baguette alla frutta. Potevi tenere una giornata intera con quel pieno di vitamine, le fibre calmavano la fame fino a sera. L'hanno sloggiato per metterci un negozio di hi-fi vintage, pensa te. Componenti autentici degli anni Settanta che sembrano appena usciti dall'imballo, rari e splendidi, illuminati da faretti discreti, le etichette dei prezzi minuscole, evito di leggerle.

~

In ufficio l'accoglienza è stata cordiale. Non proprio calorosa. Ma a Parigi è così, non mi sorprende. Non usano qui la fisicità mediterranea, le pacche sulle spalle, le risate di troppo. In questo mi ricordano i friulani.

È vero, le mansioni sono del tutto simili a quelle che avevo a Bologna, solo che lavoro e comunico in francese, anche se è prevista qualche mail con l'ufficio di via Rismondo.

I colleghi hanno l'aria simpatica, giovani. Qui si diplomano prima che in Italia, entrano in azienda con il primo stage non ancora discussa la tesi, a venticinque anni sono già *cadre*.

Nella postazione alla mia sinistra ho una programmatrice coreana con jeans larghi, anni Ottanta, Danan. Mi stringe la mano masticando qualcosa. Dall'altra parte della scrivania Perrine, *chef de projet* e copywriter: ha un po' il ruolo di Camille, ma è decisamente più carina.

Accanto a lei Didier, grafico, aria denutrita, spalle strette, chiaramente gay, mi allunga una mano lasca. Altri programmatori attorno a una seconda scrivania, cuffie in testa, mano sul mouse, tazza di caffè nell'altra. Concentrati su linee di codice, fogli di stile.

L'ufficio di Mme Contin è una stanza a parte, ma non c'è. Sarà come Cédric spesso in giro, abile nelle relazioni pubbliche.

La immagino muoversi con mestiere dentro la metropoli culturale, degli addetti ai lavori, tra cene, saloni di settore, vernissage.

A volte lascia ChouChou in custodia a qualcuno, mi hanno detto. Ma è un cane socievole, dorme per ore.

Ritrovo con piacere i monitor ad alta definizione.

La mia postazione anche questa volta è ben orientata, senza riflessi molesti sugli schermi, sguardi alle spalle. Le finestre a compasso vanno tenute chiuse: gli interni sono climatizzati.

In un bazar di rue Faubourg Saint-Denis ho comprato un ventilatore a piantana. L'ho installato accanto alla scrivania. Smuove l'aria. Lo tengo al minimo. Il soffio regolare delle pale mi rilassa.

~

Il cielo di Parigi è una rotazione di nuvole e sole, celeste e *grisaille*, più volte al giorno. Più a Nord, per esempio in Irlanda, è ancora più capriccioso, ma già qui per un mediterraneo può essere destabilizzante. Però mi piace, l'aspetto oceanico, drammatico, che prende certi giorni sopra la città, che in fondo non è così distante dall'Atlantico. Cieli da tempesta, con i gabbiani disorientati che girano in cerchio sopra le vie, come se si fosse in riva al mare.

L'applicazione Meteo-Paris è stata una delle prime che ho scaricato. Per oggi prevede «*une rapide succession d'éclaircies, de passages nuageaux et d'averses*».

Metto gli auricolari, FIP 105.1 è ancora lì, ritrovo l'ottima programmazione. Miscelano di tutto e senza interruzioni: jazz, funk, elettronica, classica, con una buona dose di delirio. Stamattina hanno messo anche *Titties and beer* di Frank Zappa.

Scendendo nel tubo del métro il segnale radio sparisce, lo copre un ronzio di corrente alternata, forse è il campo elettrico dei binari, temibile, se ci caschi sopra finisci fritto e fumante, dicono.

Uscendo a République un clochard seduto per terra, ha scritto su un pezzo di cartone «*J'ai faim. Donnez-moi un euro*». Ha appoggiato al suolo un barattolo da marmellata vuoto, ma non raccoglie niente.

Mi viene in mente una serie di foto di Andrés Serrano sugli homeless di New York. I loro messaggi scritti a pennarello, sempre su rettangoli di cartone. Cose tipo «*Need fuel for private jet*» oppure «*Homeless, bla bla blahhh...*». Serrano aveva cominciato a comprarli ai barboni, li aveva esposti in una galleria di Manhattan, accanto ai ritratti degli autori.

Con le ragazze sono in fase di studio. La maggior parte indossa collant *à pois*. In Italia non si usano.

Nel métro le ragazze che ti precedono salendo gli scalini se indossano un abito corto mostrano la fascia alta dei collant, ma non sembrano preoccuparsene. Ho notato che i collant hanno spesso un buchetto o smagliatura dietro la coscia. Forse al mattino mettendoli di fretta li strappano con le unghie. Oppure li vendono già bucati, una moda del momento?

La popolazione è costituita per il cinquantacinque percento di donne. La maggioranza. Aveva ragione il Jaco. La metà sono single. Questi dati li ho trovati sul sito dell'Insee, che è l'Istat francese.

Mi fanno esplodere il cazzo sotto i jeans, oggi, durante la pausa pranzo, tutte queste *filles* a passo rapido, le loro movenze da *catwalk* anche in mezzo alla strada.

Affiggono spesso uno sguardo di ghiaccio. Quasi vitreo, intento. Puntato sempre *oltre*. Si direbbe che non si accorgano che camminano tra altri essere umani e disumani attorno a loro. Probabile che sia una protezione, una posa.

Ci vuole pazienza. Ci arriveremo. Difficile trovare la chiave per capirlo e poi accenderlo, quello sguardo, in pochi giorni. Ma la chiave c'è, è chiaro. Non possono essere solo i soldi. Non bisogna aver fretta.

Parigi può far di te un uomo più felice, ne sono certo. Ma è una città molto codificata, e le sue regole del gioco, quei codici, bisogna prima imparare a decrittarli.

Durante l'Erasmus non ce n'era stato bisogno: si stava comodi dentro al circuito Erasmus, amici Erasmus, feste Erasmus, ragazze Erasmus.

Quando a sera rientro il clochard è ancora lì, ancora senza spiccioli nella scatola. Forse la svuota apposta. Mi avvicino. Con tatto gli suggerisco di cambiare la scritta.

Ci sta, gira il suo pannello di cartone. Mi allunga il pennarello. Lasciamogli l'impressione di scegliere, dico. Scrivi soltanto «*J'ai faim, je vous remercie pour votre don. Bon courage*». Mettere parecchie monete nel vasetto. Comincio io, dandogli due euro in pezzi da venti e cinquanta centesimi. Vedrai che attirano le altre. Metti anche un orologino, un braccialetto.

Riprende il pennarello, sistema il cartone. Mi ringrazia muovendo la barba in qualche parola che non capisco, con un espressione tra il depresso e lo sgomento.

~

In ufficio si occupa di me Perrine, sulla trentina, capelli castani e un po' mossi, lunghi sulle spalle, tratti del viso piacevolmente infantili, sbarazzini, valorizzati da un maquillage leggero. Sento subito un buon feeling. Ha la pelle molto chiara e mi sembra pulitissima: a differenza di Camille e il suo sudore a fine giornata, questa ragazza non potrà mai *puzzare*, mi dico, come non può puzzare il pelo di una gatta.

La preferisco decisamente a quella mangiona di Camille, che ho sempre sentito infida, per questo cercavo di limitare al minimo i contatti. Non che ci sia molto da spiegarmi, di fatto, ma almeno Perrine ci mette passione, sdrammatizza con battute, cinguettamenti di allegria. Anima l'ufficio. Le ore passano in modo più piacevole.

Mi collego al Mac con la stessa password che avevo a Bologna. Mi si riapre lo stesso schermo. Stesso sfondo di baia all'alba, una foto che scattai a Sifnos.

Coralie Contin passa verso la fine della giornata, sgancia il carlino sulla moquette da mezzo metro. Atterra scomposto sulle zampe, va ad annusare i piedi di Perrine, calzati in un paio di stivaletti neri. Sento il suo respiro affannoso, mentre si allontana e avvicina sotto le scrivanie.

«*Alors cher Livio, tout va bien?*» viene a chiedermi Mme, la voce rauca. «*Il y a assez d'espace pour vous, avec vos larges épaules?*» ridacchia. Tiene la mano sospesa a qualche centimetro di distanza dal mio ventilatore al minimo, come per asciugarla. Poi procede verso il suo ufficio, la risata mescolata alla tosse.

Vado a farmi un caffè nella saletta. Mi guardo attorno: gli uffici sono più silenziosi, quasi ovattati. Moquette grigio scura. Mi chiedo che destinazione avessero prima. Forse era uno studio dentistico, la moquette dappertutto per evitare esplosioni di dentiere sfuggite di mano.

Il lavoro alla parigina. *Le travail*. Meno *blablabla* tra colleghi, meno "ingombranza" e protagonismo, meno melodramma: se qualcuno vuole ascoltare un po' di musica si mette le cuffie o gli auricolari, senza imporla agli altri, senza cercare di convertirli ai propri gusti.

In pausa pranzo, ciascuno può andare a mangiare dove vuole, anche in solitaria, senza che gli si dia dell'asociale.

Dal battito alternato delle tastiere capisco che gli informatici comunicano tra loro via Skype, anche se sono seduti uno accanto all'altro.

Alle 18 la giornata è finita. C'è chi resta più a lungo, soprattutto i grafici. Risolvono impaginazioni difficili, saltano da una finestra all'altra *à grande vitesse.*

Apprezzo la loro reattività, l'abilità nel guidare lo sguardo degli utenti verso i punti più redditizi delle pagine: le pubblicità, i contenuti promozionali dei nostri clienti.

~

Mentre torni a casa, dietro le facciate di tanti palazzi. Mentre tu cammini, contemporanee a te, nell'autunno parigino,

*anime*

solinghe si avvitano lungo vecchie scale in legno, scricchiolanti e strette, verso studiò, *chambres de bonne* di dieci metri quadri, piccionaie incastonate sotto ai comignoli, voliere per esseri umani perdute in fondo a sesti o settimi piani…

Ho la fortuna di avere uno studio un po' più grande, ci tengo a mantenerlo in ordine. A poco a poco gli conferisco un *décor* accogliente. Lucido con la cera d'api il parquet. Pulisco con un *chiffon* le decorazioni di stucco attorno al solaio. Al centro del soffitto c'è un grosso anello, imbiancato. Reggeva senz'altro un lampadario, ma potrebbe sostenere cento chili. Mi chiedo se qualcuno ci si sia mai impiccato.

Parigi città di contrasti. Parigi *ville monde*, metropoli che ti carica a velocità differenti a seconda dell'ora, di dove ti trovi: lentezze indolenti in certi quartieri, gente che occupa tutto il *trottoir* con un cane da una parte, un sacco a rotelle per la spesa dall'altro, in altri quartieri passi affrettati di business women, passi marziali di *cadres*. Con l'arrivo del freddo ci sono più stronzi di cani sul *trottoir* e sono più grandi: deve essere perché mangiano di più, stoccano calorie per l'inverno.

Parigi glassata da una vena nostalgica. Un attaccamento al passato, un gusto esibito dei parigini per il rétro. Anche nell'abbigliamento dei giovani, delle ragazze. «Sono bellissime, e hanno capito tutto della vita» così diceva Silvia delle parigine.

Qualcuna oggi mi ha notato. Una si è anche voltata, mentre mi giravo a mia volta. Ci siamo sorrisi. Una buona camicia può fare molto. O forse in certi giorni ci si guarda di più, come se si fiutasse una sensualità nebulizzata nell'aria, un cambiamento di atmosfera.

Ho attivato l'abbonamento al Vélib': pratico, divertente, puoi prendere e depositare queste bici ovunque. Il primo tragitto di mezz'ora è sempre gratuito.

Dopo il lavoro, verso Place de Clichy, gente fuori da una galleria. Si intrattengono sul marciapiede. Un vernissage. Facce perspicaci, gesticolazioni assertive.

I flûtes di champagne sono come mortaretti gettati in acqua, fanno emergere in superficie bolle di allegria.

Le risate si somigliano nel tono, gregarie, un po' stentoree, formali.

Parcheggio la bici, assicurandola con il lucchetto a un lampione.

È una mostra di foto di Tozeur, alle porte del Sahara. Scambio qualche battuta con una ragazza dall'aria scanzonata. Anche lei si interessa di fotografia.

Nell'ultimo viaggio in Turchia è riuscita per la prima volta a usare la reflex senza fare disastri, mi dice, ridendo. Magari una volta mi mostrerà. «*Avec plaisir*» le dico. Si chiama Gaëlle.

Annoto il suo numero sullo smartphone, con un filo di imbarazzo per il francese. Non mi esce ancora naturale come vorrei.

~

Ho cominciato ad andare in palestra. La sala è spartana, sono quelle che preferisco. Ricavata da un parcheggio dismesso, priva di finestre, solo oblò sul soffitto, e va bene, non ci si fa distrarre dalla luce.

Pareti dipinte di rosso, motivanti. Macchine Precor di ultima generazione. Made in Usa, essenziali, fluide, un piacere. La raggiungo in quattro minuti da casa. Ci vado all'apertura delle sette, almeno tre volte a settimana, prima del lavoro. Ora la corsetta del mattino la faccio sul tapis roulant.

Consulto più volte al giorno Meteo-Paris. «*Nous conservons la douceur acquise sous un ciel plus changeant, porteur d'averses dans une ambiance de plus en plus ventée*» prevede per oggi.

Sandwich al tonno mangiato in pausa pranzo su una panchina, guardando l'acqua del Bassin de la Villette. L'odore di alghe mi fa riandare il pensiero alla riviera adriatica.

Mi mancano Lignano, Jesolo. Certi marciapiedi calcinati di sale, palme aliene nei giardinetti d'inverno, cani randagi. Mi chiedo dove potrò trovare atmosfere simili a Parigi. In fondo qui pare si trovi tutto. Manca soltanto la cosa più importante: il mare.

Osservo il galleggiamento di una coppia di anatre. Il maschio, preceduto dalla *femelle*. Avanzano con il loro pedalare acquatico, soavi. Ho scattato una foto del cielo e l'ho mandata a Gaëlle, non ha risposto.

Quasi un mese che sono *expatrié*. Quasi un mese che dormo da solo. Evito di masturbarmi. Preferisco girare con i coglioni gonfi. Mi sono iscritto a varie newsletter culturali. Mi riempiono lo smartphone di inviti, segnalazioni di spettacoli. Per il momento li metto da parte.

Preferisco improvvisare, fiutarla *en plein air*, respirando a pieni polmoni, questa metropoli che chiamano anche *Paname*.

*Novembre*

Sabato mattina e fa piacere, sentire il parquet sotto ai piedi uscendo dalla doccia. Facile tenere lo studio in ordine, dall'Italia ho portato solo i libri essenziali, pochi effetti personali, la macchina fotografica.

Mi sono farcito una mezza baguette con pomodorini, origano, un filo di olio extravergine. La infilo nello zaino. La mangio seduto sul bordo della Senna, dalle parti dell'Institut du Monde Arabe. In quel punto ci sono dei piccoli anfiteatri dove la gente balla su tanghi e milonghe, diffusi da un amplificatore portatile.

Un Falcon veleggia in quota. Sarà qualche industriale di rientro dalla Corsica, in avvicinamento all'aeroporto di Bourget. Una volante della *gendarmerie* trafora i timpani, ferma a un semaforo a sirene spiegate.

Tornando in métro verso le 20, sotto i neon del vagone, non riesco a staccare gli occhi dall'interno coscia di una tipa, seduta sul predellino di fronte. Si aggiusta la gonna sulle gambe.

Ho notato che le ragazze in métro non guardano direttamente, ma attraverso il riflesso del vetro. Sguardo *à la française*.

Annoto su un foglietto: Cercare lo sguardo/ di ragazze lavate dentro/ da un pianto recente.

Camminando verso casa, nella rue de Lancry, un clochard, un altro, mangia da una ciotola, sul cofano di una Peugeot parcheggiata. L'ho già visto altre volte. Ha il naso aquilino, lo sguardo spiritato da pappagallo. Appoggia la ciotola su uno straccio, per non rigare il cofano, il suo coperto cambia ogni giorno, verde metallizzato, grigio antracite, bianco ammaccato.

Gli lascio dieci euro tra il parabrezza e il tergicristallo. Mi ringrazia con un sorriso annerito, da western. I denti li ha ancora.

Il cambiamento a volte non serve cercarlo lontano, è a portata di mano. Un barbiere, uno shampoo, una seduta d'igiene dentale. Rinascere a volte comincia con una seduta antitartaro. O forse no. Ma anche lui ce la può fare.

~

Avevo scritto un lungo sms a Silvia, facendole il punto della situazione. Mi ha risposto via mail, una di quelle sue tirate che a volte mandava anche a Bologna, a notte fonda, magari dopo settimane in cui non si era fatta viva.

> Quanto hai fatto bene a partire! E te lo dico anche se mi manchi. Sai quanto anche io ami Parigi. Bologna è sempre più malmostosa, ultimamente. Non ho mai capito cosa significhi "malmostosa", ma tu ogni tanto lo dici e mi piace.
> Come sta il mio tesoro? Mi mancano le nostre notti, pure le nostre birre alle Frasche, le tue scemenze sulle ragazze, i racconti sulle fighine tue o del Jaco. Tanto lo sai che non sono gelosa. A che serve, la gelosia? Solo a *ingastrirsi*.
> E allora, queste parigine, sei riuscito a capirci qualcosa? Quasi un mese che non concludi. Che tragedia! Mi chiedi di inviarti un manuale d'istruzioni, almeno un "bugiardino", e io dove lo trovo?
> Poi quante saranno le vere "parigine"? La capitale tira dentro gente da tutta la Francia, da tutto il mondo, lo sai...
> Ti sembrano più indecifrabili delle italiane? Sii indecifrabile pure tu. Non dimenticarlo mai, il nostro stile, il fascino mediterraneo che abbiamo!
> A Parigi ci ho fatto l'Erasmus anch'io è vero, ma solo sei mesi, molto meno di te. Mica bastano, per capire una metropoli così incasinata, tutta quella follia che ci sta dentro! Sì, le parigine sono sempre rincagnite, hai ragione. È perché fanno diete atroci, fidati.

Tu ti chiedi se alberghi un "protopensiero" (ma come ti è uscito?!), un refrain comune, dietro il volto altezzoso, per non dire scocciato, delle donne a Parigi. Un ritornello tipo: sono figa e me ne frego, sono figa e me ne frego.
Io dico prova a vedere quei volti come carte da gioco. Il dorso è grigio, ma tu prova a girarle: i colori stanno sul retro, frutti e ciliegine. Nessuno ha voglia di viversi la vita con il muso! :)
Secondo me vogliono essere girate, queste parigine. Girarle, ma come? Non lo so, tesoro! Facendole ridere? Una sorpresa, una domanda stralunata, «che giorno è oggi?».
Lo sai, no, come dicono? «*Femme qui rit, à moitié dans ton lit*». Attento a non spaventarle però.
Ah *les femmes*, *les femmes*… Prima ti lancia un segnale di disponibilità, poi diventa la "regina delle nevi". Che succede? Non cascare nella trappola, Livio, riascoltati *Femme fatale* di Nico. ;)
Se a un segnale di interesse da parte sua, da parte di *Elle* (nota la E maiuscola), uno non risponde subito, poi provarci in differita, anche solo qualche minuto dopo è patetico. È sempre lì che ci si "brucia", te lo dico da donna. Vai a sbattere contro il blocco di ghiaccio. Tutte noi reagiamo così, mica solo a Parigi.
Il freddo che brucia, eh, ti piace?
Provarci in ritardo sono solo "paroleparoleparole", è questo che lei pensa, delusa che tu l'abbia fatta ridiscendere da un piano sensuale, di abbandono, nel quale ti stava invitando a entrare, a giocare, magari nel capriccio di un momento, a un piano verbale, molto più tiepido. Lei ti ha puntato uno sguardo *caliente*? È uno sguardo ancora più hot che lei voleva di rimando. Sostenere lo sguardo, tenerlo alto, ficcarglielo dritto negli occhi, quando ricevi un segnale!
Non mollare l'osso, tesoro. Parigi non è facile come Bologna.
Tu dici le non risposte. Ma se penso a quanti ne ho lasciati perdere anch'io… Vuoi tre o quattro scenari che possono capitare tra quando un maschio registra il numero di una tipa al momento in cui, dopo aver superato tutti gli ostacoli, finalmente conclude? Eccoli qui.
Tipa 1. Le piaci. Ci sta a seguire i tempi che detti tu. Anzi è proprio quello che si attendeva da te: che la sollecitassi, che la invitassi ma senza troppo insistere, quasi distrattamente. Qui ostacoli non ce n'è.

La 2 ci starebbe subito, e se non cogli l'occasione al volo poi diventa difficilissimo recuperare.
Anche alla 3 piaci, pensa è un bel ragazzo, forse troppo o meglio: si considera lei non molto "all'altezza" (anche fisicamente: spesso è bassotta). Di solito si tratta di donne molto insicure. Così infila un'azione di disturbo. Per smontarti, riportarti al suo livello. O anche al di sotto, per destabilizzarti. Un bidone dell'ultimo minuto, per esempio. Non cedere alla provocazione. Non attende altro. Resta elegante, lascia a lei la scelta dei tempi successivi. Che ti proponga lei una nuova serata.
Alla 4 non piaci per niente. Ti ha dato il numero per stanchezza, o era ubriaca. Poi ci ripensa e non c'è verso. Avanti un altro. Lascia perdere.
Però è vero che quando le prime uscite sembrano scorrere bene, vedere sparire una tipa senza più segnali deve essere frustrante, anche se non ci vedevi più di un paio di scopate.
Lo faccio anch'io a volte, anche se spesso me ne pento. È come un dispetto, come a dire: così impari.
Se hai mostrato indecisione, se hai risposto troppo tardi a un messaggio, se ti sei presentato al primo appuntamento sciatto, trascurato… E si innesca un cortocircuito puerile, lo so: più il tipo insiste e più io non rispondo. Appunto, come un dispetto. È questo, se ci pensi, mica è indifferenza.
Ma devi sapere che alle non risposte noi ci siamo abituate. Perché siamo abituate alla competizione con le altre, quella sì, fatta spesso di indifferenza glaciale, perfida.
Poi boh, forse in giro ci sono ragazze che al piacere di una bella cenetta, di una sana scopata, preferiscono la soddisfazione di tirare un bidone. Esistono anche tipe così, sì sì.
A volte poi si fa soffrire o si soffre anche per sentirsi più vivi, o no? Questo noi ragazze lo sappiamo bene.
Ma una cosa che ci esalta tutte è provocare. Anche con il silenzio. Far montare la rabbia. Testiamo la tenuta di voi maschietti. Vince chi resiste e non molla l'osso. Ma in fondo, più o meno, lo sapevamo già dall'inizio chi sarebbe rimasto. Diciamo che sappiamo da subito chi è il "favorito". Come nelle corse dei cavalli.

A volte cerchiamo uno scontro alla fine del quale, per premio, vogliamo solo farci perdonare. Alcuni uomini hanno imparato a riconoscerlo, quel momento di provocazione selvatica, istintiva.

Se a questa le si risponde con la logica, freddamente, da ingegneri… Questo ci stizzisce, ci raffredda. Ci chiude come ostriche… O come cozze? Ah ah! Scegli tu.

Quando provochiamo lo scontro, sappiate che spesso è nient'altro che un invito. Entrateci, nel conflitto, ma selvatici anche voi, istintivi. Mai razionali! Saremo poi noi a ridiventare dolci, quando sarà il momento: lì capirete che vogliamo farci perdonare.

A quel punto sta a voi approfittarne. Non perdonateci troppo facilmente. Anzi, "puniteci" pure un po'. Senza perdere tempo. Il tempo… I tempi… Tutto è nei tempi. Siamo complicate, lo so, tesoro. Come dicono le canzoni.

Ma invece, ma allora… Dimmi un po', questo tuo cuore, che credevo indurito, secco come una piantina senz'acqua… Allora qualche emozione la prova ancora?

Sei ancora lì? Ti ho visto, ti sei addormentato! :P

Cos'altro posso dirti? Tutte quelle *parisiennes* che si mettono profumi finissimi, gocce in punti strategici, anche tra le dita dei piedi (quando andavo in piscina ho visto cose assurde), che cercano?

Credimi, vogliono sentirsi addosso la voglia, il desiderio dei maschi, in fin dei conti, ovunque si trovino. Che sia un vagone del métro, la scala mobile, la fila alla cassa del supermercato. Sentire a fior di pelle di poter provocare la potenzialità di un atto animale. Non violento, mai violento!, *animale*.

Un amplesso imprevisto, una sveltina a sorpresa. A Parigi mi sa che ci tengono molto a questo. Tutta quella passione per le *fragrances*, la *lingerie*…

Anche se è in coda al supermercato, con i jeans da casa, sotto sotto vuole sentirsi pronta… Per l'imprevisto. Farsi prendere in piedi, in uno sgabuzzino, senza lasciar tracce.

Non importa se non lo fanno quasi mai, se sono fidanzate o meno: è con queste fantasie che combattono la noia. È del loro subconscio che ti devi fidare, mica della realtà. Ecco la psicologa che parla. :)

Uh ah! Povero tesorino esiliato a "Parì"!

Quando vengo a trovarti ce le studiamo assieme, queste stronzette. Ecco, a proposito di inconscio... Mi fai venire in mente un'altra cosa. Noi italiane facciamo più la messa in scena del nostro inconscio. Sai come finiscono di solito le nostre "cene tra amiche", dopo qualche bottiglia? In psicodramma, analisi collettiva. Noi italiane ci "apriamo" di più, tra amiche, siamo più leggibili.
A Parigi mi ricordo che questo non succedeva mai, ed eravamo anche più giovani, meno prevenute.
Invece noi ci confidiamo, ma questo vuol dire anche più controllo sociale.
Io queste cene non le faccio più. Iniziano a risate e finiscono in lacrime. Le altre alla fine credono di saperne fin troppo di te. Se ti incoraggiano nella tua follia va bene, ma bisogna sapersi scegliere le amiche giuste. Non è facile. Altrimenti ti limitano, ti tarpano nelle tue libertà.
Voglio dirti un'altra cosa. Le *parisiennes*, non è che da quando sei lì ti rappresenti le donne troppo selettive, sofisticate? Certo, a volte lo siamo. Ma alla fine cerchiamo qualcuno che 1 – Sia *affidabile* (oppure il contrario: non affidabile, non posato, se si tratta giusto di una notte), semplice, leggibile. Senza segreti. Del quale appunto fidarci, con il quale aprirci.
E al tempo stesso qualcuno che 2 – Ci faccia sentire sempre importanti e soprattutto, soprattutto, assolutamente *uniche*, insostituibili. È anche per questo che soffriamo molto, sul lavoro, perché lì sostituibili lo siamo, come tutti.
La donna senza questa certezza in una relazione si apre a metà. Si apre del tutto solo se sa che l'ami. Oppure se sa che non la ami e non c'è verso.
Poi ai nostri occhi è seduttivo vedere che uno è indipendente dal nostro giudizio. Perché già ci stimiamo poco da sole, figurati quanta stima possiamo avere di un maschio che resta appeso al nostro "giudizio"!
E tu a tua volta non giudicarle mai. Ma lo so che non lo fai.
La donna ama immaginarsi come potenzialità ancora da esprimere. Non ama che la si giudichi sulle azioni.
Per esempio: se ti beccasse a letto con un'altra e ti chiedesse «Perché l'hai fatto?».

Una ragazza non potrebbe mai tollerare che tu le dicessi: «Perché l'altra mi faceva l'ingoio, tu no!». Si risentirebbe, penserebbe: "Te l'avrei fatto anch'io. Bastava solo aspettare ancora un po', il momento giusto". Sì, sì, aspetta. :)
Ma tu sei un caso un po' particolare Livio. Tu hai un membro grosso. Ti muovi tra le opportunità urbane consapevole di questo. Io lo sento, ogni volta che facciamo l'amore: se hai una donna accanto, ti eccita il fatto di "aprirla", di farti strada in lei, prenderla a fondo, colmarla, farla star bene. Soprattutto le giovani, istintivamente, sono attratte dai più dotati, anche se fingono indifferenza.
Ma ti sei mai chiesto che altra attitudine, quale altra immagine della femminilità e del sesso possano avere quelli che hanno un pene medio, cioè la maggior parte? In fondo certe azioni delle donne che tu a volte "subisci" sono state modellate su maschi diversi, sulla grande media dei cazzi medi, o sottomedi, degli "zerbini" medi. Se anche a te non risponde per due volte di seguito, è perché ha visto che di solito loro, i cazzi medi, ci riprovano una terza, una quarta volta. Mentre per come ti conosco, tu a quel punto hai già abbandonato.
Ma va bene così, Livio. Sii sempre te stesso. È solo questo che conta e funziona, alla fine.
Quanto ho scritto! Quando inizio è così, ora non riesco più a prendere sonno.
Adesso sono stanca, ma sono ancora ispirata. Allora ti lascio un altro paio di dritte. Senti qui. Quando una ragazza dice «noi donne siamo così» stai attento: è se stessa che descriverà.
Poi lo sai come diventate voi maschi dopo che l'avete fatto per la prima volta con una tipa nuova? Più baldanzosi, sicuri di voi. Più sardonici e provocatori, anche. Ecco, il ragazzo che ci conquista è quello che PRIMA che abbiamo "ceduto" si comporta con lo stesso atteggiamento e la stessa sicurezza che avrebbe DOPO, ma giusto un filo di meno. Non è facile, lo so. :D
E infine, se una tipa scrive «ci sentiamo», guarda bene: dentro può contenere anche un "ti amo". Ma questo vale solo in italiano. In francese non so. ;)

Salta addosso a Parigi con unghie e denti, anche da parte mia. Fattele tutte (solo se meritano), e soprattutto… Non smettere mai di amarci!

Ti bacio tesoro,
Ti abbraccio forte,

Tua Silvietta,
*Sylvie* :D

~

Stavo lavorando alla macchina degli addominali. Palestra vuota, all'apertura delle 7. Cinque serie da venti. È arrivata una tipa, mai vista, sulla trentina, magra, guanti tecnici. Mi ha chiesto se potevamo alternarci, a muso duro. Le ho ceduto il posto, si è seduta. Ha lasciato il mio carico, 45Kg. Sono rimasto accanto alla macchina. Ho iniziato a contare mentalmente, dieci, venti, quaranta ripetizioni. Cinquanta. Ottanta. Ha continuato, superato le cento. Ho perso il conto. Non mollava. Ho visto che una vena le si stava gonfiando sulla tempia. Una serie infinita. Sarà andata oltre duecento. Finalmente si è fermata. Si è alzata, ancora a muso duro. Si è tersa il sudore con l'asciugamano ed è sparita. Ho ripreso il mio posto sulla macchina. Cosa voleva dimostrare? Inutile, continuerò a non capirci una mazza.

Si è rifatta viva Gaëlle. «*Si ce soir tu es libre, on pourrait dîner ensemble. J'aimerais parler de l'Italie*».

Pedalo veloce schivando imprevisti, ostacoli, dentro livelli di difficoltà crescenti del 10$^{eme}$ arrondissement.

Un cane in rue Faubourg Saint-Denis parte all'inseguimento del Vélib', ringhia, cerca di addentarmi un polpaccio. Da dove cazzo è uscito? Mi preparo a calciarlo mirando alla cassa toracica. Si scansa all'ultimo, arrotolandosi come uno straccio impazzito in direzione opposta.

Gli animali sono inquieti, deve essere il tempo. Stormi di piccioni a dieci metri dal suolo, spinti dalle correnti d'aria che si formano nelle strade più strette. Ho letto che possono volare fino a novanta all'ora. Sono lanciati come proiettili, calotte nere, vittime della loro velocità, vicini al cedimento strutturale. Pensa se te ne becchi uno in faccia, resti sfregiato a vita. Arrivano sempre ovunque, i piccioni. E dove arrivano, sdrammatizzano tutto, con la loro forma ogivale, vagamente anni Trenta, ricordano il profilo dei primi aerei a elica.

Non puoi essere credibile parlando con una ragazza, seduto su una panchina, per dire, quando arrivano i piccioni.

Gaëlle mi ha dato appuntamento alle 20, all'uscita del métro Convention, 15^eme arrondissement.

È arrivata in anticipo, mi stava aspettando appoggiata al cavallino di un *carrousel*, una di quelle giostre d'epoca che a volte si trovano all'uscita del métro. Peccato aver lasciato a casa la Canon, ci avrei visto una bella foto.

È più femminile, stasera, pudicamente sexy: abitino verde con bottoni che sembrano piccoli *macarons*, décolleté nere opache, collant *à pois*.

È la prima volta che esco con una ragazza *à pois*: lo considero un passo avanti nell'integrazione parigina.

Mi fa scoprire un ristorante libanese, incastonato in una stradina di selciato, pedonale, poetica.

Ordiniamo piatti misti di legumi, birra Almaza, leggera. La diverte il mio accento.

Mi racconta che è francese da parte di padre e belga di madre, i suoi abitano a Bruges, lei si è trasferita a Parigi per un dottorato in Letteratura alla Sorbona. Abita qui da quattro anni. «Ti piace Parigi?» le chiedo, «*Oui*» dice, ma fa no con la testa. Mi chiede di Bologna, dell'università.

Mi rendo conto che parlo francese con più sicurezza. A volte mi corregge, contraddice. Piccole provocazioni, come dice Silvia, per testarmi, farmi vacillare un po'.

Una coppia di anziani si installa al tavolo accanto. La cameriera ci porta il conto. Gaëlle si rolla una sigaretta. Vuole fumarsela sul suo terrazzino, dice. Abita in rue Fourcade, dieci minuti a piedi. «*Tu m'accompagnes?*».

Intrigante, quasi svizzera, questa parte del 15^eme. Strade deserte e asfalto levigato, nero, sembra quasi morbido, una mousse.

Anche i marciapiedi sono immacolati, sembrano ripassati con l'aspirapolvere.

Passiamo accanto al Divan, una grande libreria, luci soffuse illuminano i tascabili esposti nelle vetrine. Gaëlle mi fa notare le etichette di micro recensioni che il libraio ha attaccato alle copertine con fermagli colorati, buona idea. Svoltiamo in rue Fourcade.

Mi invita a seguirla oltre il portone, abita al primo piano.

Accende una lampada giapponese illuminando uno studietto pieno di libri. Mi chiede di togliermi le scarpe. Apre la finestra a scorrimento che dà sul terrazzino.

Vuole mettersi comoda, dice, togliere i collant. Si cambia in bagno. Riappare vestita con una felpa larga, le copre anche le cosce.

Mi piacciono le sue gambe, magre ma con curve dolci, ho voglia di toccarle le fossette dietro le ginocchia, invitanti, un po' liceali.

Quanti anni avrà? Non gliel'ho chiesto. Ventotto, forse. Non ci prendo quasi mai con l'età. Sceglie su YouTube un album di Sarah Vaughan. Mi mostra l'indice della ricerca alla quale sta lavorando. Do un'occhiata alla libreria. Ha anche qualche vinile.

Non manca *Kind of Blue* che ora anche i bambini conoscono ma con gli amici lo si scoprì al liceo, a 17 anni e fu una folgorazione, la chiave maestra che ci introdusse al jazz, che spostò per sempre i nostri gusti musicali. Con *Kind of Blue* ci si aprì un universo: in un colpo solo diventammo amici di Miles, Bill Evans, John Coltrane.

Dal terrazzino entra aria fresca, gradevole, un leggero odore di funghi. Bevo qualche sorso di Bordeaux. Lascio impregnare il palato di tannino: il rilassamento è istantaneo.

Questa tipa vive tra centinaia di oggetti minuscoli, collanine, campioncini di cosmetici. «Se li vendessi a 99 cent l'uno potresti tirare su una bella somma» le dico. Fa un sorrisetto trattenuto, alzando il mento. Attenzione con l'ironia… Tra stranieri non è facile.

Mi siedo sul canapé. Appoggia la cicca sul posacenere. «*J'ai envie de me détendre*» mi fa. Mi raggiunge sul divano.

Le prendo un piede, con due mani, le massaggio un po' la pianta, i cuscinetti. Piedi piccoli, deliziosi. Ci stendiamo fianco a fianco. Si scosta i capelli dal collo. Glielo mordicchio. Piega la testa sulle spalle. Ci baciamo.

Le infilo la mano sotto la culotte. Trovo una fighina liscia, caldissima. Ci appoggio sopra un dito, scivola subito dentro. Mi toglie la mano. La appoggia sulla sua gamba, mi dà uno schiaffetto.

La bacio di *fotta*, con i denti, spingendola contro lo schienale. Tolgo i jeans e i boxer. Le sfilo le mutandine. Le sollevo le gambe e me le appoggio sulle spalle. Mi pianta le unghie. Srotolo un preservativo sul cazzo.

La prendo tenendole le caviglie legate con le mutandine. Sento che le stanno sudando i piedi. Do un paio di rincalzi a fondo corsa, solleva il collo per baciarmi, mi morde le labbra. Parto a stantuffare, alternando colpi a metà corsa con colpi a fondo. Cede, si adagia di fianco, posizione scomoda, mi spinge fuori.

«*Je suis fatiguée*» dice, «*fatiguée*» e capisco che allude a una stanchezza non solo corporale. Si accuccia sul mio petto. Guardo la tavola. La sigaretta si è spenta per consunzione. La bottiglia di Bordeaux se l'è scolata quasi tutta.

Ho dormito male. Non trovavo la posizione. Mi sveglio con la luce dell'alba. Abbraccio Gaëlle da dietro, a cucchiaio. Mi incollo a lei, le gambe contro le sue. Prendo un *profio* dai jeans arrotolati a terra, le entro da dietro.

La sollevo di peso, mettendomela sopra, di schiena. Entro del tutto, la sento spugnosa, caldissima. Resto così, senza muovermi.

Sta ancora dormendo. Si accascia in avanti. Comincio a incalzarla da sotto. La muovo tenendola per i fianchi, avanti, indietro, dolcemente. La testa le ricade sul petto. La tiro di peso fin contro i coglioni. Mi sento toccarle il fondo con la cappella, gonfissima, tesa.

Mi conficca le unghie su una coscia. «*Tout va bien?*» le chiedo, non vedo il suo volto, è di schiena. Non risponde, solo un sospiro.

Comincio a impastarla con movimenti rotatori, ellittici, da macchina impastatrice. Sento salirmi dal pene un solletico, una scossa irresistibile, una sensazione elettrica, fantastica.

Comincia a accompagnare il movimento gemendo, adesso fa un urletto ad ogni rotazione, più impasto e più il gemito è forte, la muovo e sudiamo, la muovo più veloce, tirandola verso il basso, urlo a mia volta, entriamo in un momento di imbizzarrimento, animali, asseconda le spinte, le lascio i fianchi, urla e continua il movimento da sola, una specie di danza del ventre, pazzesca. Le tengo le caviglie e lei ruota, continua a impastarsi sul cazzo, la tiro verso il basso, urliamo assieme, la tengo per i fianchi e la impasto più forte, tirandomela addosso, sollevo il bacino a cercarle ancora più il fondo da sotto, lancia un grido più acuto, da scannatoio. Si ferma, mi schiaccia di peso.

Le sono più dentro che posso. La sento colarmi sulle gambe. Esplodo così, gonfiando il preservativo. Fa un gemito. Ho la sensazione di un orgasmo lungo, continuo, mi sembra di non finire più, di svuotare il midollo. Sento anche le sue contrazioni profonde, bollenti. Si piega in avanti, come volesse scappare, ma resta avvitata sul cazzo. Mi schiaccia lo stomaco.

Le lascio le caviglie ed esco, tenendo il preservativo alla base. Gaëlle si accascia sul divano. Vedo che le tremano le gambe. Non riesce a controllarsi, si copre con il plaid.

Vado a pisciare, getto il preservativo nel water. Mi sento il cazzo in fiamme, lo sciacquo nel lavandino. Mi guardo allo specchio. L'attaccatura è ancora segnata dall'anello di lattice, una striscia rossa. Mi sembra di non essermi mai visto un calibro così grosso. Era da un mese che non scopavo.

Sono le sei del mattino. Spalanco la finestra. L'aria fresca entra violentemente, assieme ai fischi sopra i tetti, vanno e vengono, velocissimi. Se non fosse novembre direi che sono rondini.. Passa un camion della pulizia strade. Smettono di fischiare. «Hai sentito?» le dico. Si è infilata sotto il plaid. Spuntano solo la testa e i piedi, un po' a punta. Noto i cuscinetti e i talloni arrossati, contrastano con il pallore della sua pelle, delicata, quasi osceni. «*C'est toujours l'être humain qui détruit l'harmonie de la nature*» risponde, con una voce sussurrata, zuccherina, mentre mi fa spazio. Mi infilo sotto al plaid accanto a lei.

~

Per il primo ritorno in Italia ho scelto il Ryanair dell'alba. Ho dormito sulla navetta da Porte Maillot all'aeroporto di Beauvais. Ho dormito anche durante il volo, nonostante la luce e i messaggi insistenti delle hostess.

Mi sveglio durante la discesa. La visibilità è ottima, così mi godo il sorvolo della Marca Trevigiana. Losanghe di campi e casette addensate attorno a campanili, boschi, vene d'acqua che confluiscono nella laguna di Venezia, mandando lampi di luce.

Anche papà ha volato per qualche anno sopra questa campagna, da militare, con il caccia G.91.

Il paesaggio dall'alto non sarà cambiato. Così mi immagino al suo posto, pilota anch'io. Chiudo il pugno come se tenessi una cloche, fingo di accompagnare il rollio dell'aereo. Dal finestrino vedo il profilo alare, il copilota sta estraendo gli ipersostentatori.

Mi chiedo se esista una storia della terminologia aeronautica. Quando siano stati inventati termini come tettuccio, parafreno, minima velocità di sostentamento. In quali sale di tecnigrafi, matite e linoleum. Mi chiedo se i piloti Ryanair facciano manovre più brusche di quelli easyJet, o se sia una differenza tra il 737 e l'A320, o soltanto una mia impressione. L'atterraggio in ogni caso è rude, l'applauso dei passeggeri insensato, come sempre.

Scendiamo nell'aria tersa del mattino, nella piazzola odorosa di cherosene.

Raggiungo casa in treno da Mestre, dormendo ancora, riesco a dormire anche con Frank Zappa dal vivo negli auricolari.

Ho detto a mia madre che mangio poco e leggero, in questo periodo. Mi ha preso alla lettera, ha preparato un'insalata di pomodori con orzo, pinoli tostati.

Abbiamo festeggiato il mio ventinovesimo compleanno con una torta al limone, una bottiglia di Perrier-Jouët che ho portato. Poi mio fratello, alticcio, ha tirato fuori una tromba che non vedevo dai tempi del liceo. Ha accennato le prime note di *Freddie Freeloader*. Bel momento.

Dopo pranzo sono partito verso il mare. La Opel non ha patito la sosta forzata, è andata in moto al primo colpo.

Un'ora dopo cammino sul bagnasciuga deserto di Grado, appagato da un espresso stillato a regola d'arte da un barista che avrà avuto cent'anni, il volto intarsiato dal sole, in un minuscolo bar senza clienti, tutto in legno, arredato come una cambusa. Baretto insperato, quasi una cuccia, trovato per caso, in una viuzza di villette di vacanza, chiuse e sigillate a doppia mandata.

Ritrovo con piacere il fascino signorile di Grado, l'ordine gentile di questa località balneare senza esclamazioni architettoniche e anzi qualche perla, come l'hotel Zipser, un altro bel progetto di Marcello D'Olivo.

Distese di posti auto deserte, qualche bicicletta legata a un palo.

Ancora un litorale presidiato dai gabbiani. Vinceranno loro, alla fine. Ci fotteranno tutti. Il cartello dei gabbiani. Si accaniscono su carcasse di granchi maciullate, molluschi triturati dalla sabbia. In volo fischiano come razzetti impazziti, come se il vento li attraversasse da parte a parte. Lanciano versi ultrasonici.

Passeggio sul molo, tenendomi alla larga. Il mare odora di uova marce. Le correnti invernali spingono fin qui detriti che provengono dalle coste croate, dai cargo in mare.

Le onde depositano sul litorale doni assurdi: remi, lacerti di cellophane sbrindellati, giganteschi, alberi interi.

Riprendo la macchina e apro il finestrino, appoggiando il gomito sul profilo della portiera. Inspiro odore di alghe, lasciando Grado alle spalle. Il sole è ancora alto.

Alla fine della provinciale che collega la città balneare al casello, svolto in direzione opposta a casa.

Oltre Gradisca rallento. Il rumore delle pastiglie sui dischi mentre freno fa sobbalzare una ragazzina sul marciapiede.

Ha uno sguardo timido, dolce, dietro gli occhiali da vista, le guance tempestate d'acne. Le chiedo se può indicarmi la strada per Fratta. Con accento triestino mi dice di tornare indietro. Svoltare a destra al primo incrocio, poi di nuovo a destra, dove la strada asfaltata interseca una mulattiera.

Ho con me anche le indicazioni che mi diede la barista. La campagna qui presenta colori più scuri, bruniti, preferisco le terre attorno casa, più verdeggianti. Anche i vigneti da queste parti sembrano più ruspanti, filari bassi, dall'aspetto precario. La qualità dei vini però è nota, ed è eccelsa.

Riconosco la sterrata. La percorro lentamente, evitando buche e pozze d'acqua.

Questa volta vorrei trovare il punto preciso.

Una casa colonica, una signora con un cane spelacchiato. Sta rastrellando un'aiuola. Accosto, sollevo le mani, per rassicurarla sulle mie intenzioni.

Chiedo se si ricorda di un aeroplano caduto vent'anni prima. Risponde in una lingua che non ha più niente dell'italiano. Non sa. Riparto.

Buche da paura a destra, al centro, non è facile evitarle. Non vorrei lasciarci la coppa dell'olio. Parcheggio la macchina accanto a un fosso.

Taglio a piedi un campo brullo, verso una fattoria. Alla sinistra colline. Sulla sommità di un'altura una chiesa contemporanea, una remota piramide di cemento bianco, distante chilometri, è quasi fluorescente contro il cielo, che sta prendendo una sfumatura metallica, da idrocarburi, drenando la luce direttamente dal mare.

Arrivo al portale della fattoria. Vecchi John Deere, aratri, rastrelli circolari, da Italia anni Cinquanta, bellissimi.

Mi vengono incontro due ragazzine. Cani di piccola taglia, fasciati di nervi, come divorati all'interno da ratti, gli occhi fuori dalle orbite, rotolano dietro, abbaiano forsennati.

Le ragazzine urlano qualcosa. I cani insistono.

Non capisco di che razza siano, forse bulldog, di certo pericolosi.

Ci raggiunge una donna. Fazzoletto in testa, cordless in mano. Fa un fischio, i cani si accucciano di colpo. Aderiscono al suolo come ventose, come gli avessero staccato la corrente. «Desidera?». Aria guardinga.

Non deve essere facile attraversare la vita da queste postazioni, questa campagna aspra, disseccata. Chiedo dell'aereo. Anche lei non sa, mi indica una casa, dall'altra parte della sterrata, provare a chiedere lì. La ringrazio.

Faccio un cenno di saluto alle ragazzine. Ricambiano, si allontanano ridendo. I cani ricominciano, più infoiati di prima, gli mostro il dito medio, si scagliano impazziti contro il cancello, come bonzi in fiamme, impazziti.

Godo, taglio il campo correndo, gli faccio di nuovo il dito e rido, continuando a correre verso la macchina.

Procedo in seconda fino alla casa, schivando altri crateri. Una villetta monofamiliare. Non mi stupirei l'avesse disegnata un geometra su un tovagliolo di trattoria, dopo una damigiana di merlot, nei primi anni Sessanta. Spartana, asimmetrica, una falda del tetto prolungata da una veranda artigianale sfida la gravità, un'arditezza alla Niemeyer, involontaria, perigliosa.

Al piano terra hanno ricavato un'officina. Spengo il motore. Oltrepasso il cancello. Niente cani, questa volta, non mi sembra vero. Una signora seduta sotto la veranda, corpulenta, l'espressione tra il rosario e il rassegnato.

Alzo di nuovo le mani, istintivamente, in segno di pace. Mentre le spiego perché sono lì, mi rendo conto che sto continuando a tenerle sollevate, come in una sequenza alla Sergio Leone. Ha un accento dell'Est, forse lituano, combacia con i suoi zigomi alti, squadrati. Va a cercare dentro l'officina.

~

Compare in tuta blu da meccanico. Pancia prominente, volto rubizzo, ricorda un po' Piero Pacciani. Stretta di mano decisa: «Loris, piacere» mi fa. Avrà una settantina d'anni, capelli sale e pepe, sparati, come lana di vetro.

Mi presento, gli chiedo diretto se ricorda qualcosa. «Abito qui da quarant'anni, mai mosso. C'ero anche quella mattina» dice, schiarendosi la voce. «Come posso dimenticare. È la tua?» indica la Opel oltre il cancello, con le quattro frecce.

«È una bella cosa, che vuoi andare a vedere» mi fa, sovrappensiero, sistemandosi la cintura di sicurezza sotto la pancia. «Nella vigna c'erano degli operai. Stavano lavorando a dei canali di scolo. Stavo osservando l'aereo dall'officina. Tuo padre salutava con un gesto della mano. Il motore andava alla grande. A un certo punto l'ho visto sparire. Ha fatto come un fungo atomico. Sono corso con l'estintore. Correvano anche gli operai. Ma niente...» dice, mentre evito all'ultimo una voragine nella sterrata. «Avaria? Secondo me no. Fino a poco prima cantava, il motore. Dicono che nella zona ci siano vuoti d'aria. Era caduto anche un altro aereo, quarant'anni prima» dice, grattandosi i capelli.

«Il vigneto è sempre quello, sono cambiati i *paròn*. Gente con i soldi. Ecco, fermati qui. Ti aspetto fuori. Tu entra pure, non farti notare. Quando ci sei ti faccio segno».

Scavalco un cancelletto basso, le scarpe da ginnastica già mezzo infangate. Mi inoltro nel vigneto, tra i filari. Il pomeriggio sta perdendo luce, le ombre quasi spente. «Più avanti!» urla, dal cancello, «ecco! Ci sei».

Mi guardo attorno. Tracce di trattore. Al suolo sassi appuntiti, erbacce.

Torno indietro. Il vigneto confina con la lunga fila di cipressi che avevo già visto l'altra volta. Possibile che papà ne abbia urtato uno?

«La scelta tra la vita e la morte attraversa a volte il volo» disse una volta un suo amico. «E il pilota più che mai vuole vivere, sceglie sempre la vita. Si può dire che, diversamente dall'uomo comune, si ricorda di quanto sia preziosa ogni giorno: ogni volta che si sistema nell'abitacolo. Quando è dentro la morte che sta andando a ficcarsi, talvolta gli è data ancora una chance: accorgersi all'ultimo di un albero che era sfuggito, evitare un elettrodotto con un colpo estremo di alettoni. Ma purtroppo a volte il gesto di sopravvivenza, nella voglia troppo forte di vita, nel panico dell'istante, non fa che peggiorare la situazione.

«Perché in realtà era un gesto contro-intuitivo che andava fatto, un gesto di *meno vita*. Sono attimi, frazioni di secondo. In seguito il cervello tende a ricostruirli come rallentati, come in moviola. Ma non è di quella ricostruzione che bisogna fidarsi».

Anche papà ne aveva qualcuno da raccontare, di questi "spaghetti", a cena con gli amici. Storie di quando era pilota di caccia, qualcuna delle sette vite che aveva già usato. Tornando indietro, Loris mi accenna anche a suo padre, morto di recente. Aveva novant'anni. «Il medico ha sbagliato la diagnosi e continua a lavorare. Un tumore al pancreas e lui diceva è cirrosi. Carogna!».

La compagna ci ha atteso con un vassoio di gubana e un calice di malvasia, che accetto, anche se non ho voglia di bere. Mai rifiutare un bicchiere a un contadino. Ci scattiamo una foto, salutandoci con una pacca sulle spalle, cordialmente.

Sono tornato al vigneto da solo, inoltrandomi fino al punto. Ora sapevo dov'era. Ho toccato la terra, umida, l'ho scostata un po'. Frammenti di cellophane, pezzetti di legno, erbacce tenaci.

Ho raccolto un sasso, piatto, grigio. Come quelli che mio padre si divertiva a far saltare al mare. L'ho osservato da vicino, rigirandolo in mano. Mi sono accorto che le vene di calcare sembravano disegnare il profilo di un volto femminile. Con una sigaretta, in bocca, addirittura.

Pareidolia, si chiama così. Quando la percezione unisce i punti creando figure immaginarie, riempiendo i vuoti, rinvenendo tratti antropomorfi ovunque. L'ho fotografato con lo smartphone e l'ho rimesso dov'era. Ho avuto la sensazione che non mi avrebbe fatto bene, portarlo addosso.

La relazione dell'incidente, se mai un'inchiesta si è conclusa, non l'ho mai trovata. Forse, nonostante mi dissero il contrario, esiste, sepolta in qualche cassetto. Forse ci sta scritto che fu un errore di pilotaggio, e una mano la tenne lontana dai bambini: non si voleva che leggessero che il loro papà, un asso, avesse sbagliato.

O forse, se è stata fatta bene, contiene solo ipotesi. Perché l'ho imparato, ormai, l'incidente aeronautico è spiegabile quasi sempre con ipotesi, probabilità…

Mia madre non ne sa niente, non le è mai interessato ostinarsi alla ricerca delle cause. «Fu probabilmente uno stallo» mi disse una volta. «Tradito da un velivolo che, purtroppo, non padroneggiava ancora, molto diverso dai jet cui era abituato».

A casa non farò cenno a questa mia deviazione. Le parlerò soltanto di Parigi, di Grado, in mano a clan di gabbiani, torvi come camorristi.

Però, mi dico, qualcuno che abbia un'idea più precisa di cosa sia successo, da qualche parte deve esserci.

E allora se c'è, vorrei poterlo trovare, un giorno. Prima che sia troppo tardi.

~

Colazione sostanziosa, parlando un po' con mio fratello. Anche lui ama alzarsi all'alba. Scendiamo in garage assieme, mi mostra il modellino di un off-shore che ha iniziato ad assemblare, spinto da due turbine elettriche. Una scheggia, dice, tra un paio di settimane è pronto, lo proverà al lago.

Alle sette del mattino metto in moto e parto in direzione Bologna. All'autogrill di Portogruaro ho di nuovo fame. Prendo una melizia, la cassiera stranamente non propone nient'altro, aspetto anche un attimo, ma niente, allora chiedo pure una lattina di chinotto. La bevo guidando, più tardi, salutando l'ingresso in Emilia-Romagna.

All'altezza di Ferrara ho evitato all'ultimo un parallelepipedo di polistirolo, enorme, senza senso, caduto da un camion. Lo vedo saltare ancora a lungo, nel retrovisore, rotolare in mezzo alla carreggiata, impazzito.

Uscendo dall'autostrada faccio un salto all'Esselunga, giusto per dare un'occhiata. Prendo un pacchetto di gomme da masticare alla cassa, pagando con monete da uno e due centesimi che gonfiavano il portafogli, inutili, da dove sono uscite? La tipa all'autogrill mi ha dato un resto farlocco.

Dietro al parabrezza ho ancora la tessera da residente per la sosta, così parcheggio sotto casa, in via Fondazza.

Mi rendo conto di aver già integrato le proporzioni di Parigi, come se ci vivessi da sempre. In realtà bastano poche settimane, è così, ci si abitua subito. I nuovi riferimenti prendono la scena, il vecchio se ne va rapidamente in dissolvenza.

Quasi due mesi che vivo a Parigi. La lingua migliora di settimana in settimana, l'accento italiano invece resta incollato alle parole, non mi sforzo di smussarlo. Adesso che mi sono allontanato da Bologna mi rendo conto che ho fatto bene ed è una conferma non tanto emotiva quanto visiva: c'era bisogno di nuove prospettive, un altro cielo.

Mentre cammino nel centro storico certi palazzi, per quanto splendidi, ora mi appaiono quasi come casolari di campagna. Li ritrovo come in scala 1:2. Anche le strade mi sembrano più corte. E dire che abito a Parigi, non a Manhattan.

Mi chiedo se vivere in una metropoli abbia un impatto così forte sul senso delle proporzioni, ma questo impatto non credo sia irreversibile: altrettanto facilmente ci si riabitua al vecchio. Ma delle proporzioni più ampie si avrà sempre nostalgia, mi sa.

Insomma Bologna la ritrovo più bassa, ancora più raccolta e antica, però con porzioni di cielo più vaste rispetto a Parigi, e questo mi piace.

Dalle pasticcerie esce odore di farina e vaniglia, odori di un nuovo Natale in preparazione.

Mi siedo sui gradoni di San Petronio, come ai tempi dell'università. Sfilano come sempre le ragazze, spesso a coppie. Una in minigonna di lana, calze spesse e stivali, un volto incantevole. Cédric mi aveva scritto di passare a salutarli, ci vado dopo la pausa pranzo.

Ho portato una bottiglia di *cidre*, una scatola di *macarons*. Li hanno apprezzati, soprattutto Camille e Manuela. Mi hanno trovato dimagrito. «Non si mangia, a Parigi?» ha chiesto Camille, che invece mi sembra più gonfia.

Colloquio breve con Cédric: il traffico dei siti è incoraggiante, il turismo sembra dare segnali di ripresa. Le agenzie ricominciano a investire in pubblicità, sebbene con prudenza.

La gente ha iniziato a prenotare i viaggi estivi. Si prevede una crescita delle spese in advertising per il prossimo semestre. Continuare così.

Appena esco in via Ugo Bassi, l'aggressione dei motori a scoppio, l'insistenza dei clacson, che a Parigi sto cominciando a dimenticare.

Mi si impregnano i polmoni di un'ansia leggera, subdola. Un senso di irrisolto, che non riesco a decifrare.

L'ansia, la stessa che ti fa dare troppa acqua alle piante, facendole morire. Che ti fa aggrovigliare ancora di più il filo degli auricolari, mentre cerchi di sbrogliarlo.

Nonostante i risultati, Cédric non mi è parso di buon umore. Dev'essere questo. Sono carichi di lavoro, *sous l'eau*, sott'acqua, come dicono a Parigi. Anche Camille me l'ha confermato, poco prima, accompagnandomi alla porta.

Faccio un salto in via del Pratello. Attraverso questa via intima, creativa come un atelier di ceramista, scansando stronzi freschi al suolo, vecchietti imbambolati sotto i portici.

Passo attraverso una nuvola di fumo che cala dall'alto, si dissolve a mezz'aria, profuma di hashish, alzo lo sguardo: una ragazza giovanissima, seduta sul davanzale di una finestra al primo piano. Sta fumando con un sorriso beato, appesa alla sua canna, come un filo al palloncino. Mi fa tornare il buonumore.

Entro alla Pam, pesco dal frigo una lattina di Coca-Cola. Un tizio scherza con una cassiera, parlano a voce alta, ridono, sono amici. Mi rendo conto che noi italiani siamo così, più chiassosi, caciaroni, urla, applausi, punti esclamativi.

È un attimo di vitalità, attorno a quella cassa, dà vertigine pensare a quante infinite manifestazioni di vita siano in atto ovunque in quel momento, in contemporanea: risate su ghiacciai, battelli al largo, colpi di martello, danze tribali, morsi di cane, telescopi in rotazione, lotte di pesci, balzi di puma, capriole di otarie, chitarre grattate su spiagge dove sta già facendo troppo caldo, meglio tuffarsi.

Incrocio in via Lame il filosofo Bonaga. Ricordo una sera che c'eravamo imbarcati in una discussione sociologica a un vernissage, secoli fa, anche se non ci conoscevamo. Lo saluto, non mi riconosce. Nel dubbio mi stringe la mano.

Faccio un salto al Disco d'Oro, in via Galliera, l'ultimo *disquaire* che resiste, vinili introvabili. Entrano vecchi dinosauri, non hanno intenzione di abbandonare gli anni Ottanta, sfogliano album in silenzio religioso, con gesti antichi.

Mi diverto a prendere la temperatura della città da vari punti di osservazione. Via Oberdan, via Rizzoli. Cammino senza una direzione precisa. *Flânerie* alla bolognese.

Mi siedo un po' sui gradoni di San Petronio, poi due spritz al Piccolo Bar di piazza Verdi.

Su un muro scrostato di via del Guasto qualcuno ha scritto «Schiaccio ragni che non esistono». Ragazze accovacciate sul bordo del colonnato in via Zamboni, collant bianchi della più bella: tiene le gambe leggermente dischiuse, lascia intravedere per un istante l'ombra scura delle mutandine, o delle non mutandine, sotto al nylon, un lampo.

Ho appuntamento con Deigo e il Jaco alle 20. Ci si ritrova senza tante cerimonie al Celtic. Deigo lo trovo in forma, si è fatto crescere i capelli, ha svecchiato il look con un cappotto lungo che gli dona. Gli chiedo come va con Nadia. «Forse stavolta è quella giusta» dice.

Sono avidi di aneddoti, però mantengo il profilo basso. Li trovo bene, assertivi, tonici. Il Jaco sempre a caccia di avventure, carico. Si parla di fare qualcosa assieme per l'estate.

Alle amiche invece non ho detto del mio passaggio lampo a Bo. Silvia è dai suoi, in Romagna, sta lavorando alla ricerca su Melanie Klein, quand'è così sparisce per settimane.

Per le altre la frustrazione sarebbe stata non potersi fermare: ho l'aereo domattina presto da Treviso, salutati gli amici ripartirò stasera stessa per il Friuli. Sarà per la prossima volta.

Fuori dal pub ci congediamo *comme d'habitude*, come se abitassi ancora qui, sobriamente, senza troppe esclamazioni. Forse pensano che non reggerò per molto, che sarò di ritorno, ma non osano dirlo.

Invece a Parigi mi ci sto ambientando, comincio a viverla come nuova casa, comincio a vedermici bene, a tempo indeterminato.

In via Zamboni, di fronte al Kinky è un delirio di folla notturna, ragazze incantevoli, in assetto da guerra. Alte, abitini stretti, lenti a contatto colorate, stivali da amazzoni.

La macchina è ancora dove l'ho lasciata. A Bologna non si sa mai, è anche città di rimozioni selvagge. Ho preso un kebab in via Fondazza e sono salito nel monolocale, l'ho masticato alla finestra, godendomi la vista notturna. Ho scattato un paio di foto agli ambienti spogli. Ho battuto le mani, l'assurda eco era ancora lì.

Mi sono tirato dietro la porta, senza magoni. Ho lasciato le chiavi nella cassetta delle lettere, come d'accordo con la proprietaria.

Se un giorno vorrò riprenderlo, dovrebbe essere fattibile, ha detto. Per il momento lo affitterà solo a studenti Erasmus, contratti di qualche mese.

Ho tenuto una copia delle chiavi.

Entro in seconda nei viali. Vorrei andare a dare un'occhiata all'Estragon, vecchia sala dove sono passati gruppi mitici, anche i Gong di Daevid Allen. Ma la radio propone Neil Young, l'abitacolo riscaldato mi impigrisce: la Opel infila praticamente da sola la tangenziale.

Ha il pilota automatico, ormai. Tra un paio d'ore sarò di nuovo a Zompicchia.

~

Ho salutato mia madre alla stazione di Codroipo, dormito come un soriano fino a Mestre. Dalla stazione ho preso il bus per l'aeroporto di Treviso.

I vetri della navetta sono oscurati, forse per non mostrare ai turisti diretti a Venezia quanta desolazione c'è tutt'attorno, non capirebbero.

Arrivo in anticipo. Ne approfitto per godermi l'aria fresca, l'odore di carburante avio all'esterno. Mi fermo in un punto da cui si vede bene la pista, oltre la rete di protezione.

Un Cessna biposto sta attendendo l'autorizzazione al decollo, fermo su un raccordo, il motore al minimo. Ecco che parte. Il rombo a tutta manetta, l'aria falciata dall'elica, affronta un leggero vento traverso, a giudicare dal rollio che lo sballotta nel primo tratto in cabrata.

Ogni volta che sento quel rumore di pistoni aeronautici immagino l'ultimo decollo di papà.

Si infila il casco, aggiustandosi i padiglioni delle cuffie, isolandosi dai rumori esterni.

Chiude il *canopy* a slitta, riceve l'autorizzazione alla messa in moto. L'elica scossa dal motorino di avviamento compie un paio di giri fermandosi, rimbalzando, elastica. Silenzio. Di nuovo il *click* dell'iniezione.

Al secondo tentativo il motore si avvia, come strappato di rabbia all'inerzia. La mano sinistra spinge in avanti la manetta e il biplano è percorso da una vibrazione compatta, impaziente di volare. Un cenno di saluto agli amici da dietro al tettuccio, prima di imboccare la bretella che lo porta alla pista.

Il Pitts al suolo ha un assetto impennato, il pilota infossato nel seggiolino ha scarsa visione frontale, è costretto a procedere zigzagando.

Poi il ruggito del compatto ma mordace sei cilindri Lycoming da duecento cavalli, lanciato nella corsa di decollo, dell'elica che sbrega l'aria tirando su il biplano in una cabrata che mette i brividi a chi assiste al suolo.

È stato così anche l'ultima volta. Per fortuna, mi dico, quel decollo lo immagino soltanto. Per fortuna non c'ero. Ero a scuola, quella mattina.

Penso anche ai momenti precedenti al volo. Un caffè e una brioche al bar, un po' d'acqua frizzante. Non sapeva che sarebbe stata l'ultima colazione. Oppure un presagio l'ha avuto? Si vola anche con un cattivo presagio? Credo di sì. Altrimenti si volerebbe molto meno. Forse non si volerebbe quasi più.

Vedendo il Cessna sparire nel cielo penso che no, non può bastare un cattivo presagio a fermare un decollo. Oppure di cattivi presagi non ne aveva. Mia madre dice che era sereno, gli ultimi giorni, atletico. Di buon umore come sempre.

Seduto accanto al finestrino ho sonnecchiato con la tempia appoggiata all'oblò. Il 737 comincia la discesa con qualche minuto di anticipo, forando le nuvole a cinquanta miglia da Beauvais, confezionando l'azzurro uniforme dentro una cappa di *grisaille* che stazionerà sulla metropoli per almeno dieci giorni, così dice il meteo.

Faccio l'ultimo tratto di métro sulla linea 4. Il conducente frena bruscamente a ogni fermata, avrà i coglioni girati. Scendo a Saint-Michel, nel cuore della città, accanto a Notre-Dame. Da qui procedo a piedi verso Place de la République.

Sopra i tetti campeggia un cielo retorico e severo, color pozzanghera. Mi muovo in giacca di velluto a coste blu, camicia a righe celesti.

Quando si apre un foro tra le nuvole, si riaccendono i colori degli oggetti, i riflessi sui parabrezza.

Il cielo di Parigi così mobile ridisegna continuamente contrasti e contorni di facciate, spigoli e sporgenze, in un alternarsi di piani luminosi quasi cinematografico, spettacolare, soprattutto vicino alla Senna.

Di fronte alla fontana Saint-Michel c'è sempre un viavai di gente che si dà appuntamento, per poi smistarsi altrove. La fontana è esposta male, sempre in ombra, cimiteriale.

Penso a certe fontane di frazioni romagnole, molto più modeste, eppure tanto più poetiche.

Le nubi alla fine si sono chiuse, come un diaframma. Comincia a piovere.

Un messaggio di Perrine: «*Samedi c'est la fête surprise anniversaire d'une connaissance pour ses 34 ans au Babiloo au 9 rue du Bagneur 75018 Bzzz*».

Una scossa al glande: è il cazzo a registrare per primo l'opportunità, come sempre. Ho i testicoli tesi come palle da tennis. La notte centrifugata con Gaëlle mi ha risvegliato la *fotta*.

Perrine fino a oggi mi ha aiutato con il passaggio di competenze, mostrandomi plug-in di Photoshop, profili-colore che a Bologna non usavamo, shortcuts utilissimi per liberare spazio mentale. Mi ha aiutato anche con il francese, correggendo sempre al volo, senza pedanteria, difetti di pronuncia, errori che mi trascinavo.

A casa non riesco a prendere sonno.

Mi chiedo se il cielo rotante di Parigi abbia un effetto deleterio sull'umore, la melatonina.

C'è chi dice che in effetti è il meteo, soltanto il meteo bizzarro, in definitiva, la causa del perenne scoglionamento dei parigini.

~

Abbiamo procrastinato più volte, ma alla fine ce la si è fatta a ritrovarci, venerdì scorso, aperitivo e hot dog alla Rhumerie di Saint-Germain des Près.

Era un Piotr dimagrito, in forma, quello che rivedevo dopo tre anni, e mi ha fatto piacere: ritrovare un amico imbolsito è sempre un po' triste.

L'aria perplessa invece è la stessa di allora, come l'arcata dentaria superiore, dritta da sembrare tagliata al laser (il padre è odontoiatra).

Non ha perso l'accento teutonico, il gesticolare nervoso, un po' a scatti.

Abita a Puteaux, dietro i grattacicli della Défense, con la sorella.

Ci si era conosciuti a una festa allo studentato, a Nanterre. Ricordo che si dava molto da fare con le ragazze, ci provava un po' con tutte, senza mirare, concludeva a fatica.

In realtà Piotr ha un viso affilato che può piacere di primo acchito, fisicamente si tiene bene, ma aveva qualcosa di strano nella gestualità, le mani che muoveva come schiaffeggiando l'aria: dopo pochi minuti dall'approccio le tipe si erano già raffreddate. Eppure una chance gliela stavano dando.

L'ho caricato, dicendogli che alla serata ci saranno un sacco di tipe. Ha accettato volentieri. Imposta il navigatore della Renault, ci si mette un po' a trovare questo bar nel 18[eme], dietro la Butte Montmartre, quella parte retrostante il Sacré-Cœur che i turisti ignorano, e anche molti parigini.

Non l'avevo ancora vista di sera e mi ispira, ha un'atmosfera da polar, vecchi lampioni che proiettano ombre lunghe sui muri, come zampe di ragno.

Perrine nel frattempo mi ha incalzato con altri sms, dove sei, quando arrivate? È una festa di compleanno di amici suoi, brasiliani.

Il bar era imboscato ma ha una bella atmosfera, conviviale, luci soffuse, ricorda certe osterie bolognesi. Ci fanno posto su una panca, attorno a un tavolo in legno massiccio, pieno di scritte intarsiate. I brasiliani hanno già finito di cenare. Briciole, tozzi di pane dappertutto. Parlano a voce alta, l'aria gioviale.

Perrine mi ha invitato a sedermi accanto a lei. «Come è andata dalla mamma?» chiede. «*Ah, les Italiens, la mammma*!». Sento il suo profumo evaporare dai collant. Avrei voglia di incollarci il naso. Calza stivaletti in pelle con borchie. Sorride più del solito. Una francese di Provenza, socievole. Beve Desperados, birra aromatizzata alla tequila. Me la fa assaggiare ma è imbevibile. Ne ordino una anche io.

I brasiliani più che parlare sembra cantino, con il loro "francesao". Il mio accento "rital" è quasi dizione da attore a confronto. Sono già tutti un po' sbronzi, ordinano ancora *bouffe*, *boissons*.

Il cameriere recapita piatti di salsicce: ciascun piatto accompagnato da un vasetto di salsa gialla, color guano, con pezzettoni verde fluorescenti. Deve essere micidiale: chi l'ha assaggiata non la tocca più.

Dal piano interrato proviene del jazz, fraseggi di chitarra alla Bill Frisell.

Piotr deluso perché a parte Perrine le altre sono cesse, dice. Se ne scende ad ascoltare il terzetto. Anche Perrine è un po' alticcia, tiene la coscia incollata alla mia.

Mi corregge qualche *uh* e qualche *oh*, l'accento delle sillabe finali.

A tratti mi fissa. Mette quasi soggezione quello sguardo così vicino, penetrante, che in ufficio non le ho mai visto.

Ordina un'ultima Desperados e la scoliamo assieme, poi usciamo sul *trottoir*. «Vuoi che ti riaccompagni?» mi chiede. «*Avec plaisir*». Scendo ad avvisare Piotr. Mi accorgo del velo di invidia che gli appanna gli occhi.

«*Je te fais découvrir Paris la nuit*» sorride. «*Ou tu veux rentrer déjà?*». Mi va benissimo, figurati.

Ci sto comodo, dentro la sua Clio mezzo sfasciata, l'abitacolo impregnato del suo profumo. Avrei voglia di qualcosa di caldo da addentare. Anche lei, un croissant, un *pain au chocolat*.

Ma non siamo a Bologna, dove di notte si trova sempre un forno aperto, carboidrati bollenti, roba buona appena cotta. A Parigi la *boulangerie* illuminata che becchiamo dalle parti di Place de Clichy è cosa rara e provvidenziale, non possiamo saltarla.

Perrine frena bruscamente, fa un'assurda inversione a U e parcheggia sul marciapiede. Torno con un croissant e un pezzo di torta alle mandorle.

Bello, girare a Parigi in macchina di notte. Passiamo davanti all'Hôtel de Ville, al Louvre. Le luci che scorrono hanno qualcosa di drammatico, come la pubblicità di una *fragrance* fatale, Chanel, Lancôme… Una carrellata della macchina da presa sui lampioni, lo sfondo di un «*Adieu*» che lei gli urla dall'altro lato del Boulevard, anche se già sanno che non finisce lì.

Parcheggiamo accanto al Lungosenna. Ci fermiamo a sgranocchiare in una piazzola, poco dopo il Musée d'Orsay. Fa per togliermi una briciola dall'angolo della bocca, ma è un pretesto. Un bacetto delicato, solo uno, poi mi spinge contro il poggiatesta, attorcigliando la lingua alla mia, quasi di rabbia. Abbassa il suo sedile. La tiro verso di me. Con una specie di capriola mi sale sopra. Comincia a strusciarsi sopra i jeans. Me li sbottona. La aiuto ad allentare la cintura. Mi libera il membro dai boxer.

La vedo infilarsi una mano tra le gambe, sotto ai collant, mentre mi prende in bocca. Mi concentro sul soffitto della macchina. Rischio di scoppiarle subito in gola.

«*Mets-toi à côté*» dice. Mi bacia, al tempo stesso mi accarezza, sfiorando le palle con i polpastrelli.

Quando sente che sto per cedere si volta a guardare, mi stringe e accelera, facendomi esplodere, sussulti accavallati, ripetuti. Quando ho finito si volta e mi dà un bacio, accompagnandolo con un verso delizioso, un cinguettio di soddisfazione.

I finestrini sono completamente appannati. Apro la portiera. Inspiro profondamente. «*Ne bouge pas*» dice, prendendo i kleenex nella borsetta. Si pulisce mani e braccio, mi passa i fazzoletti. Le accarezzo una gamba, mi ferma. «*La prochaine fois*» dice.

Chiede se ho già fatto l'amore con una francese, da quando sono a Parigi. Non ancora, le dico. «Ecco perché ne avevi così tanto» mi fa. Mi mordicchia una guancia. Si accende una sigaretta. Un'altra *fumeuse*. Fumano molto, le ragazze a Parigi. Scarica la cenere fuori dal finestrino.

Risolleviamo i sedili. Rimette in moto e riparte verso il 10$^{eme}$ arrondissement. Rimaniamo d'accordo di non dire niente, al lavoro. Scendo a Place de la République e infilo il cappotto, piegandomi a darle il bacio della buonanotte. Mi aggiusta la sciarpa. Quando riparte, la osservo procedere verso Place de la Bastille, e in quel momento la vedrei bene dentro una tavola di fumetto: scatta il verde e accelera con un rumore di marmitta marcia, le quattro frecce ancora accese e i fanali che, me ne accorgo solo a quel punto, abbiamo dimenticato tutto il tempo spenti, glielo segnalo con un messaggio.

*Dicembre*

Dopo il lavoro rientro a casa in métro, un freddo boia, la città è sferzata da raffiche di chiara provenienza oceanica. Ho in mano metà del sandwich che mi è avanzato dalla pausa pranzo, ne addento un morso.

Il pane a sera è già duro come legno, è incredibile come si sciupino subito le baguette. Nell'attesa ne lancio un pezzo sui binari. Una coppia di ratti affiora da un foro tra le traversine, si fiondano sul pane, spariscono. Due ragazze sul quai opposto lanciano un urlo, si allontanano dal bordo, terrorizzate.

Avranno entrambe trent'anni. Una è vestita in modo casual, jeans, sciarpone e piumino, stivaletti, il volto preso soltanto dai suoi pensieri.

L'altra si atteggia visibilmente, le resta appesa al viso un'espressione disgustata. Ha un cappotto elegante, guanti in pelle. Ma che succede ai piedi? Due solidi strani. Guardo meglio. Un paio di scarponi da sci rosa, con il tacco. Mai visti prima.

Torno con lo sguardo alle traversine, i topi si sono dileguati. Riguardo la ragazza, quelle scarpe aliene. Di nuovo il suo volto. E finalmente capisco.

Non credevo che sarebbe stato un paio di calzature, assurdo, a rivelare cosa la rende respingente, a decrittare la sua "posa", e per estensione una certa postura femminile urbana, riconoscibile e rintracciabile abbastanza spesso a Parigi, quella delle *hautaines*. Non è la ragazza a essere respingente, ma la sua maschera, l'avevo già vista altre volte, del tutto simile, indossata anche da altre ragazze. Così ormai la riconoscevo, e cercavo di capirla, capirla è anche un modo per arrivare a sfilarla quella maschera, per avvicinarmi alla ragazza *vera* che ci sta dietro, mi dicevo, ma qualcosa in quella maschera mi sfuggiva, eppure continuava a ghermire, e a respingere.

La ragazza e gli scarponi sono ancora lì. Sono stati loro ad aprirmi gli occhi: a Parigi più che tirarsela, come talvolta un po' sbrigativamente si dice, certe tipe si prendono duramente sul serio. Sottile differenza. Il punto che mancava è quello. Ma vorrei capire meglio.

Non sono tutte così, ci sono anche ragazze solari, spontanee, prendi Perrine.

Poi ci sono le *hautaines*, le altezzose. Che le solari diventino hautaines, o viceversa, a seconda dei giorni? Possibile. E non hanno il diritto di fare il muso duro? Ci mancherebbe. Ma quella delle *hautaines* è una maschera diffusa e indossata soprattutto in certi quartieri di Parigi e l'espressione contrita dei loro volti, in strada, nei luoghi pubblici, di primo acchito la si potrebbe tradurre così: indifferenza, con una *nuance* di superbia e disprezzo. Fin qui, nulla di diverso da quanto si può trovare in ogni altra metropoli.

Però «*a Paris chaque parisien(ne) regarde l'autre comme si chacun(e) était le serveur de l'autre*» ci spiegavano un po' enfatizzando alla Sorbonne, in un seminario di sociologia del lusso, già ai tempi dell'Erasmus. Ciascuno reciprocamente guarda l'altro come se l'altro fosse un suo subalterno. E questa sarebbe la base, l'intelaiatura della postura. Guardare chi di rimando ti guarda così è già subire una sottile aggressione. Bisogna imparare a immunizzarsi, oppure a restituire lo stesso sguardo. Oppure evitare di guardare, è un'altra soluzione.

Nelle *hautaines* però quello sguardo è accompagnato da un'espressione tipica del volto. Non è tanto il naso, che arricciano, come se fiutassero un odore sgradevole nell'aria, ma la bocca.

La famosa "puzza sotto al naso" è in realtà una smorfia della bocca che alle italiane non viene, le italiane quell'arricciamento, con le labbra che si stringono a culo di gallina, spostandosi di lato e un po' in alto, quasi a toccare la guancia, non riescono a riprodurlo. Lo so, perché ho già chiesto a qualche amica di provarci, e niente, non ci riuscivano.

Questa è la sola smorfia che rompe l'immobilità del volto delle *hautaines* in pubblico, ed è in primo luogo una smorfia respingente, una protezione dai selvaggi urbani che tenderebbero a importunarle per strada.

*Hautaines*, non solo perché più "aristocratiche", ma anche perché continuamente sollecitate, così se ti metti sul predellino le zampe dei trogloditi non ci arrivano.

Comprensibile, i trogloditi a Parigi non mancano, anzi a quanto pare a ogni ragazza ogni giorno tocca incrociarne fin troppi, molesti, insistenti, braccia prensili, così le ragazze finiscono per indossare una difesa costante, una corazza indifferenziata, che inevitabilmente dissuade anche l'approccio dei non trogloditi.

Ma l'inaccessibilità a oltranza, inserita in automatico appena scese in strada, mi pare una condotta conservativa di energie però dispersiva di opportunità: inaccessibili lo siamo già per tutte le persone che non incroceremo, che non ci vedranno mai! È vero, nella metropoli molti ricorrono al dating online, si sollecitano continuamente sui social, aggirando il problema, ma è nella prossimità fisica, nell'incrociarsi reciproco per strada, nell'essere entrambi lì, in quel luogo, in quell'istante, che bisognerebbe non dico sbracciarsi verso gli sconosciuti, ma perlomeno lasciare un'apertura: vita ne pullula ovunque, ma la tua è soprattutto lì che può accadere.

Tutto questo mi era parso chiaro già durante l'Erasmus. Però all'epoca, quando per qualche motivo mi trovavo a bazzicare certi quartieri *huppé*, constatai che l'inaccessibilità non era così indifferenziata, qualche breccia a volte si creava, bisognava saperla cogliere. Eppure c'era qualcosa che ancora mi sfuggiva: la flagrante assenza di autoironia.

La tipa è ancora sul *quai* opposto, e pure io, d'altronde: ci deve essere qualche problema sulla linea. Scarponi da sci rosa, con il tacco, è questo il punto e non lo mollo: le *hautaines* sono capaci di mettersi addosso anche le cose più grottesche mantenendo la maschera più contrita, quell'espressione grave, da corte d'assise.

A Londra, o a New York, gli stessi scarponi forse farebbero un effetto diverso, me li immagino portati in modo scanzonato, con un sorriso, un accessorio bislacco: un cappello a forma di palma, un formichiere al guinzaglio. Ma la parigina *hautaine* non sorride, non *deve* sorridere. Perché?

Ancora oggi la città invita le ragazze a impersonare l'*allure* della *parisienne*, latrice di segreti, chic e elusiva, attraverso un repertorio di pose e codici ben collaudato: già nelle foto, per esempio, la *parisienne* non deve *mai* sorridere, ma dire solo *blue*, a bassa voce, l'istruzione che dà loro il fotografo, «*allez, bluuue!*» per impostare le labbra appunto non in un sorriso ma in un broncio, che del sorriso conserva solo una sfumatura, un tocco d'insolenza.

Poi si tende a non dirlo, è un argomento magari accettato però liquidato con un'alzata di spalle, ma il mito della *parisienne* icona di stile e di *savoir vivre* si è composto nelle grandi linee molto prima di Inès de la Fressange, della Deneuve o di Jeanne Moreau, più di un secolo fa. Le storiche marche del lusso parigine seppero integrarlo e alimentarlo in modo brillante, fin dall'inizio, e quel mito, perpetuandosi nella metropoli, ha giovato nel tempo a tutto il sistema del lusso francese, contribuendo a farne la fortuna, ed è anche nell'interesse di un fatturato mondiale stellare continuare ad aggiornarlo e riproporlo.

Così di fatto le *hautaines* indossando quell'aria lontana, vagamente scocciata, quella maschera che si sfilano solo nell'intimità dei loro appartamenti, sicuramente con un senso di sollievo, contribuiscono a convalidare ogni giorno, senza retribuzione e dal basso, l'icona della *parisienne* alla sua temperatura più fredda, sulla quale plana ancora oggi buona parte dell'industria del lusso francese.

Dev'essere faticosa, la giornata della *parisienne*. Le marche dovrebbero pagarle, anziché tirare i prezzi verso l'alto, perché continuando ad aderire al repertorio di pose e segni codificato (oltre all'algidezza, il *faussement négligé*, i capelli fintamente sconvolti, il maquillage quasi impercettibile, gli accostamenti audaci, un accenno di *catwalk* anche sugli attraversamenti pedonali) quelle ragazze, che spesso non sono nemmeno nate a Parigi, legittimano ogni giorno dal basso anche l'edizione continua di cosmetici, abiti e accessori buoni per stagioni sempre più brevi, ma dai margini di profitto impressionanti.

Un congegno seduttivo non certo nuovo, anzi perfettamente oliato, ma tipicamente parigino, questo ce lo dissero anche alla Sorbona, perché la figura della *parisienne* non esiste altrove. Anche se viene fatto credere che sia esportabile, che si possa essere *parisiennes* anche in altre città, e la sua potenza infatti risiede proprio lì: un congegno ancora oggi irresistibile per le aspiranti parigine di tutto il mondo, le americane, in primo luogo, ma ultimamente soprattutto le asiatiche, e te ne accorgi dalle code fuori dai grandi magazzini, pazienti, imbambolate.

Detto questo, "*Pink Boots*" è ancora lì, la vedo intensamente indifferente alla mia presenza e ai miei ruminamenti, nonostante a mia volta indossi un *caban* piuttosto imponente, forse anche una taglia di troppo, preso per poche decine di euro in una *friperie*. Sarebbe anche carina, con o senza gli scarponi.

Il suo métro tarda ad arrivare, il mio è indicato a cinque minuti. La osservo ancora un po'.

Scarponi da sci rosa, in plastica, con le clips di chiusura, con il tacco, quasi due calzari da automa, snodabili, spaziali. Mi chiedo se oggetti spinti al limite come quegli scarponi siano esperimenti delle marche, o test aleatori del gusto, scherzi dei direttori creativi.

Ma se il pubblico in negozio li rifiuta, sono collezioni che poi restano invendute. Avanzano come stock ingombrante, da smaltire. Nessuno li voleva? Riproporli in differita, come opportunità audace, esclusiva, accarezzati da una luce di taglio.

Quegli incredibili scarponi che sei mesi prima avrebbe rifiutato in negozio, con la stessa espressione di sdegno che indossava ancora un attimo fa, se li è ritrovati online la settimana scorsa. Avevano un conto alla rovescia accanto al prezzo, come un ordigno, una *call-to-action* diceva «affrettati!»: non poteva lasciarseli scappare.

Scarponi da sci rosa & tacco. Adesso che hanno annunciato il métro in arrivo ne punta uno nella mia direzione, segno di interesse dissimulato, badando a tenere il busto orientato altrove, però mi fido del piede. La tipa in fondo non è male, dai che forse riesco a farla ridere.

Mi hanno quasi ipnotizzato, quegli scarponi. Uno degli inguardabili scarti della macchina prêt-à-porter che non può arrestarsi, che è costretta a inventarsi qualcosa di nuovo ogni mese, le sole stagioni fall/winter – spring/summer non bastano più.

Ma come inventarsi qualcosa di nuovo ogni mese in un settore regolato da codici estetici relativamente ricorrenti come il prêt-à-porter, senza evitare il ridicolo?

Il problema a Parigi più che altrove sembra risolto così: intanto si allentino sempre più i margini tra il ridicolo e il non ridicolo, rendendoli più permeabili, mobili. E poi il ridicolo si continui a tentarlo, senza pudore: tanto anche il ridicolo, se ben confezionato, se offerto a condizioni irripetibili, alla fine si riesce a venderlo.

Il patetico è meno gestibile, forse anche meno vendibile. Ma il ridicolo, camuffato da eccentrico, in questa città può sempre trovare il suo pubblico. Perché anche l'eccentrico fa *parisienne*.

Che ognuno indossi o non indossi ciò che vuole, ci mancherebbe, mi dico. Ma il fatto è che il ridicolo, tendente o meno all'eccentrico, se preso serissimamente, senza neanche una parvenza di ironia, ridiventa definitivamente ridicolo, ma in modo quasi drammatico, affliggente: intercettarlo alla fine di una lunga giornata di lavoro, se già sei girato un po' storto, può anche diventare deprimente.

Non era quello che cercavo, stasera. Ma ecco che finalmente arriva il métro.

~

Parigi nei secoli si è sviluppata a chiocciola, una concrezione che parte dall'Ile de la Cité, fa il primo giro degli arrondissement centrali, ne compie un secondo, terminando con gli ultimi a nord-est, il 19$^{eme}$ e il 20$^{eme}$, tra i meno borghesi.

Sono quelli che preferisco, che mi diverto a esplorare dopo il lavoro, o nel weekend. Dietro le vie principali svelano micro quartieri di fabbrichette dismesse, edilizia anni Settanta, vecchi atelier, autorimesse, macerie di case demolite.

Negli arrondissement più centrali il cielo, per quanto contemporaneo, è sempre riportato all'Ottocento dai profili dei palazzi haussmaniani, sagomato da stucchi, bassorilievi. È un cielo *lourd*, pesante.

Così cerco l'evasione dall'austerità dei Boulevard, atmosfere da periferie USA a Parigi. Bisogna spingersi a nord-est, negli ultimi arrondissement e anche oltre, nella banlieue, a Les Lilas, Romainville, Montreuil.

Parigi strafotografata, mangiata dagli otturatori, scattata da chiunque, e poi Parigi fuori dai corridoi turistici, zone molto meno battute, da esplorare. Andare a caccia di *landscapes* di ringhiera, architetture povere, collages di tetti, calcestruzzi avariati. Ho in mente certe immagini di Stephen Shore, Lewis Baltz, William Eggleston.

Puntare verso il Quartier Massèna, o il grappolo di torri di Beaugrenelle e la loro skyline.

Così da République, con la linea 8 in poche fermate raggiungo Bagnolet. È qui che scendo oggi.

Prendo un Vélib' e mi perdo tra cortili e aree giochi, condomini e giardinetti che mi ricordano Pordenone, San Donà di Piave.

Pedalo in salita per mezz'ora, cerco di non sentire il dolore ai polpacci. Pedalo, e mi arrampico fino a un parchetto sopraelevato, Jean Moulin les Guidances, non l'avevo mai visto.

La città è capace di regali incredibili. Da un poggiolo arrugginito si spalanca una prospettiva a sorpresa, un volo sulla metropoli all'orizzonte. La Tour Montparnasse, unico grattacielo nel centro di Parigi, mai inquadrata da questa distanza.

Svetta sulla distesa bianca di edifici in miniatura, lontani. Si staglia inerte, brunita e spenta. Innestata sulla città come la vecchia cartuccia di un videogioco, senza più batterie.

~

Ho ricevuto una mail da un ex pilota dello Stormo Caccia di Istrana. Papà era stato suo istruttore di volo.

«Lo stimavo un eccellente pilota, uno dei migliori che abbia incontrato nella mia carriera» scrive.

> Come istruttore era notevole, ti stimolava a superarti, a diventare tutt'uno con il velivolo, "sentendone" l'inviluppo fino a smussarne le eventuali spigolosità, anche negli assetti più difficili. Ricordo ancora come eseguiva la "siberiana" o il *tonneau* lento sull'asse con la più grande naturalezza, manovre che per risultare impeccabili richiedono grandi doti di coordinazione, una padronanza assoluta del velivolo. Volammo assieme per una decina di ore, poche forse, ma per me indimenticabili. Volevo dire solo questo.

Gli scrivo, ringraziandolo. E poiché è un pilota di grande esperienza, anche a lui chiedo cosa avesse pensato all'epoca, quando seppe dell'incidente.

«So che tuo padre amava profondamente la sua famiglia» risponde.

> Non era da lui commettere un'imprudenza. Se qualcuno avanzò l'ipotesi che avesse sottovalutato le prestazioni, l'inviluppo del Pitts, a mio parere l'ha detto per invidia. Elio aveva realmente una marcia in più. Era quello che tra piloti chiamiamo un "manico". Chi può dire cosa sia successo quel giorno. Un evento imprevisto? Una spia che si è messa a lampeggiare sul cruscotto e l'ha distratto? Un volatile che ha impattato contro il tettuccio, ostacolandogli la visuale? Come ricostruirlo adesso, dopo tanti anni?.

~

Dopo pranzo passa a prendermi Perrine. Jeans bianchi aderenti, Adidas immacolate, pullover celeste e cappottino. Vuole portarmi a vedere una *fête foraine* di cui parlava l'altra sera, alla periferia est di Parigi. *Fête foraine*? «Cioè luna park?» le chiedo, ma non capisce, in francese luna park non si usa.

Già dal parcheggio individuiamo la giostra più delirante, una specie di tentacolo montato all'estremità di un pilone enorme, fa movimenti impressionanti, da esorcista, centrifuga adolescenti di cui ci arrivano urla scannate.

Mi sono già pentito, saranno dieci anni che non metto piede in un posto così. Perrine vuole provare, mi tira per la manica. Ci mettiamo in fila. Mentre avanziamo mi incalza con domande tecniche: come la trasportano, come la montano, quanto peserà? E io che ne so? Casse enormi ci assestano pugni al torace, bassi da techno *maraglia*.

Quando è il nostro turno sento i piedi fare resistenza, come un freno. Saliamo. Una specie di roll-bar si abbassa sulle gambe, Perrine mi prende la mano. Un giostraio con occhialoni da clown toglie uno spinotto, mettendoci in sicurezza. La giostra fa il primo giro lentamente. Tratteniamo il respiro, sospesi per qualche secondo in cima. Fa freddo. Mi godo la vista di Parigi in lontananza. Parte la centrifuga. Trenta secondi di accelerazioni negative e fitte all'inguine, quelle positive, invece, con il ringhio dell'aria nelle orecchie, sono esaltanti.

A terra ci gira la testa, sentiamo le gambe pesanti.

Per distrarmi scatto qualche foto a giostre dai colori saturi, luci sequenziali. Facciamo anche un giro nella casa degli specchi, prendo capocciate contro i vetri. Due ore di *fête foraine* possono bastare.

Non so se fosse una prova di resistenza, ma Perrine passa al livello successivo: propone una pasta *chez elle*. Dovrò cucinare io.

Abita a Kremlin Bicêtre, banlieue sud. Da Franprix prendiamo una bottiglia di Côte du Rhône, parmigiano, una baguette, pancetta affumicata e spaghetti De Cecco. Il suo appartamento è in una via residenziale un po' fuori dal centro, le luci dei lampioni rischiarano appena le facciate di villette bifamiliari, silenziose.

Ci vogliono tre codici per salire: in strada, nell'atrio, dentro l'ascensore. Manco fosse un caveau. È figlia unica, i suoi le comprarono questo *deux pièces*, dove vive ormai da dieci anni.

Mi piace, come ha arredato la camera, in stile orientale: tavolino basso, separé in bambù. Tolgo le Onitsuka e mi accorgo che ho un buco in un calzino, sotto al tallone. Lo nota anche lei, «Anche a me capita» dice. Apprezzo la spontaneità con cui mi mette a mio agio, anche al lavoro. Cerca sul suo portatile un po' di jazz.

L'angolo cucina è funzionale, senza fronzoli, trovo facilmente il *nécessaire*. Mi metto a preparare la carbonara, rilassato dal soffio della cappa aspirante. La stacco al punto di cottura perfetto.

Quando le consegno il piatto, cerimonioso come uno chef, fa un gridolino di gioia. Comincia ad arrotolare gli spaghetti dentro al cucchiaio. Cos'è questa storia del cucchiaio? Le mostro come si fa.

La carbonara è riuscita bene, ne vuole ancora. Le do un po' della mia, poi vado in bagno. Lavo i denti e anche l'uccello nel lavandino, osservo le sue creme, i rossetti. La sua collezione di accessori di maquillage, molto sexy, con cui dà vita a varie Perrine, che in ufficio non fa vedere.

Mi stendo sul suo letto, basso quasi quanto il futon che avevo a Bologna. Ha finito di lavare i piatti, rientra dalla cucina ancheggiando, lentamente, parodiando il passo delle modelle. Si sbottona i jeans. La aiuto a sfilarseli. Mi chiedo come riesca a metterli, così aderenti. Li accompagna con un delizioso movimento dei fianchi.

Bella culotte bianca, con il fiocchetto. Allungo la mano. Mi ferma. «*D'abord je prends une douche*» dice. «*Après on fait l'amour. Et après... On se couche*» conclude, con un sorriso di sfida. «Hai già pensato a tutto» le dico, in italiano. «*Je t'apprends l'amour à la Française...*» mi fa dalla porta del bagno, lo spazzolino in bocca, ridendo.

~

Alle nove del mattino sul *quai* del métro c'è sempre la tipa che arriva con un zoccolamento di tacchi esagerato, si ferma, le mani sui fianchi, come a dire «e allora?». Si girano tutti, le altre la guardano di sbieco, lei resta impassibile. Mi dico una scala di insolenza, misurarla così, dare a tutte lo stesso paio di tacchi, tirare una linea e go!, quella che pesta più forte, il cui tacco arriva più lontano, sarà mica lei la più stronza?

Basta, sgomberare la testa da questi sarcasmi. Ritrova l'attitudine zen. Fregatene delle stronze, delle *hautaines*.

È che se nel weekend sei stato bene il lunedì dà l'orticaria. È sempre colpa del lunedì. Già alle nove del mattino il messaggio registrato graffia il cervello, ripetuto in cinque lingue, «*attention aux pickpockets!*», attenzione ai borseggiatori. L'altoparlante stamattina ce l'ho proprio sopra al cranio. Stringo i pugni nelle tasche.

Penso soltanto a un anno fa, il lunedì da studente era come il martedì: poco diverso da un sabato.

E adesso? Ci sono giornate di lavoro ben più indigeste delle mie, lo so.

Guardo la gente attorno. Ingannano l'attesa del treno picchiettando lo smartphone, battendo i piedi: al lunedì sembriamo tutti zombie di cappotti neri, manichini diretti alle postazioni.

Ci siamo tutti dentro, non si scappa. Ma non sento nell'aria un senso di appartenenza a questo supplizio comune. *Au contraire*: ciascuno diventa più catafratto, più rincagnito nella sua frustrazione, nel suo sonno strattonato.

Il lunedì mattina forse a Parigi più che altrove ha un suo scopo: arrivare il prima possibile al lunedì sera.

Perlomeno all'inizio della settimana l'aria nei vagoni è più respirabile. Molti escono dall'unica doccia settimanale, fatta magari controvoglia la domenica sera, dopo la scopata coniugale *hebdomadaire*.

Chi si lava al mattino proviene da un momento di intimità con se stesso, di *bonheur* fetale, acquatico.

Poi con i vestiti addosso, uscendo in strada, la bolla subito evapora, rimpiazzata dall'abituale corazza.

Siamo tutti incollati, stamattina, non c'è uno spazio vuoto nel vagone. Mi ritrovo con il culo di una ragazza che quasi mi schiaccia i genitali. C'è chi la cerca, questa posizione. *Frotteurs du métro*, li chiamano. Rischiano il linciaggio.

La tipa avrà diciott'anni, il suo corpo contro il mio. La sento fare più volte un impercettibile movimento con le chiappe, come uno scuettamento. Provocazioni. Un diversivo per ingannare la noia del tragitto, mentre continua a scorrere foto di amiche sull'iPhone. Sto ben attento a non muovermi. Cerco di pensare a cose orride, vomitevoli, per frenare sul nascere l'erezione.

Dentro il primo métro della settimana ciascuno è più sigillato, brutto, impermeabile. Tutti insardinati dentro il vagone, per quanto latini, mediterranei si possa essere, ci si *parisianizza* rapidamente.

Anch'io mi sforzo di non sorridere. Imposto la faccia seria, contrita. Guardo gli altri. Sento il mio volto diventare come gomma, tirare verso il basso, diventare come il loro.

Vietato sorridere, dentro al métro. Tenere lo sguardo basso, l'espressione grave. Ce ne eravamo accorti già in Erasmus: i nostri sorrisi italiani a Parigi non servivano quasi a niente. La nostra espansività, le pacche sulle spalle, la gesticolazione assurda di un Beppe Grillo, se gli capita di vederla alla televisione, non la capiscono, gli fa paura.

È come se si andasse tutti assieme a un funerale, un *enterrement*, al lunedì mattina.

Poi con il tempo capisci che a Parigi la gravità del volto è funzionale al dispendio minimo d'energia, a non mangiare le batterie in gesti inutili. Se ti attende una giornata carica di impegni, riunioni, rendez-vous. Se ti attende un giorno di scadenze, mail con notifica di lettura, dolori gastrointestinali, sushi al mercurio in pausa pranzo. Se hai una giornata così intossicante, peggio ancora se questa giornata si chiama *lundi*, e se qualcuno per caso ti sorride, ti ammicca, è un'altra incognita da affrontare. Un ostacolo ulteriore, di cui si fa volentieri a meno. Ti carica di una tensione accessoria, non richiesta: perché sorride? Vuole fregarmi? Rifilarmi qualcosa?

Così, anche da expat, anche da mediterranei, si impara rapidamente a restare seri, dentro al métro. Appena finisce questo freddo non ci metto più piede, ecco la soluzione.

Per fortuna a ogni lunedì mattina, di solito (salvo imprevisti) segue il lunedì sera.

In fondo lo sai che il mattino è un male transitorio, che con un po' di pazienza la sera come sempre arriva, calando il sipario sul giorno orrido della settimana.

Ecco cos'è il *bon courage* che ci si scambia sempre tra colleghi alla macchinetta del caffè il lunedì pomeriggio, vuol dire solo questo: «Coraggio. Ce l'abbiamo quasi fatta!».

~

Mi ha scritto un docente di Meccanica e Sistemi Propulsivi, Lucio Corsini.

> È stato un amico a segnalarmi questa pagina, gran belle foto! Tuo papà lo conobbi all'aeroclub di Campoformido, a margine di una manifestazione aerea. Aveva presentato in volo un SF-260 su richiesta del costruttore, la SIAI-Marchetti di Vergiate. Ritrovatolo in sala briefing, mi presentai, complimentandomi per la dimostrazione. Ci trattenemmo a parlare, naturalmente di volo. Avevo da poco pubblicato un manuale sugli autogiri e gliene regalai una copia. Si era anche parlato di elicotteri, non escludeva un giorno di prendere il brevetto. Aveva notevoli competenze in aerodinamica. Apprezzai che ne parlasse con semplicità.

Trovo il suo curriculum sul sito dell'Istituto Aeronautico di Udine. Scarico il pdf e fa impressione. Una dozzina di pagine: è stato docente a contratto in varie università, Udine, Monaco di Baviera e Tolosa, consulente per Airbus e per aziende di ultraleggeri, autore di numerosi volumi, dedicati ad autogiri, elicotteri, principi di aerodinamica; ha depositato una mezza dozzina di brevetti su oggetti di cui ignoravo l'esistenza, sensori annegati dentro turbine, sonde che traducono energie pazzesche in graziose cifre sui display.

Questa volta non chiedo un parere sull'incidente, è lui stesso a evocarlo.

> Quando seppi della disgrazia pensai subito al Pitts. Mi dissi che su quel velivolo non ci avrei mai messo piede. Ritenevo e ritengo estremamente improbabile che tuo padre potesse aver commesso un errore di pilotaggio, ma so anche che ci sono macchine più ostiche di altre e, nonostante sia diventato anch'io un discreto pilota, preferisco evitarle. Un caro saluto.

*Gennaio*

Le giornate si stanno allungando, archiviato ormai il Natale che in ogni caso a Parigi, a parte le luminarie per i turisti sugli Champs Elysées, è molto meno sentito e lampeggiante che in Italia.

La gente abbandona sul marciapiede piccoli abeti naturali, i *sapins*, segati un mese prima per qualche settimana di lucine colorate, una cosa assurda. A lavoro l'estate è adesso: siamo già sommersi di foto di spiagge e crociere da editare, ritagliare, smistare nella pipeline.

I programmatori li vedo sempre più piegati dentro gli schermi, bellissimi del resto, Eizo di ultima generazione, enormi. Uno di questi giorni ci cadranno dentro. Danan pesca continuamente semini da un sacchetto, non ci faccio più caso, Didier ha un nuovo paio di cuffie bombate, le tiene in testa tutto il giorno. Magro com'è gli fanno un cranio marziano.

Pure io ho la mia bizzarria, il ventilatore a piantana sempre acceso, accanto alla scrivania. Il soffio mi rilassa, smuove l'aria, allontana gli odori di cibo della pausa pranzo.

Mme Contin quando appare, di solito è nel tardo pomeriggio. Sgancia ChouChou sulla moquette, fa il giro delle scrivanie. Depone qualche osservazione, sempre pertinente, qualche richiesta volante. Riprende il cane e riparte. Sparisce a volte anche per due settimane.

Perrine mi sorride senza malizia, neutra, siamo ridiventati "colleghi". Ogni tanto mi manda un messaggio via Skype. Qualche foto assurda che le è passata sotto agli occhi. Tastiamo reciprocamente il terreno. Forse si sta rivedendo con un ex. Come sempre non forzo le cose. È la mia filosofia da anni, ormai. Sono sereno, e poi «L'hai già timbrata» direbbe Silvia.

Il sole e un'aria frizzantina, quasi primaverile nel pomeriggio hanno fatto scoppiare come pop-corn risate tra le scrivanie, ridevano anche gli informatici, cosa mai vista. Un momento di delirio estemporaneo, contagioso.

Dopo il lavoro vado a tagliarmi i capelli. Vorrei chiedere solo una spuntatina. Ma qual è l'equivalente francese di *spuntatina*? Dovrebbe essere: *reglage des volumes*. Scelgo una coiffeuse che avevo già adocchiato, in rue Vinaigriers, vicino al Canal.

Mi era piaciuto il *décor* del salone: cubetti verde fluo alle pareti, tra il psichedelico e l'arcade; mi era piaciuta la tipa, squinzietta, sui vent'anni, *french nails*, grembiule, ballerine. Aveva detto vieni quando vuoi, senza rendez-vous.

In métro ripeto mentalmente i verbi, in caso ce ne sia bisogno: accorciare, *raccourcir*, (non) grattare, *(ne pas) frotter*, togliere spessore, *désépaissir*.

La coiffeuse lavora da sola, ha l'aria affabile.

A Parigi non mancano il calore, la complicità, mi dico. Si tratta solo di stanarli nei posti giusti, o di lasciar fare al caso. Mi invita ad accomodarmi su un divanetto. «*Café ou thé?*» chiede. Caffè, *ça va sans dire*.

Sta rifinendo il taglio di un signore dall'attaccatura bassa, l'unico cliente. Avrà ottant'anni, una pigna di capelli foltissima. Dal viso si direbbe del Sud Italia, siciliano.

Il tizio paga, la coiffeuse pulisce il pavimento spostando le ciocche di capelli con il phon.

Cerco di darle istruzioni semplici, «*juste un réglage des volumes*» ma di fronte alla sua perplessità mi incasino, non riesco a evitare di dirle «*pas frotter*», «*pas effiler*». Mi ascolta con le guanciotte giudiziose, perplessa, mi fa accomodare sulla poltrona e inizia a lavorare la nuca.

Il salone è anche troppo riscaldato. Un vecchio album degli Stooges, a basso volume, come velluto dai diffusori, ci sta da dio. Rischio di addormentarmi. È un momento di grazia. Entra un tizio. Si salutano facendosi *la bise*: tripli baci sulle guance. Si siede sulla poltroncina alle mie spalle, dopo avermi studiato rapidamente, l'occhio torvo.

Chissà che tipo di valutazione compie: quante proteine mangio, quanti chili tiro alla *pectoral-machine*? La mia porzione di specchio inquadra la coiffeuse, e il tizio alle sue spalle, il suo naso ammaccato. Rimetto a fuoco la coiffeuse. Il tizio si limita a fissarmi, braccia incrociate. Ha perturbato l'atmosfera.

Stavo già fantasticando sulla tipina, il suo profumo sotto al grembiule, che intercetto quando mi è accanto. Il tizio balza in piedi, saluta con un grugno la coiffeuse. Lo vedo allontanarsi, oltre la vetrina.

L'ha messaggiata lui, un commerciante della strada, con qualche speranza sulla tipa?, «passo a trovarti… », «se vuoi». O l'ha messaggiato lei? «Vieni qui, c'è un rital che vuole un taglio strano, *frotter*, *pas frotter*. Non ci ho capito niente, sono da sola, sono stanca».

A casa controllo con due specchi. Non mi ha massacrato. Capelli più corti del solito, gli occhi sono diventati più grandi, e anche le occhiaie. Ma va bene così.

~

Dopo il lavoro prendo il métro, la linea 5 in direzione Bastille. Ora provano a vendere online anche carne di manzo, pubblicizzano la nuova applicazione con affiche di tre metri per quattro. La carne ha l'aria non troppo sanguinolenta, lo sfumato dei dettagli è studiato in modo da non indurre disgusto ai viaggiatori del mattino, che hanno ancora sul palato il gusto del caffè, voglia soltanto di un altro croissant.

Un grande taglio di carne rossa, un'entrecôte probabilmente riprodotta in cera, con cipolle a rondelle e rosmarino accanto. Il trancio è adagiato su fondo bianco. Mai usare il fondo bianco, l'agenzia non ci ha pensato? Sotto la carne qualcuno ha scritto: «Questa era una vacca/ che amava il suo vitellino/ come una mamma/ ama il suo bambino».

Scendo a Oberkampf. Bello, uscire qualche fermata prima o dopo, proseguire a piedi, senza Gps.

Ricordo una tipa in Erasmus, sulla cartina cerchiava con il pennarello ogni stazione di métro dove usciva, aveva deciso di collezionarle tutte prima di andarsene, testardamente, una corsa contro il tempo.

Ma a Parigi è divertente proprio perdersi, senza punti di riferimento, sfidare l'imprevisto.

Oberkampf/Parmentier è uno dei quartieri più vivaci per l'aperitivo, il Café Charbon tra i bar che preferisco. Parlo al telefono con Piotr, appoggiato al bancone, se per caso avesse voglia di raggiungermi per un mojito, ma ha *la flemme*, è stanco.

Una ragazza accanto nota subito il mio accento, «*ah, les Italiens!*» mi fa, un bel sorriso, mentre l'amica si allontana ridacchiando, verso la toilette. Mi chiede un consiglio sulla mozzarella: le piace la caprese. «*Fleurdelatte ou buffala?*». Parla un po' di italiano, ha studiato qualche mese a Milano, dice. Ha un rossetto lucido che le dona, i capelli biondo castani, raccolti a chignon. Mi piace come pronuncia il suo nome, Charline, con voce un po' rauca, come eludendo qualcosa. «*J'adore le Canal l'été!*» dice, quando le spiego dove vivo. Abitiamo vicino, lei sta dietro Place de la République.

«La pizza ti piace?». «Molto». «Ho scoperto una vera pizzeria napoletana. Possiamo provarla». «Quando?» mi chiede, fissandomi da sotto la frangetta, tirando con la cannuccia dal bicchiere. «Domani».

Ci pensa un attimo. «Va bene». Sono riuscito a prenderla in contropiede. Ci scambiamo il numero.

~

Ho dato una pulita allo studio, insistendo soprattutto sulla *salle de bain*. Lavato i denti con il bicarbonato e spazzolino elettrico. Una doccia prolungata, tonica, getto finale di acqua fredda sui genitali. Non conosco pizzerie napoletane a Parigi, ma ne trovo una su Google, Peppino, a Montmartre. Ne parlano bene.

All'ora di pranzo chiamo, prenoto per due. Scrivo a Charline dandole appuntamento per le 20:30. Alle 17 non ha ancora risposto. Non insisto. Intanto ha iniziato a piovere. Una pioggia di taglio, a intermittenza, come un irrigatore da giardino, batte contro il finestrone dello studio. Un ripensamento? Qualche maschio ricomparso a sorpresa? Una sermone dissuasivo delle amiche? Inutile farsi tante domande.

Si fa viva alle 18: «*Je suis sans parapluie mais ça va. Ok pour plus tard métro Abesses*». Molto parigina, la risposta ritardata. «Tirarsela fino al punto di rottura, come un elastico» dicevano le compagne al liceo, «per poi mollarla alla grande». Forse. Controllo il mazzetto di preservativi dietro ai cuscini, infilato tra due libri nella Kallax, che fa anche da testiera del letto.

Più tardi la attendo all'uscita del métro, riparato dalla tettoia.

Penso: puoi aver fatto l'amore anche con decine di ragazze, ma il primo appuntamento è sempre un'emozione nuova, è anche questo che ti accende, sempre.

Arriva in longuette e collant spessi, stivaletti in camoscio, il cappotto le disegna i fianchi mentre mi viene incontro, la accolgo sotto l'ombrello. A tavola resto leggero, chiedo una marinara senz'aglio. La marinara non la fanno. Allora una margherita, senza mozzarella. Il cameriere ci mette un po' a capire, si destabilizzano con un niente. Charline sceglie una diavola.

Vuole provare un rosso italiano, ordino una bottiglia di Teroldego. Mangiamo senza fretta.

La pizzeria ha ben poco di napoletano, ma lei è affascinata. Noto le sue dita fini, affusolate. Si sta bene, al caldo, accanto al forno a legna.

Uscendo si ripara sotto l'ombrello, ma è troppo piccolo. Mi si inzuppa la manica del cappotto. Ci baciamo sotto la pioggia. «Scaldiamoci un po' da me» le propongo. Non dice niente. Sbraccio verso un taxi che ha appena scaricato due signore in abito da sera. Apro il finestrino per cambiare l'aria, satura di profumo. Musica araba da una macchina sulla corsia accanto, si sovrappone alla sinfonica del nostro taxi, qualche secondo di cacofonia assurda.

Appendo i cappotti in corridoio. Charline va subito in bagno. Tolgo i jeans, metto i pantaloni della tuta.

Esce con gli stivaletti in mano, li appaia accanto al letto. Ci stendiamo. Infilo subito la mano sotto la sua longuette. Si sfila la gonna, io i pantaloni. Mi toglie i boxer. Sento il freddo dei suoi anelli sulla gamba. Strappo la bustina di un *profio*, lo srotolo sul cazzo. Mi giro, appoggio i suoi polpacci sulle spalle. Entro dentro questa ragazza dalla pelle chiara, capelli color camomilla.

Non so quasi niente di lei, cosa vuoi che ci si sia raccontati in due ore di pizzeria? Banalità su Milano, abbozzi di commenti sul mio lavoro… Ma non è questo il bello? Saltare ogni racconto, ogni farsa, passando prima per l'accoppiamento? Non è vero che si diventa come cani, che si perde il gusto della seduzione. Sai quante mascherate si evitano, quante messe in scena? In fondo cosa c'è di più vero, di più intimo del cuore che le sento battere, tenendole la mano in mezzo ai seni, delle contrazioni del suo sesso attorno al mio?

Le metto la mano in bocca, dice qualcosa ma non capisco, con la mano in bocca non riesce a parlare. Le somministro una scarica inconsulta di colpi a fondo corsa, velocissimo. Urla, sembrano grida da sala parto, si ficca in bocca tutta la mano, la morsica, incalzo con spinte ancora più disperate, imbizzarrito, percussive, una serie di stantuffamenti selvaggi, protratti, poteva bastare qualche secondo, durano minuti. Si tiene ai bicipiti, affonda le unghie, non sento dolore, lo sentirò più tardi, mi resteranno anche i segni, cosa importa. Forse i vicini hanno dato un colpo al muro, non so neanche se ho dei vicini, mai incrociato nessuno sul pianerottolo.

Sta diventando una mattanza, non ho l'abitudine di fottere così veloce, così regolare, ma non riesco a rallentare, sarà che i nostri corpi si muovono assieme, spingo e controspinge, non vorrei che il letto cedesse al centro chiudendoci in mezzo, come una trappola, urliamo assieme, è lei per prima a lasciarsi andare, cede in un orgasmo gridato, liberatorio, forse le riempie i polmoni, i ventricoli, un pianto di qualche secondo, un gemito, singhiozzi, sussulti del ventre, delle gambe. Mi fa uscire, si allontana dal mio corpo a scatti. Poi viene a premere una guancia contro la mia. È bollente, io sono in un bagno di sudore. Si rimette le mutandine, si chiude in posizione fetale, tenendo la mano tra le gambe, un gesto istintivo, di protezione.

Dalla finestra entrano radiazioni di luci lontane, violette. Sono lampi, il temporale, si sta spostando verso nord. Le tocco il volto: ha le guance gonfie. È come se avesse fatto un'anestesia alla gengive. Mi adagio di fianco.

Charline mi si stende accanto, ora mi dà bacetti sulle spalle, mi annusa il collo. Si accascia sul mio petto, con tutto il corpo, raggomitolata, le dita aggrappate al mio braccio, come un koala.

Incredibile di cosa sia capace una ragazza. *Incroyable*. Se penso alle occasioni che ci perdiamo ogni volta che anziché uscire restiamo a letto, «con il lenzuolo sulla testa» come diceva sempre Deigo, demotivati dal freddo, davanti a uno schermo.

È la luce della domenica mattina a svegliarci. «*Tu m'as tuée... J'ai du mal partout*» si lamenta. Comincia a massaggiarmi il membro, lo scrolla veloce. Mi sollevo sui gomiti, vorrei bere un po' d'acqua ma se lo prende in bocca. Le vedo la guancia deformata, oscena. Sento che appoggia i denti alla base del glande. È un morso, leggero. Mi folgora una scarica elettrica, un lampo nel nervo ottico. Poi solo ronzio nei timpani: è come se mi avessero sfilato un fascio di vene dal cazzo: le dirompo in gola tutto quello che ho, a spasmi, in silenzio. Mi guarda attraverso la frangetta, lo sguardo da gatta.

«*Mardi mon copain reviens*. Spero non si accorga di niente» dice, mentre si lega i capelli con un elastico. Accorgersi di cosa? Mi mostra un livido sul polpaccio. Del suo ragazzo non ne aveva parlato. Non so cosa dirle. Anche io sono provato dalla nostra "lotta", ho la schiena dolorante, male alle braccia.

Trovo lo spunto per alzarmi, metto su un caffè. Ci rivestiamo assieme, scendiamo verso il Canal Saint-Martin. Gabbiani sorvolano l'acqua piatta, disegnando traiettorie circolari, studiosi. «*C'est beau!*» mi fa. Ci separiamo in Place de la République, dopo una sosta a una *boulangerie* tunisina, l'unica aperta. Aveva voglia di acqua frizzante, le ho preso una bottiglina di Perrier. Ha voluto regalarmi due croissant. Al semaforo pedonale la trattengo per la cintura del cappotto: stava per farsi arrotare da un bus, non l'ha vista, niente clacson. Il bacio che ci scambiamo è un gesto di pace, poi mi dà uno schiaffo, non troppo forte, l'aria seria.

Ma dalla corsetta che fa attraversando l'incrocio capisco che anche lei, anche se non vedo il suo viso, sta sorridendo.

~

Si fa vivo il Jaco via mail. Gli ha fatto piacere vedermi a Bologna, scrive, sebbene non ci sia stato molto tempo per parlarci. Mi aveva promesso un aggiornamento sulle ultime trasferte. Ha ripreso a usare le applicazioni di dating. Possono dare anche buoni risultati, a patto di essere elastici sui criteri, spiega. Ha impostato un raggio di cento chilometri: così intercetta la Romagna, le frazioni dell'Appennino, anche i primi comuni della Toscana. L'età massima delle "ragazze" l'ha fissata a quarantanove. «50 no, dai, è troppo, ma 49 ci può stare».

Conclude inviandomi un selfie che si è fatto lo scorso weekend, con una signora che ne dimostra anche più di cinquanta, in realtà. L'ha raggiunta a Cesena. Divorziata, gli ha subito detto abito da sola. L'ha portato in un ristorante cinese di uno squallore totale. Erano gli unici due clienti. Anche secondo lui aveva mentito sull'età, ma ha notato che lo fanno un po' tutte, dopo i quaranta. Quando a fine cena si è alzata per andare in bagno, si è accorto che aveva l'alopecia. Colpa di un faretto. I capelli radi dietro alla testa. Non se l'è sentita di continuare.

Solo il gelato fritto a fine cena ha dato un senso alla serata, scrive. Me ne allega un paio di foto. Il Jaco trova sempre il lato buono delle cose. «E a Parigi come procede?».

Gli rispondo alla fine di una giornata di lavoro senza scossoni, anche se mi bruciano gli occhi per il troppo Photoshop.

> Parigi. Già tre mesi, Jaco. In attesa di trarne stati di ebbrezza che prevedo a primavera, mi godo piaceri più rarefatti, cerebrali, di cui la metropoli sa essere generosa.
>
> Mi piace esplorarla in bici, a caccia di sorprese, rivelazioni. La settimana scorsa in periferia ho scoperto una vista dall'alto che non avrei mai immaginato. La città sembrava un plastico colpito da una luce di alluminio, senza più anime, da quei solidi si alzava soltanto qualche suono di sirena lontano, mi è sembrato di sorvolarla come un rapace.
>
> Giorni fa nel Quartier Latin ho trovato la strada dove Joyce ha scritto una parte dell'*Ulisse*. Queste *villa* sono vecchi vicoli residenziali, stradine private protette da un cancello. Aspetti un po', qualcuno prima o poi apre, ti ci infili con discrezione. Questo di Joyce è in effetti

un angiporto ideale dove ritirarsi a scrivere, ti si spalanca un angolo quasi di campagna in pieno Quartier Latin: quello che sarebbe normale a Reggio Emilia, un pezzo di campagna, una parentesi rurale a ridosso del centro, a Parigi puoi considerarlo eccezionale.
Così ti ritrovi lì, con il naso per aria, al riparo da scooter e piccioni, e avverti nei timpani come un abbassamento di pressione, come quando scendi con un ascensore da un grattacielo. Premi il bottone del cancello e «città incredibile!» ti dici ancora una volta, ritornando in strada.
*Côté* letteratura, andare a fare due passi allo Square de Châtillon dove ha abitato per anni Calvino, appartato dal formicaio del centro, o attorno al Théâtre dell'Odéon, gli stessi marciapiedi di Camus, o Cioran, o entrare felpato a Villa Seurat, il vicoletto tranquillo dove Henry Miller ricominciò una vita a quarantatré anni, carico al massimo, pronto a scrivere un'esistenza tutta nuova, o ancora sapere che Kundera abita sempre in un loft da qualche parte a Montparnasse, non lontano da dove cambi il métro, e che magari un giorno potresti incrociarlo in una tabaccheria, be' è qualcosa che riesce ogni volta a dare un brivido alla schiena.
Sulle ragazze avevi ragione. Ogni giorno nei venti minuti da casa al lavoro tra le tante *filles* ne incroci almeno una dozzina bellissime. Tra queste spesso anche una o due sublimi, ultraterrene.
Inutile, per ora, chiedersi cosa si frappone tra te e il farci l'amore. Le guardo come un ideale a cui tendere, "lavoro", per sentirmi legittimo ad avvicinarle, con l'arrivo della primavera: alimentazione sana, palestra tre volte a settimana, sonno regolare.
Le donne sembrano spesso fissare un punto immaginario alle tue spalle, gli sguardi allusivi sono rari, e comunque quasi mai diretti, ti arrivano attraverso superfici riflettenti. Questo cambiamento di attitudine, questa improvvisa rarefazione di contatto visivo può essere ostica, per noi abituati alla estroversione della "città dei balocchi".
Guardano verso un punto immaginario, appoggiando un tacco dopo l'altro con un passo quasi marziale, che però, se ci fai attenzione, si scioglie, diventa più flessuoso man mano che ci si avvicina al weekend.

Al lunedì un po' tutti pensano basta!, «*je veux quitter cette ville pourrie*», questa città marcia. Al giovedì sera si comincia a dire che in fondo, Parigi non è poi così male…
Qui mi mancano un po' le nostre "stivalate", l'ho messaggiato anche a Silvia, mi ha risposto che sono le stivalate in testa che mi mancano, ma insomma, è come vi ho detto l'ultima volta, mancano quegli sguardi diretti, pieni di mascara, quasi di sfida delle ragazze. Quelle pose di attesa, con le amiche al bancone del Celtic, o delle Scuderie: quante volte sono state loro a incoraggiare il nostro approccio!
La notte poi la vastità di Parigi impone scelte. Se battezzi un locale o un quartiere poi tendi a rimanere lì.
Il rimbalzo bolognese tra un locale e l'altro, inseguendo scie di profumi, risatine sotto i portici, qui non è possibile, oppure resta circoscritto nel perimetro di piccole aree, ad alta densità alcolica, frequentate perlopiù da ventenni, come Oberkampf, il Quartier Latin, Bastille.
Parigi è una città dalle infinite porte, anche con un'impronta borghese molto marcata in certi quartieri. Sono quelli che di solito evito, austeri, funebri nell'architettura.
Ma basta cambiare linea di métro come si cambia una stazione radio e trovi nuove facce, altri accenti.
Di alcuni portoni non si avranno mai le chiavi. Sono dei forzieri. Altre magari sono insegne nascoste che ci impieghi anni a trovarle (e devi prima padroneggiare il francese) ma poi, almeno potenzialmente, potrebbero riservare anche a te una chance.
A Parigi l'offerta culturale è spettacolare, una girandola di eventi impressionante, più che a Londra o New York.
I cinema ripropongono retrospettive fantastiche, dai un'occhiata al programma della Cinémathèque française. L'arte contemporanea ha terreni di gioco magnifici come il Palais de Tokyo o il Beaubourg, la fotografia ha decine di gallerie, il Mois de la Photo.
Ogni sera puoi ascoltare dal vivo tutti i generi musicali, dal rebetiko al grande interprete di piano, ogni sera ci sono ottocento rappresentazioni teatrali!
Ma Parigi è anche una città tosta, difficile, fredda e non solo nelle raffiche del suo lungo inverno.

Le relazioni sociali non sono quasi mai sciolte, mai di primo acchito, in ogni caso. Insomma, c'è quell'algidezza di fondo – negli sguardi, nelle posture – alla quale un'anima mediterranea fatica ad abituarsi.
Però questa città davvero ne contiene infinite altre, le situazioni più congeniali a ciascuno ci sono tutte, da qualche parte, si tratta solo di stanarle.
Vivere a Parigi è sentirsi dentro un reticolo di infinite promesse e opportunità, ma anche avvertire l'incombenza, lo spazio presente presidiato da una moltitudine di eventi ingombranti del passato, una monumentalizzazione che tende a imporli, a rammentarli continuamente allo sguardo, anche se sono decotti ormai, completamente slegati dall'oggi.
È anche un vivere, una *flânerie* contemporanea glassata da un costante, diffuso strato nostalgico perfuso dalla città ai suoi abitanti, che infatti spesso adottano un look rétro, talvolta un po' patetico.
I palazzi spesso portano il nome dell'architetto e la data di costruzione, scolpiti accanto all'ingresso, come un timbro. Esco di casa e quel timbro mi ricorda sempre che l'edificio di fronte è piantato lì dal 1908, antecedente alle due guerre, imperturbabile all'asfalto divelto per manutenzioni, allo scooter parcheggiato alla cazzo, alla vaschetta del Big Mac abbandonata, travolta dallo scooter.
Ti entra un po' nelle fibre, nella postura, questa presenza così ingombrante del passato, ma alla nostalgia che hanno i francesi non riesci o non vuoi aderire fino in fondo. Ne resti sempre in parte estraneo, così come un parigino non saprebbe struggersi di fronte a uno dei nostri fienili abbandonati in Appennino.
A volte a certi stucchi, a certe eleganze leziose preferirei i vetri temperati (e la metro aperta tutta la notte) di New York, gli incroci con i grappoli di semafori di Los Angeles, o i riflessi di Chicago.
E infatti a volte, paradossalmente, mi accorgo che cerco gli States o forse anche Melbourne a Parigi, anche se a Melbourne non ci sono ancora stato.
È questa città più contemporanea, ai margini, l'edilizia modulare degli anni Settanta e Ottanta che vado a inseguire, con la reflex nello zaino.

Appena ho un po' di tempo ti mando qualche foto di Montreuil o Bagnolet, dove certe autorimesse, certi pannelli stradali ricordano Brooklyn, o la tua Funo di Argelato. :)
Vi ho trovato bene. Quando volete venire a farvi un giro, dillo anche a Deigo, *siempre eres bienvenidos!*

*Febbraio*

Un martello pneumatico ostinato, pervicace, proprio sotto gli uffici, martella da qualche giorno i maroni *à tout le monde*. Si lavora con le cuffie in testa, gli auricolari ben avvitati nelle orecchie. Si comunica via mail, via Skype.

A volte ci si alza, si va a parlamentare con Didier, o Perrine. FIP 105.1 dà il meglio di sé ultimamente, spazia da Sokolov ai Led Zeppelin, da Captain Beefheart a Wayne Shorter, da Paolo Conte a *chanteuses* francesi di cui scopro l'esistenza, e mi ispirano, Luce, Barbara Carlotti. Le trovo su YouTube, il loro ondeggiare di fianchi, sbarazzino per l'una, svogliato per l'altra.

La scoperta delle ragazze parigine procede, *petit à petit*: sono quasi sempre da sole, per esempio, raramente in coppia.

Ho capito un'altra cosa: rispetto alle *italiennes* non hanno quasi mai l'aria di aver bisogno di comprensione, di voler essere "ascoltate". Hanno spesso l'aria molto sicura di sé. Sembrano bastarsi. I maschi hanno un aspetto più docile.

In métro le tipe diteggiano messaggi su schermi spesso scheggiati di smartphone. Non mi stupirei li lanciassero contro i muri nelle liti, nelle *prise de tête* (i litigi di coppia li chiamano così, 'prese di testa', perché chi li subisce si mette le mani nei capelli) con i compagni del momento.

Le donne a Parigi sono in maggioranza e imprimono di fatto il ritmo, l'umore alla metropoli. I maschi sembrano seguire, come tenuti da lacci invisibili. E a proposito di maschi, ultimamente mi è capitato più volte questo: una spallata violenta, fintamente involontaria, incrociandosi sui *trottoirs*. Ci si approssima, nessuno dei due si sposta o cede, scendendo dal marciapiede. Così si incoccia, assestandosi la spallata. Provocazioni. Effetti collaterali della Krisi morale, che ormai è cronica, consolidata, e non ce ne libereremo ancora per molto, anche se ci raccontano che la Krisi economica è solo un ricordo. Spallate. Violenze da *armée de terre*, da fanteria. Ma in fin dei conti è così: è come se fossimo in uno stato di guerriglia permanente, strisciante, forse mai più addomesticabile.

~

Sotto casa ho una stazione con cinquanta Vélib', ci metto un po' a trovare quello giusto: provare sempre tenuta di sella, pedali, freni. Alcune di queste bici sembrano sul punto di implodere, di dislocarsi in più pezzi, su YouTube si trovano video di subnormali con il volto coperto da sciarpe e maschere da sci, scendono gradinate, impattano a tutta velocità contro i marciapiedi, sfondando le forcelle, le lanciano nella Senna. Perché, cosa li morde? Allontano il pensiero, non voglio guastarmi un sabato mattina così, quest'aria frizzante, quasi primaverile.

Pedalo fino al Père Lachaise, salendo verso il $20^{eme}$ arrondissement. Mi fermo al centro di una piazzetta, sorvolato da pallonate di bambini di colore, pieni di gioia. Uno *square hors du temps*, pittoresco, riposante. Un quadrilatero che rivela una miriade di segni, escoriazioni, strati di intonaco sui muri, sfogliati.

Sono gli scorci di Parigi che apprezzo sempre di più, dimenticati, lontani dai tragitti turistici: un alberghetto a una stella, una piccola ferramenta chiusa. Un albero da solo al centro della piazza, avvitato dentro un'aiuola di ferro battuto. Bambini in monopattino mi sfiorano, ridendo. Adulti stramazzati da digestioni pesanti, spalmati sulle panchine, oltre le quali un palazzo di losanghe azzurre è una quinta che mi ricorda certe prospettive del quartiere San Donato. Scatto foto con il cinquanta millimetri a rampicanti che, per quanto secchi, sembrano sostenere i fianchi scrostati di *bâtiments* fatiscenti. Scatto foto a erbacce che spuntano dal cemento. Radici che sollevano il ciottolato, come pugni sotto al suolo.

Seguire il verde. Non solo il verde menta dei semafori, che in questo quartiere sono rari, bassi: allo stop senza smontare dalla sella puoi toccarli con mano. Ma anche svoltare appresso al verde di una rete perimetrale, ritrovarsi in un impasse abitato solo da un pallone sgonfio, come in una tela di De Chirico. Un tombino che perde acqua. Assi abbandonate sul marciapiede.

Riprendo la pista ciclabile, rifacendo il percorso a ritroso verso Belleville. Parcheggio accanto all'ingresso di un parco. Meritato riposo ai polpacci. Bello, stendersi sulla *pelouse* di un giardinetto vuoto, l'erba invernale toccata da un fascio di sole ancora debole, ma ce la fa comunque a scavalcare i tetti.

Guardo la temperatura sullo smartphone, otto gradi. Cerco su Google quella di Atene. Dieci gradi di più. Fa freddo, mentre pedalo di nuovo verso casa, costeggiando ristoranti asiatici desertati, scuole elementari a riposo.

È bello esplorare Parigi così, con tutto il tempo a disposizione, in bicicletta. Mi piacerebbe poterlo fare ogni giorno… Lavorare a Parigi è la frustrazione di non poter dedicarsi a tempo pieno alla scoperta della città, delle sue infinite sorprese. Lavorare in ufficio è perdersi le ore più belle di luce.

E quelli che nel weekend, ritrovata la libertà condizionale, perché se la strozzano da soli, infilandosi per ore nei negozi di rue Rivoli, nelle boutiques degli Champs Elysées? A volte mi scopro a invidiare i crazy scooter dei take-away, le loro traiettorie folli. Farsi licenziare con un'ultima *livraison* mancata. Una pizza da consegnare a pranzo, consegnarla l'alba seguente, dopo aver attraversato tutta Parigi come un PacMan, scavando fin nelle *ruelles* più perse. Consegnarla dura come un frisbee, la mozzarella infrangibile, il sugo esploso dentro al bauletto.

~

Poca gente in giro, segno che sono arrivate le *vacances scolaires*. In Francia le scuole chiudono più volte durante l'anno, non solo d'estate o a Natale. Le famiglie ne approfittano, partono per la campagna, o verso Sud, oppure in Bretagna, Normandia.

Anche il server è andato in vacanza: restiamo per ore senza internet. Non si riesce più a lavorare. C'è chi va alla finestra a fare una telefonata, altri convergono nella saletta caffè.

Arrivano due tecnici esterni, due *techos*, Danan li chiama così. Sulla cinquantina, scoglionati. Cassetta degli attrezzi e scatole con i moduli di ricambio. Li accompagna Perrine, nonostante la sua gentilezza restano bruschi, il volto torvo. Sono entrati nell'atmosfera scanzonata dell'ufficio ma hanno l'aria di disprezzare la nostra allegria.

Più tardi a casa, mentre mi preparo un pastis, un messaggio di Gaëlle: «*Je ne supporte plus quelque chose chez les hommes désormais, je crois. C'est le fait de savoir que la personne avec qui je suis n'est pas amoureuse de moi. J'ai l'impression que personne ne tombe amoureux de personne. Les relations manquent de profondeur émotionnelle. Personne n'avoue qu'on a besoin de l'autre, personne ne gâte l'autre, ne lui apporte la douceur. On ne sait plus quoi faire avec l'autre. Cela me dégoûte. J'essaie de rester loin des hommes.*

«*J'ai envie de faire l'amour en étant amoureuse. Cela ne m'a pas arrivé depuis longtemps*». Lo interpreto come un invito. Le rispondo proponendole un mojito *l'un de ces soirs*.

Apro anche la mail di mio padre. Un messaggio, inviato da una donna il cui nome non mi dice niente, chiede se posso confermarle che sono io, il figlio del pilota. Le rispondo subito.

Si rifà viva più tardi, a notte. Mi sveglia la notifica sullo smartphone.

~

Mettevo in ordine casa e ho ritrovato una copia del Piccolo di Trieste con la cronaca dell'incidente del suo papà, l'avevo conservato. Mi sono messa a cercare su internet ed ora eccomi qui, a scriverle queste righe, e in fondo sono lieta di averla trovata.
Lei invita a scrivere un ricordo, lo faccio volentieri. Guardi, non potrò mai scordare il volo di suo padre e purtroppo nemmeno la sua caduta, alla quale assistetti mio malgrado. Ero iscritta al primo anno di Ingegneria Navale a Trieste, dove oggi abito con le mie fi-

glie. All'epoca vivevo con i miei genitori a Mariano del Friuli, una piccola frazione a una decina di chilometri dall'aeroporto di Ronchi dei Legionari.

Studiavo a capofitto in quel periodo. L'esame di Analisi I era un mattone, da qualche parte il manuale devo averlo ancora. Mi ci stavo spremendo le meningi anche quel mattino.

La mia cameretta era al primo piano e dava sul giardino. Quando sentii il rumore di un aereo a bassa quota, uscii sul terrazzino, contenta di avere trovato il pretesto per fare una pausa.

Lo vidi mentre si allontanava verso i campi, volava a una quota di due, forse trecento metri, il motore al minimo, come se cercasse dei riferimenti.

A un certo punto prese velocità e il rumore divenne più acuto, quasi nasale. Puntò verso il cielo e iniziò a fare acrobazie sopra il vigneto, all'incirca a un chilometro da dov'ero, verso Romans d'Isonzo. Quando scendeva lo perdevo di vista dietro gli alberi, poi riappariva, puntando in alto, agile. Sembrava un aeromodello. Quella somiglianza con un aeroplanino radiocomandato mi faceva accapponare la pelle, perché sapevo che invece all'interno ci stava un pilota, un essere umano. Che bel volo, una cosa mai vista prima! Avrei voluto essere in cielo anche io in quel momento…

C'è però qualcos'altro che vorrei scriverle, qualcosa che mi capitò quel giorno. Ma forse lei preferisce non rievocare quei momenti. In tal caso, la capirei. Per ora preferisco fermarmi qui.

Un cordiale saluto,

Paola

Le rispondo, invitandola a darmi del tu, scrivendole che ho messo insieme quella paginetta di foto di mio padre anche per raccogliere il ricordo di chi l'ha conosciuto, non ho certo il timore di sapere cosa accadde quel mattino, anzi, al contrario. La esorto a continuare. Prima di cliccare su Invio le allego una foto di papà al largo, sulla barca a vela, scattata proprio nel Golfo di Trieste.

~

I *techos* incazzosi dell'altro giorno non sono piaciuti al server. Continuiamo a metterci un'eternità a scaricare i file. Perrine protesta al telefono. Ne approfitto per mettere in ordine il Mac, sistemare cartelle che affollavano lo schermo. Mi sembra di aumentare la dose quotidiana di caffè di settimana in settimana. Evito di contarli.

Sbuccio con un coltellino una mela che sostava da giorni sulla scrivania, non ricordo neanche come ci sia finita. La getto dopo un morso: aveva un retrogusto metallico, di carta stagnola.

Ho passato la giornata su Photoshop e Photo Mechanic, ravvivando una serie di vedute dei castelli della Loira dai colori scialbi, gamme cromatiche sballate.

Verso le 17 è entrata Mme Contin. Era da un po' che non si faceva vedere. Ha sollevato ChouChou sopra la testa, come un trofeo, perché tutti potessero salutarlo. L'ho trovata dimagrita, senz'altro più stanca. Ha riconosciuto sui miei schermi una panoramica del Château de Chambord.

«*C'est très charmant*» ha detto. «*Vous n'y êtes jamais allé?*».

Ha cercato qualche istante sullo smartphone, poi ha mostrato l'immagine di un doppio reattore nucleare. «*C'est la centrale nucléaire de Saint-Laurent des Eaux. On peut l'apercevoir depuis la terrasse du château. Elle est loin, mais elle est là*» ha detto, con un'espressione perplessa.

Anche nelle giornate più limpide sopra i reattori galleggia una nuvoletta perenne, racconta, «*c'est de la vapeur d'eau, bien sûr, mais cela fait peur*» ha aggiunto. La si vede da chilometri di distanza.

«Ma noi mettiamo *une photo sans le* fungo atomico» mi raccomando, ha aggiunto, tossendo. «*C'est une très jolie destination*» ha concluso riprendendo in braccio ChouChou, che stava già sonnecchiando sotto la scrivania.

L'ho osservata allontanarsi, con il suo scialle nero, pariginamente démodé. Ho notato per la prima volta la forma della sua schiena. Le spalle, soprattutto. Arcuate, come piegate da un peso. Quello che ho visto, in contraddizione con la vitalità frontale, è il retro di un essere umano stanco, afflitto. Una schiena infelice.

~

Ho capito ormai il carattere del métro, il temperamento marcato di certe linee. La 8 sorge popolare a Créteil, si imborghesisce man mano che avanza da République verso il capolinea di Balard.

Le gesticolazioni rallentano, gli sguardi si fanno più fissi, si raffreddano. Volti severi. Bocche tirate, improntate sempre più verso il basso. Sembra di inoltrarsi, fermata dopo fermata in una cella frigorifera, un'ibernazione progressiva. L'età media passa dai trenta ai cinquanta. Signore olezzanti di messa in piega assestano gomitate alle costole degli sconosciuti, si scusano subito dopo con falsissimi «*pardon!*».

Penso che si dovrebbe essere di sinistra anche e soprattutto per non essere di destra. Ma che bisogna essere senza incertezze di destra con quelli di destra: quando lo spazio lo consente, le gomitate le restituisco sempre. Attendo il giorno che qualcuna di queste *Mesdames* dai capelli violetti mi pesterà un piede, nella calca dell'ora di punta, per maciullare il suo con gli ottanta chili del mio tallone. Cavarmela anch'io con un «*pardon*». Che poi *pardon* cosa vuol dire? *Togliti dalle palle.*

La linea 2 abbonda di crani cicatriciti di dealers, di dropout. Sei sei di cattivo umore, meglio evitarla. Ha di bello che è multietnica, in parte sopraelevata, ma l'accordéon che ci sale dentro, o in alternativa il violino stonato, le loro melodie strazianti, schiacciano l'umore.

Passeggeri che imprimono ai gesti movimenti vuoi troppo lenti vuoi troppo a scatti, nevrastenici.

La 2 induce alla vigilanza, al respiro trattenuto. Odora di suk arabo, di spezie africane che lacrimano gli occhi. Ti provoca bruciori di stomaco. Si assiste ogni tanto alla furia delle donne nere verso le bianche, sulla linea 2. Per un buon tratto, compresa la parte sopraelevata che sorvola l'Avenue Jaurés, la 2 appartiene a loro. Gente che deborda di energia, maghrebini, giovani delle Dom Tom, ma che paiono aver rinunciato al diritto sacrosanto allo studio, all'ambizione, alla rabbia di rivalsa che potrebbe farli battere per ottenere un sussidio alla formazione, mani che prendono a pugni il muro della stanza di notte. Ma la 2 appartiene anche all'allegria senza filtri dei black, ai colori straordinari dei *boubou* delle loro donne.

Atroce, può essere la linea 13, seicentomila passeggeri al giorno, il suo *grincement* infernale in certi tratti, lo stridore delle ruote sui binari. Pare non sia possibile eliminarlo, è troppo antico, il tracciato della linea 13, i vagoni nuovi non ci passano. Uno stridore da rivoluzione industriale, inaccettabile al giorno d'oggi. La prendeva anche Henry Miller per andare alla *brasserie* Wepler. La linea 13 è il purgatorio dal sud fino a Place de Clichy, poi diventa l'inferno.

La linea 3 è altra cosa: piena di giovani *cadres dynamiques*, di *chefs de projet*. La senti subito satura di competizione professionale. Si ride anche un po' di più, sulla 3. Però insopportabili, quando si ritrovano tra colleghi: braccati, si sentono in dovere di sortire osservazioni intelligenti, professionali.

Avrebbero preferito farsi il viaggio da soli, spensierarsi. Invece sono obbligati a riconnettersi, restare vigili tra colleghi. Li ho battezzati *les intelligents du métro*.

Li cancello aumentando il volume di Leonard Cohen, di Ulf Wakenius negli auricolari.

Preferisco i questuanti. Chiedono sempre una moneta, o in alternativa un *ticket résto*, un buono pasto, che vale dieci volte tanto. Oppure una sigaretta, e si fermano lì. Ma allora perché non chiedi pure un pacchetto intero?

La linea 10. Il rumore di quel treno è affascinante, sferragliamenti, tonfi, rombi sommessi. Si potrebbe cercare di riprodurlo con un ensemble di musica contemporanea: timpani, fiati e coro. Potrebbero riuscirci.

La linea 12 è la più svizzera, tracciata con un colore verde biliardo sulla mappa, quasi un trenino che punta verso salotti di stucchi e parquet, impianti hi-fi esoterici, sbadigli sazi, gatti persiani, carezze di cachemire.

Per fortuna c'è la 4, la più giovane e iconoclasta, festaiola. Oggi sono salite tre tipine quasi british nel look, ancora mezze ubriache dal weekend. Minigonnate, stivalate. Dovevano essere del Sud, Marsiglia, Aix-en-Provence.

La linea 4 è la più ormonale, un solo lungo vagone snodabile, senza paratie, talmente lungo che forse neanche un colpo di fucile riuscirebbe a percorrerlo per intero. Se sale un musicista, e suona bene, il vagone diventa una festa. A volte più strumenti si uniscono in improvvisate jam-session, può succedere che una ragazza si alzi dal predellino e si metta a cantare, intonatissima, sulla base, facendo piangere tutti. Mi è capitato a volte di non scendere alla mia fermata solo per ascoltare ancora un po' di jazz *manouche*, o la raucedine di un sax traballante, lanciato in corsa sui binari della 4.

*Marzo*

Ritardi esasperanti stamattina in métro, andando al lavoro. Una voce femminile gracchia dal soffitto la causa: un *vol de matériel électrique*. Ma Cristo, si sono messi pure a rubare i cavi? Nel contegno generale, le donne ostentano insofferenza con soffi da serpenti, *pfffff*, battiti di tacchi sul *trottoir*. Nessuno ha voglia di presentarsi in ritardo in ufficio.

Minuti allungati, a fissare le affiches sulle pareti. Sta arrivando l'alta stagione degli spettacoli: prossimamente in concerto i Duran Duran, i Beach Boys al Teatro Rex. Cindy Lauper allo Stade de France.

Anni in cui nessuno vuole invecchiare. Tutti vogliono vedere come andrà a finire. Le celebrities ci tengono a restare in forma, non hanno intenzione di mollare la scena.

Ritornano anche certi zombie, rimessi a nuovo. Lavati e stirati al Photoshop, in forma smagliante, plastificati.

Idea da sviluppare: far stampare delle affiches con foto di artisti defunti, invecchiati come sarebbero adesso, con le date del loro prossimo concerto. Jimi Hendrix. Bercy, 3 *septembre*. Bill Evans, New Morning, 4 *avril*, *dernières places disponibles*.

A lavoro il server ha ripreso a correre. Le ventole del Mac pompano al massimo quando sovraccarico la scheda video di immagini, recuperando lavoro arretrato. Perrine cerca di convincere Didier a rifare il layout di una pagina. Didier se la tira: per lui è già impeccabile, perché rovinarla?

In pausa pranzo la *boulangerie* abituale è chiusa. Da uno scaffale del Monoprix prendo un sacchetto di patatine a forma di fantasma. C'è soltanto una signora nel reparto casa, sta provando il peso di una pentola, simulando il salto della crêpe. Sbrego il sacchetto su una panchina, ci pesco vorace queste chips dalla forma assurda, una via l'altra, irresistibili.

Un passero atterra sul rigagnolo d'acqua che scorre lungo il *trottoir*, ci si lava dentro sbattendo le ali, sparisce in un lampo.

Mme Contin a fine giornata entra con un cliente, gli fa fare un giro di presentazioni tra le scrivanie. Alle 18:50 sento un dolore al tunnel carpale.

Alle 19 esco dalla *boite*, lo chiamano così l'ufficio a Parigi, la 'scatola', rientro a piedi. Le giornate sono diventate più chiare.

Il cielo rimane luminoso più a lungo che in Italia. Sedersi sul Ponts des Arts. Portarsi un tascabile Gallimard, un tubo di Pringles, due lattine di birra.

Perché non richiami Charline? Meglio evitare. Sarà con il ragazzo. Ma se i contatti non li riscaldi, a Parigi, si sgonfiano in un attimo. Si perdono dentro il traffico della città. Avanti un altro/a.

Ho voglia di camminare. Una brezza tiepida circola tra le vie, pollini sospesi a mezz'aria, si infilano tra i capelli, le asole della camicia.

I gialli e i celesti stanno diventando più saturi, più incisivi. Soprattutto i celesti.

C'è un assaggio di inizio primavera nell'aria che infonde fiducia. L'aria frizzante invita a piccole provocazioni verbali, fisiche, tra maschi e femmine. Sfioramenti di gomiti ai tavolini esterni dei bistrot, le *terrasses* dove tutti cercano il primo vero sole, scampati all'inverno, fiduciosi.

Mi siedo anch'io. Anche le temperature si stanno alzando e la città comincia a traspirare odori, sale un sentore di funghi dai tombini, al mattino, di minestra scaduta dagli sfiati del métro. Altre fragranze strane che non fai in tempo a trattenere: di guarnizione bruciata, pane in lievitazione. Odori urbani della bella stagione, riattivano l'umore della gente, un'euforia lieve, la certezza che si sta entrando nelle giornate migliori. C'è rilassatezza ma anche impazienza nel dopolavoro, taxi lenti nel traffico, ma carichi di fretta. Le persone sedute dietro si protendono in avanti, le vedo attraversando le strisce pedonali. Si protendono come se volessero spingerlo, il taxi, accelerarlo.

Vedo finalmente una luce più bella nel volto delle ragazze, sorridono a se stesse, distratte, sornione, sorridono a chissà quali nuove avventure, nuove possibilità. Tra poco inizierà la stagione parigina numero due: quella da aprile a settembre. Tutti attendono che rimetta in circolo la *joie de vivre*.

Ero qui in Erasmus quando assistetti per la prima volta a questa fioritura della città, *Paris in April*. Anche Jacques Brel ci aveva dedicato una canzone. Bisogna aspettare ancora un po'.

Cammino fino a Château d'Eau, poi prendo il métro verso il centro. Il vagone si ferma più volte. Il conducente con l'interfono dice: una *coupure* dell'elettricità, una persona è scesa sui binari per orinare. I viaggiatori non reagiscono, imperturbabili.

Questa compostezza, questa capacità di sopportazione continua a stupirmi. Cosa bisognerebbe dire, per scuotere la gente? Una persona sui binari che balla (Impassibili). Una persona sui binari che balla e canta (Imperturbabili). Un viaggiatore sui binari che balla, canta e *caga*?

Scendo a Châtelet, solo per dare un'occhiata al Centre Pompidou, il magnifico bastimento, la zampata che un genio italiano ha piazzato nel cuore più cuore di Paris, fregandoli tutti. Procedo a piedi fino a Saint-Sulpice. La chiesa è una delle mie preferite, ricorda la basilica di San Francesco a Bologna. Attorno alla piazza ci sono il bar della *Mairie*, dove Perec scrisse *Tentatif d'épuisement d'un lieu parisien*, l'attico dove pare abiti Catherine Deneuve. Raggiungo Montparnasse a piedi, allargando un po' verso il Quartier Latin.

Cammino in rue Madame, passo davanti al 29 dove abitava Camus, proseguo in rue de l'Odeon, al 21 stava Cioran. In una mansarda di 14 metri quadri, foderata di libri, taccuini che comprava da Gibert & Jeune a Saint-Michel. Quella libreria è ancora lì.

Tentare nuove scorciatoie. Spegnere il Gps. Scompaginare gli itinerari. Non è vero che ogni cosa è già stata fotografata, che tutto è già stato detto su questa metropoli. Parigi mette in scena una complessità di segni impressionante, da vertigine.

Un muro che sembra una tela astratta, ti avvicini e dall'intonaco scrostato affiora una scritta celeste, vai per toccarla e la scritta ne contiene un'altra. Zoommi ancora: qualcuno ha incollato il frammento di uno specchio dentro una lettera. Ti avvicini fino quasi a toccarlo con il naso: ti regala un riflesso, una veduta dei tetti di Parigi in miniatura, rovesciata.

Arrivo a Montparnasse camminando dentro la prospettiva vasta di rue de Rennes, le luci della sera senza traffico e la Tour Montparnasse sullo sfondo le danno un fascino drammatico: sembra che la quiete, le poche macchine indolenti siano in attesa di una deflagrazione improvvisa. Inquadro con la reflex la strada, scatto con l'obiettivo fuori fuoco. Mi diverto a trasformare i punti di luce in sfere colorate.

Entro alle Galeries Montparnasse, un centro commerciale assurdo, sempre vuoto, dai bilanci probabilmente in rosso cronico, eppure non lo smantellano, resta lì, disertato da anni, quasi fosse un pretesto, il doppio fondo di un giacimento di petrolio scoperto in pieno centro, che un giorno magari si decideranno a sfruttare. Le commesse, tutte in età da pensione, appena intercettano da lontano un cliente si imboscano, interi reparti restano senza presidio. Entro in una *cabine d'essayage* con tre camicie che ho pescato dagli scaffali, sfasciandole di tutta la loro intelaiatura, ma non c'è la taglia giusta.

Lascio al suolo una quantità di carta, spilli e cartone, con l'anarchia di un cane rimasto troppo tempo solo in casa. Uscendo ho intravisto due commesse, remote, in narcolessi dietro la cassa. Non si sono nemmeno accorte che passavo. Ritorno in strada. Sputo per terra. Era da anni che non lo facevo. Come un cane staccato controvoglia da un lampione.

~

La notifica della mail mi arriva sullo smartphone che ho appena finito di cenare. Accendo il Mac. Mi verso un dito di pastis. Ho provato a cercarla su internet ma niente: ignoro il volto di questa Coseat Paola. Leggo, trattenendo in bocca l'alcool.

Hai ragione, anche a me viene più naturale darti del tu. Ti ringrazio per la foto della barca! Anche oggi a Trieste il vento non scherza. Dove eravamo rimasti? Alle acrobazie del tuo papà. Mi è sempre piaciuta la fisica, intuivo quanto fossero impegnative quelle accelerazioni per il pilota, ma guarda le traiettorie erano armoniose, sembravano naturali, quasi facili. Data la distanza e gli alberi sullo sfondo, quelle evoluzioni le vedevo solo in parte. Si stava allenando in aperta campagna, a distanza di sicurezza dai centri abitati, com'era logico. Mi sono ricordata il rumore dell'elica nelle picchiate, era un po' come in quei vecchi film in bianco e nero, i duelli degli aeroplani durante la guerra, hai presente? In fondo anche lui stava pilotando un biplano, per quanto moderno.
Lo so non ha importanza, però ricordo che quel giorno indossavo una maglietta della Puma, me l'aveva portata mia sorella dagli Stati Uniti, dovrei avercela ancora, in fondo a qualche armadio.
Le acrobazie stavano continuando, allora decisi di correre fuori, allacciai le scarpe da ginnastica e montai sulla graziella, pedalando verso il vigneto. Ero a metà strada quando lo vidi salire, compiere una specie di avvitamento, poi virare e ridiscendere verso il suolo, disegnando una spirale.
Aveva fatto una manovra simile un attimo prima, sparì di nuovo dietro gli alberi. Non sentii un vero e proprio botto, solo un rumore come una porta che sbatte, ma non forte. All'improvviso, il silenzio, incredibile, solo silenzio, poi una colonna di fumo.
Abbandonai la bicicletta per terra e tagliai correndo dentro il vigneto, con il cuore in gola, a perdifiato. D'estate facevo la bagnina a Grinzana, conoscevo il primo soccorso… Forse l'istinto di poter fare qualcosa: ricordo che arrivai un attimo prima dei pompieri, intervennero con una rapidità esemplare. La loro presenza mi rassicurò, entrarono con le prolunghe perché nella vigna l'autobotte non ci passava, l'avevano dovuta lasciare fuori.
Purtroppo per tuo padre non si poté fare nulla. Il relitto dell'aereo fu divorato in parte dalle fiamme, la struttura delle ali deformata faceva capire la decelerazione subita, insostenibile per un essere umano.
I rottami erano compatti, sparpagliati nel raggio di una decina di

metri. Non avevo mai visto niente di simile. Mi voltai dall'altra parte, mentre estraevano il corpo dalla carlinga.

Mi chiedo se non dovrei risparmiarti questi dettagli. L'odore di bruciato rimase anche dopo che il relitto era stato coperto dalla schiuma. Inutile dire quanto quell'immagine contrastasse con la bellezza del vigneto.

Era una giornata di maggio, il cielo terso, puoi immaginare i colori. Si vedevano i massicci del Carso che sembrava di toccarli. C'erano dappertutto papaveri, anche tra i filari.

Nel frattempo stavano cominciando ad arrivare altre persone, anche i curiosi, come sempre quando c'è un incidente, però mi sembrava gente animata soprattutto dall'istinto di fare qualcosa, di aiutare.

Era stato uno shock, vedere interrompersi una vita così, in pochi istanti... Un volo quasi poetico, d'altri tempi, sopra la campagna. Cosa poteva essere successo?

Credimi, c'era molta commozione, tra chi aveva assistito all'impatto. Poi arrivarono i colleghi dall'aeroporto, in lacrime, sgomenti, disperati. Si seppe chi era il pilota, uno esperto, stimatissimo.

Non ce la facevo più a rimanere lì. Quando seppi che era un bravo ragazzo, che aveva una famiglia, due figli... Piansi anch'io quel pomeriggio. Ma ora basta.

Vedi, per me mettere giù questi ricordi è stato un po' come tornare a quel periodo della giovinezza. Lo sai perché? Perché poi la vita ci fa mettere uno schermo, una corazza, è normale, forse è necessario proteggerci, per non soffrire, per non soccombere alle prove più dure.

Ma a vent'anni le emozioni sono ancora limpide, a fior di pelle, se si piange lo si fa a rubinetti aperti, non ancora stringendo i denti.

Quel giorno che non dimenticherò mai sì, provai emozioni molto forti, anche troppo, ma sopra ogni cosa capii quanto è importante il dono della vita, e te lo scrivo da atea. Questa vita che ci può venire chiesta indietro quando meno lo aspettiamo, anche in un giorno così luminoso.

È tardi, domani si lavora. Non mi ero accorta di aver scritto così tanto. Ma lo sai, a noi carnici piace raccontare, anche se dicono

che siamo orsi. Deve essere una cosa ereditaria. Anche mio nonno amava farlo. Mi piace raccontare e ogni tanto scrivere, le mie figlie lo sanno. Perdonami se ti ho parlato un po' di me.
Tra i rottami sparpagliati al suolo, verso il margine di quell'area bruciata, tra il terriccio, trovai un oggetto. Lo raccolsi. Non era bruciato. Solo annerito dalla fuliggine, ammaccato. Riconobbi di cosa si trattava. Lo infilai nella tasca della tuta. In tutti questi anni l'ho tenuto in una scatola, dentro a un cassetto della scrivania. Forse è un ricordo del tuo papà. Questo veramente non lo so, ma penso sia giusto che sia tu a conservarlo. Allora se ti interessa, scrivimi per cortesia il tuo indirizzo.
Spero che questa mia mail non ti abbia disturbato.
Con amicizia,

Paola

Le rispondo, pregandola di inviarmi il plico direttamente a Parigi, per raccomandata. Poi ho dormito un sonno agitato, salendo e scendendo come sopra un montacarichi, dentro un sogno a più strati. Sequenze strappate, voci tra gli alberi, brani di conversazioni concitate che non sono riuscito a decifrare. Un bosco che si incendiava in mezzo al mare.

C'era anche mio fratello. Mi aspettava sulla battigia, siccome non mi muovevo mi raggiungeva con un'automobilina a pedali. Ci salivo. Ripartivamo pedalando in due, cercavamo di avanzare verso un punto arancione, una sfera di fuoco lontana. Il calore ci giungeva a vampate, da lontano, ci lambiva il volto. La pedalata diventava troppo pesante. Chiedevo a mio fratello di aiutarmi. Ci arrivava addosso una risata, assordante, distorta. A quel punto mi sono svegliato, inzuppato di sudore.

~

Mi sveglio alle 7:30 anche di sabato mattina. La ripunto a 35. Micro siesta. Sveglia alle 7:40. Riesco a riaddormentarmi ogni cinque minuti. Alle 7:55 salto giù dal letto.

Scosto la tenda: luce già accecante, quasi mediterranea.

Caffè, t-shirt, Persol, reflex dentro lo zaino.

Mezz'ora dopo sono in bici. Pedalo a ispirazione, puntando verso Montmartre.

La luce è quasi provenzale in questi giorni. Odori di agrumi sul Boulevard de Clichy: i resti di qualche mercato all'aperto. Freno, scatto foto a intonaci butterati, irregolarità del cemento sbalzate dalla luce di taglio.

A un certo punto gocce sul volto, come da uno spruzzino, piovono dall'alto. Alzo lo sguardo, da una terrazza al terzo piano cola acqua come una cascata: qualcuno è partito per le *vacances scolaires* di fretta, per non perdere un *avione* o un TGV, hanno dimenticato un rubinetto aperto.

Godo dei contrasti tenui del mattino, fotografo scorci abbassando l'esposizione della Canon, calando i profili degli edifici in un'oscurità artificiale, il sensore *full frame* lo permette.

Il sole lamina stratocumuli accelerati, puntano verso Nord, fanno la rotta Parigi-Londra. I Persol polarizzati danno alla città una dominante verdognola, clorofillosa, mentre parcheggio il Vélib' ad Anvers.

Salgo con la funicolare a Montmartre. Mi siedo su un fazzoletto di prato ai piedi del Sacré-Cœur. Da un cespuglio affiora un certosino. Iridi gialle, marziane. Razza splendida. Punta un piccione decrepito, scarnificato come una scultura di Giacometti. Sta beccando con insistenza uno scontrino appallottolato, senza convinzione.

Si sta formando un piccolo comitato di spettatori, sono turisti. Gli sguardi convergono verso il gatto in posizione d'attacco, immobile. Un fermo immagine. Si crea un silenzio irreale, riverente, come in attesa del numero di un mangiafuoco, come a teatro quando si abbassano le luci, e il pianista si aggiusta sullo sgabello, teso e sciolto al *mismo tiempo*.

Il gatto scatta come una molla. L'urlo di una donna innesca il pianto di un bambino, mentre il certosino si infila dentro il cespuglio con il piccione già spezzato in bocca, sollevato dal suolo. Per lo spavento ha perso metà delle piume. La testa slogata. Il corpo pare senza vita, ma l'occhio, iniettato di sangue, mi è parso mandare un ultimo lampo di terrore, come una maledizione.

Ho ammirato il felino per la sua freddezza, il gesto atletico. Ma per una volta, una soltanto, ho avuto compassione per un piccione, e ho dovuto ricacciare indietro un singhiozzo di commozione, stringendo i pugni nelle tasche del jeans.

C'era qualcosa che non riuscivo ad afferrare, una lezione del momento che mi sfuggiva. Forse la sottrazione di una vita sotto ai miei occhi, planava ancora nell'aria, pur essendosi appena spezzata: in fondo anche quello scheletro di piccione tirava avanti, cercava di tener duro.

Era andato incontro a un altro giorno, con la sua coda da vecchio maggiordomo. L'errore è stato insistere su un gesto senza senso, attardarsi con il becco su una pallina non commestibile, un banale scontrino.

*Aprile*

Stamattina in métro un'auricolare ha smesso di funzionare per qualche minuto. Stavo ascoltando Tenco, la sua voce è diventata all'improvviso metallica, lontana come quella di un profeta, di un muezzin.

Esco a métro Crimée. Qualcuno nella notte ha proiettato un oggetto, una candela d'automobile, contro la vetrina di un *salon de coiffure*, crepandola in diagonale. Un taglio di capelli sbagliato? Una *dame* che ha ordinato la rappresaglia al marito?

Penso alla paura. Penso a come sia qualcosa che attraversi chiunque, dall'essere umano al più piccolo insetto, come quel moscerino che si posava sul libro, giorni fa, mi divertivo a disegnargli attorno dei cerchi con la matita. Immobile, non si decideva a saltare. Forse si credeva invisibile, o era soltanto paralizzato dalla *paura*.

La strizza. Che si fa strada tra le fessure di una sicurezza che all'improvviso si crepa, come quella vetrina.

La Fazioli a lezione attingeva spesso esempi dalla psicanalisi: il nostro Super-io, giudice troppo severo di noi stessi, ci somministra sensi di colpa, paure e censure pescando nel fango di un terreno inconscio, diceva, che non sempre è possibile verbalizzare, ma anche sulla base di pensieri che con un po' di maieutica potrebbero facilmente affiorare in superficie, formulabili a parole.

Ecco perché la paura bisognerebbe sempre cercare di proiettarsela come si proietta un'immagine su un muro, sotto forma di parole, perché una volta diventata testo, baloon, è più facile isolarla, disinnescarla.

Così ho capito che in ogni situazione, in ogni momento difficile, c'è una sola domanda che bisognerebbe avere il coraggio di farsi: di-cosa-hai-paura? *What are you afraid of?*

Sono il primo ad arrivare in ufficio, e per un attimo la paura la sento, mi prende alla schiena.

La griglia del ventilatore è per terra. L'anello in plastica che la fissa al retro spaccato.

Un calcio della signora delle pulizie? Danan con una mossa marziale? Mme Contin ubriaca, in un passo di tango con un cliente, nottetempo?

Osservo l'oggetto mutilato. Rivela stilemi asiatici elementari nel design: la curva dei tratti vagamente a ventaglio, a conchiglia, anni Cinquanta. Sarà per via di macchine industriali obsolete, aggiudicate di terza mano, mi dico, oppure il completamente lineare, il segmento che unisce due punti senza curvatura nei manufatti asiatici a buon mercato non l'hanno ancora interiorizzato, ma ci stanno arrivando, è solo questione di tempo.

Mi accorgo che sto pensando a Danan. Ma è una collega gentile. Guardo la sua postazione. Sgranocchia continuamente, eppure non ci sono briciole.

Osservo le tre pale dell'elica, l'impasto povero, petroliero con cui sono fatte, plastica con venature più chiare, margini di tolleranza alla cazzo. L'avrò pagato trenta euro. Chissà da quale fabbrica dantesca è uscito. Eppure ci voglio bene.

Riposiziono la griglia contro l'innesto posteriore, assicurando le due parti con un laccio da scarpe, che tengo nel cassetto della scrivania, come ricambio.

I colleghi arrivano uno dopo l'altro. Alle 9:30 ciascuno è al suo posto.

In fondo sappiamo già *tutto* dall'inizio, mi dico. Dalle intuizioni primordiali.

Mi vengono in mente la bocca di Sonia, ostinata. Il suo pube liscissimo. Il sorrisetto di Cédric dietro la tazza di caffè. Quel sorriso da piraña stitico, ovvero feroce ma stretto, che non mi piacerebbe avere sul volto.

Guardo il ventilatore rabberciato. «Il vento può girare» dice.

Non dovrai spegnerti anche tu. Restare forte.

Il pomeriggio scorre senza intoppi, tra il ronzio degli hard disk e i *click* dei mouse, lo sgranocchiamento di Danan, il bofonchiare di Didier, le proteste degli informatici, non si mettono d'accordo sul layout di un formulario, la voce di Perrine, al telefono con qualche redattore freelance, che Mme Contin paga *au lance-pierre*.

Controllo la mail di mio padre. Nessun nuovo messaggio. Quando esco alle 19 è una sera quasi estiva. Le foglie dei platani ai bordi del Bassin de la Villette danzano sotto folate di aria calda, come se una mano ci puntasse contro un grande phon.

Uscire di nuovo. *Sortir*. In ufficio non ce ne siamo accorti ma l'effetto serra in strada è impressionante. Luce ne avremo fino alle 21.

Meteo-Paris l'aveva detto: «*Soleil de plomb. Temperatures au niveau des récords pour le mois d'avril. Pique de pollution à l'ozone. Cette journée éprouvante consitue un risque social et sanitaire*».

Salgo *chez moi* per una doccia rapida. Sembra in effetti una sera di agosto caduta per sbaglio ad aprile, una diapositiva sovraesposta in mezzo alle altre. Parigi è capace anche di questo. I pannelli del comune invitano a bere molta acqua. Un'afa che non sentivo dall'estate scorsa a Bologna.

Infilo la reflex e un paio di Heineken ghiacciate nello zaino. Il rombo della folla lo sento già dal marciapiede sotto casa. Avvicinandomi al Canal Saint-Martin emergono pezzi di frasi, risatine di ragazze. Folla, gente seduta fianco a fianco per terra. Chitarre, bottiglie, patatine, pomodori. Amici, tovaglie improvvisate con lenzuola, sedie a sdraio, amiche. Tappetini cosparsi di affettati, torte salate. Salse verdi, bianche, rosa shocking. Snack di ogni tipo.

Un'allegra promiscuità già ben carburata a birre, bottigliette di champagne, vin rosé.

Sembra che tutti siano voluti uscire, stasera, telecomandati da questo assurdo anticiclone tropicale.

L'aria odora di cibo, di sudore come in uno spogliatoio, ma non ci sono finestre da spalancare.

Le ragazze, gambe nude, piedi lucidi di calore. Ridono, *les filles*. Stasera, con questo caldo, sembrano sfumare le differenze tra una e l'altra, hanno scelto quasi tutte la stessa uniforme: shorts, t-shirt bianche, sandaletti. Smalto rosso, o senza smalto.

Non sono lontane dalla nudità, come fossimo al mare, e chissà, forse a fine serata, a fine bottiglie si spoglieranno tutte, si tufferanno nell'acqua verde del Canal Saint Martin.

Serata languida, tropicale, da Ipanema, chiaramente officiata dalle ragazze. «*Provaci*» sembrano dire le loro posture rilassate, a terra o ai tavolini, le caviglie dondolanti. «Scegli chi vuoi tu ma provaci. *Qui ne tente rien n'a rien*. Restano ancora poche ore». Che città incredibile!

Mi siedo anch'io sul bordo del Canal, tra la folla, un quadratino libero.

Si è gli uni addosso agli altri, incollati, sul bordo assolato, c'è chi mette i piedi in acqua. Quando sull'altra sponda è calata l'ombra dei tetti *tout le monde* si è spostato qui, adesso che pure io mi sono seduto non c'è più uno spazio libero, è come la linea 3 all'ora di punta.

È scalza, seduta a gambe incrociate. Pesco dallo zaino una Heineken. Mi osserva, incuriosita. Gliela offro. «*Après une journée merdique au travail, j'avais juste envie d'une bière*» mi ringrazia. Ne apro un'altra per me. Mi allunga un sacchetto di grissini mezzo vuoto, brindiamo toccando le lattine. «*Enchantée, Aurélie! Tu ne travailles pas dans l'assurance, j'espère*» mi dice, piegando le labbra in un'espressione di disgusto, «*c'est un milieu pourri, l'assurance*».

Metto a fuoco i suoi lineamenti. Avrà trent'anni. Occhi scuri. Ricorda un po' Ilaria D'Amico da giovane. Riconosco l'accento del Sud. «Sei di Marsiglia?» le chiedo. «*D'Avignon. Je commence à avoir faim, et toi?*» mi fa. Abito accanto, le dico. Se le va possiamo *grignoter* qualcosa da me.

Dà un'occhiata alla gente accanto. «*Pour moi ça va*» dice. Le chiedo se siano amici suoi. Sono conoscenti di un'amica. L'aveva accompagnata qui, poi l'altra si è presa male con una canna, un *petard*, è tornata a casa. Anche lei se ne sarebbe andata, tra poco. Stava già cominciando a stufarsi, troppo casino.

Ci alziamo spolverandoci le chiappe. Un passaggio al supermercato sotto casa, un tubo di Pringles, un barattolo di olive.

Su da me spalanco la finestra. Sporge la testa fuori. Bei capelli, un po' mossi, lunghi alle spalle, la riga di lato, come si spettinano le ragazze a Parigi dopo il lavoro, il *faussement décontracté*. Si accarezza il collo. Faccio finta di cascarle addosso, in assenza di gravità. Ride, abbassa lo sguardo. Ci baciamo dentro la cornice della finestra.

Va in bagno. Chiudo la tenda. Ci resta a lungo. Sento che tira un paio di volte lo sciacquone. La aspetto steso a letto. Viene a stendersi accanto. Mi appoggia una mano sugli addominali.

Le sfilo gli shorts. Culotte celeste. Ci premo un dito sopra, sono umide. Spalanca la bocca. Mi aiuta a scalciare via tuta e boxer. Allarga le cosce. Le scosto le mutandine.

Chiude gli occhi, mentre le entro dentro ma è stretta. Entro a fatica. Mi tiene per le chiappe. Esco. Resta con le gambe aperte, piedi in aria.

Entro di nuovo, spingendo verso l'alto. «*Ouu..ii! Comme ça!*». Ci cerchiamo con la bocca, mordiamo le labbra. Le stringo il seno, è sudata, gliene succhio una, gliele mangerei.

Affondo, mi rimbalza i talloni sulla schiena. «*Oui!*» esco e affondo, «*Ouiii*». Viene subito, sento che mi stringe il cazzo come un pugno. Sguscio fuori. Le sventaglio tutto sulla gamba.

Resto in ginocchio, mezzo tramortito. Respiro a pieni polmoni. Li sento dilatarsi al massimo.

Mi accascio, le passo la maglietta per pulirsi, lenzuola e cuscini a terra, il copriletto uno straccio. Siamo fradici di sudore, ha i capelli incollati.

Va in bagno, sento che fa cadere i flaconi mentre fa la doccia. Rientra in camera. Guarda l'orologetto che ha appoggiato sulla libreria. «*Je suis en retard*» sospira. Si dà una spazzolata ai capelli.

Sarebbe rimasta volentieri, dice, un bel sorriso, ma deve andare. Ci scambiamo il numero. Mi chiede se può prendersi il tubo di Pringles. Non l'abbiamo neanche aperto.

La accompagno all'ascensore, poi mi allungo sul letto, senza cuscini. Mi godo così il momento, inspirando il suo odore che mi resta sulle dita, ogni preoccupazione distante, allontanata.

Dalla finestra aperta sento echi di urla ubriache. Un po' brilli lo eravamo anche noi. Staranno cominciando a scannarsi sul Canal, liti per pretesti idioti, per qualche ragazza, spaccano bottiglie.

È sempre così dopo una certa ora, poi dopo il caldo feroce di oggi… Non mi stupisco che la metropoli sia attraversata da *vagues* di follia: il caldo porta anche rabbia, urla lontane. Non mi danno noia.

Lascio la finestra spalancata, l'aria si sta rinfrescando. Scelgo sul portatile un album di Gilberto Gil, a basso volume. Recupero un cuscino da terra, me lo aggiusto dietro la nuca.

Sento un odore di salmastro venire dalla finestra. Chiudo gli occhi. Non è difficile immaginare di essere su qualche spiaggia, in riva al mare.

~

Un temporalone notturno e la temperatura è tornata a livelli normali, anche un paio di gradi sotto la media. Vado al lavoro a piedi, facendo il verso ai gabbiani appollaiati sul ponte, godendo delle iridescenze del piano di Vlado Perlemuter che interpreta *Ondine*, dentro gli auricolari.

In ufficio, di nuovo la griglia del ventilatore per terra. L'anello che la tiene attaccata all'altra metà penzolante.

Questa volta chiedo a Didier. A Danan. Non sanno niente. Perrine è in ferie. Mi chiedo se sia un incidente. La signora delle pulizie. Una provocazione, mafiosa.

*Keep calm* e guardali. Guarda Danan, non smette di starnutire, stamattina. Chissà a cosa è allergica. Guarda gli informatici, in catalessi, ipnotizzati dai colori delle linee di codice.

Osservo la piantana del ventilatore. La posizione che occupa. Ne valuto la distanza con la scrivania, con le postazioni dei colleghi, la prossemica: a chi può dare fastidio?

Forse qualcuno inciampa nel cavo di alimentazione, non osano dirmi di usare una prolunga. Lo sposto, facendolo passare dietro la piantana, accostandolo meglio alla presa. Rimetto di nuovo la griglia a posto.

In pausa pranzo cerco di sgomberare la testa da ogni ruminazione. Prendo la linea 2 e salgo a Montmartre. Mi siedo su una scalinata con un sandwich al salmone, rosa fluorescente.

Guardo i turisti, la loro voracità, le mascelle masticanti, i bambini che si mettono in posa per le foto, come attori consumati.

Il bacio all'emmental e rucola che si sta scambiando una coppia. La zaffata alla nicotina della signora nervosa alle loro spalle, accento russo ficcato di prepotenza dentro al telefono.

Prima di rientrare in ufficio prendo un gelato da Flunch, un self-service popolare a Place de Clichy. Paghi solo una volta, poi hai diritto ai legumi *à volonté.*

Stomaci dilatati, vecchi con bastone avanti e indietro a ricaricare il piatto.

Dal soffitto cala una vecchia canzone di Carla Bruni, che ci fa la sua voce soffiata in questo self-service?

A un tavolo un vecchio, nuvola bianca di capelli e camicia jeans. Sta parlando con piglio alla Agnelli a una *dame* con trolley, sulla quarantina, tailleur da congresso, seduta al tavolo accanto. Deve essere capitata in questo luogo per sbaglio, per fretta, per eclissarsi un'ora dai colleghi. Il tizio la conciona, con maestria consumata.

Anche lui è un outsider. Lo immagino antiquario, pittore con vitalizio. Mi diverte come fiancheggia la tipa. Non molla, nonostante i sorrisetti algidi con cui lei cerca di dissuaderlo. Forse riuscirà a convincerla, non è mai detto.

Sulla sedia accanto ha appoggiato un casco da *motard*. Per gli ottant'anni, ricordare di regalarsi una moto.

Devo tornare a lavoro e non ne ho voglia.

Dopo la pausa Mme Contin fa il giro delle postazioni con il cane in braccio, lasciandosi alle spalle un odore di medicinale.

Ci presenta Clément, un nuovo *stagiaire*. Quando è il mio turno, squadro il personaggio. Avverto un'immediata, istintiva antipatia.

Nel colpo d'occhio capisco l'essenziale. *École de Commerce*, i bocconiani francesi. Montatura degli occhiali bicolore e rétro, patetica. Lenti antiriflesso che non riescono a nascondere uno sguardo falso, vile. Scarpe LeCoq Sportif. Anche ChouChou lo guarda con disagio.

Questi portatori malsani di occhiali "vintage", montature frivole, creative, a Parigi, ancora più in certe regioni del Nord Italia. Deigo diceva che in Veneto ci sono state varie epidemie di montature colorate, ultimamente.

Poche cose sono irritanti come il mediocre che solo perché accessoriato di occhiali eccentrici, da architetto, comincia ad assumere pose da creativo, da brillantone.

Dà ancora più noia della "pronità" del *techos*, degli *intelligents du métro* che usano con sicumera, con le loro astuzie una tecnologia avanzata che gli è piovuta dall'alto, di cui in realtà ignorano il funzionamento profondo. Gli esperti di telefonia, di applicazioni. Esperti di che? Sapresti progettarlo uno smartphone? Quanti ce ne sono, anche in Italia...

E a proposito d'Italia, prima di spegnere la mia *workstation* faccio un giro su «Repubblica», Ansa, «HuffPost», l'«Internazionale». Blog italiani che non visitavo da un po', le solite cose. A Milano stanno provando a rendere trendy delle bombolette di ossigeno portatile contro lo smog. Il quaranta percento dei maschi italiani tra i trenta e i quaranta continua a vivere con i genitori. Un divorzio ogni quattro minuti. Sulla terra restano quattromila tigri, erano centomila cento anni fa. Che animale magnifico. Ciascun omuncolo che ha sparato andava appeso per le palle, uno per uno, mi dico. Un'associazione di consumatori ha analizzato le rose in vendita dai fioristi: contengono fino a quarantanove pesticidi diversi, meglio non annusarle.

~

Neanche un Vélib' funzionante oggi, uscendo dal lavoro. Prendo il métro ma è affollato manco fossimo a Bombay. Per l'estate ho deciso che la bicicletta me la compro. Appoggiato alla parete del vagone cerco di leggere Cioran, tengo il libro di taglio. Non si riesce. Lo sguardo finisce per inquadrare i piedi delle ragazze: sono tutti smaltati di rosso ciliegia. Invoco uno smalto celeste, o rosa, come antidoto al monocolore, ma poi mi dico in fondo è bello così, la differenza cercala altrove.

Il fototipo delle ragazze a Parigi è spesso molto chiaro, di porcellana, senza neanche quella sfumatura di miele delle nostre settentrionali. Forse mi attrae proprio perché diverso, esotico.

I loro sandaletti fanno risaltare questo pigmento rosa pallido, madreperlato. Anche le ballerine così diffuse in fondo non sono male. Comincio ad apprezzarne il fiocchetto, l'erotismo indiretto, il collo del piede che lascia immaginare il resto del corpo: un lampo, un'anticipazione fintamente innocente.

Il plico attendeva dentro la cassetta delle lettere, seminascosto dal flyer di un sushi bar con primi piani più crudi del crudo, è il caso di dirlo, da anatomia comparata. Il fotografo non è riuscito a sublimarli con le luci, o ricorrendo a modelli in cera: il dépliant te li schiaffa in faccia per quello che sono, pezzi morti di pesci.

Lo appallottolo, stizzito. Prendo il pacchetto. La *concierge* ha firmato al mio posto, alla consegna, come le avevo chiesto. Non penso già più al ventilatore.

Ho soppesato il plico, salendo con l'ascensore. Quando la porta si è aperta sono rimasto ancora un'istante, guardando come imbambolato la calligrafia arrotondata del mittente, il timbro delle Poste di Trieste.

Ho sgombrato la scrivania, dato una passata di glassex. Preparato un caffè bello carico. Ho aperto la busta tagliandone il lato superiore con il cutter, estratto un cartoncino bianco. Una sola frase, «Come promesso. Un cordiale saluto, Paola».

Ho rovesciato la busta, depositando sul tavolo uno sferoide di plastica a bolle, fermato da nastro adesivo trasparente.

Dietro la plastica si intravedeva un oggetto nero, come un bozzolo, la forma approssimativa di un insetto.

Ho staccato il nastro con delicatezza, srotolato le bolle, liberando il contenuto sul tavolo. Un cilindro in metallo nero opaco, simile a una cartuccia di fucile da caccia.

La prima cosa che ho fatto, istintivamente: annusare. Un odore appena percettibile di grafite, metallo bruciato. Lo stato di conservazione nell'insieme buono, nonostante fosse deformato a V, con una compressione quasi al centro. Come se qualcuno avesse cercato di piegarlo bloccandolo da un lato, o premendoci una lama o un ferro in mezzo.

Intatte le due estremità circolari.

Ho risposto con la stessa economia di parole, via mail, ringraziandola. Il destino di questo oggetto l'aveva fatto atterrare qui, sulla mia scrivania di *expatrié*, vent'anni dopo essere stato raccolto, come un fungo tra il terriccio, da una ragazza scossa, accanto al relitto di un aeroplano.

Riconoscere cos'era è stato un attimo: un rullino fotografico di "medio formato".

L'etichetta, gialla, con una banda centrale in parte sbiadita, ma leggibile: «Optima – Prof sional».

Tra le mani però avevo anche un oggetto che mi pareva alieno. L'ho maneggiato con prudenza, misurato con un righello: sessantacinque millimetri di altezza, ventiquattro di diametro. L'ho scosso delicatamente: alcun rumore di pezzi in libertà all'interno.

Ho dato un'occhiata su internet: Agfa Optima 100, film per stampe negative a colori, fuori produzione da anni. Una pellicola simile a quelle che mio padre caricava nella sua Mamiya.

L'ho fotografato da varie angolazioni. Poi l'ho rimesso nella busta, impacchettandolo come l'ho trovato, chiudendo il plico in fondo al cassetto della scrivania.

~

Sogni bizzarri, dai colori saturi, sono sbocciati di nuovo da qualche luogo nel cranio stanotte. Mi sarebbe piaciuto rivederli, lanciare un rewind: al mattino sono rimasti solo sudore su tutto il corpo e dettagli esigui, lampeggianti come pochi pesci impigliati in una rete. Erano immagini del liceo. Corridoi, fumo di sigaretta di fumate clandestine, che filtrava dalle porte dei cessi.

Poco lavoro oggi in ufficio. Con la coda dell'occhio osservo lo *stagiaire*, i suoi occhiali e baffetti. Fissa gli schemi, misurato nei gesti. Chissà cosa sta guardando. Si comporta già come un *cadre*. Per fortuna non sono io a dovermene occupare.

Danan gli ha rifilato decine di pagine da correggere secondo i criteri di Google, per farle emergere tra i risultati di ricerca. Per me si è imballato in qualche punto della procedura. Non chiede aiuto, nonostante la nostra disponibilità. Si ostina sui programmi, va avanti di testa sua.

Non tarderà a fare il primo errore, ci siamo passati tutti. Allora forse mostrerà un po' di umiltà.

Abbatto il lavoro che avevo pianificato, restando in ufficio fino a tardi.

Prima di chiudere, mi rilasso navigando un po' con Google Earth, do colpetti di mouse alla terra, facendola ruotare come una biglia:

ingrandisco città di mare in Nuova Zelanda, in Africa. È l'applicazione che preferisco.

Stiamo cavalcando quest'onda fantastica, viziati da tutte queste porte d'accesso alla comprensione, dentro *rendering* spettacolari: il web e la tecnologia sono anche un palliativo alla Krisi, ci immergono in un'atmosfera ludica da gita scolastica, che dura anche quando ci scolleghiamo perché è esaltante, sentirsi proprio dentro al momento storico che sembra predisporsi, che ha tutto per regalarci sorprese eclatanti, dentro una storia che non si sa come andrà a finire, ma da cui ci attendiamo di poter assistere ancora in vita a colpi di scena planetari, fuochi d'artificio come non ne abbiamo ancora visti.

Rientro *chez moi* a piedi. Entrando nello studio sento ogni volta addosso la riduzione dei volumi, quella impercettibile oppressione che la metropoli impone alla maggioranza dei suoi abitanti. Diciotto metri quadri: come entrare in una scatola, non proprio un appartamento.

La densità demografica di Parigi è tra le più alte al mondo, l'offerta di alloggi cronicamente limitata rispetto alla domanda. Ecco perché il valore del metro quadro rampante, le "fiammate" dei prezzi immobiliari su cui gettano benzina le agenzie, speculando, impunite.

Ecco perché l'effetto "formicaio" in molti luoghi: file interminabili alle mostre più popolari, stretti come fiammiferi dentro al métro.

Chissà cosa diventano nella coscienza tutti i volti che attraversano la retina, centinaia, che si incrociano ogni giorno a Parigi, per strada, sul métro, sui quali si posa lo sguardo per un attimo.

Mando un messaggio ad Aurélie, tastando il terreno. Un'altra "lotta" con lei la rifarei volentieri. Infilo le scarpe da running.

Esco a correre un'oretta, seguendo il Canal Saint-Martin fino al Bassin de la Villette e oltre, fino alla Cité de la Musique. Al ritorno, sovrappensiero, mi accorgo che sto correndo verso l'ufficio, inconsciamente. Come se avessi dimenticato qualcosa. Ma è solo abitudine.

~

La notte scorsa ho ricontattato il professor Corsini. Gli ho inviato le foto ravvicinate del rullino, che ho scattato con la Canon e l'obiettivo macro sul treppiede, prese da varie angolazioni.

Solo qualche riga, senza dar troppi dettagli, dirgli giusto dove era stato trovato, omettere come ne sono venuto in possesso. Nella ricerca di una spiegazione, «perché non chiedere un parere anche a un ingegnere aeronautico?» mi sono detto, e poi Corsini non è certo uno degli ultimi arrivati.

Mi ha risposto subito, scrivendo che la mia richiesta lo stimolava, di dargli un po' di tempo. La sua risposta non si è fatta attendere.

Pesco dal frigo una lattina di Coca-Cola ghiacciata. Rileggo ancora una volta la "perizia" che ha inviato già oggi.

Ti ringrazio per la fiducia. Ci tengo a fare una premessa. Per poterti scrivere un parere più preciso avrei bisogno di avere qui l'oggetto. Tuttavia anche basandomi sulle foto un'ipotesi posso tentarla. La deformazione presente quasi al centro del cilindro è stata causata da una compressione longitudinale, impressa da un elemento metallico, in un modo che si direbbe casuale, non funzionale. Non sembra fatta intenzionalmente.
Ipotizziamo che il rullino fosse presente all'interno dell'abitacolo del Pitts, assicurato dentro qualcosa da cui può essere sfuggito, per esempio, banalmente, da una tasca della tuta di volo di tuo padre.
Quale potrebbe essere l'ostacolo incontrato? Non ho elementi per dirlo, ma non è da escludere che sia andato a interferire con una leva di comando (per esempio la cloche), diventando di fatto elemento critico della catena degli eventi che hanno portato all'incivolo.
Nella storia degli incidenti aeronautici non sono rari quelli causati dalla presenza di oggetti estranei nel *cockpit*. Anche una moneta che si infila nella giuntura di una cloche può causare la catastrofe.
Ma attenzione: nulla esclude che l'oggetto sia stato deformato in precedenza, per esempio. Oppure che si trovasse già sul luogo, o che sia finito nei pressi del relitto per caso, per esempio sfuggito a un giornalista giunto sul posto.
Credimi, mi dispiace sinceramente per il destino toccato a Elio.
Era un eccellente pilota, un professionista. Soprattutto una bella persona.

Apro il cassetto, ripesco il rullino dal plico. Non mi decido ancora a svilupparlo. Ultimamente fotografo soprattutto in digitale, ma con le foto a pellicola è anche questo che mi piaceva, dilatare l'intervallo tra lo scatto e la stampa, quello spazio di indeterminatezza che la fotografia digitale ha estinto, l'effetto sorpresa. Ma qui sono passati vent'anni.

*What are you afraid of?*

Rimando per il timore di scoprire che il contenuto sia distrutto, il negativo bruciato, illeggibile? Oppure temo che contenga immagini del relitto, della salma di papà? Non sopporterei di vederle.

Procrastino, ma in fondo nessuno mi mette fretta. Nessuno oltre a me attende queste ipotetiche foto. Nessuno tra le persone che conosco è al corrente di questo oggetto.

Gli do un colpetto con l'indice, sulla scrivania. Fa un giro e mezzo e si ferma.

Quanto desideravo la macchina fotografica di mio padre... Ma non ero ancora autorizzato a toccarla. Ripenso alle piccole frustrazioni che mi somministrava gli ultimi tempi. Adesso le ricordo quasi con tenerezza, ma allora?

Giocavo con il Meccano, i Lego Technics. Costruzioni già complesse, ci volevano giorni per ultimarle. Verso la fine mancava sempre un pezzo. Cercavo dappertutto, rileggevo il manuale di istruzioni. Mancava. Non ne venivo a capo.

Poi, quando stavo per rinunciare, appena superato il colmo della frustrazione, il pezzetto saltava fuori, in un angolo improbabile della stanza. Era lui, che ancora una volta mi prendeva per il naso?

Sì, era papà. Anche questo l'ho capito solo anni dopo: lo faceva per verificare la mia tenuta allo stress, alle frustrazioni della futura vita adulta. Per vedere se fossi capace di sbrigarmela da solo, di rinunciare a qualcosa di non indispensabile, senza dare in escandescenze.

Ripesco tra i ricordi il giorno in cui andammo all'aeroclub di Ronchi, la penombra e la frescura all'interno dell'hangar... Mia madre che deposita mio fratello nell'abitacolo posteriore dell'aereo, come dentro un barattolo, mentre io mi siedo in quello anteriore... Gli alettoni che mio fratello iniziò a muovere con la cloche, ridendo.

Ho appoggiato il rullino sulla scrivania, in piedi, allontanando la lampada, per non danneggiare la pellicola. Un gesto istintivo, inutile. Rileggo ancora la mail del professore, la prima volta ho letto troppo in fretta. Se era di mio padre, può darsi che l'avesse con sé, magari per farlo sviluppare a Nova Goriza, ricordo che lì c'era un laboratorio.

Se era di mio padre... Mi sale una vampata di calore alle orecchie.

E se glielo avessi nascosto io, imitando i suoi scherzi?

Ogni oggetto lasciato nel *cockpit* di un aereo acrobatico, non vincolato, finirà per saltare come una biglia impazzita nell'abitacolo! Non serviva che me lo dicesse Corsini. Ogni pilota lo sa.

Ma, davvero, non ricordo di aver mai sottratto un rullino a mio padre. Non ricordo di averlo mai sentito cercarne uno, chiedere se per caso l'avessimo visto da qualche parte.

Ho sentito mia madre al telefono. Ha fatto una pausa, dall'altro capo venivano le note smozzicate di un'orchestra sinfonica, ha abbassato il volume. Ci ha messo un po' prima di rispondere, stava andando indietro con i ricordi, ne ho approfittato per ispirare a fondo, togliendo quella sfumatura di apprensione che mi era affiorata nella voce. «Papà che non trova un rullino? Perché me lo chiedi?». «Così, mi sembra di ricordare». A lei non diceva niente, «con le sue cose era sempre preciso, meticoloso. Dopo l'uso le riponeva con cura. Le foto, poi... Ci teneva così tanto! Guarda, se l'avesse perso, sono certa che me l'avrebbe detto, me ne ricorderei».

~

Martedì di ponte. Mi ritrovo da solo in ufficio. I colleghi ne hanno approfittato per fare il weekend lungo. Anche "CoqSportif".

Ripenso a una scritta che è apparsa vicino casa, spray arancio sulla saracinesca di un garage: «*Passez-vous à côté de votre vie?*». Non mi dispiace, lavorare nell'ufficio deserto, con FIP che oggi propone vari pezzi di tango.

Neanche Mme Contin fa il ponte, a quanto pare. È passata verso le 11, ho sentito girare la chiave nella serratura, attraverso gli auricolari. Mi ero un po' sbracato, allungandomi contro lo schienale della poltroncina da ufficio, ipnotizzato dalla bellezza degli schermi.

È venuta a salutarmi, ChouChou in braccio, insalsicciato dentro una ridicola pettorina. C'è un grande piacere che potrei farle, oggi, ha detto, appoggiandomi i suoi anelli sulla spalla.

Ha parecchie cose da sbrigare, *paperasse* amministrativa, alcuni uffici sono aperti, ne approfitta che la folla sia via. Potrei tenerle ChouChou qualche ora? «*Avec plaisir*» le ho risposto. «*Eh bien, magnifique!*» ha esclamato, liberando il cane sulla moquette.

Non mi dà noia, il "carlotto". Passerà a riprenderlo verso le 18.

Gli versa nella ciotola un ricostituente, ecco cos'era l'odore che aveva addosso l'altro giorno. «*Il mange très peu, il dort toujours en ce moment, le pauvre*». Dorme tutto il giorno. Per Mme forse è il figlio che non ha mai avuto. «*Plus intelligent que n'importe quel être humain!*». So che non è in ottima forma, me l'avevano già detto a Bologna. Riaccompagno Mme alla porta.

Quell'odore da farmacia punge le narici. Metto il ventilatore a tre, per smuovere l'aria. Vado a farmi un caffè.

Il cane della *patronne*. Lo guardo dalla porta della saletta. Sembra un fagiolo, accucciato sotto la scrivania.

ChouChou è simpatico. È la dimensione domestica del lavoro che comincia ad andarmi stretta. Mi scopro a sognare di lavorare in una multinazionale, in uno di quei grattacieli alla Défense: Allianz, Areva, Total. Areva non sarebbe male, con le loro centrali nucleari. Dentro quelle aziende-panfilo diventi una matricola, il CEO non lo vedi mai, e se lo si vede è sotto Natale, per il bilancio annuale, in un auditorium esagerato, convocati a centinaia, azionisti, *cadres*. CEO poi se ne riparte in Eurocopter da una piattaforma in cima alla torre, lanciando mentine ai dipendenti.

Ora che sono solo con ChouChou gli parlo in italiano. «Buono qui, sulla moquette. La moquette è pelo di cane, non lo sapevi?». Abbozza un tentativo di protesta, mi appoggia una zampa sull'orlo dei jeans.

Lo assicuro con il guinzaglio a una gamba della scrivania, scendo a prendere un sandwich alla boulangerie, una lattina di energy drink. Quando torno respira rumorosamente, già atterrito dall'abbandono.

La *paura*, ChouChou. *What are you afraid of*? Mi mostra le gengive imploranti, un mazzo di denti accavallati.

Gli riempio la ciotola d'acqua. Ci ficca il muso dentro. Gli verso pure il fondo della lattina, massaggiandogli la cassa toracica. Quando ha finito fa un rigurgito che è quasi un rutto umano, un mezzo giro su se stesso, riacciambellandosi sotto al tavolo.

Alle 19 si rimette di colpo a quattro zampe, qualche secondo dopo scatta la serratura. Mme Contin fa un urletto di gioia, allunga le braccia sulla moquette, il carlino le rotola in grembo, tremante. «*Tout va bien Livio? Il n'a pas été trop ennuyeux, mon ChouChou?*». Il cagnetto fa uno starnuto. «*Le pauvre! Comme vous êtes fatigué! On va bien manger ce soir, n'est-ce pas?*» gli dà del voi, mi viene da ridere. «Si sta benissimo, fuori» dice Mme, «tutti partiti al mare. *Toujours les mêmes endroits vous savez? Deauville, Cabourg: tous ces parisiens qui disent "Je vais à la plage". Aucune originalité! La plage.* Ma quale "spiaggia"! *La Normandie. Bof.* Non è mica Caapri, Amaalfi!» imita l'accento italiano, fa il gesto della pigna con la mano. Sorrido, senza troppa convinzione.

Allunga un'occhiata agli schermi, chiede se ne ho ancora per molto. «*Une heure*» le dico. ChouChou già le dorme in braccio. Ci congediamo con un *au revoir*.

Chiudo a uno a uno tutti i file, preparo le cartelle per domani. Verifico il log del backup sul server. Spengo il ventilatore e le luci. Sceglierò un buon tavolino sul Bassin de la Villette e un mojito, guardando le chiatte passare, sotto un tendone, al riparo dalla pioggia che ha ricominciato a cadere, finissima, come capelli.

~

È stata la settimana di lavoro più calma, ho lavorato ancora da solo, il soffio del ventilatore amico, rilassante. I colleghi hanno prolungato le ferie, chi non le aveva si è messo in malattia. Io non ho maturato ancora abbastanza giorni per farmi un viaggio. E poi ci sto bene, in ufficio da solo. Stamattina su FIP hanno messo *Senza fine* di Gino Paoli, un bel momento.

Anche Mme Contin deve essere partita: è di nuovo una settimana che non si fa vedere. In pausa pranzo ho ricevuto un suo *textò*, come li chiamano qui. In sei mesi mi avrà inviato sì e no tre messaggi. Chiede se posso farmi trovare in ufficio alle 19. «*J'aurais besoin de vous par-*

*ler*». Le confermo che certo, ci sono. Chiudo il sito della radio. Stava passando un vecchio brano di Peter Gabriel.

Riapro il messaggio. Vuole parlarmi. Controllo il planning delle scadenze. Cerco di capire se ho dimenticato qualcosa. Non ne avevo molte, di scadenze, in questi giorni.

Ho per caso mandato in giro immagini con didascalie errate? Si fa sempre in tempo a cambiarle. Faccio uno scroll di tutti i jpeg del mese.

I colori squillanti che vanno per la maggiore mi danno la nausea, li attenuo sempre un filo, senza dir niente a nessuno, ma a parte questa licenza che mi prendo con Photoshop non vedo errori. Alcun messaggio razzista sulla t-shirt di qualche modella, rimasto sulla foto per sbaglio, alcun dito medio alzato in secondo piano, targhe di automobili non cancellate.

Ripesco il pdf del mio contratto CDD. *Contrat à durée determinée*. Scade tra otto giorni. Da marzo, dall'ultima volta che ne avevo accennato a Mme, non ci facevo più caso. Le avevo chiesto un parere, sobriamente. Su come valutava il mio impegno, le prospettive... Con un tono scanzonato aveva risposto che gli affari tengono, è solo un momento di calma, una flessione che hanno già visto in passato.

Non c'è da preoccuparsi, aveva detto. Di solito precede una ripresa, prepararsi a più lavoro ancora. Nonostante la concorrenza rude, nonostante la disaffezione degli utenti verso i messaggi pubblicitari, LaVille è *rentable*, fattura e sta in piedi. Cédric a Bologna l'ultima volta me l'ha confermato: se si è ben lavorato il CDD diventa quasi sempre un CDI, contratto *à durée indéterminée*.

Continuare a lavorare in questa agenzia non è certo il mio sogno, però è una buona base per salire altri gradini a Parigi: non mi dispiacerebbe passare dalla parte dei fornitori. Lavorare per Corbis, o Getty, per esempio.

Mettere le basi in questa città in cui si lavora a fondo, dove la competizione per i posti più "creativi" è agguerrita... C'è gente di cinque anni più giovane pronta a fregarti il posto. Con un CDI in tasca è più facile evolvere altrove, questo lo dice anche Piotr, che alterna CDD e assegno di disoccupazione da anni.

Non riesco a concentrarmi. Chiudo la cartella dei Raw che stavo processando. Ho ripercorso le cose fatte fino a oggi, sono sereno. Non mi rammento di nulla di cui possa rimproverarmi. Al limite qualche ritardo di cinque minuti rientrando dalla pausa pranzo. Come tutti, del resto. Il ventilatore sempre acceso. Pomeriggi interi con gli auricolari avvitati alle orecchie, ma non sono il solo: la radio aiuta a concentrarsi.

Anticipo il dialogo, come in un trailer. Lo immagino giocarsi su toni cordiali, come ogni volta che abbiamo interagito. Mi preparo alla sua sottile ironia, alla sua *moquerie* benevola verso *les italiens*.

Hanno di nuovo bisogno del sottoscritto a Bologna? Mi vogliono rispedire *en drio*, come direbbe Deigo con il suo accento di Pellestrina? Proprio adesso che il francese si è sciolto, che *Paname* e le sue bellezze cominciano a ricompensarmi.

Chiudo gli occhi, come sempre nei momenti di difficoltà. Cerco tra il fondo uniforme l'emersione di un'idea, o solo un po' di riposo. Mi appaiono i portici di Bologna. Affiorano sullo sfondo violetto delle palpebre, come a carboncino. Riesco a trattenere l'immagine per qualche istante. Via Fondazza, via Santo Stefano, Corte Isolani. Ma sta già entrando Mme Contin.

~

È senza ChouChou. Al suo posto posa sulla moquette un sacchetto della spesa Monoprix, di un fucsia acceso, il colore della pazzia. Mi saluta con un cenno della mano ed entra in bagno. Sento il rumore dell'acqua che scorre, riappare. Mi fa cenno di seguirla nel suo ufficio. Ci sediamo l'uno di fronte all'altra.

La guardo negli occhi, color celeste diluito. Occhiaie da sonno arretrato, da funerale.

Comincia a parlare, vincendo un'espressione contrita, esausta. Mette a fuoco le mie pupille. Due occhi duri, così affilati non glieli avevo mai visti. «Il suo contratto termina la settimana prossima». Articola lentamente, forse ha preso un calmante. Sostengo lo sguardo, nonostante l'assurda stampa *pied-de-poule* della sua giacca, che non si è neanche sfilata, cerchi di distrarmi. «La ringraziamo per il lavoro fatto». Mi sta dando del voi. «Purtroppo non verrà riconfermato. *Il n'y a pas assez de travail pour justifier le prolongement de votre contrat*».

Stringo le mani sotto al tavolo. Sarà una reazione isterica, eppure mi sta venendo da ridere. Devo fare uno sforzo per trattenermi. La giacca *pied-de-poule* non aiuta. Gli occhi di Mme ora si sono appiattiti in un'espressione vuota, sabbiosa. «*Vous avez des questions?*».

Cerco in quelle biglie celesti che ora sembrano non vedermi una traccia di empatia. Continuo a fissarla nelle pupille, anche se fa male allo stomaco. Quali pensieri le stanno attraversando la scatola cranica? Vorrei avere la *répartie*, come dicono, una replica immediata, ficcante. Non mi viene niente di meglio che: «*Votre chien?*».

«*Il est mort. Cette nuit*». Mi accorgo che ho le mani giunte, come una preghiera, sotto al tavolo, un gesto che non mi appartiene. Rivedo il buon ChouChou e mi si stringe il cuore. «*Et d'ailleurs, ChouChou a bu une boisson gazeuse, le jour où je vous l'ai confié. Je le sais*». Resto in silenzio. Il cane era già mezzo moribondo, Madame, cosa mi tira fuori. «Avevo detto di non dargli niente. *Je l'avais dit. Il était très très fragile*» aggiunge, la voce metallica, in piedi, mentre mi accompagna fuori dal suo ufficio.

Si avvia verso l'uscita, si abbottona la giacca dentro la cornice della porta, scansionandomi dalla testa ai piedi, come fossi un manichino. Le vedo affiorare per un istante un sorriso, appena accennato. Uno stiramento triste delle labbra. «*Vous aurez bientot le chômage*, l'assegno di disoccupazione, *pas la peine de venir au travail. A partir de demain*».

Mi siedo di nuovo alla postazione. Come mi sento? Come se avessi digiunato per giorni. Di colpo svuotato, senza forze. Più leggero, anche. *Passez-vous à côté de votre vie?* Inutile cercare risposte aprendo cassetti mentali, frugando chissà dove. La risposta a volte non va cercata ma data, rilanciata a caldo, d'istinto, contro gli eventi.

Sono dispensato dall'ultima settimana di lavoro. Da domani non verrò più in questa scatola. Finita la moquette sotto ai piedi, che era un po' come essere al cinema.

Sembra facile, rimettere tutto com'era! Finisco all'una di notte, dopo aver ordinato tutti i file del Mac, trasferito quelli più interessanti su una pennetta USB, sai mai che possano tornare utili.

Sono entrato nella pagina delle riduzioni per i dipendenti: ho prenotato tutto ciò che mi serviva, quasi automaticamente, come un rabdomante.

*Eh oui*, quello del cane sarà stato un pretesto. Forse il mio tempo era già scaduto. Chi si era accanito sul ventilatore, due volte?

Perché non confermarmi? Forse perché costavo troppo? Meglio tenersi un giovane zerbino come CoqSportif? Stavo sulle palle a qualcuno? Alla moglie di Cédric, che ho incrociato solo per cinque minuti della mia vita in via Rismondo? O a Cédric stesso. Forse è venuto a sapere di Sonia? Quella cerbiatta che forse è riuscito a sfiorare una volta, e magari poi lei l'ha ignorato, lasciandolo come un allocco? Oppure ha provato a farsela e non ci è riuscito, «e mo' se la bomba questo stronzo che abbiamo assunto da due mesi!»

"Tornassi indietro?" mi chiedo. Non ero preparato a fare già questo bilancio. Ma so che rifarei tutto. Meglio vivere una vita di rimorsi, anziché di rimpianti. Chi l'aveva detto? Mi pare De André. Meglio: vivere una vita senza neanche rimorsi!

Stampo i biglietti. Spengo il Mac. Sgombero la scrivania dei pochi effetti personali, infilandoli in un sacchetto. Il fagotto che mi porterò a casa. Controllo che tutte le ciabatte siano spente. Accosto il ventilatore alla parete, arrotolando il cavo alla piantana, con cura. Finirà dentro un cassonetto, o sul marciapiede, come un *object trouvé*, in attesa che qualcun'altro lo prenda a calci.

Pesco i biglietti dalla stampante. Partirò tra poco più di un mese.

Dalla cornice della porta guardo per l'ultima volta la mia postazione, rischiarata solo dalla luce dei lampioni oltre le finestre. In mezzo agli schermi di Perrine spuntano le orecchie di un pupazzetto.

Non ho fatto in tempo ad affezionarmi a questo posto, non porterò i dolcetti dell'addio. Ma non era certo l'unica opzione possibile.

Altre opportunità affioreranno sul cammino. Non ne dubito. Non ho voglia di pensarci adesso.

L'ultima notte in ufficio. Bisognerebbe piangere, in un momento come questo? Vorrei esserne capace, ma non ci riesco. Mi si diffonde dal torace solo una subdola, dolciastra malinconia.

Chiudo per l'ultima volta il portone, lasciandomi dietro l'odore della plastica cotta del computer che ha girato tutto il giorno, la fragranza planare dell'ultimo caffè, che ho spillato con cura dalla macchinetta, meritato, quasi perfetto.

~

«*Du soleil! Du soleil!*» urla un nero gigantesco, all'uscita del métro République, in piedi in mezzo al passaggio della gente, come un totem, incurante di quanti gli sbattono addosso. Sarà due metri e dieci. Ricomincia, sciamanico: «*Du soleil! Du So-Le-Il!*».

Il giorno di caldo assurdo è stato come la prima dose di un pusher: ha lasciato tutti in astinenza, come fosse cascato a Parigi per errore, forse era destinato a una città del Sud, Aix-en-Provence, Toulon. Non ha più niente del sole, quella specie di pastiglia grigia che si intravede appena, oltre la coltre di nuvole che si è chiusa sopra la città, come una tenda oscurante, abbassando la temperatura di dieci gradi.

Place de la République, ci passo ogni giorno. Sembra fatta con pezzi di una stazione ferroviaria smontata. Niente a che vedere con le piazze italiane, i loro colori. Le desidero tanto, oggi, per quanto trascurate, per quanto in rovina. Ma non si deve fare marcia indietro.

Place de la République la attraverso anche oggi e sì, mi sembra di camminare alleggerito, come se qualcosa mi fosse evaporato all'interno. Mi ero sentito così una notte che scampai per un pelo a un frontale con la macchina, il tir che sopraggiungeva, riuscii a rientrare all'ultimo, il tizio si incollò al clacson di rabbia. Avevo appena preso la patente, calcolato male le distanze nel sorpasso.

So che in questi momenti non devo fidarmi della percezione: i fanali posteriori degli scooter, antropomorfi, i musi delle auto parcheggiate, anche le facciate dei palazzi, sembrano rivolgermi un'aria ironica, beffarda.

Osservo la facciata del Crown Plaza. C'è qualcosa che non mi torna, poi realizzo: hanno smantellato un'impalcatura che era lì da mesi. E se anche il lavoro che ho perso fosse stato un'impalcatura?

*Aspettarsi l'inaspettato*. Non mi *aspettavo* di non dover più andare in ufficio, *du jour au lendemain*. Mi chiedo se in realtà non sia più libero adesso. Libero di intercettare anche nuove opportunità, in questa metropoli che sembra offrirne sempre di nuove. O sembrano soltanto più di quante non siano in realtà, come carte rimescolate da un illusionista? Con il lavoro avevo trovato un ritmo circadiano, dei lunedì e dei weekend, pure io inserito nel famoso *métro-boulot-dodo* parigino... Adesso invece i giorni ricominciano a confondersi. Come da studente.

Mando messaggi a ragazze che loro, invece, continuano a lavorare. Glieli mando in pomeriggi infrasettimanali ma non rispondono. Sono stonati, fuori fase. Mi dico Livio, smetti subito.

Faccio un paio di calcoli. Nel conto corrente mi resta qualche migliaio di euro. A partire dal prossimo mese ho diritto a dodici mesi di assegno di disoccupazione, il famoso *chômage.* Guardo i grafici di Eurostat: l'undici percento della popolazione attiva è nella mia condizione. C'è anzi chi con lo *chômage* ci campa per anni.

Scelgo una *boulangerie* della rue Lafayette, attirato dall'odore di farina. Mi faccio farcire un panino con tonno e pomodori. Cammino lentamente, un passo dopo l'altro, come sempre, come chiunque.

Ripetizione. Ripetizione del movimento pelvico mentre facciamo l'amore, ripetizione del verso dei corvi, che mi guardano in tralice mentre addento il panino. Continuare ad alzarsi presto. Continuare con la palestra, anzi aumentare i carichi. Evitare ruminazioni.

Cerco di distrarre il mezzogiorno con giochi di parole, *calembours.* Mastico pane e mi rimbalzano nel cranio frasi sciocche, inventate sul momento: *Toilette*: cos'è, una *petite toile*, una piccola tela? *Serviette*, tovagliolo, una *petite serveuse*? Una cameriera? *Salopette*: una *petite salope*, una stronzetta?

Coralie Contin ha scelto il momento giusto per la mia uscita di scena. I colleghi rientreranno dalle ferie lunedì. CoqSportif prenderà senz'altro il mio posto. Il ventilatore sul marciapiede, un clochard ci appenderà la giacca.

I colleghi li saluterò via mail da casa. Il mio *adieu* sarà qualche parola di Camus:

*Qu'est-ce que le bonheur*
*sinon l'accord vrai entre un homme*
*et l'existence qu'il mène?*

~

La città è sempre attiva, come collegata a un gruppo elettrogeno. C'è anche gente che dorme, gente che soffre in ospedale, turisti con il naso al cielo, autobus scoperti che fanno il giro panoramico, però ciò che senti in strada è la pulsazione di una laboriosità che mette pressione sulle strisce pedonali, ti insegue fin dentro le fauci del métro, stimola le ruminazioni di chi un lavoro l'ha perso, corrompendone i tratti del volto. In questo Parigi mi ricorda Milano.

Vuoi vedere il popolo dello *chômage*? Un primo assaggio puoi averlo alle 9:40. Alle 9:40 la folla dei lavoratori si ritira come una *vague* e rimangono in secca individui ai margini, come molluschi, a punteggiare i marciapiedi e l'asfalto: clochard, *pickpockets*, *chômeurs*.

Un altro spaccato ce l'hai alle 14:30. Qualche fermata su una linea che non prendo mai, la 13. Musi lunghi accasciati sugli strapuntini. I passeggeri ti sembrano in effetti più *passeggeri*: ti chiedi quanto potranno durare ancora.

I movimenti del vagone, le curve che prende ti scuotono come un sacco: la linea che disegnano dritta sulla mappa è una fregatura. Nell'ora dello *chômage*, in métro, verso le 14:30, le voci dei passeggeri sono più lamentanti. Se fossero accordi suonerebbero in minore o in diminuito, con cromatismi frequenti, cacofonie.

Scendo a Invalides. Dentro il riquadro vuoto di un affiche qualcuno ha scritto: «*Je t'aime parce que on déteste les meme choses*». Mi sembra un buon punto di partenza.

Salgo sul primo autobus a portata di mano. Mi ritrovo seduto dentro il 16[eme] arrondissement, il Boulevard scorre come un carrello cinematografico, tengo il naso incollato al vetro, come un bambino.

Sfilano i palazzoni di questo quartiere alto-borghese, facciate scolpite nel pieno, monumentali. Danno il capogiro. Paiono tombe di famiglia.

Smonto dal bus come smontassi da una giostra sgradevole, una nausea dolciastra mi prende alla nuca. La sensazione di leggerezza è diventata un formicolio degli arti inferiori. Procedo a piedi, verso la Senna.

È sera, quando arrivo all'ombelico di *Paname*, l'Île Saint-Louis. Non saprei dire che distanza ho percorso a piedi. Non la misuro con lo smartphone. Dieci chilometri? Mi siedo sul bordo della Senna. I *bouquinistes* sono già chiusi, i *bateaux-mouches* pieni di turisti garruli, illuminano con faretti accecanti le facciate dei palazzi che si specchiano sulla Senna. Appartamenti dal valore inestimabile, anche ventimila euro al metro quadro, spesso vuoti, per contenziosi di eredità, per il lusso dell'assenza.

Una mora con il viso *démaquillé*. Mi osserva un attimo da una finestra, chiude gli scuri. Una coppia di anatre lotta con la corrente, puntano verso le patatine lanciate da due turiste, sedute a qualche metro di distanza. Le osservo, senza farmi notare.

Sono in vacanza, eppure non sembrano avere l'aria felice. Le sento articolare in spagnolo, ansiogene, senza entusiasmo.

Una sta consultando lo smartphone. L'altra si sta mangiando le unghie, l'aria più inquieta. È con lei che incrocio per un attimo lo sguardo.

È come se ci riconoscessimo, un istante, entrambi in difficoltà. Istintivamente, facciamo uno scatto con la testa. Come se ciò che abbiamo visto ci fosse insopportabile.

~

Da quando sono a Parigi mi diverto a tener nota del meteo, come un contadino. Oggi neanche una nuvola, anzi un blu vibrante e freddo che filtro con i Persol, appena scendo in strada. In realtà li ho sempre addosso, ultimamente. Anche a sera. Non voglio dare le occhiaie in pasto ai passanti.

È venerdì. Una settimana che sono senza lavoro. Non mi andava di assistere all'euforia dei *cadres* all'uscita dagli uffici, caricati dalla prospettiva del weekend, nelle vie del centro.

Ho scelto una delle tante città limitrofe a Parigi, stamattina, Boulogne-Billancourt. Un quartiere in costruzione. Resto seduto a lungo su una panchina, odora di vernice. Sento il calore del pomeriggio affiorare attorno. Fa schioccare pannelli di metallo sui tetti di edifici da completare.

Un'architetta spunta con l'elmetto giallo da un cantiere. Guardo i buildings direzionali, quasi ultimati. I nuovi grandi edifici sono come cucine componibili: facciate piatte, semplificate al massimo, con prese su cui innestano pannelli in metallo, lisci o traforati, colorati, sostituibili in poche ore, come la carrozzeria di una Smart.

Ho saltato il pranzo. Più tardi a casa mi preparo una cena frugale:

quinoa, carciofi, *galettes de legumes*. Un bicchiere di rum e cola. Uso una cannuccia celeste, sempre quella, che lavo e riciclo.

Messaggi con Piotr per decidere del dopocena. Scorro sul Mac i programmi delle serate. I siti della notte parigina rigurgitano di proposte. I locali si fanno una concorrenza rude, a colpi di riduzioni, ingressi in lista.

Un blog gestito da tre ragazze inglesi. Sembrano aver capito la città meglio delle parigine. Pieno di dritte "al femminile", strizzatine d'occhio tra girls. Attrae ovviamente anche i lettori maschi, a caccia della serata furba, quella dove ci saranno più ragazze che "merli". Al venerdì propone una selezione di locali con ranking da zero a cinque: location, price, playlist, *probability to be odd*: di tornare a casa accompagnate.

Per stasera *the place to be* a quanto pare è una discoteca sotto il ponte Alexander III. Rouge et Bonheur. Non ci sono mai stato. Piotr scrive che per lui va bene.

Ci si trova alle 22:30. C'è già parecchia gente in coda. Il *videur*, armadio gonfiato a steroidi, sembra mettercela tutta per confermare il cliché del subnormale. Lo vediamo rifiutare l'ingresso a tre deliziose sui vent'anni: una nascondeva nella borsa una bottiglietta di gin. A niente valgono le suppliche delle amiche. Le tipe girano i tacchi, scocciatissime, lasciandosi dietro una scia di vaniglia e tensione.

Il gorilla ora controlla con una torcia le scarpe dei maschi. Tocca a Piotr. Temo per le sue Timberland. Troppo informali. Alza le sopracciglia, punta la torcia sulle mie derby. Solleva il cordone: possiamo entrare. Adesso è la coda per consegnare la giacca al *vestiaire*. Una tipa mi spinge, senza motivo. Non reagisco. Mi stringe l'avambraccio con le unghie, ostile. Una mano nera da dietro la stacca e la trascina via.

Capiamo subito che il locale non fa per noi: gente di cinque anni più giovane, non mi meraviglierei ci fosse anche CoqSportif, atmosfera tesa, *cocainé*. Ottengo non senza sforzi un mojito al bar, aspiro dalla cannuccia foglie di menta, frammenti di lime, cercando lo zucchero annegato sul fondo.

I cocktail sono carichi d'alcool, il personale irritante. Nell'aria monta una tensione palpabile. Dal mojito a un certo punto traggo una bolla di diversa consistenza. Mi chiedo se qualcuno dello staff ci abbia sputato dentro. Lascio il bicchiere a metà.

Interagisco con una biondina, mi rilancia con qualche domanda, senza convinzione. «Sei abbronzato» dice. «*Tu fais quoi dans la vie?*». Resto vago: pubblicità, fotografia… «E tu?». «Sono poliziotta». Le chiedo il numero. Mostra la fede all'anulare. Procedo oltre.

Piotr ha l'aria di divertirsi. Sta ballando con un'asiatica, minuscola, gli arriva al petto. Cerca di animarla, la muove tenendole le braccia, come un pupazzo. Potrebbe vomitargli addosso da un momento all'altro. Preferisco non guardare.

Detesto queste discoteche fascistoidi. Ne ho già le palle piene. Non mi stupisco che sia piaciuta alle fashionistas del sito. Quando capito in questi posti di merda sento la mancanza del Celtic, delle Scuderie, di certi locali di Bologna ricavati in edifici antichi, sotto i portici, la musica al volume giusto, cocktail magistrali.

Respiro male. *Toute sortie est definitive.* I taxi che passano sul Lungosenna sono tutti occupati, piccioni si spartiscono un piatto di noodles cinesi, che qualcuno ha vomitato sul marciapiede.

Cerco una stazione di Vélib'. Pedalerò fino a casa, purché sia all'aria aperta, anche se dovesse essere un cielo nero di fogna, radioattivo, tracciato da corvi in volo notturno, ad altezza uomo.

La tentazione di ribaltare con un calcio un cassonetto in corsa: vandalismo puerile, attizzato dall'alcool. Desisto. Ci mancherebbe che mi spaccassi una gamba. Tenere duro.

Sei mesi in questa metropoli sono un carico notevole per il sistema nervoso. Un temporale deflagra sulla città mentre sto ancora pedalando. Pioggia, e micrograndine, come se piovesse sale da cucina.

Rientro inzuppato, incalzato sul Quai de Jemmapes da tuoni che sembrano rotolare tra i tetti. Sul letto mi asciugo con il phon, mentre con l'altra mano mi massaggio il cazzo, sotto l'accappatoio, morto di sonno.

Ripenso a tutti i collant incrociati stanotte, chiome lunghe, di spalle, al bancone, collant, castane, castanochiare, collant, ciglia sbattute, castanochiare…

~

Al risveglio trovo un messaggio di Perrine, una foto della Senna talmente esagerata dai filtri che sembra un fiume tropicale. Mi diverte, sa quanto sia allergico ai filtri fotografici, anche in ufficio a volte me ne mandava di assurde. Propone una birra *en plein air*, dopo pranzo.

Raggiungo Place Saint-Michel in autobus. La trovo in versione streetwear, felpa con cappuccio, Adidas, jeans celeste chiaro, come sempre attillati. Non si era mai fatta viva di sabato. Troviamo un punto comodo sul lato assolato. Ha preso due bottiglie di Desperados al supermercato.

Dall'altro lato del fiume qualcuno con un sax lancia una nota, una sola, come la sirena di un battello, provocando il decollo di uno stormo di anatre. Le vediamo battere per decine di metri le ali a pelo d'acqua, fanno fatica a prendere quota, troppo grasse. Tiro fuori la reflex ma non faccio in tempo, un attimo dopo ci sorvolano, una dozzina, in formazione, bellissime.

Perrine vuole che le presti la Canon. Scatta foto a coppie sedute sull'altra sponda. Ci divertiamo a rivederle ingrandite sul display: un ragazzo steso, la testa appoggiata sulle gambe della *copine*. Un'altra coppia, lei con le braccia incrociate, lui che guarda lo smartphone. «*Plus tard on va leur faire une autre photo*» sorride, «*on verra s'ils ont fait la paix*».

Le dispiace, per me, per il lavoro, dice, ridiventando seria. Le cose non vanno più come una volta. Forse Mme Contin vuole tagliare i costi, poi vendere. Anche l'ufficio di Bologna. La ascolto, senza commentare. Racconta del weekend che ha fatto a Roma con le amiche, le è piaciuta moltissimo. Anche lei cerca di evadere appena può. La settimana prossima tornerà un po' in Provenza dai suoi.

Mi chiede di accompagnarla da Sephóra. Vuole provare qualche profumo. La commessa ci viene incontro, l'aria amichevole.

Perrine mi fa sniffare due profumi con le bacchette. «*Le premier c'est l'amour...*» dice. «*Le deuxième le sexe*» le faccio io. La commessa mi ha sentito, ride, mostrando dentini minuscoli, da criceto.

Perrine non trova niente che la faccia impazzire. Mi piace il profumo che hai tu, le dico. «Mi accompagni alla fermata?» fa lei.

Mentre aspettiamo il bus sotto la pensilina: «Ci pensi» le dico, «quel retrovisore che hanno proprio ad altezza del cranio, beccarselo in testa?».

Dice che un suo conoscente ha visto una ragazza colpita così: in effetti gliel'aveva sfondato, il cranio, è micidiale. Non mi chiedo se sia vero, il tempo con lei scorre piacevole, scanzonato, e chi se ne frega se racconta qualche balla.

Ferma un taxi. «*Monte*!» mi fa. Nell'abitacolo ci accoglie una radiocronaca sportiva, assordante. «*Donne-lui ton adresse*».

Il tizio imposta il navigatore, tende le orecchie alla radio, colpi stizziti al cambio a ogni urlo del cronista. Infila con cura tutti i semafori rossi. Miseria. Altre volte mi sarei incazzato, ma Perrine mi accarezza la gamba, sto bene così.

Nello studio socchiudo la finestra, tiro le tende. Torno dal bagno e si è tolta le Adidas, allungata su letto. Il letto da me è inevitabile, non ho mai avuto divani. In quanto alle due sedie del tavolino, rigide, plasticose, non hanno niente di invitante.

Da quando siamo entrati abbiamo smesso di parlare. L'ho aiutata a sfilarsi i jeans. Ho affondato la faccia tra le sue cosce. Ha sollevato i piedi verso il soffitto. «*Viens!*» dice, prendendomi per i capelli. Si è aggrappata ai miei avambracci e mi ha tirato a sé, fino in fondo, con un sospiro delizioso. Siamo rimasti così, le bocche incollate, senza muoverci, senza neanche baciarci, soltanto respirando assieme, non saprei dire per quanto.

*Maggio*

Continuo a guardare ipnotizzato su YouTube il filmato di un coccodrillo in Thailandia, il numero consisteva nell'infilare un braccio umano dentro le fauci spalancate, ma qualcosa è andato storto. Il domatore, giovanissimo, deve avergli toccato la lingua: la tagliola scatta sul braccio. Urla dal pubblico. Ma non finisce così. Il coccodrillo si solleva sulle zampe e comincia a ruotare su se stesso, ad avvitarsi, velocissimo, gli resterà soltanto l'arto in bocca, disarticolato, zuppo di sangue, ma il video l'hanno tagliato prima.

"*Dead roll*" la chiamano, quella mossa, quella trottola micidiale. Mi affascina perché c'è tutto, in quel video: la sufficienza umana e ottusa verso la natura, esecrabile, l'ignoranza dei viaggiatori "organizzati", l'imperizia della giovinezza, la sciatteria imperante (nella preparazione dello spettacolo), la sottovalutazione delle "conseguenze", la potenza della natura sull'uomo, la potenza dell'eterno (il coccodrillo, nobilissimo, immutato da milioni di anni) sul momento effimero.

Mi hanno chiamato da un numero nascosto per propormi un lavoro. Ho trovato il messaggio in segreteria. L'ho riascoltato più volte, in loop. Ma non si capiva quasi niente, una voce robotizzata e spastica, incomprensibile. Non hanno lasciato il numero. Non potrò richiamarli.

Si è rifatta viva anche Aurélie, un sms telegrafico «*Visite chez le notaire, plus tard je suis dans ton quartier*».

Il giunto del water perde. Una goccia ogni secondo, metronomico. Mai stringerlo. Era già successo in via Fondazza. Invece mi accanisco sul dado con le pinze a pappagallo, la goccia diventa un filo. Metto un secchio sotto. Esco in bici verso i bazar della rue Faubourg Saint-Denis, aperti fino a tardi.

È quasi ora di cena e sembra di essere in un quartiere popolare di Napoli. Botteghe con casse toraciche di manzo appese agli uncini, sbattute in faccia ai passanti. Piccioni incattiviti dai gas di scarico, si accaniscono su pannocchie lasciate a metà, gettate sull'asfalto. Melanzane cadute a terra, spappolate da furgoncini.

Ex furgoncini bianchi completamente ricoperti di graffiti. Portelloni spalancati in mezzo alla strada. Bestemmie in curdo. Minacce in creolo. Zaffate di cipolle bruciate. Giacche che arrivano al ginocchio. Rutti volanti.

Attraverso tutto questo indenne, parcheggiando la bici davanti alla *quincaillerie-bazar* che conosco dai tempi dell'Erasmus: per qualche spicciolo mi aggiudico un sacchetto di cento guarnizioni. A casa riparo la perdita. Cucino una frittata di tre uova, propedeutica al rendez-vous. Riesco anche a dormire mezz'ora.

Aurélie entra in fuseaux neri, sandali con un po' di tacco. Le offro un pastis. «Non ho molto tempo» mi fa, l'aria intenta.

Mi smuove un po' il ciuffo, che ultimamente mi copre quasi un occhio. Ci baciamo contro il muro, selvaticamente, disordinatamente. Si toglie la maglietta, la aiuto a slacciare il reggiseno, si sfila i fuseaux. Sul letto i baci diventano feroci, baci di denti, morsi. Mi afferra il cazzo, stringendolo, con entrambe le mani. Con una pressione dei polpastrelli riesce a gonfiarlo subito, al limite. Se lo ficca in bocca.

È fantastico come ogni ragazza te lo prenda in modo diverso, ciascuna il proprio stile, non è vero che stanno diventando tutte simili, che cerchino di imparare dai film porno. Mi accorgo invece di quanto siano sempre selvatiche, istintive. Non finiranno mai di stupirmi.

È stretta, faccio fatica a entrare. Come la prima volta mi ci vuole parecchio prima di avvitarglielo tutto, puntellandomi con il piede contro il muro. Ora la apro, mi dico. Lo innesto fino in fondo, la sento bollente, in fiamme. Comincia a urlare. Le tappo la bocca e inizio a pompare, di peso, rincalzando verso l'alto. Urla come se la stessi scavando, fa impressione, anche con la mano sulla bocca.

Aurélie, chi sei? Non so niente della tua vita. Marito, fidanzato, dimmi chi ti sta aspettando *chez toi*? Qualcuno ti aspetta, lo so. Spingo a fondo corsa e anche da lì glielo rincalzo ancora, urla atroci. Mi viene un crampo agli addominali ma insisto. La sento venire con i capezzoli durissimi. Esco, le annaffio il ventre, gridiamo assieme, una stilettata.

Poi mi bacia più volte il collo, le mani. Si pulisce con il lenzuolo. Rimette i fuseaux, indossa un paio di ballerine di ricambio che aveva nella borsa.

Ci salutiamo attraverso la porta aperta dell'ascensore. Le ho visto le guance arrossate, i tratti smussati dal piacere. Peccato che non ci sia nessuno per farci una foto. Ci facciamo un autoscatto con lo smartphone.

In bagno tiro lo sciacquone, il giunto non gocciola più, la guarnizione tiene anche sotto pressione.

Mi sale una fame feroce. Ficco la testa dentro al freezer. Mi accanisco con un cacciavite su un'entrecôte, incollata dal ghiaccio. Non vuole saperne di staccarsi.

~

Di nuovo arduo addormentarsi, stanotte. Qualcosa nel cranio che continuava a girare, messaggi in lingue incomprensibili, mescolate, un bisbiglio, quasi un soffio.

Un ventilatore dimenticato acceso in un appartamento vuoto al mare, tutto l'inverno.

Ho voglia di nuotare. Da qualche giorno sento le gambe più rigide. Saranno tutti i chilometri che macino: cammino, pedalo, cerco di arrivare a sera esausto. Quando mi stendo a letto le gambe tendono a piegarsi, come volessero richiudermi in posizione fetale. Non bisogna cedere a queste cazzate.

Hanno svuotato il Canal Saint-Martin nottetempo. Gli ingegneri in Francia ci sanno fare: sono bastate poche ore a un'équipe di genio civile per riversare milioni di litri d'acqua nella Senna, prima dell'alba, come una vasca da bagno cui hanno tolto il tappo.

Nel quartiere si era al corrente della grande operazione già da un po': la *Mairie* del 10[eme] arrondissement aveva spedito ai residenti un pieghevole a fumetti, pedagogico, adatto a grandi e bambini: in quattro pagine riassume la storia del Canal, dettaglia l'operazione di *mise à sec* (rimarrà senz'acqua tre mesi).

Prima di svuotarlo hanno migrato nella Senna sette quintali di pesci, dopo averli addormentati con scariche elettriche (*électrocution*). Una volta tornata l'acqua, ripopoleranno naturalmente il canale, così dice il dépliant, rassicurando i lettori.

Questa *mise à sec* viene fatta ogni dieci anni, per pulire il letto e sostituire i meccanismi delle chiuse.

Esco con la Canon a tracolla alle 6 del mattino. Mi aiuterà a distogliermi dall'umore fosco, saturnino della nottata. Conosco il potere terapeutico del fotografare.

Salgo sul ponte di fronte alla rue Alibert. Una ragazza corre con le cuffie, una signora con un levriero si allontana verso Bastille, il cane tira con la grinta del mattino.

Una sagoma sulla quarantina, ventre a pallone. Una specie di fez calcato sul cranio, verde militare. Sta cercando di vomitare dentro al canale.

Il fondale prosciugato rivela dieci anni di oggetti lanciati in acqua, dieci anni di menefreghismo: scaldabagni, biciclette, passeggini, carrelli della spesa, divani, estintori, una cucina componibile.

Il tizio ha cominciato a fare un verso da otaria, ubriaco marcio. Lo taglio fuori dall'inquadratura. Si volta di scatto. Inquadro la prospettiva degli argini, le chiuse al centro. Dal tizio un altro grugnito. Dall'altra parte dell'argine sono arrivati degli operai, appoggiano a terra barriere grigioverdi, le dispiegano sul bordo del canale, per impedire che la gente vada a camminare sul fondo malmostoso.

La luce sta aumentando di intensità, gradualmente, come regolata da una manopola.

Altri reperti affiorano allo sguardo: una vasca da bagno, un materasso king size, sedie da ufficio, uno scooter, una ventiquattrore. Conterrà vecchi panetti di cocaina? Lingotti? Farmaci scaduti?

Gli operai compiono gesti rapidi, precisi. Sto aggiustando l'inquadratura di una moto coperta di fango, vai a sapere perché ha finito la sua corsa qui. È integra, con tanto di targa. Immagino la faccia del proprietario quando gliela restituiranno.

Riappare "Fez" nel mirino, attraversa l'inquadratura da sinistra a destra, infine si ferma al centro, fissando nella mia direzione. Lancia un ruggito subumano, da scimpanzé. Si toglie dal campo.

Metto a fuoco la moto. Di nuovo lo zombie, al centro, proprio mentre sto scattando. «*Noo Photoo! Noo Phoooto!*» urla. «*Pas de photo!*» gli urlo di rimando.

È salito sul ponte. Mi viene incontro. Abbasso la reflex. Fa un balzo, quasi rotolandomi addosso. Con un calcio sgangherato da arti marziali colpisce l'obiettivo… Metà della lente si proietta via, balistica, atterrando nel fango. L'altra metà resta attaccata alla macchina.

L'obiettivo mutilato ora è assurdo, il vetro interno esposto, osceno, come un globo oculare fuori dall'orbita. Il bestione mi guarda, molleggiandosi sulle gambe, scimpanzesco, provocatorio. Un paio di operai stanno correndo verso di noi.

Faccio una valutazione istantanea dei danni. Il corpo macchina mi pare intatto, d'istinto lo proteggo con un braccio. Con l'altro allungo un ceffone allo zombie. Ci imprimo i miei ottanta chili. Mi restituisce un cazzotto sul muso. Un lampo di dolore, lancinante.

Gli operai l'hanno già immobilizzato alle spalle, il più grosso gli sta stringendo un paio di manette ai polsi. «*Il y a des policiers cachés partout, desormais*» ride una signora sopraggiunta alle spalle. Poliziotti camuffati. A quanto pare dopo gli attentati Parigi sarà per sempre una città militarizzata, poliziotti in borghese ovunque, sono tra noi.

La signora mi allunga un fazzoletto: sento il sangue uscire dalla tempia a bolle, come se l'avessi tagliata con il rasoio. Voci mi chiedono se *tout va bien?*, il poliziotto-operaio commenta che "Monsieur Fez", là, che adesso scandisce i suoi «*merdes!*» come un disco rotto è un recidivo, abituato a entrare e uscire dal *pénitentiaire*. Continua ad apostrofarli, lo trascinano verso altri poliziotti in divisa che intanto hanno frenato sul marciapiede.

L'hanno ficcato nel furgone di rabbia, immagino già il trattamento, prima di rotolarlo in cella. Un operaio ha recuperato l'altra metà dell'obiettivo. Fa impressione, così smembrato. L'avevo preso su eBay, dubito si possa riparare. Lo infilo nella borsa della reflex.

È così: è quando già sei sanguinante di tuo, ferito, quando già hai un piede nella *merde* e la vita ti mostra i denti, che i randagi ti fiutano, le carogne si mettono in scia. Carogne.

Qualcuno ha chiamato un'ambulanza, passerò un paio d'ore al pronto soccorso. Fratture al cranio e danni agli occhi per fortuna non ne ho. Mi consigliano una settimana di riposo, hanno fatto pure un certificato di malattia per il lavoro. Ringrazio e lo piego in quattro, glissandolo nella tasca dei jeans, anche se non mi servirà.

~

Alzato alle 10. Detesto alzarmi così tardi, sentirmi acciaccato. Caffè amarissimo alla Marine. Quand'è che si decideranno a pulire i filtri? Ma è il bistrot di *dépannage*, quello più vicino a casa.

Ho portato l'obiettivo da un riparatore al Boulevard Beaumarchais, la "*Rue de la Photographie*", vicino a Bastille. La maggior parte di negozi di foto e accessori si trovano lì, sempre più vuoti, fiaccati dalla concorrenza di internet, assediati dai brand del prèt-à-porter e dai ristoratori, che brigano per prenderne il posto. Ripararlo si potrebbe anche, ma non ne vale la pena. In compenso posso lasciargli i pezzi: cannibalizzerà le lenti e può farmi uno sconto su altro "vetro" interessante: un quaranta millimetri "pancake", di costruzione più recente, appena un centimetro di spessore, più grandangolare.

Lo appoggia sul bancone. Quaranta millimetri è in effetti una bella focale per i paesaggi, per il mare. Perfetta per il viaggio. Lo monto sul corpo macchina, mi piace, ce lo lascio. Pago il tizio e gli cedo il vecchio cinquanta. Lo mette in una busta di plastica, come un referto medico.

Ho il pomeriggio davanti. Nello zaino anche il plico ricevuto da Trieste. Ci vuole una settimana per sviluppare quel tipo di rullino, mi dicono al laboratorio: stanno cambiando i liquidi alle macchine. O forse non hanno più voglia di fare questi lavori. Si vede che non è il momento. Lo metterò in valigia. Non lascerò che l'antipatia della commessa mi aggiunga malumore.

Finisco per spiaggiarmi al Parc Monceau. Non ci vengo mai, giardino pubblico di metà Ottocento, troppo borghese, formale. In compenso è uno dei più silenziosi. Fa caldo che sembra agosto e la città si è svuotata. Solo qualche personaggio isolato, sul prato.

C'è chi abbozza qualche accordo su una chitarra acustica, nuvolette di fumo si alzano da lontani corpi allungati, respiranti. Tutto però è sobrio, in sordina, niente a che vedere con l'animazione del Canal Saint-Martin.

Alberi tonici, gonfi di salute. Curatissimi. Foglie lucide, sembrano laccate. Chissà con che sostanze le trattano. Gamme complesse di verdi. Sembrano voler riprodurre un quadro di Cézanne: come se la natura a sua volta citasse la propria astrazione. Mi chiedo se sia una raffinatezza voluta dai *jardiniers*.

Aria immobile. Eppure qualche refolo c'è: le fronde in cima oscillano, leggermente. Mi piacerebbe arrampicarmici. Ma ci hanno pensato i *jardiniers*, sempre loro, a segare i rami più bassi, per impedire coglionate.

Penso al buon gesto che ho fatto, d'istinto: prendere al volo i biglietti per un nuovo viaggio, verso il mare, fuori stagione.

È stata quella la mia "manovra di scampo", come dicevano i piloti *d'antan*.

Maggio. *Mai. Mayo.* Mi allontano da Parigi nel mese tanto colorato per chi è felice, per chi è esentato da magoni. Non per me, questo giro: non mi piace affatto sentirmi pesce fuor d'acqua in questa metropoli, proprio a maggio.

Questa città che negli ultimi tempi sta morsicando un po' troppo.

La ritroverò di nuovo amica, un giorno? Non ne dubito. Ma adesso non mi sta facendo bene: ne ho i coglioni pieni delle 9:40, degli scooter a due tempi, dei bambini che si strappano le corde vocali piantando i piedi sul *trottoir*, della follia di cagnazzi che si aggrediscono in mezzo ai passanti, stranieri alla loro stessa aggressività, attorcigliati in grovigli assurdi... Perché tutta questa sensibilità ai rumori? Sono i primi segni di un esaurimento nervoso?

Tocco la tempia. Mi è andata bene. Avrebbe potuto spaccarla. Al posto del cazzotto tirare una capocciata. Quella è la cosa più bastarda, non riesci a prevederla.

Ho male tutto attorno all'orbita dell'occhio sinistro, per qualche sera dovrò metterci una pomata al cortisone, me l'hanno data al pronto soccorso.

Chiudo gli occhi. Premo i palmi della mani sui bulbi. L'oculista ha detto di non premere, che altrimenti si ovalizzano. Cambiare aria. Passerà.

Qualcuno me l'aveva detto: il bello non è venirci, a Parigi, ma *tornarci*, dopo essersene andati. Per settimane, magari pure qualche mese. Certo lo studio a prezzo calmierato non lo mollo. Il contratto di affitto è firmato e al sicuro: dura tre anni. Pagherò il canone con il sussidio di disoccupazione. È il settanta per cento dello stipendio che avevo.

Ho fatto due conti, basteranno. Il nuovo tetto mi costerà cinquanta euro a settimana, l'ho avuto a un prezzo da bassa stagione.

Riuscirò a mantenere lo studio a Parigi e a condurre vita frugale, almeno i primi tempi. Ci starò dentro. Il sussidio cominciano ad accreditarlo a giorni. *Chômeur*. Questa è l'etichetta. Tre milioni di *chômeurs*.

Chiudo gli occhi. Per un lungo istante mi sento la testa vuota, riempita di aria calda. Dovrei bere un po' d'acqua. Poi riesco a ripensare al mare. Ancora qualche giorno. Via al largo. Mulinare bracciate e poi a dorso. Galleggiare, farsi scarrocciare dalla corrente. Farsi pizzicare le dita da sogliole e calamari.

Diluire i pensieri fino a ridurli a un niente, fino a smarrirli.

Via al largo. Ricordarsi di prendere la maschera.

Scollegare le sinapsi, come un celenterato.

Appoggiarsi sui raggi di sole, come un cefalopode.

Avere fiducia, e respirare, calmo, regolare.

Come un gasteropode.

# PARTE TERZA

*Lo sforzo più pesante per un uomo è di essere leggero*
GUIDO CERONETTI

*Siediti al sole. Abdica e sii re di te stesso*
FERNANDO PESSOA

*Metà maggio*

Il momento migliore per partire è l'alba. L'aerostazione si lascia godere nel suo esubero di volumi, le hostess di terra rispondono alle richieste di informazioni ancora con la voce impastata di sonno. Dalla macchina del caffè pulita esce un espresso decente.

I bambini sono mezzo addormentati, non hanno la forza di piangere. Con un po' di fortuna in volo resteranno tranquilli.

I più piccoli urleranno prima dell'atterraggio, come scuoiati. Non è tanto la pressurizzazione che li disturba, ma l'ansia materna, che avvertono all'istante, ad atterrirli.

L'easyJet CDG-ATH ha percorso l'aerovia senza sussulti, tagliando l'aria come un coltello, atterrando financo in leggero anticipo. Alle 9 ho già recuperato il bagaglio.

Avevo tenuto con me il plico con il rullino, nello zaino, assieme ai documenti e alla reflex.

Scendendo dalla scaletta l'aria ha un'altra densità e un nuovo odore, lasciando alle spalle i vapori di cherosene degli aerei sulla piazzola affiora un aroma di liquirizia e foglie bruciate, molto gradevole.

Fa caldo, dieci gradi più che a Parigi. Alzo le braccia, le abbasso più volte, le sento più leggere.

Mi sono avviato verso il primo taxi. Ho svegliato il tassista, aveva un quotidiano aperto sulla faccia. Ha riconosciuto il mio accento, abbiamo continuato a parlare direttamente in italiano. Mi sono fatto portare a Monastiráki.

Anche se più corrotto dal turismo, ritrovo il quartiere di chiaroscuri che mi era piaciuto, le ombre di tettoie posticce. Avanzi dei mercati sul selciato, gatti che rovistano nei sacchi della monnezza, lasciano al suolo lische di pesce lucidate. Prendo nello zaino i biglietti dei battelli e ricontrollo gli orari: il Blue Star Ferries per Paros salperà dal Pireo alle 20:30.

Pregusto già il piacere del viaggio notturno. Passerò un giorno a Naoussa, ho una stanza non lontano dal centro, l'indomani alle 7 ho l'aliscafo che mi porterà a K. Se tutto va bene, se nessuno si getta in mare, se il Meltemi o le correnti non si mettono di traverso, a K ci arriverò lunedì alle 10.

Al porticciolo troverò ad attendermi la proprietaria dello studio, Katarina Pietzovani. L'ho chiamata prima della partenza, parlava un buon inglese, mescolato a commenti in italiano.

La voce giungeva nitida, come in una telefonata urbana, cordiale, mi ha rassicurato sul meteo: è previsto sole fisso per tutto il mese. L'acqua a riva è tiepida, si può già nuotare, ha detto. Il suo accento cantante mi ha messo di buon umore.

Ho alcune ore da smaltire prima del battello. Camminare dentro il dedalo di vicoli di Monastiráki, bituminosi, angusti. Stare attenti a dove si poggiano i piedi: marciapiedi sconnessi, bucce di carruba, fori lasciati da cubetti di porfido mancanti, sottratti chissà per farne cosa, fermacarte, per sfondare qualche cranio di una squadra avversaria, ma non credo, non è da greci: per me ora sono fori che rivelano un sostrato di sabbia e mozziconi, sono sgambetti da evitare.

Uscendo da Monastiráki si disegnano le prime trattorie, porte di pigmenti scrostati, tavolini alla buona. Mi fido dell'olfatto, come sempre, osservo il volto di chi è seduto a tavola, l'aspetto dei piatti. Se li hanno spazzolati facendo pure la scarpetta, oppure lasciato troppi avanzi.

Scelgo una trattoria semplice, incastrata in fondo a un angiporto, frequentata da greci. Un tizio al bancone suona il bouzouki, vecchi brani di Manolis Iotis e Meri Linda, li riconosco. Ordino insalata greca e un blocchetto di feta, souvláki, una pinta di Mythos. Dopo il caffè mi trattengo ancora un po' a tavola. Ne approfitto per pulire la macchina fotografica, guardo su Google Maps la rotta del Blue Star.

Ridiscendo verso la stazione dei bus per il Pireo. La superficie dell'asfalto è caramellata di battistrada, scivolosa, taxi e utilitarie approfittano delle strade sgombre all'ora di pranzo, tirano troppo: derapano nei cambi di direzione, come autoscontri.

Poche ragazze, a coppie, sandaletti estivi. Una mora dai capelli lunghissimi mi liscia con un'occhiata.

Da un tabaccaio prendo un pacchetto di Trident. Turiste inglesi in pensione alla cassa, phonate, messe in piega, stringono con dita ossute pochettes inadatte all'informalità di Atene.

Cammino fino alla fermata dell'autobus, mi esalto alla vista del Partenone che appare a momenti tra i tetti, padre, sovrano di questa magnifica metropoli. Questa volta non avrò tempo per salirci.

Il bus ha i vetri talmente graffiati che si riesce a stento a vedere fuori. Si impone con sterzate pesanti nell'anarchia del traffico, gli scooter impuniti dribblano di taglio tra le macchine, il bus passa radente alle auto in doppia fila.

Il porto sembra fermo alla fine della Seconda Guerra Mondiale, insegne indicano nomi di hotel démodé, caratteri disegnati al normografo. Ho il sospetto che continuino ad accenderle anche se gli hotel, dietro, non esistono più.

Davanti alla piazzola di sbarco chiedo del Blue Star. È previsto in orario. Mi restano un paio d'ore.

Mi allontano a piedi in direzione Pirakia, tirando il trolley sopra un marciapiede di cemento intagliato a quadretti, antiscivolo. Segue la costa, affacciando da un paio di metri d'altezza su spiagge semiabbandonate, occupate da matasse di reti in disordine, coloratissime, gozzi rovesciati, grovigli di alghe. L'aria di mare, un odore di frittura che arriva a folate mi mettono di nuovo fame.

Prendo una pannocchia a un euro, il tizio la rosola su un braciere autocostruito, saldato a un carrello della spesa, annaffiandola di sale grosso. Gli lascio una mancia generosa. La addento fissando l'orizzonte.

Raffiche di vento al largo, è dove il mare è più scuro. Ecco che si materializza in lontananza il Blue Star. Riprendo la direzione del porto. Odore di nafta, gyros-pita, motorini condotti all'impazzata senza casco, un *bailamme* che cresce man mano che ci si avvicina all'attracco.

Le operazioni di sbarco si svolgono rapidamente. Dalle fauci del traghetto scivolano camion e furgoni, auto e motociclette scappano via come mosche rimaste troppo a lungo in una stanza.

Mentre attendo il mio turno, inganno l'attesa osservando la carena di uno scarafaggio al suolo. Ha avuto la sventura di rovesciarsi, forse qualcuno l'ha scrollato via da un panino. Non ce l'ha fatta a raddrizzarsi, non in tempo.

È ancora vivo, ma già mezzo divorato, attaccato perimetralmente da decine di formiche. Altre ne stanno arrivando a falangi, in linea retta. Quel poco che ancora ne resta accenna movimenti flebili, di rinuncia. Mi si affianca un bambino dai capelli a fungo, guarda alternativamente me e l'insetto, indifferente ai richiami della madre.

I grandi diesel del Blue Star sono al lavoro, sono stato tra gli ultimi a salire, ci stanno già staccando dalla banchina. Salgo tutte le rampe fino al ponte. Mi appoggio con i gomiti alla ringhiera di poppa, godendomi la manovra.

Il Pireo si allontana come una piattaforma di lancio, rimpicciolendo in modo spettacolare: prima di sparire è il modellino di se stesso, un plastico da bacheca, una maquette affumicata, non mi mancherà.

~

Battello vuoto per due terzi. Tragitto di bassa stagione. Siamo in pochi ad aver scelto il ponte: il fumatore di sigaro in pensione, che lotta contro il vento per accendere, una coppia di rollatori di hashish di cui mi giungono le zaffate e le risate di lei.

Ci ha seguito per qualche miglia a tribordo un cutter con spinnaker spiegato, lasciandoci con una virata aristocratica quando il Blue Star ha preso la velocità di crociera. Lo schiumare di scia azzurrata a poppa si dissolve tra chiazze d'olio e ultimi mulinelli, a una distanza che stimo tra un miglio e un miglio e mezzo.

Ho diritto a un posto numerato all'interno della cabina per la notte. Preferisco restare sul ponte. Il vento carico di salmastro è inebriante. L'odore di nafta che proviene dai fumaioli non mi disturba.

Odore di carburante non completamente combusto: sarei tentato di scendere, dare un'occhiata alla sala macchine. La immagino nera di morchia, sotto le testate cilindri larghi come pizze, un lavoro sodo in asse, il gioco degli alberi a camme nel pestamento circolare e titanico, camere di combustione che si accontentano di carburante poco raffinato, come se al posto dei motori ci fossero stufe, altiforni cui puoi gettare in pasto di tutto.

Ma tutta la lamiera del Blue Star è intiepidita dal calore dei motori. Il pavimento del ponte non fa eccezione, si sta bene a piedi nudi. Con la nafta, il *roooooon* dei grandi diesel e il tepore, cala un sonno bislacco, avvelenato, miscelato a veglia: dormo senza riuscire a chiudere completamente le palpebre, come i cani allungati sotto ai tavoli.

La notte è calata rapidamente, rivelando una stellata pulviscolare, fitta come quella estiva ma più remota, come vista attraverso un grandangolo. La scia di poppa si perde nel buio. Non si vedono altre navi, oggetti in navigazione. Delfini non ne ho visti, pinne di squalo neppure, mi sarebbe piaciuto.

Mi sposto più volte tra tribordo e babordo. Mi piacciono questi termini, "babordo", "tribordo". Reminiscenze di un corso di vela estivo in Liguria, i primi anni di liceo. Comincio a tossire. Mi sposto evitando i punti dove stagna il catarro dei fumaioli. Tossisce anche la coppia all'hashish, stiamo cominciando a intossicarci.

Ogni tanto nel buio si scorgono profili nerissimi di isolotti, privi di luci, formazioni rocciose in lontananza. L'occhio li distingue appena. Sono di un nero senza spessore. Difficile valutarne distanza, dimensioni. Potrebbero anche essere sagome di cartone galleggianti, ritagliate in forme primitive di isole, algebriche, misteriose.

Ho scolato le lattine di Amstel prese al porto. La birra mi fa andare più volte in cesso, capsula di vetroresina che odora di colla, urina e nafta. Mi libero in lunghe pisciate. L'urlo della sala macchine sembra salire dallo scarico del water.

Riuscirò a dormire a fondo solo per un'ora, steso sopra un divanetto in cabina, mentre comincia ad albeggiare. Ho indossato la mascherina per gli occhi, come in aereo. Dagli altoparlanti sul controsoffitto una voce femminile annuncia l'arrivo a Naxos in greco e inglese, in greco sembra cantare una filastrocca per bambini, deliziosa. Vorrei cercarla. Da dove parla? Non c'è tempo, stiamo accostando al porto.

Osservo le manovre dal ponte. Le inversioni di spinta mulinano sotto il pelo dell'acqua urla da cavalli imbizzarriti. I marinai assicurano il Blue Star alla banchina, arrotolando con gesti rapidi attorno a una bitta corde spesse come due dita. La stiva sfiata motociclette, qualche furgoncino, pochi esseri umani a piedi. I cani abbaiano, impazziti di gioia. Durante il viaggio si sono trattenuti, non ne potevano più. Apprezzo la loro pazienza.

Il bambino con i capelli a fungo ha una crisi isterica. Grida a padre e madre: «Siete pazzi! Siete paaazzi!». È una coppia di italiani, di bassa statura, l'aria sorniona, un po' sciatta. Sento che confabulano tra loro con accento piemontese, lo lasciano fare.

Il traghetto ha sollevato la rampa. Si riparte in direzione Paros. L'ultimo tratto di navigazione è sopra una superficie marina di un blu talmente saturo da sembrare nero: è l'Egeo di mezzogiorno, blu di acque profonde, schegge di luce a pelo d'acqua sfuggenti come acciughe, abbaglianti.

Non ho ancora voglia di fotografare. Il Blue Star ha di nuovo tagliato i motori, puntando d'inerzia verso il porto. Da lontano appare simile a un lacerto di spugna marina, bianco e abbandonato sulla costa, poi a poco a poco si disegnano i cubi di Parikia, verso i quali stiamo scivolando al minimo, come se il mare fosse leggermente in pendenza.

Sulla piazzola mi attende Manolis, il vecchio proprietario dello studio che ho preso a Naoussa, dall'altro lato dell'isola, mozzicone in bocca. Saliamo sul suo Ducato color grigio cenere. Il furgone più triste che abbia mai visto.

Per domani mattina non c'è problema, mi riaccompagnerà al porto. Si alza sempre all'alba anche lui, dice, tra fucilate di tosse da bronchite cronica.

~

Ho appoggiato il trolley sul letto, nella frescura della camera: tirato fuori una maglietta di ricambio, shampoo e sapone liquido, il costume da bagno. Una doccia rapida, con l'acqua fredda. Sono sceso a piedi al centro di Naoussa, lungo una strada ombreggiata da cedri. Nel porticciolo pescherecci anni Cinquanta, anche da altura, alla Hemingway, pronti per una nuova estate di pesca. Verricelli lucidi, chiglie bianche con bande blu come gli infissi delle case.

I battelli che propongono il giro dell'isola ai turisti sono a riposo. Le anatre di un canaletto che attinge acqua dal porto fanno la siesta. Poche persone a spasso per il centro.

Una ragazza seduta su una panchina, capelli scuri fermati da una matita, scrive sullo smartphone con due dita, velocissima.

Non volevo salpare subito a K. Ci tenevo a fare prima una sosta qui. Naoussa non mi sembra cambiata. Dicono che da qualche anno ci vengano molti francesi, ma non ne ho visti.

Il *rent-a-moto* è ancora dov'era, al posto dei vecchi Honda con tre marce propone dei Typhoon 50 o 125 , ruote basse, tutti dello stesso verdaccio antifurto. Ci torno dopo un ottimo gyros-pita, farcito di pomodori, divorato nella caletta del porto. Lavo i denti con lo spazzolino in mare. Opto per un modello 125, più silenzioso. Il tizio controlla frecce e fanali, mi allunga un casco ridicolo, troppo piccolo, che non indosserò. Fare il pieno prima di riconsegnarlo.

Il riverbero dei muri a calce dà alla testa, fa caldo ma non c'è umidità, sto in maglietta e infradito.

Nello zaino ho la reflex, protetta da un astuccio in silicone, una maschera Mares in vetro zaffiro che uso da anni, un paio di tascabili, qualche banconota, un asciugamano sottile, che riesco ad arrotolare come una salsiccia. Al polso un diver automatico Seiko, anche questo comprato secoli fa, indistruttibile.

Ho dato un'occhiata al telefono, *pas de nouveaux messages*. Alcuna nostalgia in questo momento delle prospettive haussmaniane, degli *euh!*, delle pernacchiette della gente stipata dentro il métro.

Neanche di Bologna, a dire il vero. Non ci penso. Mi chiedo se sia il sintomo di una dimenticanza reciproca: scordarsi della città, dalla città in qualche modo farsi dimenticare.

Il giro dell'isola in motorino è un revival. Era stata una cena esagerata, moussaka, carne di agnello, piatti che brillavano di olio sotto la veranda, sudavamo Amstel. Gli amici erano crollati in branda. Non riuscivo a prendere sonno.

Ero uscito a notte fonda con il vecchio Honda. L'intensità del fanale dipendeva dal motore, andava tenuto sempre su di giri, anche nelle curve a gomito, frenare accelerando.

Ci misi un paio d'ore a completare il periplo, mi ero fermato più volte, nei punti più bui dell'isola, cercando di distinguere in quella stellata impressionante le costellazioni, pisciando contro cespugli che friggevano di calore.

Rifarlo in pieno giorno è un'altra cosa. L'asfalto riverbera di aria calda. Dopo Naoussa la strada ha molte curve, si allontana e avvicina alla costa. Aggiusto il retrovisore, il mare lo perdo di vista dietro macchie di vegetazione, si ripresenta all'improvviso dopo un tornante, frontale.

L'asfalto è abraso dalla salsedine, nei punti più battuti dal sole è calcinato e si sgretola. Un cavo dell'elettricità accanto alla strada accompagna tutto il viaggio, sale e scende tirato tra i piloni di legno.

Lo sguardo è attratto dal paesaggio laterale, appezzamenti di terra brulla, riarsi, dove riposano capre, case cicladiche sparse come cubetti di zucchero tra la campagna e il mare, qualche chiesetta rotonda, isolata.

È facile distrarsi, meglio guardare davanti.

In un tratto in salita lo scooter non ce la fa. Il motore si imballa in un rumore da frullatore sotto sforzo, sembra stia miscelando viti e molle, prima di dislocarsi in mille pezzi, come in un cartone animato. Lo aiuto per qualche metro spingendo con i piedi.

Le spiagge sono indicate da segnali rudimentali in legno, piantati ai margini della strada. Decido di seguire l'indicazione per Glifa. Suona bene. Il sentiero mi porta direttamente in spiaggia.

Parcheggio a pochi metri dall'acqua, trasparenze verde chiaro e celesti. Appezzamenti di erba selvatica, un recinto di galline. Si raccolgono starnazzando dietro un ridicolo paravento di canne, e lì tacciono ebeti, come si credessero invisibili. Batto i piedi, facendole fuggire in disordine dentro un casotto. Un bar sprangato, un Hobie Cat conficcato dentro una duna, spiaggia di sabbia fine. L'acqua è calma, appena increspata, nessun essere umano in mare.

Un cargo blu all'orizzonte, probabilmente in navigazione verso il Pireo.

Mi sistemo la maschera sul cranio, scivolo in acqua come una sogliola, a mani giunte, senza sollevare spruzzi. La sensazione sempre sorprendente di penetrare in un mondo parallelo, più clemente, oltre la membrana.

Sul fondale decine di gasteropodi, minuscole schegge di vita, scompaiono sotto la sabbia al passaggio della bestia umana.

È il primo momento di gioia.

Mi sono riposato a lungo sulla spiaggia. Mi rendo conto che bisogna abituarsi gradualmente a questa luce, all'irradiazione così potente persino in questa stagione. Ridiscendo a Naoussa dopo aver completato il periplo, con il sole che si scioglie in un riverbero viola sopra la linea dell'orizzonte, lasciando il mare ripulito da riflessi, esangue, in bonaccia. Spengo il motore e pennello l'ultimo tratto in discesa, in silenzio, fermandomi di fronte al *rent-a-moto*, esatto come un aliante.

Concludo la giornata regalandomi una frittura di pesce al porticciolo, anelli di calamaro leggeri come petali, pescati all'alba.

Spossatezza, e il sollievo di una tavola larga, una bella tovaglia di nappa, una Amstel da mezzo ghiacciata. Mi arriva il cinguettare di due ragazze qualche tavolo più in là, due belle greche.

Si somigliano, devono essere sorelle, avranno ventidue anni. Lanciano in aria risate squillanti, come monetine. Staranno anche parlando di me, figurati, un ragazzone così, a cena da solo... Poco prima mi ero visto dentro lo specchietto dello scooter: barba di qualche giorno, capelli mescolati dal vento. Ho avuto facce peggiori. Mi arriva alle narici il loro profumo, un invito, al quale stasera non reagisco. Ricambio con un sorriso assennato, da padre di famiglia, tipo "vorrei ma non posso". Restano in silenzio un istante, sospese, dubitative, poi mi sparano contro una risata sguaiata, beffarda. Sciolgo una compressa di citrosodina in un bicchiere d'acqua.

Le saluto stringendo due volte il pugno, ricambiano con il saluto militare. Lo so cosa vuol dire: «Arrivederci, signore». Irrecuperabili, ormai.

Mi riavvio a piedi verso la stanza. Una stanchezza tutta corporale, dolore ai tendini, agli adduttori. Ho camminato troppo, a Parigi, da quando non lavoro. Ho camminato per stancarmi, scaricare la batteria. Per non aver la tentazione di restare a letto a ruminare.

Mi attende il giaciglio a una piazza, quasi una celletta monastica, con bagnetto attiguo. Più che dignitosa per una notte. Un paio di vedute di Santorini sopra la testiera, dentro cornicette in legno. Grana grossa del negativo, scattate a occhio e croce tra il 1995 e il 1997. La tipica veduta della caldera. Non ci sono mai voluto andare.

Ancora una volta mi auguro che Santorini, Mykonos, Ios, continuino ad attrarre i turisti per tanti anni ancora, deviandone le traiettorie lontano dalla bellezza di certe isole più discrete, che restino per loro per sempre ignote. Un'ingenua illusione.

Non avrò tempo di affezionarmi a questa stanza. Ma in fin dei conti perché "affezionarsi" a ogni bella cosa, a tutto ciò che è stato capace di accenderti una scintilla di gioia? Bruciatela sul momento, non averne nostalgia!

Se sono tornato in questi luoghi è anche perché vorrei mi aiutassero a liberarmi di ogni cascame, ogni zavorra inutile. «Lo sforzo più pesante per un uomo è di essere leggero» diceva Ceronetti, una frase che mi è sempre piaciuta. Punto la sveglia all'alba.

~

L'Hellenic Seaways deve essere stato varato da poco. Anche le divise dell'equipaggio sono impeccabili. Preferivo le ossidazioni e le bolle di ruggine del Blue Star. La hostess ai piedi della scaletta indica la cabina con un bel gesto coordinato delle braccia. L'equipaggio si starà godendo la bassa stagione, carichi di lavori leggeri: siamo soltanto una ventina, perlopiù greci. Gente che a K ci abita tutto l'anno, altri che verranno per respirare, liberarsi dallo smog di Atene come ci si toglie una mascherina dal naso.

Siamo un piccolo comitato di gente tra i trenta e i sessanta, stranamente niente cani, né bambini. Fortuna che non hanno cancellato la tratta. Il Seaways guadagna velocità con una progressione che sento assistita dai calcolatori, propulsori silenziati, adatti alla navigazione diurna.

La termodinamica del Blue Star invece ci stava bene di notte, il canto della sua sala macchine, l'odore di nafta, conciliavano il sonno.

Il Seaways non lascia code di fumo, taglia il mare quasi furtivo. La prima mezz'ora di navigazione la passo in cabina ed è come essere su un Gulfstream: poltrona reclinabile, climatizzazione, vetrata azzurrata.

Quando l'aliscafo modifica la traiettoria la luce ruota attorno alla bottiglia di Amstel, proiettandone sul tavolino quasi un ologramma, un nitore impressionante. Calo i Persol sul naso ed esco sul ponte. Il palato si impregna subito di sale, acqua di mare nebulizzata dalle raffiche. Stiamo puntando verso K a *grande vitesse*, si fatica a respirare con il naso. Il vento di traverso vorrebbe strappare i capelli.

Non è ancora estate, ma dalla qualità della luce si capisce che è proprio in questo punto del pianeta e dell'Egeo, in questa parte dell'arcipelago che l'ultimo velo è sfilato. Lo spettro luminoso si irradia ancora più nitido, aurorale, la luce riesce a farsi strada anche nello spessore degli oggetti, rivelandone una trasparenza, un'interiorità che non avevo ancora visto.

Non so che tipo di fotografie farò. Provo a scattarne una verso l'orizzonte, ISO 100 e un quattromillesimo di secondo, diaframma chiuso del tutto: il sensore fatica a gestire l'esubero di luce.

Riparandolo con la mano, verifico il display: il mare è nero, non solo per il violento controluce. Anche gli occhi lo vedono così, storditi da questa irradiazione meridiana, di un nitore abbacinante. So che la memoria della luce è talvolta un inganno, eppure oggi mi sembra anche più incisiva che ad agosto, non ancora corrotta dall'umidità, dalla trasudazione di terre e rocce surriscaldate.

Se l'equipaggio l'ha annunciato non ho sentito, ma non importa: K appare all'ora prevista. Ci stiamo approssimando all'isola e al suo satellite, "E", disabitata.

Mentre il Seaways toglie motore, scivoliamo verso le due masse rocciose, paiono ruotare attorno a un centro magnetico, come i due poli di una bussola.

Cosa sono dieci anni contro il metro temporale di queste isole così antiche? La loro apparizione collima perfettamente con il ricordo che ne avevo. Non è così che accade di solito. Invece ora mi sembra che sia passata solo una notte, che le salutai ed era soltanto ieri.

È un'altra scintilla di gioia.

Katarina è venuta a cercarmi al porticciolo a piedi. A K le macchine non hanno cittadinanza, gli scooter sono *forbidden*. Vedo soltanto qualche mountain bike, qualche furgoncino sgonfio che approvvigiona i minimarket.

Per arrivare allo "studio" bisogna passare accanto a una hosteria che ritrovo intatta, il Sirokos, a pochi metri dal mare ma quasi nascosta, proseguire lungo un sentiero di pietre. Sul bordo qualcuno ha messo a essiccare ricci marini.

Lo studio è un cubetto bianco e blu defilato dalla *hòra*, il centro abitato. La tipica architettura cicladica. Mi piacerebbe un giorno costruirmene uno, da solo.

Katarina mi fa strada. L'interno è fresco, arredato in modo spartano. Tocco il giaciglio. Una piazza e mezza, basso. Cuscini sottili ma pesanti. Ha una terrazza poggiata al suolo che affaccia sul mare, è un gioiellino.

Si vede anche qualcuno dei caicchi più lontani dal porticciolo, barchette di pescatori, gusci sospesi sulla trasparenza dell'acqua.

L'isola di E appare come una sagoma grigio celeste e nitida all'orizzonte. È priva di vegetazione, di allacciamenti e abitazioni.

L'oblò del bagno inquadra una porzione di terra brulla sul retro, qualche altro cubo sparso, molto distante. Katarina mescola parole e risate: si è scelta questo cubo in un punto perfetto, e non posso che gioirne.

Sul tavolino da pranzo un radioricevitore Philips, dal design direi fabbricato tra il 1978 e il 1980, a transistor. Il pannello della sintonia riporta in caratteri minuscoli i nomi di tutte le capitali d'Europa. Funziona, conferma Katarina, sorridendo della mia attrazione per questo oggetto, di cui intuisco invece il suo disinteresse.

L'acqua è un po' salata ma potabile, dice. Va benissimo così. Saldo in contanti le prime due settimane, aggiungo una mancia, l'accetta volentieri.

Mi consegna le chiavi, legate a un galleggiante in gomma. Ad Atene lavora organizzando visite guidate, spiega, se decido di prolungare il soggiorno non c'è problema, potrò pagare online. Il giorno che ripartirò le chiavi posso lasciarle allo spaccio giù al porticciolo.

Prima di salutarci mi faccio raccontare un po' di K. La pesca dà ancora da vivere. Turisti ad agosto ne arrivano ma ce n'è sempre pochi, sempre gli stessi, affezionati da anni. L'isola in ogni caso non potrebbe assorbirne altri. L'entroterra è roccioso, non edificabile.

Ero stato al campeggio? L'hanno chiuso. Le trattorie? Sempre quelle. E lo spaccio del porticciolo? «Sempre le stesse» ride. «Le stesse cosa?» «Le stesse scatolette. Chi le mangia?». Scrolla la testa divertita, mentre l'accompagno alla porta. Riparte tra un'ora per Atene con il mio stesso aliscafo. Il Seaways raggiunge K una volta a settimana. Ci si saluta con baci sulle guance, tenendoci per le spalle, come due vecchi amici.

Adesso sono padrone del cubo. Salgo in piedi sul letto, accennando qualche passo di sirtaki. Materasso rigido, perfetto per riposare i muscoli.

Soffio via la polvere dalle manopole del ricevitore. Appena lo accendo manda un odore di condensatori e bachelite: chissà da quanto era spento, ma funziona. Estendo l'antenna telescopica: non finisce più, saranno due metri. La ritraggo, lascio perdere l'FM, troppo urbana, troppo *presente*.

Oriento l'antenna a bobina posteriore, ruotando la sintonia sulle onde medie. Mi fermo sulle note di un bouzuki. Bello il timbro di questa radio, rotondo, sul registro dei medi. Il bouzuki sembra provenire da un'altra epoca.

Cerco il wi-fi con lo smartphone, pochissimo segnale. Meglio così. Farò un uso di internet parsimonioso: un'occhiata al meteo e alle previsioni dei venti, come i velisti, il conto corrente, un po' di Ansa o di Associated Press quando riuscirò a collegarmi.

Disfo ordinatamente il trolley. Infilo nel cassetto del comodino documenti, portafogli, il plico con il rullino. Lavo due t-shirt con il sapone di Marsiglia. Le stendo ad asciugare fuori, sulle corde del terrazzo. Poso la reflex sul tavolo del cucinotto.

Katarina ha lasciato un cestino di benvenuto: biscotti alle mandorle, una bottiglia di Retsina. Stappo la bottiglia sul terrazzo. Due sedie di plastica, un tavolino. Appoggio i piedi sul muretto. Inspiro a fondo la fragranza di pino che sale dal bicchiere.

La superficie grigioazzurra di E, in lontananza, sta prendendo una sfumatura violetta, il profilo dell'isola ricorda le curve di una donna stanca, stesa di fianco. Pare sia sorvegliata dalla guardia costiera, dal satellite, non ci si può salire: è disabitata da secoli.

Tra le pieghe delle rocce custodisce reperti archeologici di civiltà cicladiche antiche. Troppi oggetti le sono stati trafugati in passato, nottetempo, rivenduti di contrabbando ai collezionisti, soprattutto tedeschi.

Un caicco rientra al porto scoppiettando. Poi è il turno del Seaways. Riparte dall'isola ribassato, silenziato, sparendo rapidamente dalla vista, lasciandosi dietro un'onda sorvolata dai gabbiani, la sento frangersi più volte sugli scogli.

Faccio il primo bagno nel pomeriggio, scegliendo una caletta tra quelle a ovest del cubo, un punto da cui non si vedono più case. L'acqua è tiepida, nuoto per mezz'ora. Di nuovo in spiaggia rifaccio il percorso a ritroso, scattando qualche foto. Dalla sabbia spuntano gigli di mare, bianchissimi.

Arrivo al porticciolo, due ragazzine hanno trascinato una panchina fino a riva, toccano l'acqua con i piedi. Si passano una canna, nascondendola con la mano.

Non li avevo dimenticati, i gatti di K. Li ritrovo vicino ai bidoni di latta della monnezza al porticciolo, ai bordi della stradina che attraversa la *hòra*, nei paraggi delle trattorie.

Scopro che ce ne sono pure lungo il sentiero che conduce al cubo: hanno scelto un brano del muretto a secco che delimita la sterrata, vicino casa. Si cercano gli angoli dal colore simile al pelo, per dormire indisturbati. Ti vengono dietro nei vicoli, sguardo spiritato, muso magro e cassa toracica. D'inverno faranno la fame.

Sorrido interiormente per la presenza di questi felini, per il proprietario del Gyros-pita che non ha abdicato: continua a spalmare con un pennello l'olio sulle focacce, il fumaiolo rabberciato manda un buon odore di cipolle tostate. Sorrido nel constatare che anche il minimarket del paese è sempre al suo posto.

Sopra la porta ha ancora l'antica insegna Kodak. Entro a dare un'occhiata: gomme da masticare vendute a peso, ceste di vimini, girandole e cartoline, sigarette, bottiglie di ouzo. Chiedo al proprietario se fanno ancora sviluppo e stampa. Annuisce. Anche rullini più grandi? «Portalo. Se non riesco lo mando a Naxos».

Quando è l'ora di cena fiuto l'odore delle trattorie. Seguo anche i gatti, porteranno dove c'è il pesce migliore? Scelgo Nikitas, oltre la *hòra*. Ho preso un tavolino sul molo, i piedi quasi in acqua. L'insalata di polipo fonde in bocca. L'annaffio con l'ouzo. Stura i timpani, innesca un fischio nelle orecchie. Dura qualche minuto.

Mastico lentamente, più lentamente possibile. Il pescato inietta sangue nei genitali, il membro mi si gonfia da far male, sotto i pantaloni di lino che saranno la mia divisa serale qui a K.

Ragazze in giro ne ho viste poche, al porticciolo, a passeggio nella *hòra*. Qualcosa ci uscirà senz'altro. Ma non vado in cerca. Sintonizzarsi prima con il luogo. Non forzare. Non mi ha deluso, Nikitas, anche se ora sono i figli a gestirlo. Ordino la terza porzione di zucchine fritte.

Rientro sotto la stellata, al buio, facendomi a tratti luce con il telefono. I gatti stanno prendendo confidenza. Vedo arrivare le iridi al buio. Quale luce riflettono? Lo sguardo sembra scavarti dentro. Rovescio sul muretto le zucchine che avevo messo in un cartoccio. Le spazzolano in pochi secondi, un groviglio notturno di musi e zampe, lampi di occhi nel buio.

~

Alzato alle 6. Andato a nuotare in una caletta verso il nord dell'isola. Misuro con il diver quanti secondi riesco a stare in apnea. Più a lungo di dieci anni fa. Ma non vale, allora fumavo.

Il corpo ringrazia di averlo riportato in Grecia. I capelli sono più spessi, vivi, ventre asciutto. Il gonfiore alla tempia è quasi riassorbito, non sento dolore.

Può capitare di perdere l'equilibrio, accasciarsi al suolo, i primi giorni, è normale. I riverberi marini, forse anche i venti solari di questa intensità, sono irradiazioni cui il corpo urbano non è abituato. Si direbbe che le retine se la bevano, questa luce. Ne hanno sete.

Il cervello riposiziona griglie di interpretazione, relativizza, si disfa di paesaggi interni anchilosati. La luce brucia ed evapora ogni pensiero sgradevole in un attimo, le ruminazioni non attecchiscono.

Il corpo ricambia con sensazioni di appagamento potenti.

È il paesaggio esterno ad avere la meglio, infondendo progressivamente alle membra una dimensione primitiva, una fiducia non razionale ma giroscopica, di puro orientamento spaziale e propriocezione. Me ne accorgo nei percorsi che intraprendo e non avevo mai fatto, camminando a piedi nudi su scogli o sentieri abbandonati, spingendomi per un pezzo verso il retro dell'isola, oltre la *hòra*, oltre gli allevamenti di capre, in cerca di nuove calette.

Di notte il cielo rivela alle retine più sensibili dettagli inauditi. Affiorano la Via Lattea, aloni rosati, color blu metano.

Gli occhi si stanno abituando anche a questa stellata ad altissima risoluzione, che come il mare mostra profondità variabili, trasparenze di densità diverse, che transitano in alta quota, facendo brillare alcuni strati più di altri.

Il cielo mi piace specialmente tra le 3 e le 4. È l'ora in cui di solito mi alzo per urinare, esco sul poggiolo, da lì mi inoltro nel buio fino alle rocce che calano in mare, fermandomi sugli ultimi scogli non ancora toccati dall'acqua, piattaforma di osservazione naturale, antichissima.

Gli isolani hanno avuto l'accortezza di non spargere lampioni senza criterio, quei pochi che ci sono introducono alla stradina della *hòra*, fiochi. Sono più che altro lanterne, abat-jour che sporgono come tuberi, esili protuberanze dai pali in legno dell'alta tensione.

Ci sono anche le luci delle trattorie, ma restano confinate alla cucina, al bancone, sempre basse, come lumini da chiesa. All'esterno si mangia al buio, moccoli di candela infilati tra bottiglie e bicchieri di Retsina, restano accesi fino all'alba.

Dopo una giornata a nuotare e rosolare a riva, senza mangiare, sono sceso al minimarket. Giannis è il figlio della signora che lo gestiva all'epoca. Ricordo bene sua madre, le sue proteste in greco, divertita da tutte le lattine di Amstel che passavamo alla cassa. La signora sta bene, dice: quasi novant'anni. Ora vive ad Atene con l'altro figlio.

Prendo il rullino dallo zaino, lo appoggio sul bancone.

Gli mostro la deformazione del cilindro, senza aggiungere altro, se non che ha una ventina d'anni, ci terrei venisse trattato con cura.

Sarà sulla sessantina, Giannis, capelli radi, gli occhiali bifocali con la catenella. Nota la Canon che tengo a tracolla. Rispetta la tecnologia, dice, in un inglese semplice, ma continua a preferire la pellicola. Trova ancora buoni rullini, su eBay, poco importa che siano scaduti, i colori si riescono a recuperare.

Mi invita a seguirlo nel laboratorio sul retrobottega. Prosciutti appesi, remi di caicco e odore di corda marcescente. Mi mostra la sviluppatrice Durst fine anni Ottanta, un frigorifero basso, da gelati, in cui conserva film e liquidi di sviluppo.

Si rigira il rullino tra le mani, anzi "rullo", poiché si tratta di negativi di medio formato, professionali, da reporter. Mi fa notare che a differenza di quelli tradizionali questo è sigillato meglio, tosto, resistente agli shock.

Posso lasciarglielo. Se ho pazienza di aspettare qualche giorno, lo stamperà lui stesso in un provino a nastro, o a contatto. Non ricorda che tipo di carta gli sia rimasta.

Glielo lascio, chiedo di non gettare l'involucro, ci terrei a conservarlo. «*Kanéna próvkima*» mi fa, non c'è problema.

Esco dal minimarket attraversando le liane antimosche sulla porta, plastica collosa. Ma mosche non se ne vedono, il Meltemi le spazza via. Colombe e piccioni sono un lontano ricordo, gli ultimi li ho visti al Pireo.

Osservo i pali in legno che sostengono i cavi elettrici, piantati tra un cubo e l'altro della *hòra*: hanno un trasformatore in cima, da cui altri cavi si diramano, in corrispondenza dei vicoli. Scatolotti in plastica grezza, scuri, sembrano vecchi televisori. Passandoci sotto si sente il ronzio della corrente alternata. Ce n'è un po' ovunque nell'isola. Una volta mi piacerebbe farne un censimento, esplorare K lungo le traiettorie tra un trasformatore e l'altro. Se si bruciano, ci sarà qualcuno che se ne occupa? Potrebbe essere il mio nuovo mestiere. Ma non è detto che abbiano bisogno di manutenzione.

Il ronzio di notte è meno regolare, sembra a tratti recitare delle strofe, un rosario alieno, sagace, o indagatore, brani di una canzone lontana, di cui sfuggono le parole.

Se ci sosti sotto, con un po' di attenzione puoi distinguere anche una specie di scintillio, irregolare. Dura una frazione di secondo, uno sfregolamento che mi ricorda quelle gabbiotte che fulminano le zanzare nei ristoranti in Romagna.

Deve essere una richiesta di corrente supplementare, dalle cucine delle trattorie, o qualche vecchia greca che accende di notte un forno industriale, per fare il pane.

~

All'alba ho scattato foto del fondale dalle rocce di fronte al cubo. Il nuovo obiettivo ha una resa dei colori neutra che mi piace, il filtro polarizzatore cancella in modo drastico i riflessi: ruotandolo, il fondale si apre nitidissimo, rivelando faglie preistoriche, decine di dischetti neri: i ricci di mare. Fare attenzione a toccare con i piedi. Me li ero beccati una volta, togliere gli aghi è un supplizio.

L'amicizia con i gatti fa progressi. Al mattino sonnecchiano. Quando a sera rientro mi attendono attorno al muretto. Se rincaso troppo tardi dormono già, l'indomani sono più impazienti.

Li sto viziando. Gli avanzi delle trattorie non bastano, ho cominciato a comprare scatolette di tonno allo spaccio del porticciolo. Ci si avventano ancor prima che abbia finito di aprirle, rischiano di ferirsi con la latta.

La radio l'ascolto di notte. Solo onde medie, volume basso. Ho trovato una stazione di musica greca tradizionale, senza interruzioni. Viene voglia di provare a suonare un bouzouki.

Appena sono riuscito a collegarmi ho scritto a Katarina che vorrei restare. Fino a quando? Non lo so. «Rimani quanto vuoi» risponde, «non ti preoccupare».

Da Parigi un messaggio di Perrine: piove da giorni. Da Bologna un sms di Silvia: mi pensa, mi abbraccia forte. Faccio un estratto conto: hanno iniziato a versare il sussidio dello *chômage*.

Ho scritto una mail a mia madre e mio fratello, allegando un autoscatto. Mia madre risponde che mi trova dimagrito, mi esorta a mangiare più carne. Ho spostato il letto, orientandolo verso il terrazzo. Ora vedo il mare e il profilo di E anche da steso, prima di addormentarmi.

Ho voglia di andare a cercare il vecchio camping, vedere cosa è diventato. Mi ero scordato che ci si potesse arrivare anche da un bar sulla spiaggia.

Il bar ha una bella veranda di canne, sotto la quale mi scelgo un tavolino basso, la tettoia proietta al suolo un gioco di luci e ombre lieto, rasserenante.

Chiedo un ouzo alla cameriera, una ragazzina, capelli raccolti con fermagli colorati. Me lo porta con un piattino di olive nere, fette di pomodoro.

Ci sono un paio di gatti acciambellati sotto alle panche, una ragazza seduta a un altro tavolo, soleggiato a metà. Sta leggendo un libro, l'aria intenta. Si è slacciata i sandaletti, li ha appaiati accanto alla sedia. La guardo attraverso i Persol. Si ravvia i capelli lunghi, mossi, di un nero profondo, un corvino ellenico, non mi meraviglierei che avessero riflessi blu.

Oriento il volto altrove, perché non si senta osservata, ma continuo a guardarla da dietro le lenti scure.

Ha posato il libro e si è rollata una sigaretta. L'accende con un cerino. Alza il mento chiamando qualcosa alle mie spalle. «*Eláte edó! Elá!*». Un gatto nero. Lo incoraggia con altri richiami, perentori e dolci al tempo stesso. Il gatto galoppa fin sotto ai suoi piedi. Lo solleva, se lo sistema sulle cosce e mi guarda, un sorriso curioso.

«Ce ne sono tanti!» le faccio, alzandomi e andandole incontro con passo felpato, come fossi un po' gatto anch'io. «Hanno sempre fame» dice, in italiano, grattandolo tra le orecchie.

«Parli italiano?» le chiedo. «Ho fatto la cameriera a Firenze. Bella l'Italia. Lina» mi fa, porgendomi la mano. Avrà venticinque anni. Dita affusolate, anelli etnici, semplici. Mi accorgo del verde scuro delle sue iridi. Mi pare abbia anche un leggero strabismo. «Abito dopo il Sirokos» le dico, «Anche lì è pieno di gatti. Ma sono più magri». Annuisce, con un sorriso di intesa. Li avrà già visti.

Mi rendo conto che non riesco a dirle niente di originale, o forse non ho voglia di sforzarmi, di uscire da quella specie di catalessi, di ipnosi contemplativa che mi dà lo stare solo.

«Sei in vacanza?» mi chiede. «Diciamo così. Mi sono preso un periodo sabbatico. La sera rientrando gli do da mangiare» proseguo, «spazzolano tutto». «È l'animale più bello» fa lei. Il suo si è quasi addormentato, gli occhi due fessure.

«Abiti qui?» le chiedo. È dell'isola, mi spiega. Studia Lettere ad Atene, ha completato gli esami del primo semestre, ora è qui per riposarsi. «È il periodo migliore» mi fa, indicando il mare. Una signora sta nuotando a dorso al largo, da sola, avanzando tra filamenti di luce.

Le chiedo del campeggio. Ci aveva lavorato anche una sua amica, era poco redditizio, poco sicuro. Avrebbero dovuto rifare tutto, così l'hanno chiuso. «Puoi entrarci. Non hanno costruito niente» mi spiega. «È recintato, però puoi alzare la rete…».

Quando la saluto mi rendo conto che le sto dando tre baci sulle guance, alla parigina, scioccamente. Sento il suo profumo, fresco, estivo. Recupero lo zaino al tavolino. Finisco il bicchierino di ouzo in piedi e lascio la mancia alla cameriera. Stava completando esercizi di inglese su un libro, l'aria serena, un po' malinconica.

~

La rete di recinzione è sorretta da paletti a L arrugginiti, piegata e forata in vari punti. Mi chiedo se vogliano farne qualcosa, di questo terreno dismesso. Lo stato di abbandono in cui versa, dall'esterno passa inosservato, nascosto com'è dagli arbusti che coprono la recinzione. Per quanto ne so potrebbe continuare a disfarsi così, lentamente, come un intonaco marcio, senza che nessuno se ne accorga, e forse me lo auguro.

Sarebbe peggio se lo cementassero per farci un hotel. Ma lo stato greco, tollerante su tante altre cose, ha reso quasi impossibile costruire qualcosa di nuovo su quest'isola.

Gli squarci nella rete li avrà fatti qualche nostalgico che ad agosto pianta ancora la canadese qui, non rassegnandosi all'estinzione di ciò che un tempo era stato il tutto esaurito, promiscuità di sacchi a pelo, lattine, odori corporali. Gli allacciamenti dell'acqua sono sigillati, i servizi igienici ancora lì ma sprangati. Non mi meraviglierei che ci covino *skorpiós* e vipere.

Riconosco il casotto dell'antica "reception", circondato da un muretto a secco. Mi sorprende ogni volta, la solidità di questi muretti, la loro essenzialità contadina. Appoggiato alla porta d'ingresso, chiusa da un catenaccio, un raccoglitore di dépliant, completamente arrugginito. Corrosi integralmente anche i boiler sui tetti dei locali doccia.

Le finestre della reception hanno le imposte sbarrate da assi. Ecco cosa diventa il blu degli infissi cicladici se non viene ravvivato: un celeste smarrito da acqua di fontana, tendente al viola.

Al suolo lattine di Mythos schiacciate come foglie, sbiadite, preistorici mozziconi di sigarette. Dalle gite in Adriatico ho imparato a valutare l'età di questi reperti, a ricavare una datazione dalla decolorazione dello smalto di una lattina, dalla calcificazione di un tappo in plastica. Se queste lattine risalgono all'ultima estate del camping, l'avranno chiuso sei, sette anni fa. I mozziconi sono più recenti.

Il suolo è riarso, disidratato, apparentemente rifiutato anche dagli insetti, trapuntato da ciuffi di vegetazione stecchita, esanime, con boccioli acuminati, specie di margherite secche, piante spontanee.

Oltre la recinzione si vede il mare. All'orizzonte l'atollo di E, da questa posizione leggermente sopraelevata, rivela altre pieghe del suo grande corpo steso. Il Meltemi ha cominciato a tirare forte, increspa la superficie marina di mulinelli e schiuma.

Sulla linea dell'orizzonte scivola uno yacht, grigio opaco, come una fregata. Mi chiedo se abbia sbagliato rotta, se sia capitato in queste acque per sbaglio.

O se la dismissione del camping, quel panfilo che scivola al largo, il Seaways aerodinamico e le onde che frange a riva siano i primi segnali di una prossima colonizzazione turistica, barbarica dell'isola.

Non è difficile ritrovare il punto esatto dove con gli amici piantammo le tende. Un cavo emerge per un tratto dal suolo disegnando un arco, riaffondandoci dentro. La tentazione di tirarlo. La voce del bambino che ero, provoca a fare il gesto idiota. Tirarlo, tagliando in linea retta la terra, solo per vedere fin dove arriva. Scoperchiare radici, lombrichi. Lascio perdere. Non c'è neanche un rubinetto per lavarsi le mani. Una seggiola di vimini mezzo sfondata. La sbatto più volte al suolo, mi ci siedo.

Restammo qui più di un mese. Ci eravamo portati dall'Italia due chitarre. Le grattugiavamo con accordi di Cat Stevens, tentativi di assoli alla Jimi o scale flamenco. La schiuma da barba con l'acqua salata era poco efficace. Ci facemmo crescere barbe da altura.

Rientrammo in Italia smagriti come guru, ustionati dal sole. Dimostravamo cinque anni di più. Gongolavamo, ritrovando gli amici, il loro sfottimento nel vederci trasformati, quelli che erano rimasti prudentemente a Chioggia, comodamente a Bibione, nell'appartamento al mare.

Ho voluto ritrovare il punto geografico, il Big Bang della giovinezza, la lunghissima estate in cui ci caricammo come molle per meglio proiettarci dentro la stagione dell'università, degli anni a venire, dalla provincia finalmente pronti ad atterrare a Bologna, Padova, Firenze, città che ci sembravano fucine di creatività, di socializzazione senza limiti.

Mi fa sorridere, adesso, pensare che sia stata invece una "fuga" dalla metropoli a riportarmi qui, da solo.

Sposto di qualche centimetro la seggiola. Non c'è bisogno di scavare troppo nella memoria. La porzione di paesaggio, gli stessi riferimenti visivi di allora, a starci seduto in mezzo, dopo un po' entrano in risonanza con ciò che sei stato, e ti ripagano della visita, restituendo il ricordo di quei giorni vivo, come se tanti anni non fossero passati.

Le rivedi, le tipe delle tende accanto, ci sembravano sublimi anche se sudate, con i capelli incollati di sale, anche quando agosto stava finendo e l'indomani mattina svegliandoci le loro canadesi erano state smontante con due calci, e le ragazze non c'erano più, ma ne erano già arrivate altre. Li senti di nuovo, l'odore di birra per terra, del doposole al cocco delle ragazze, le risate, quelle chitarre.

Mi alzo dallo sgabello, spolverandomi le chiappe.

Ed è in piedi, schiaffeggiato dal vento, che tra le braccia e il petto sento di nuovo diffondersi quella identica, esaltante fiducia nei giorni, nei mesi a venire, in una nuova, Grande Stagione.

Respiro profondamente, orientato verso il sole, cerco di trattenere la sensazione a lungo, e la sensazione la riconosci ed è lì, intatta, è tornata a trovarti, non la lasci sfuggire.

A vent'anni era una febbre quotidiana, poi quell'euforia è andata diluendosi anno dopo anno, chissà con quali veleni. Non eri mai riuscito a ricrearla a comando.

Adesso lo sai che quella febbre, quella grinta c'è ancora, da qualche parte.

La carica, l'energia che me ne è venuta mi ha fatto ridere da solo e ho dato un calcio allo sgabello. Mi sono messo a saltare, improvvisando dei passi di sirtaki, mattoidi, felici, tarantolati.

Hai fatto bene a venire qui, dopo tanti anni. Ma ora questo camping lascialo in pace. Cosa te ne frega adesso della sua fatiscenza? Che si riduca pure in polvere, come una scenografia da western.

Vado verso la parete che separava le docce dalle toilette. Batto i piedi per terra. I bocchettoni dell'acqua sono tappati con sacchetti neri, legati con filo da pesca. Tocco il lato del muro in ombra, è umido. Lina. Bel nome. Ce lo vedrei bene scritto in blu sopra un caicco. Belle gambe, la natura gliele ha donate con tratto dolce, conturbante.

Il vento si sta inspessendo, schiuma la superficie del mare, lo vedo attraverso la rete. Non una cicala, un movimento: anche i felini, gli insetti carenati hanno disertato questa porzione di isola. Calo il costume da bagno alle ginocchia, ma non mi riesce di defecare. Chiudo gli occhi. Lina. Begli occhi. Bel sorriso.

Sollevo con la mano il grappolo dei genitali. Ho i coglioni gonfi da far male.

~

Calando di nuovo verso il mare, una spossatezza improvvisa mi ha fatto spiaggiare su un gruppo di rocce dove non ero ancora stato. Il Meltemi si è spento di colpo, diventando bonaccia. È allora che il *soleil* ha mostrato i denti, feroce. Batteva alle tempie, come ad agosto.

Ho languito su quelle rocce scistose fino a sera, limitando al minimo i movimenti, bagnando più volte i capelli in mare. Sono rientrato al cubo, ancora indebolito, la pressione bassa. I gatti sono balzati sul muretto, ma ho proseguito. Li ho sentiti protestare, miagolarmi alle spalle.

Ho chiuso le imposte, dissolto un Efferalgan dentro un bicchiere d'acqua, allungandomi come un calamaro sul materasso.

Da quando sono in Grecia dormo di un sonno profondo. A Parigi gli ultimi tempi erano notti da cani, incubi anche violenti, mani che schiacciavano il viso contro il guanciale. Troppe volte mi ero svegliato di soprassalto ultimamente, inzuppato di sudore.

Verso le 3 invece mi alzo perché ho sete. Ho adagiato la radio sul tavolo. Con un cacciavite a stella ne ho aperto il dorso, soltanto per dare un'occhiata al circuito stampato. Come immaginavo è magnifico, i condensatori come funghi in miniatura, le resistenze colorate. Ho soffiato via un ragnetto che chissà quando e perché aveva deciso di morire lì dentro, poi ho richiuso con cura il coperchio.

Ho scandagliato le onde medie, cesellando l'escursione della sintonia, ruotando più lentamente che potevo la manopola. Tra fruscii e segnali spurii sono emersi accordi di Brahms, in velluto, poco pedale. Mi è parso il tocco di Radu Lupu. Provenivano da qualche parte nei Balcani: alla fine di ogni brano una voce assonnata dava un commento stringato, in una lingua che mi è sembrata montenegrino. Un timbro pastoso, da trasmettitore a valvole. Ma non ha detto chi fosse l'interprete.

Ho preso dal minifrigo la bottiglia di ouzo, bevendone qualche sorso a canna.

Ho spento la radio e sono uscito a orinare contro un cespuglio secco, color cenere, come calcificato da un lampo. Al buio sembrava un'alga fluorescente.

Sono sceso fino alle rocce di fronte al cubo, fino quasi a toccare il mare, dentro una notte di nero profondo, senza luna. Il corpo ha subito cercato riferimenti negli altri sensi.

Mi sono accorto che il Meltemi portava fin lì il tintinnio delle sartie che sbattevano al porticciolo, il mare mandava un odore di licheni che non avevo ancora sentito. Sembrava venire dal fondo, rimescolato da correnti notturne. Forse un branco di grandi pesci stava scombussolando il fondale, facendo nascondere altre creature più fragili. Le stelle oscillavano leggermente: le altitudini erano senz'altro attraversate da turbolenze violente, trasparenti, capaci di sballottare persino gli aeroplani più grandi.

Ho guardato a lungo E. Mi sembrava custodire un codice, che ogni osservatore, da sempre, fosse invitato a interpretare. Mi era già capitato di chiedermi come sarebbe l'orizzonte di K senza quell'isola sorella, ineffabile. La sua massa notturna, scura, si stava a poco a poco smarrendo nel buio. Forse non è così inerte come dicono, solo un gigantesco macigno dalla forma di donna distesa, rifiutato da ogni forma di vita, costola lunare piombata laggiù per fatalità.

La notte si è arrestata nella sua oscurità più profonda, abissale, come non l'avevo ancora vista da quando sono arrivato, come d'estate non si potrebbe vedere. A quel punto E è svanita. Per parecchi secondi è stato impossibile distinguerla, anche aguzzando lo sguardo.

Il buio stava porgendo un momento magico, eclissando un'isola, ingannando la percezione, perché a un certo punto non essendo più sagoma mi è parso di sentirne soltanto la materia, vicina, mi è sembrato di poterla toccare.

Ho allungato il braccio e d'istinto l'ho ritratto, come scottato, sgomento e esaltato al tempo stesso.

Ho fatto colazione al forno, giù alla *hòra*. Le paste erano ancora calde, come sempre leggermente salate. È l'acqua dell'impasto, mi piacciono anche così.

Ho aspettato dieci minuti seduto su un gradino, di fronte al minimarket.

Giannis ha aperto dall'interno, salutando con un «*Kaliméra!*» asciutto. Apprezzo la sua laconicità. I greci possono apparire rudi, di primo acchito, ma so che non è diffidenza. Vivono la loro vita, ti lasciano vivere la tua, come si dice, senza giudicare.

Quando sentono l'accento italiano, appoggiano il solito «Una razza-Una faccia», una pacca cordiale, è tutto. Raro sentirli ironizzare, snocciolare scemenze su mafia, mozzarelle, la pizza! Raro che cerchino un'intesa elogiando Venezia o Firenze, scoperte in un weekend, come fanno i francesi, che se gli dai corda si mettono pure a insegnarti cos'è il *savoir vivre* all'italiana, per poi concludere che la migliore pizza l'hanno mangiata a Londra, o in Cambogia, non ho ancora capito se ci credano sul serio o se sia una provocazione.

«*I've printed it on a roll*» ha detto Giannis, appoggiando il plico sul bancone, senza aggiungere altro. Dunque qualcosa aveva potuto essere stampato. Non ha fatto commenti sul contenuto. «Non è stato facile estrarre il film senza danneggiarlo» ha aggiunto, con una smorfia, mostrando denti ingialliti dalla nicotina. Ha dovuto scaldare l'involucro, soffiarci dentro del talco: il primo tratto era vetrificato, incollato al bordo. «Guardale, se vuoi» ha detto. «Più tardi» gli ho risposto. «Quanto ti devo?». «Fai tu».

Ho intuito la qualità del suo intervento. Ero già contento che fosse riuscito a estrarre qualcosa da quell'oggetto.

Gli ho dato quattro volte quanto avrei pagato a Parigi. Mi è sembrato soddisfatto.

Ho infilato il plico nello zaino e sono sceso verso il porticciolo, lisciando più volte con la mano le parti più lucide dei muri, ancora freschi.

La spiaggia del porto era deserta. Ho tolto i sandali, affondando i piedi nella sabbia, segnata dalle tracce dei caicchi tirati a riva. Ho preso una bottiglia d'acqua e un paio di scatolette di tonno allo spaccio. Aveva ragione Katarina. Hanno sempre le stesse chips Tsakiris, scatolette di carne in gelatina, gomme da masticare fluorescenti, vendute all'unità, come amfetamine.

Due signore parlavano accanto alla cassa. Nei loro lineamenti ho cercato i tratti delle nuotatrici e delle amanti che erano state, i tratti che forse avranno un giorno le ragazze dell'isola. Mi piacciono, i volti di queste donne. Conservano una bellezza intensa, un po' zingaresca, magnetica. Quanto a me, devo essere entrato con un aria grave, sovrappensiero. Hanno abbassato la voce. Forse parlavano di corna, o altri pettegolezzi. Hanno aspettato che uscissi per riprendere le loro confidenze.

Mi siederò da Sirokos. Voglia di bere di fronte al mare, riposare la schiena contro la frescura di un muro. Il vento notturno ha lucidato il cielo. Ora è blu con una componente di grigio, e un riverbero di verde verso l'orizzonte, che riesco a vedere con le lenti polarizzate dei Persol: è come se un po' del colore del mare restasse sospeso a mezz'aria, nebulizzato. Dentro al Sirokos c'è solamente la proprietaria, sta lavando il pavimento con un secchio. Mi passa la bottiglia di ouzo, un bicchiere spesso. Posso servirmi da solo.

Più elementi concorrono a fare di questo bar uno dei luoghi più belli dell'isola: la posizione discosta, la vista, la quiete, i modi amabili della proprietaria. Ma a quanto pare sono in pochi a saperlo. Stamattina sono l'unico ospite.

Mi siedo comodo sulla panca appoggiata al muro di calce, lucidato dalla salsedine. Il tavolino è ricavato da un rullo di legno Pirelli per cavi marini.

Oltre la piazzola davanti al bar una barriera naturale di rocce e poi mare, mare senza caicchi stamani, lisciato da raffiche che hanno ripreso a tirare in direzione di E. Giornata ideale per andare a vela.

L'isola disabitata è riapparsa limpida e quasi più leggera, come se la notte le avesse in effetti sottratto materia. Salendo su un Flying Junior la si potrebbe raggiungere in un paio di minuti. Trattengo l'ouzo sul palato, fino a quando non brucia. Lo sorseggio, con la calma dei gesti che K mi sta infondendo, giorno dopo giorno.

Me ne servo un secondo. Cancella quella lieve apprensione che ho da quando mi sono svegliato. Spolvero il tavolino con la mano. Prendo dallo zaino il plico e srotolo il provino fotografico, fermandone un'estremità con un posacenere.

È così, le foto ce l'hanno fatta. La pellicola non era compromessa. Il vecchio, caro negativo. I colori hanno una leggera dominante seppia. A parte questo, la nitidezza è più che buona, addirittura eccellente in alcuni fotogrammi. Sono prive di aloni o graffi macroscopici, completamente leggibili, compresi gli ultimi centimetri della striscia, appena sovraesposti.

Le scorro lentamente, concentrato, come uno scanner. Era uno dei rullini di mio padre, come immaginavo. La sequenza inizia con due scatti del suo biplano all'esterno dell'hangar, frontale e di tre quarti, fatti al mattino presto, lo si vede dalla luce. Poi due riprese in volo: sul bordo superiore delle foto si vede il profilo dell'ala, ai lati la campagna da una quota di tre o forse quattrocento metri: losanghe di campi, pioppeti.

Poi la cucina di casa. Pasta frolla, formine e biscotti a forma di fiori, sopra la tovaglia dell'infanzia. La mia cameretta, a fuoco però leggermente mossa. Uno scatto che devo aver fatto io clandestinamente, prendendo la Mamiya dallo studio di papà, ignorando la coppia tempo-diaframma, gli automatismi. Il tempo di esposizione sbagliato e il corpo macchina pesante hanno causato il mosso.

Ma si distinguono bene i giocattoli da "ometto", i pezzi del Meccano, i fumetti in ordine sullo scaffale, il grande cantiere dei Lego Technics da completare.

In un'altra siamo noi quattro, in piedi nel giardino di casa. Un'immagine scanzonata, scattata probabilmente dai vicini. Qualcuno ha detto qualcosa che ci ha fatto ridere. Ho i pantaloni corti, un ginocchio sbucciato. Mio fratello stringe con due mani un camion di plastica quasi più grande di lui. La grana fine di questa Agfa riporta in vita anche i roseti sullo sfondo, dove con gli amici delle elementari si giocava a nascondino. La pompa dell'irrigatore ha formato una pozzetta d'acqua sul prato, ai nostri piedi. Seguono due ritratti di mio padre, inquadratura verticale, a fuoco. Deve averglieli fatti mia madre. Il colletto celeste di una polo sollevato nel primo, nel secondo scherza, si è messo della carta di alluminio sulle gengive: il generale con i denti di acciaio, l'aveva inventato assieme a mio fratello.

Eccolo, il suo volto degli ultimi giorni. Chissà per quale scherzo della memoria non riuscivo a ricordarlo. Ha l'aria serena, ma stanca. Forse volava troppo, in quel periodo. Si stava facendo crescere un po' i capelli. Per quanto folti, cominciavano a ingrigirsi.

La sequenza successiva sono tre foto che sembrano un mini film, un cortometraggio haiku: noi ragazzini in azione, dietro a un pallone. Riconosco il prato dell'aeroclub di Nova Goriza: si intravede la manica a vento, un piccolo Partenavia ad ala alta parcheggiato, una tettoia in eternit… Corro dietro a un Super Tele blu assieme a figli di amici, più grandicelli. Rotola e corre con noi anche un pastore tedesco. Sullo sfondo, la tavolata di legno con le panche, il barbecue spartano in mattoni. Un fumo bianco sale dalle braci: devono essere state scattate di pomeriggio, dopo una grigliata.

Ecco i due fratelli. In piedi dentro l'hangar, di nuovo a Ronchi dei Legionari. Appoggiati con la schiena alla fusoliera del biplano. Poi seduti dentro i due abitacoli in tandem: Manlio sul sedile posteriore, da pilota, io su quello anteriore.

Mio fratello guarda l'obiettivo, sta ridendo. Io osservo il *cockpit*, anche troppo concentrato, un occhio coperto dal ciuffo. Si distinguono bene gli strumenti del cruscotto.

Le ultime due foto sono riprese dalla barca a vela, di nuovo la luce radente dell'alba. Le prime uscite che mio padre faceva per provare lo spinnaker che si vede a prua, teso dal vento al largo di Marano Lagunare, dove teneva ultimamente il nove metri.

Era lì che andava quando aveva un momento libero. Uscite infrasettimanali, la mattina presto, in solitaria, senza rotture di coglioni.

Riavvolgo il nastro dei provini, fermando il rocchetto con l'elastico. Documenta un mese, forse qualche giorno di più. Si vede dagli indumenti, leggeri, che indossiamo in tutti gli scatti. Sono gli ultimi giorni di mio padre.

Sorrido pensando che ho ritirato il suo ultimo rullino vent'anni dopo, quello che mancava all'album di famiglia.

Le srotolo di nuovo. Il suo volto non sembra tradire alcun presentimento, nessuna inquietudine. È il vivere all'estero che mi ha reso nostalgico? Pavese scriveva che non ricordiamo giorni ma ricordiamo attimi. Eppure adesso sono proprio quei giorni a riaffiorarmi dalla memoria: i ricordi si condensano attorno a queste foto e le completano, vividi come mai prima.

Riguardo lo scatto in cui sono seduto nell'abitacolo. Dietro lo sguardo fiero leggo anche una sfumatura di apprensione. Qualche cruccio di bambino mi avrà attraversato la testa in quel momento. Vai a sapere. Forse i compiti da finire per l'indomani. Si andava verso fine maggio, come adesso, si stava per chiudere l'anno scolastico… Mi rivedo in quell'hangar odoroso di benzina e olio motore. Mi ci portava quasi ogni pomeriggio, da quando gli avevano consegnato il biplano. Per fortuna che quella mattina ero a scuola.

Quando rientrai a casa con il mio zaino, i compiti da fare, erano già arrivati i nonni, gli zii. Avevamo attorno il calore di tanti parenti. Legami che durano tutt'ora. Mi comunicarono la cosa con tatto, gradualmente. Ma avevo capito subito.

Era stata mia madre a prendere mio fratello sotto le braccia, calandolo nell'abitacolo posteriore. Mio padre doveva aver decretato che il pilota di quel biplano nell'hangar fosse lui. Esaltato, Manlio si era messo a manovrare la cloche in modo inconsulto, in tutte le direzioni, muovendo gli alettoni sulle ali e gli equilibratori in coda, come bandierine. Io avevo messo il piede sullo *strip* della semiala inferiore, *step here*: mi ero sistemato davanti.

L'abitacolo anteriore ha gli stessi comandi di quello del pilota, cloche manetta e pedali sono funzionali, ma è quasi privo di strumentazione. Ormai sapevo a cosa servivano i pedali. Li premetti, voltandomi per guardare il movimento che a mia volta stavo imprimendo al timone di direzione. Quell'aereo era come un go-kart: nessun automatismo, alcuna servoassistenza. Le superfici mobili direttamente collegate ai comandi di volo con tiranti in acciaio.

Quei movimenti scriteriati degli alettoni dentro l'hangar finirono per inquietare mia madre, questo me lo disse anche in seguito. Le era sembrato l'aereo di Paperino, fragile, di cartone.

Anni dopo lessi che il Pitts, così compatto, è un aeroplano nervoso e repentino nelle reazioni, che poi è anche il carattere che lo rende spettacolare nell'acrobazia. Un biplano purosangue che il pilota si veste quasi addosso, come una muta. Un inviluppo di volo ostico. Da addomesticare con l'allenamento. Da assimilare, metabolizzare prima a quote elevate, provando e riprovando le manovre.

In un vecchio numero di «Volare» una volta vidi la foto di un Pitts utilizzato per l'addestramento acrobatico. L'istruttore aveva fatto aggiungere un pulsante rosso al cruscotto. Sopra ci aveva messo un'etichetta con scritto «*RESCUE*», 'salvataggio'. L'immagine era eloquente. Anche se gli allievi sapevano che si trattava di un pulsante finto, spiegava l'istruttore, l'avevano premuto talmente tante volte, nel panico, che la scritta era diventata illeggibile.

Qualche modifica di questi "go-kart" dell'aria è autorizzata. Basta cercare un po' su internet.

Il Pitts che producono oggi è sostanzialmente identico a quello su cui volava Elio. I piloti lo personalizzano con navigatori Gps, *tablettes* aeronautiche multifunzione, staffette a pinza per il memorandum della sequenza acrobatica, Go-Pro, telecamerine sopra al cruscotto, per poi pubblicare video-adrenalina su YouTube.

Papà nel suo cosa aveva aggiunto? Lo si vede bene in una foto: aveva assicurato con nodi marini al dorso del sedile anteriore una tasca da nautica, con chiusura in velcro: all'interno si intravede qualcosa che potrebbe essere la custodia dei Ray-Ban e un profilo chiaro, forse il dorso del libretto d'uso e manutenzione, o un bloc-notes.

Gli piacevano le corde, i nodi, i materiali nautici. Li testava anche sulla sua barca: nylon, kevlar, resine epossidiche, vetroresine. Adesso mi dico che forse gli oggetti nautici non puoi cercare di farli volare. L'integrazione, l'accoppiamento con gli oggetti dell'aria non riesce, vengono rigettati.

Perché non metterci anche i rullini, in questa tasca supplementare, autocostruita? Da quando era passato alla fotografia a colori li faceva sviluppare a Nova Goriza, andava al laboratorio con gli amici, costava meno.

Una virata stretta... L'aria calda. Il velcro non tiene. Il cilindro sfugge, finendo tra i comandi anteriori.

Il pilota non può farci niente: è vincolato dalle doppie cinture al suo seggiolino, nell'abitacolo posteriore. I due abitacoli sono separati da una paratia. È lì, non tanto nella cerniera della cloche ma tra la pedaliera, la parte terminale dell'abitacolo, che la gravità fa finire l'oggetto vagante, se l'aereo è in assetto a picchiare.

A duecento chilometri orari e trecento metri di quota la membrana tra la vita e la morte è infranta da quella frazione di secondo, da un cilindro grande quanto un dito: la corsa del comando si blocca. Il pilota reagisce. Stava facendo un *tonneau*, un frolino... La manovra non si chiude. L'aereo compie un'imbardata. Resta inchiodato in una traiettoria spuria. Accentua l'assetto a picchiare. Qualche testimone dirà che ha visto un «disperato tentativo di cabrata», ed è infatti ciò che scrissero sui giornali. Lo confermerà anche l'angolo di impatto.

Cosa vuol dire "disperato"? Forse il sussulto di un velivolo visto da terra, mentre nell'abitacolo un uomo, un padre, cerca di correggere la traiettoria con la cloche, al tempo stesso schiaccia un pedale con tutta la forza, con tutta la vita, cercando di sbloccare un maledetto comando?

Pesco dal plico il cilindro. Me lo passo tra le mani. Guardo il segno, l'ammaccatura, e quasi me lo vedo, il momento dello sforzo. Fosse stato un rullino in plastica leggera, come gli ultimi che produceva la Kodak, forse si sarebbe tolto di mezzo.

Corsini la sua ipotesi l'ha formulata, la saprei citare a memoria: «La deformazione può essere stata causata da una compressione longitudinale, impressa da un elemento metallico, verosimilmente da una leva, nella cui corsa l'oggetto potrebbe aver interferito».

Quante volte l'ho letta quella mail! Condizionali. Ipotesi. Anche se fosse esistito un filmato dell'incidente, come essere certi della causa? Hanno ragione i colleghi di mio padre. Non sapremo mai. Non avremo mai la certezza.

Respiro a pieni polmoni l'odore di crostacei che bizzarramente sta salendo dal mare. E capisco un'altra cosa.

Non serve accanirsi. L'incidente di volo, ipotesi, nient'altro che ipotesi... E se fossero le certezze, vere o fabbricate che siano, a produrre le ossessioni che ci rendono malati, che ci divorano dall'interno? *Ipotesi*. In fondo non sono più libere, più aeree, volatili anche loro?

Non ho più voglia di pensarci. O non ci riesco più, adesso. Sono contento di aver recuperato queste foto. Che il rullino non fosse bruciato. Che non contenesse immagini tristi. Sono sedici in totale. Le ritaglierò, separando ogni fotogramma, come ho sempre fatto con i provini. Le mostrerò un giorno anche a mia madre e mio fratello. Credo che farà loro piacere. Terrò nel portafogli quella dove siamo noi quattro.

Sopra K, aeroplani non se ne vedono, salvo rare scie di condensazione dei liner a trentamila piedi, che tagliano la Grecia in pochi minuti. All'epoca dal camping assistemmo al passaggio di qualche coppia di Phantom dell'aeronautica greca al largo, a bassa quota, appena subsonici. Non li sentivi arrivare, poi si lasciavano in coda un boato che percuoteva la cassa toracica. Avranno cambiato i corridoi di volo militari, ridotto l'attività.

Lascio i soldi dell'ouzo sul bancone. La signora stava dormendo sulla panca, la bocca aperta. Restano parecchie ore di luce prima di sera.

Ho voglia di camminare fino all'estremità più a Nord dell'isola. Mi aspetto rocce senza più arbusti, calette non balneabili, frante dal vento.

Finalmente, E te la lascerai alle spalle, a Nord andrai incontro a un altro mare, agitato, quasi burrascoso. È incredibile quanto cambino le coste Nord e Sud in certe isole. C'è da fare qualche chilometro, anzi miglia, *miglia* mi piace di più.

C'è da attraversare diversi tipi di suolo. L'isola ha una grande ricchezza geologica. Prima terre sabbiose, chiare come talco, da cui spuntano gigli marini, poi bande più ferrose, rossastre, resti di frane antiche, macigni inamovibili. Incontrerò anche rocce magmatiche, un suolo più scuro, resiliente. Farò prima un salto al cubo, a prendere le Onitsuka. Metterò sul fornello una caffettiera ben carica.

Ho camminato più a lungo del previsto, anche a piedi nudi, ma alla fine l'estremità settentrionale l'ho raggiunta. Mi sono seduto su una pietra, godendomi il ribollire del mare contro gli scogli, i fischi delle falesie suonate dal vento. Mi sono detto che me lo meritavo, quel concerto naturale, le raffiche salate.

Mi è sembrato incredibile che il mare fosse così agitato, più di quanto pensassi. Difficile credere che sia lo stesso che tocca le spiagge più a Sud, con quei turchesi e verdi cristallo. Ho avvertito la bassa pressione nel costato. Il meteo stava cambiando.

Poi, l'istinto sempiterno di muovere un macigno. Farlo rovinare sotto da venti metri d'altezza, contro le rocce, di rimbalzo in mare. Godere dell'impatto sordo, quando esplode cozzando, rivelando magari in un lampo un'anima scintillante, minerale.

Di nuovo la voce del bambino che ero stato mi invitava a fare una scemenza. Perché perturbare l'equilibrio di queste pietre? E poi lo sai: può sempre esserci un sub, un solitario come te. Qualcuno che sbuca da una grotta di cui ignori l'esistenza. Una coppia che si era imboscata. Ho desistito.

Ho finito la bottiglia d'acqua. Ho rimesso nella custodia la Canon. Allacciato ai piedi le Onitsuka che avevo appeso allo zaino.

Il ritorno come tutti i ritorni è sembrato più rapido. I colori del cielo stavano virando verso una miscela strana, blu e mercurio. Un imbrunire elettrico, carico di ozono. Certamente da ieri qualcosa nel meteo stava cambiando.

Imboccando il sentiero per casa ho sentito il miagolare, lamenti quasi umani.

Negli ultimi giorni avevo trascurato i gatti. Quei versi doveva averli sentiti anche lei. Non dubitavo che ci saremmo rivisti. Lina era in piedi, un pareo celeste di stelle marine, a piedi nudi. Mi ha salutato con un gesto indaffarato e delizioso della mano, da danza orientale, sollevando lo sguardo al cielo. "Come si sentirà una ragazza che guarda il mondo con quegli occhi?" ho pensato.

Con l'altra mano stava distribuendo sul muretto tozzi di pane bagnato, avanzi di pesce da una scodella. Mi sono accorto della sua bellezza, più delicata, nella luce che stava perdendo contrasto.

I gatti erano agitati, quasi feroci. Anche loro sentivano il cambiamento del tempo. Ne erano arrivati più del solito. Li ho contati, erano nove. Un bel numero. Mi è piaciuto. In fondo, non è dopo il nove che si riparte da zero?

Lina proteggeva il cibo con il braccio, i più magri si leccavano il naso con accanimento. Ci è venuto da ridere. Qualcosa come un'allegria e un pudore reciproco, ma lieve. Possibile che il *retiro* in quest'isola mi stesse rendendo anche timido? Certamente più silenzioso.

Quando Lina ha svuotato tutto si è allontanata dal muretto. I gatti allora si sono fiondati sul cibo, sbrindellando il pane, battendosi con zampate sul muso, senza unghie.

Ho aperto le scatolette di tonno che avevo nello zaino. Mi ha aiutato a sminuzzarlo. Se ne è messa un pezzetto in bocca. Anche quei tranci sono spariti in pochi secondi.

Un gatto ha ficcato la testa nella scatoletta già svuotata, trascinandola alla cieca sul muretto. Gli ho scattato una foto. «Fammi vedere» ha detto, premendo il suo fianco contro il mio. Ho riconosciuto il profumo dell'altro giorno. Nel bacio che ci siamo dati, umido, caldo, anche il sapore del tonno che le restava sulla lingua mi è piaciuto.

I gatti adesso si erano acciambellati sul muretto, altri al suolo, si stavano calmando. «Mi sta venendo fame» ho detto.

«A casa mi restano un sacco di calamari. Possiamo friggerli con la farina» ha proposto, «hai da bere?». «Una bottiglia di Retsina, una di ouzo» le ho risposto. «Vado a prenderli» mi ha detto sorridendo. Le ho indicato il cubo. Lo conosceva già.

Il Meltemi stava alzando la voce, cominciando a sferzare l'isola quasi con rabbia, sollevando mulinelli di sabbia e terra. Il cielo si stava scurendo in modo spettacolare, come se il blu fosse diventato liquido, e una mano invisibile ci stesse versando vernice nera. L'avevo mai visto così? Sentivo sbattere le sartie dei caicchi, anche se da dove eravamo non si vedevano. «Hanno legato le barche tra loro, giù al porto. Vuol dire stanotte tempesta» ha detto Lina, cercando di tenere a bada il pareo.

Avevamo i capelli mescolati dal vento, già pieni di sabbia. «Fra poco si mangia!» ha aggiunto, con un assurdo accento italiano. Ci siamo messi a ridere. «Mi piacciono, le tempeste. Anche se fanno paura» ha urlato.

Il vento ora rombava nelle orecchie. Il verde delle sue iridi sembrava più chiaro, adesso.

Poi mi ha allontanato, spingendomi indietro con le braccia. «Stanotte...» ha detto, fissandomi, per qualche istante in silenzio.

Si è scostata i capelli dal viso, riavvicinandosi un po': «Non voglio dormire da sola». Stavamo continuando a guardarci negli occhi. La sua voce l'ho sentita appena. E il suo sguardo si è fatto serio.

# Indice

Parte prima 9

Parte seconda 151

Parte terza 275

Printed by Amazon Italia Logistica S.r.l.
Torrazza Piemonte (TO), Italy

11613488R10182